도로시 L. 세이어즈

20세기를 대표하는 추리소설 작가이자 저술가이며 번역가 그리고 신학자이다.

도로시 L. 세이어즈는 목사이자 교구 성당 학교의 교장이었던 아버지의 영향으로 어릴 때부터 학구적인 환경에서 자랐다. 1912년 옥스퍼드 대학교에 입학, 현대 언어와 중세 문학을 공부하였고 1920년에는 옥스퍼드 대학교 문학 석사 학위를 취득하였다. 그녀는 당시 옥스퍼드의 학위를 취득한 최초의 여성이었다.

도로시 L. 세이어즈는 대학 졸업 후 교사 등을 거쳐 광고 회사의 카피라이터로 일하면서 1923년 첫 소설 《시체는 누구?*Whose Body?*》를 발표하였다. 그녀의 페르소나 피터 윔지 경이 탐정으로 등장하는 첫 작품으로, 이 시리즈는 장·단편을 비롯해 마지막 작품 《In The Teeth of The Evidence》까지 향후 15년 동안이나 계속된다. 피터 윔지 경 시리즈는 추리소설의 황금기(제1차 세계 대전과 제2차 세계 대전 사이의 기간)를 대표하는 걸작으로 훗날 평단의 높은 평가를 받으며, 그녀는 애거서 크리스티와 견줄 만한 명성을 얻게 된다.

도로시 L. 세이어즈는 죽기 직전까지 추리소설은 물론 시, 희곡, 문학 비평, 번역, 에세이에 이르기까지 실로 넓은 영역에서 저술 활동을 하였다. C. S. 루이스와 J. R. R. 톨킨, T. S. 엘리엇 등 당대 대표 작가들과 친분을 쌓았으며 1929년에는 G. K. 체스터턴, 애거서 크리스티, 로널드 녹스 등과 더불어 영국 탐정소설 작가 클럽을 결성하기도 했다.

《The Devil to Pay》《He That Should Come》과 같은 종교 희곡과 《Begin Here》 같은 기독교 에세이를 틈틈이 써오던 도로시 L. 세이어즈는 제2차 세계 대전 이후 오직 기독교 연구에 매진하였는데, 그녀가 말년에 영역한 단테의 《신곡》은 현재까지도 탁월한 학문적 성취로 남아 있다.

SIGONGSA design 이희영
Images_ getty images / multi-bits

맹독

귀족 탐정 피터 윔지 Ⅲ

도로시 L. 세이어즈 지음
박현주 옮김

시공사

§ 원주를 제외한 모든 각주는 옮긴이가 작성한 것입니다.

어디서 저녁을 먹었니, 렌달 내 아들아?
어디서 저녁을 먹었니, 잘생긴 내 아들?
오, 제 애인과 저녁을 먹었어요, 어머니.
잠자리를 빨리 깔아 주세요.
심장이 멎을 듯 아파서 쓰러질 것만 같아요.

오, 맹독을 먹었구나, 렌달 내 아들아.
오, 맹독을 먹었구나, 잘생긴 내 아들.
아, 그래요, 전 독을 먹었어요, 어머니.
잠자리를 빨리 깔아 주세요.
심장이 멎을 듯 아파서 쓰러질 것만 같아요.

— 옛날 민요

 *1*장

판사석 위에는 선홍색 장미가 놓여 있었다. 마치 그 자리에 핏방울이 튄 듯이 보였다.

판사는 나이 지긋한 사람이었다. 얼마나 나이가 많이 들었던지 시간과 변화, 죽음보다도 오래 산 사람처럼 보였다. 앵무새 같은 얼굴과 목소리는 혈관이 불거진 늙은 손처럼 마냥 건조했다. 진홍색 법복이 선홍색 장미와 비교되어 심히 눈에 거슬렸다. 그는 사흘 동안이나 이 후덥지근한 법정에 앉아 있었지만 피로한 기색 하나 비치지 않았다.

판사는 피고에게는 눈길도 주지 않은 채, 법정 서류를 한데 차곡차곡 쌓으면서 배심원단을 돌아보았다. 하지만 피고는 판사를 똑바로 보고 있었다. 짙고 각진 눈썹 아래 검은 얼룩이 진 듯한 눈에는 공포도 희망도 보이지 않았다. 그 눈은 다만 기다리고 있었다.

"배심원 여러분······."

나이 든 판사는 참을성 있는 눈으로 배심원들을 훑으며 그들의 종합 지성을 감정해 보는 듯했다. 점잖은 사업가가 셋, 키가 크고 따지기 좋아하는 사람 하나와 축 늘어진 콧수염을 기르고 어리둥절한 표정을 짓고 있는 건장한 사람, 그리고 감기가 심하게 들어 기분이 나빠 보이는 사람이 하나 있었고, 귀중한 시간을 낭비하고 싶지 않아 안절부절못하고 있는 대기업 중역이 한 명 있었다. 또 어울리지 않게 명랑해 보이는 선술집 주인과 직공 계급에 속하는 젊어 보이는 남자 둘, 정체를 전혀 알 수 없지만 고등 교육을 받은 듯하고 무슨 직업이라고 해도 다 어울릴 법한 초로의 남자와 붉은 콧수염으로 빈약한 하관을 가린 예술가도 있었다. 여자 배심원은 셋이었는데, 나이 지긋한 독신 여성과 사탕 가게를 운영한다는 통통하고 유능해 보이는 여성, 놔두고 온 부엌 생각에 여념이 없는 주부 한 명이었다.

"배심원 여러분께서는 이제까지 인내와 주의를 기울여 이 끔찍한 사건에 관한 여러 증언을 들으셨습니다. 이제는 제가 여러분이 결정을 내리실 수 있도록 검사와 피고 측 변호사가 앞서 제시한 사실과 주장들을 요약해서 가능한 한 명료하게 정리해야 할 차례입니다.

하지만 모든 일에 앞서 이 결정 자체에 관해서 몇 가지를 미리 말씀 드려야 할 것 같습니다. 여러분도 잘 아시다시피 영국 법률의 대원칙에 의거하면 피의자는 범죄 사실이 입증되기 전까지는 무죄로 추정됩니다. 피고가 죄가 있음을 굳이 입증해야 할 필요는 없습니다. 현대의 속어적 표현으로 말하자면 유죄 입증 책임은 법정에 '달려' 있는 것이며 검사 측의 증거가 합리적인 의심을 없앨 만큼 만족스럽지 않다고 생각한다면, '무죄' 판결을 내놓는 것 또한 배심원 여러분의 의무입니다. 즉, 무죄 판결은 피고가 증거를 보여 자신의 무죄를 규명했다는 뜻은 아닙니다. 이것은 검사 측에서 일말의 의심 없이 피고의 유죄를 확신할 수 있도록 여러분의 의견을 이끌어 내는 데 실패했다는 뜻이겠지요."

샐컴 하디는 기자 수첩에 열심히 받아 적다가 물에 빠진 제비꽃 같은 눈을 잠깐 들더니 두 어절을 쪽지에 적어 옆에 있는 와플스 뉴턴 쪽으로 쓱 밀었다. "판사가 적대적이네." 와플스는 고개를 끄덕였다. 두 사람은 이런 벗사국을 쫓는 늙은 사냥개였다.

판사가 꺽꺽대는 목소리로 계속 말을 이었다.

"어쩌면 '합리적인 의심'이 무슨 뜻인지 말해 주기를 바라는 분도 있으실 겁니다. 이 말은 단순히 일상적으로 일어나는 통상적인 일에 대해서 가질 법한 의심을 말하는 것입니다. 이 사건은 살인사건이고 이 경우에 합리적인 의심이라는 말은 그 이상을 의미한다고 생각할 수도 있습니다만, 꼭 그렇지는 않습니다. 평범하고 단순하게 보이는 일에 환상적인 해결책을 제시해야만 한다는 뜻은 아닙니다. 또, 가끔 잠 못 드는 밤 새벽 4시에 우리를 괴롭히는 악몽처럼 찾아오는 의심을 말하는 것도 아닙니다. 이 말의 뜻은 오로지 물건을 파고 사는 일이나, 혹은 그처럼 흔히 일어나는 거래에서 받아들일 수 있을 것 같은 증거를 의미합니다. 물론, 세심히 숙고하지 않고 유죄를 입증하는 증거를 쉽사리 받아들여서는 안 되듯이 피고에게 유리한 상황을 억지로 믿어야 할 필요도 없습니다.

배심원 여러분이 국가로부터 받은 막중한 책임에 지나친 부담감을 느끼지 않도록 이처럼 몇 마디 덧붙여 두고, 이제는 이전에 들었던 이야기를 처음부터 가능한 한 명료하게 짚어 보도록 하겠습니다.

검찰 측 주장은 피고인 해리엇 베인이 필립 보이스를 비소로 독살했다는 것입니다. 제임스 러복 경과 다른 의사들이 사인으로 제시한 증거들을 꼼꼼하게 다시 훑어서 괜히 시간만 끌지는 않도록 하겠습니다. 검찰 측에서는 보이스가 비소 중독으로 죽었다고 하고 변호사 측에서도 이 주장을 반박하지는 않습니다. 그러므로 사인이 비소라는 증언이 있었고, 여러분은 이를 사실로 받아들이셔야 합니다. 남은 문제는 실상 피고가 살해 의도를 가지고 이 비소를 고의적으로 조작했느냐 하는 데 있습니다.

사망한 필립 보이스는 들으셨다시피 작가였습니다. 36세였고 장편소설 다섯 권과 다수의 에세이, 기사를 썼습니다. 이 문학 작품들은 모두 소위 '진보적'인 유형이라고 하기도 했습니다. 이 작품들은 부도덕하거나 선동적인 주의를 설파했다고 합니다. 예를 들면 무신론이나 무정부주의, 혹은 자유연애라고 하는 내용이 담겨 있었습니다. 사적으로도 보이스는, 적어도 한동안은, 이런 주의에 걸맞게 살았던 것으로 보입니다.

어쨌든 1927년에 보이스는 해리엇 베인과 알게 됩니다. 두 사람은 소위 '진보적인' 주제를 토론하는 예술 문학 클럽에서 만났고 얼마 후 아주 친밀한 사이가 됩니다. 피고인도 직업적인 소설가로서 소위 '추리', '탐정' 소설을 쓰는 작가라는 점은 중요하니 꼭 기억해 두십시오. 즉, 살인 및 다른 범죄를 저지르는 기발한 방법들을 여럿 다룬 경험이 있습니다.

배심원들께서는 피고의 증언을 들으셨고, 여러 사람이 나와서 피고의 성품에 대해 증언한 말도 들으셨습니다. 피고는 능력이 뛰어난 젊은 여인이며, 아주 엄격한 종교적 원칙에 따라 교육 받았고 본인의 잘못은 전혀 아니지만 스물셋의 나이에 혼자 힘으로 세상에 나와 자기 삶을 꾸려야 했습니다. 이후, 스물아홉이 된 지금까지 자신을 지키기 위해 성실히 일했으며, 자신만의 노력으로 아무에게도 빚지지 않고 다른 사람의 도움도 받지 않은 채 정당한 방법으로 독립적으로 살아왔다는 것은 크게 칭찬할 점입니다.

피고는 직접 본인의 입으로 아주 솔직하게 어떻게 필립 보이스와 깊은 관계를 맺게 되었으며, 한동안 비정상적인 방식으로 함께 살자는 보이스의 제안을 거절하였는지를 말했습니다. 사실 보이스는 피고와 명예롭게 결혼하지 못할 이유는 전혀 없었습니다. 하지만 그는 어떤 정식 결혼에도 진지하게 반대하는 사람으로 행세하고 다녔던 것으로 보입니다. 배심원 여러분은 실비아 매리어트와 엘리네드 프라이스의 증언을 들으셨습니다. 그들의 증언에 따르면 피고는 필립 보이스가 취한 이런 태도에 아주 언짢아했다고 합니다. 또, 그가 아주 잘생기고 매력적인 남자로 어떤 여자도 그를 쉽게 거절할 수 없었다는 증언도 있었습니다.

어쨌든 1928년 3월, 피고는 보이스가 계속 뻔뻔스럽게 요구하자 지친 나머지 마침내 굴복하고 결혼이라는 결합의 바깥에서 친밀한 관계를 맺으며 살기로 동의했다고 합니다.

이제 여러분은 이 결정이 아주 잘못된 것이었음을 느끼실 겁니다. 또한 이 젊은 여성이 보호 받지 못하는 위치에 놓였음을 감안해도 역시 이 여인이 불안정한 도덕성을 가진 인물이라고 느끼실 수도 있습니다. 배심원 여러분은 일상적으로는 천박한 비행에 불과한 일을 몇몇 작가가 '자유연애'라며 그릇되게 미화하는 말에 이끌려서는 안 됩니다. 변호인 임피 빅스 경은 의뢰인을 위해서 유창한 언변을 아주 적절히 이용하여 해리엇 베인의 이런 행동을 장밋빛으로 치장했습니다. 변호인은 이를 이타적인 희생이며 자기를 제물로 바치는 행위라고 했고, 또한 배심원 여러분에게 이러한 환경에서는 남성보다 여성이 더 큰 대가를 치러야 한다고 상기시켜 주었습니다. 하지만 이 말에 크게 주의를 기울이지는 않으실 겁니다. 여러분께서는 그런 사안에서 옳고 그름을 똑똑히 알고 계시며, 해리엇 베인이 이제까지 불건전한 환경에 살면서 어느 정도 타락하지 않았더라면 필립 보이스를 거절하여 더 진정한 영웅주의를 보여 주었으리라 생각하실 겁니다.

하지만 반면, 해리엇 베인이 보이스에게 굴복한 일을 오해하여 지나친 중요성을 부여하지 않도록 해야 할 겁니다. 한 남자나 여자가 부도덕한 삶을 사는 것과 살인을 저지르는 것은 별개의 문제입니다. 한번 나쁜 길에 발을 들이면 다른 나쁜 길에도 쉽게 빠질 수 있다고 생각할 수도 있지만 이런 생각에 크게 비중은 두지 마십시오. 이런 부분을 고려할 수는 있지만, 편견에 사로잡혀서는 안 됩니다."

판사가 잠깐 뜸을 들이는 순간, 프레디 아버스노트는 우울함에 흠뻑 빠져 있는 듯 보이는 피터 윔지 경의 갈빗대를 팔꿈치로 쿡 찔렀다.

"그래서는 안 되지, 젠장. 잠깐 좀 놀았다고 다 살인을 저지른다면, 우리 중 반은 다른 반을 죽인 죄로 교수형을 당해야 할걸?"

"그래서 자네는 어느 쪽 반에 속하는데?" 피터 경은 차가운 눈길을 친구에게 잠깐 주었다가 다시 피고석으로 돌렸다.

"나야 피해자 쪽이 되겠지." 프레디 훈작사가 말했다. "내가 죽는 쪽 아니겠어? 서재의 시체."

"필립 보이스와 피고는 이런 식으로 함께 살았습니다."

판사는 말을 이었다.

"이 관계는 거의 1년 가까이 지속되었습니다. 여러 친구들이 나와 두 사람이 서로 깊이 사랑하는 사이로 사는 듯 보였다고 증언했습니다. 프라이스 양의 증언에 의하면 해리엇 베인은 자신의 불운한 처지를 아주 민감하게 느끼고 있었다고 합니다. 가족 친지들과 절연하고 사회적으로 불법적인 자신의 행동이 당혹감을 불러일으킬 수 있는 모임에는 끼지 않으려 했습니다. 그렇지만 연인에게 지극히 충실했으며 그의 동반자가 되어 자랑스럽고 행복하다는 말을 종종 했다고 합니다.

그렇지만 1929년 2월, 다툼 끝에 두 사람은 헤어졌습니다. 다툼이 있었다는 사실을 부인하는 증인은 아무도 없었습니다. 당시 필립 보이스의 아파트 위층에 살고 있던 다이어 부부는 남자와 여자가 화난 목소리로 시끄럽게 말다툼을 하더니 남자는 욕을 하고 여자는 우는 소리를 들었다고 말했습니다. 다음날 해리엇 베인은 짐을 죄다 싸서 그 집을 영영 떠나고 말았습니다. 이 사건에서 기이한 점, 여러분이 아주 세심하게 생각해 봐야 할 점은 이 다툼을 불러일으킨 원인입니다. 이에 대해서는 오로지 피고의 증언밖에 증거가 없습니다. 결별 후 해리엇 베인은 친구인 매리어트 양의 집으로 피신을 했는데, 매리어트 양의 증언에 의하면 피고는 줄곧 이 문제에 대해서는 말을 꺼내려 하지 않았으며, 다만 보이스에게 기만을 당했고 다시는 그의 이름도 듣고 싶지 않다고만 했다고 합니다.

이 말로 미루어볼 때, 피고가 보이스에게 앙심을 품을 만한 빌미를 보이스가 제공한 것으로 추정할 수 있습니다. 외도를 했을 수도 있고 학대했을 수도 있으며, 아니면 단순히 세간의 눈에 적법한 관계를 인정받자는 요청을 계속 거절했기 때문일 수도 있습니다. 하지만 피고는 이는 절대 아니라고 부인했습니다. 진술서에 따르면 이 점은 필립 보이스가 부친에게 보낸 편지로 확인이 되기도 했습니다. 보이스는 마침내 피고에게 법적인 결혼을 제안했다고 합니다. 그리고 이것이 다툼의 원인이었다고 합니다. 여러분 중에는 이런 진술을 의외라고 받아들일 만한 분이 있으실 줄로 압니다. 하지만 피고는 진실만을 말하겠다는 선서를 했습니다.

보이스가 청혼을 했으니 피고가 보이스에게 앙심을 품을 이유는 사라졌다고 생각하는 것도 당연합니다. 그런 상황에서는 누구나 피고가 이 젊은이를 살해할 동기가 없다고 말할 겁니다. 오히려 그 반대겠죠. 실상 다툼은 있었습니다. 피고 본인은 이 명예롭지만 너무 때늦은 결혼 신청이 달갑지 않았다고 진술했습니다. 피고는 이 결혼 제안 때문에 필립 보이스에게 반감을 느낄 구실이 없어졌다는 말은 하지 않았습니다. 합리적이라면 이렇게 말할 법도 하고 변호인인 임피 빅스 경은 강력하고도 인상적으로 이런 주장을 하고 있는데도 말입니다. 피고는 필립 보이스가 자기 의지를 꺾도록 설득해서 그의 행동원칙을 받아들이도록 해 놓고도 그 원칙을 꺾어서 '자신을 바보로 만들었기 때문'에 화가 났다고 말했습니다. 배심원 여러분은 가능하면 피고의 입장에서 그 관점을 이해하도록 하십시오.

자, 그럼 이를 생각해 보십시오. 실제로 그 결혼 제안이 살인 동기가 되었다고 해석할 수 있는지 말입니다. 다른 동기는 증거로 제시되지 않았다는 점은 강조하고 싶습니다."

이 시점에서 배심원단에 있는 나이 든 독신 여성이 뭔가 적는 모습이 목격되었다. 종이 위에서 쓱쓱 움직이는 연필을 보건대 뭔가 열심히 적는 듯했다. 피터 윔지 경은 머리를 천천히 두세 번 흔들더니 숨을 죽이고 뭔가 웅얼거렸다. 판사가 요약을 계속했다.

"이 사건 이후 두세 달 동안 두 사람에게 딱히 특별한 일은 일어나지 않았습니다. 해리엇 베인은 매리어트 양의 집을 떠나 도티 가에 작은 아파트를 얻었고, 필립 보이스는 고독한 삶이 의기소침했는지 사촌인 노먼 어쿼트의 초대를 받아들여 워번 스퀘어에 있는 사촌 집으로 옮겼습니다. 런던에서 같은 동네에 살고 있었음에도 보이스와 피고는 결별 이후에 자주 만난 것 같지는 않습니다. 다만 친구의 집에서 한두 번 우연히 마주쳤을 뿐입니다. 이렇게 만난 날짜가 언제였는지는 확실하지 않습니다. 격식을 따지지 않는 모임이었기 때문입니다. 하지만 3월

하순쯤 모임이 한 번 있었고, 4월 두 번째 주에 한 번, 5월 언젠가 세 번째로 모였다는 증언이 있었습니다. 만남 횟수는 주지해야 할 필요가 있습니다만 정확한 날짜는 확실하지 않으므로 너무 큰 중요성은 부여하지 마시기 바랍니다.

하지만 지금 말하는 날짜는 아주 중요합니다. 4월 10일, 한 젊은 여자가 사우샘프턴 로에 있는 브라운 씨의 약국에 들어와서 쥐 잡는 데 쓴다며 시판용 비소 2온스를 샀다고 합니다. 후에 이 여자의 신원은 해리엇 베인으로 밝혀졌습니다. 유독성 약품 판매 장부에는 '메리 슬레이터'라는 이름을 썼습니다만 필적이 피고의 것과 일치합니다. 더욱이 피고 본인도 본인 나름의 이유로 독약을 샀음을 인정했습니다. 이 이유는 상대적으로 중요하지 않습니다만 배심원 여러분께서 알아 둬야 할 사실이 있습니다. 해리엇 베인이 살고 있는 아파트의 관리인이 법정에 나와 그 건물에는 쥐가 없으며 거기 사는 동안 한 번도 쥐를 본 적이 없다고 증언했습니다.

5월 5일, 피고는 또 한 번 비소를 삽니다. 피고 본인의 진술에 의하면 이번에는 제초용 비소 깡통 하나를 구입했습니다. 키드웰리 독살 사건에서 썼던 것과 같은 상표입니다. 이번에는 '에디스 워터스'라는 이름을 댔습니다. 해리엇 베인이 살고 있는 아파트에는 정원이 붙어 있지 않으므로 그 일대에서는 제초제를 쓸 만한 이유가 없습니다.

또한 여러 번, 3월 중순부터 5월 초순에 걸쳐 피고는 다른 독극물들을 구입했습니다. 그 중에는 청산가리와 (피고는 사진 인화용이라고 주장합니다만) 스트리키닌도 포함되어 있습니다. 또한 아코니틴도 입수하려고 했다는데 성공하지는 못했습니다. 매번 다른 약국에 갔으며 다른 이름을 댔습니다. 이 사건과 직접적으로 관련이 있는 독극물은 비소뿐입니다만, 다른 독극물을 샀다는 사실도 이 당시 피고의 행동을 이해하는 데 도움이 된다는 점에서 중요합니다.

피고는 독약을 구입한 이유를 설명했고, 이 점이 무슨 가치가 있는지는 여러분께서 고려해 보십시오. 피고 말로는 당시 독살에 관한 소설을 쓰고 있었기 때문에 평범한 사람이 치명적 독약을 얼마나 쉽게 구입할 수 있는지 실험으로 증명하기 위해 직접 구입해 보았다고 합니다. 이를 증명하기 위해 담당 편집자인 트루푸트 씨가 책의 원고를 제출했습니다. 배심원 여러분도 직접 보셨고, 원하신다면 제가 요약을 끝낸 후 배심원실에서 다시 보실 수 있도록 드리겠습니다. 그 책의 주제가 독살임을 보여 주는 몇 문단을 여기서 낭독했고, 그 안에는 한 젊은 여자가 약국에 가서 치명적 약품을 상당량 구입하는 과정이 묘사되어 있습니다. 또 아까 말씀 드려야 했습니다만, 브라운 씨의 약국에서 구입한 비소는 평범한 시판용 비소로 법령에 의거하여 설탕이나 다른 무해한 약품과 혼동하지 않도록 흑색이나 남색으로 염색이 되어 있다는 사실을 지금 말씀 드립니다."

샐컴 하디는 끙 소리를 냈다.

"맙소사, 도대체 얼마나 오래 이 시판용 비소에 대한 헛소리를 듣고 있어야 하는 거야? 살인자들이라면 걸음마도 떼기 전에 벌써 알고 있을 사실을."

"전 특히 이 날짜들을 기억해 두시라고 말씀 드리고 싶습니다. 다시 읽어 드리죠. 4월 10일과 5월 5일입니다."

배심원들은 그 날짜들을 받아 적었다. 피터 경은 웅얼거렸다. "그들은 모두 석판에 받아 적었다. '피고는 그 말은 새빨간 거짓말이라고 믿는다.'"§

프레디가 물었다. "뭐? 뭐라고?" 그 순간 판사는 요약서를 한 장 더 넘겼다.

"이때쯤 필립 보이스는 평소 간간이 겪곤 했던 위통이 재발해서 고생을 하기 시작했습니다. 배심원 여러분께서는 필립 보이스가 대학 시절부터 진료를 받았던 그린 박사의 증언을 읽으셨습니다. 또한 이건 한참 전입니다만, 1925년에 비슷한 발작이 일어났을 때 처방해 주었던 위어 박사의 증언도 있었습니다. 심각한 병은 아닙니다만, 앓게 되면 고통스럽고 사람 진을 빼는 증세를 보이며 사지가 쑤신다고 합니다. 많은 사람들이 가끔 그런 질환을 앓고 있다고 합니다. 그렇지만 우연히 날짜가 겹친다는 점은 중요할 수도 있습니다. 위어 박

---

§ 《이상한 나라 앨리스》 12장에 등장하는 앨리스의 재판에 등장하는 구절. 여기서 피고는 앨리스를 말한다.

사의 진료 기록에 따르면 이 발작이 3월 31일에 한 번, 4월 15일에 한 번, 5월 12일에 한 번 일어났다고 되어 있습니다. 해리엇 베인과 필립 보이스가 3월 하순에 한 번 만난 후 3월 31일에 필립 보이스가 발작을 일으켰습니다. 4월 10일에 해리엇 베인이 비소 2온스를 산 후 두 사람은 4월 두 번째 주에 만난 적이 있고 4월 15일에 보이스는 다시 한 번 발작을 합니다. 5월 5일에 제초제를 샀고, 5월 언젠가 다시 만난 후, 5월 12일에 보이스는 세 번째로 병을 앓습니다. 우연이 세 번 겹친다고 볼 수도 있는 것입니다. 약간 기이한 일이라고 생각하실 수도 있습니다만, 검사 측에서 3월 만남 이전에 비소를 샀다는 증거를 확보하는 데는 실패했다는 점도 잊지 마셔야 합니다. 이 문제를 숙고하실 때 반드시 명심해 두시기 바랍니다.

  5월에 세 번째 발작이 일어난 후, 의사는 보이스에게 기분 전환 겸 이곳을 떠나 보라고 권했고 그는 웨일스 북서 지방으로 가기로 합니다. 보이스는 할레크에 가서 유쾌한 시간을 보낸 후 상태가 훨씬 좋아집니다. 그때 친구 라일랜드 본 씨가 동행했는데, 배심원 여러분이 보는 앞에서 증언하기를 '필립은 행복하지 않았다'고 했습니다. 사실 본 씨는 보이스가 해리엇 베인 때문에 애달파 하고 있었다는 의견을 말했습니다. 신체의 건강은 좋아졌지만 정신적으로는 점점 우울해지고 있었습니다. 그러다 6월 16일, 보이스가 해리엇 베인에게 쓴 편지가 있습니다. 중요한 편지이므로 다시 한 번 읽어 드리도록 하겠습니다.

해리엇에게

　인생이 완전히 엉망진창이야. 여기서는 더 이상 버틸 수가 없어. 연을 끊고 서편으로 여행을 떠나려 해. 하지만 가기 전에 다시 당신을 만나 사태를 바로잡을 수 있지 않을까 알아보고 싶어. 당신은 물론 당신 뜻대로 하는 것이겠지만 난 여전히 당신의 태도를 이해할 수 없어. 이번에도 당신이 올바른 견지에서 사태를 볼 수 있도록 설득하지 못한다면, 영영 그만두도록 하겠어. 내가 언제 들르면 좋을지 답장 보내 줘.

당신의 P.

　배심원 여러분도 보시다시피 모호하기 이를 데 없는 편지입니다. 임피 빅스 경은 큰 비중을 두어 주장하기를, '연을 끊고 서편으로 여행하다'라는 표현이나, '여기서는 더 이상 버틸 수가 없어', '영영 그만두겠어'라는 말로 편지를 쓴 사람이 피고와 화해를 이룰 수 없다면 스스로 목숨을 끊겠다는 의도를 내비친 것이라고 합니다. 임피 빅스 경은 '서편으로 간다'는 말이 죽는다는 뜻을 가진 유명한 은유라고 지적했고, 이것은 물론 여러분도 잘 알고 계시는 점입니다. 하지만 검사 측이 문의하자 어쿼트 씨는 이 편지는 본인이 직접 고인에게 제안한 계획을 이야기하는 것이라 대답했습니다. 기분 전환 겸 대서양을 건너 바베이도스로 항해를 떠나자고 했다는 것입니다. 그리고 검사 측에서는 편지에 나온 '여기서는 더 이상 버틸 수 없어'라는 문장에 대해서 다른 점을 지적했습니다. '여기'라는 표현은 영국이나 '여기 할레크'를 지칭할 따름이며 이 문장이 자살을 언급하려고 했다면 단순히 '더 이상 버틸 수 없어'라고 했을 것이라는 점입니다.

분명히 여러분도 이 점에 대해서는 각자 의견을 확립하셨을 것입니다. 고인이 20일에 약속을 하자고 했다는 점은 중요합니다. 이 편지에 대한 답장이 우리 앞에 놓여 있습니다.

필에게

20일 9시 30분에 들러요. 원한다면 그렇게 해도 좋지만 어쨌든 제 마음을 바꿀 수는 없을 거예요.

그리고 단순히 'M'이라고만 서명이 되어 있습니다. 아주 차가운 편지지요. 배심원 여러분도 어조가 적대적이라고 생각하실지 모르겠습니다. 그래도 9시 30분에 약속은 잡혔습니다.

이제 더 길게 배심원 여러분을 잡아 놓을 필요는 없을 것 같습니다. 그렇지만 이 시점에 특히 주의를 기울여 달라고 부탁드리고 싶습니다. 이제까지 배심원 여러분은 아주 참을성 있고 성실하게 들어 주셨습니다만, 지금부터는 사건 당일에 대해서 설명을 하겠습니다."

나이 지긋한 판사는 두 손을 깍지 껴 요약서 위에 올려 놓으며 약간 앞으로 몸을 내밀었다. 그는 사흘 전까지는 사건 내용을 전혀 몰랐지만, 이젠 모두 머릿속에 담고 있었다. 그는 눈앞에 푸른 들판과 어린 시절의 길이 보인다며 헛소리를 할§ 나이는 아직 아니었다. 아직 현실감각이 또렷했다. 판사는 거칠한 회색 손톱이 붙어 있는 주름진 손가락 아래로 현재를 꽉 붙잡고 있는 듯했다.

"필립 보이스와 본 씨는 19일 밤 다시 시내로 돌아왔습니다. 보이스가 그때 건강 상태가 최상이었다는 것은 의심의 여지가 없어 보입니다. 보이스는 그날 밤을 본 씨와 함께 보낸 후, 여느 때처럼 베이컨과 달걀, 토스트, 마멀레이드, 커피로 아침을 먹었습니다. 오전 11시, 보이스는 기네스 한 잔을 마시고, 광고에 나오는 대로 좋은 맥주라고 한마디 했습니다. 오후 1시, 그는 클럽에서 거하게 점심을 먹고 저녁에는 본 씨와 몇몇 다른 친구들과 함께 테니스를 몇 판 쳤습니다. 시합을 하는 동안 한 사람이 할레크에 갔다 와서 보이스가 좋아졌다는 말을 했고, 보이스는 몇 달 만에 훨씬 가뿐해진 기분이 든다고 답했다고 합니다.

7시 30분에는 사촌인 노먼 어쿼트 씨의 집으로 저녁식사를 하러 갔습니다. 태도나 외양에 평소와 다른 점은 전혀 보이지 않았다고 어쿼트 씨와 식사 시중을 들었던 하녀가 똑같이 말하

---

§ 테오발드 판 셰익스피어의 희곡 〈헨리 5세〉 2막 3장 18행에 등장하는 대사를 인용한 것으로 열병에 걸려 죽기 직전의 상태를 의미한다고 한다. 또한 이 부분은 거슬러 올라가 시편 23절의 '푸른 풀밭'을 암시하는 것이라고도 한다.

고 있습니다. 저녁식사는 8시 정각에 나왔으니, 이 시간을 적어 두시면 좋을 것 같습니다. (만약 아직 적어 두지 않았다면 말이지요.) 또, 그날 먹고 마신 음식도 적어 두십시오.

두 사촌은 함께 식사를 하면서 먼저 칵테일로 셰리주를 한 잔씩 마셨습니다. 와인은 질 좋은 1847년산 올레로소였고, 하녀가 새 병을 따서 디캔터에 옮긴 후 잔에 따라서 그들이 앉아 있는 서재로 가지고 갔다고 합니다. 어쿼트 씨가 식사 내내 하녀에게 시중을 들게 하는 고상한 옛날 관습을 유지하고 있어서 이 저녁 시간 동안에는 증인이 둘이나 있는 이점을 누릴 수 있게 되었습니다. 증인석에 출석한 해나 웨스트록 양을 보건대, 지각 있고 관찰력 있는 증인이라고 할 수 있을 것 같습니다.

자, 그럼 셰리를 마셨습니다. 그 다음에 두 사람은 해나 웨스트록 양이 식기대 위에 놓인 튜린(수프를 담는 움푹한 그릇)에서 따른 차가운 부이용을 한 대접 들었습니다. 맑은 젤리에 가까울 정도로 아주 진하고 맛 좋은 수프였다고 합니다. 두 남자 모두 약간씩 마셨고 저녁 후에는 부엌에 있던 요리사와 웨스트록 양이 남은 부이용을 다 먹었다고 합니다.

수프가 나온 후에는 소스를 뿌린 가자미 한 토막이 나왔습니다. 이 요리도 다시 한 번 식기대 위에서 잘라서 냈고, 소스 접시는 차례대로 돌렸다고 합니다. 그런 후에 남은 요리는 부엌으로 내와 하녀들이 마저 먹었다고 합니다.

그 다음에는 풀레 앙 캐서롤이 나왔습니다. 이 요리는 닭고기를 자른 후 내열 용기 안에 채소를 넣고 뭉근하게 끓이는 요리입니다. 두 남자 다 약간씩 먹었고, 이 역시 남은 요리는 하녀들이 모두 먹었습니다.

마지막 코스로 나온 요리는 달콤한 오믈렛으로, 필립 보이스 본인이 풍로 냄비를 탁자에 놓고 직접 요리했다고 합니다. 어쿼트 씨와 필립 둘 다 오믈렛을 바로 만들어 먹는 데 특히 까다로웠다고 합니다. 아주 좋은 습관이므로 여러분도 모두 같은 식으로 요리해서 드셔 보십시오. 오래 놔두면 굳어지므로 시간을 두고 먹으면 안 됩니다. 오믈렛 요리용으로 달걀 네 개를 껍질째 식탁으로 가져왔고 어쿼트 씨 본인이 하나하나 그릇에 직접 깨어 넣고 체로 설탕을 뿌렸다고 합니다. 그 다음에 그릇을 보이스에게 건네면서 이런 말을 했습니다. '오믈렛 만들기는 필립 네가 달인이니까 네게 맡기지.' 필립 보이스는 그 다음 달걀과 설탕을 함께 섞어 넣고 풍로 냄비에서 오믈렛을 만들어서 해나 웨스트록 양이 가져온 뜨거운 잼을 넣은 후, 본인이 직접 반으로 갈라서 한쪽을 어쿼트 씨에게 주고 나머지를 먹었다고 합니다.

이런 사안들을 여러분께 다시 일깨운 이유는 저녁식사에 나온 요리는 모두 적어도 두 사람이 먹었으며, 대부분의 경우는 네 사람이 먹었다는 증거가 충분히 있다는 것을 보여 드리기 위해서였습니다. 부엌으로 돌아가지 않은 요리는 오믈렛뿐인데 필립 보이스 본인이 직접 만들었으며 사촌과 나눠 먹었습니다. 어쿼트 씨나 웨스트록 양, 요리사인 페티컨 부인까지도 이 식사 이후 이상 증세를 보이진 않았습니다.

또한 필립 보이스만 먹은 음식물이 딱 한 가지 있다는 점은 말해 두어야 하겠습니다. 바로 부르고뉴 와인 한 병입니다. 오래된 고급 코르통으로 원래 병에 담긴 채로 식탁에 가져왔습니다. 어쿼트 씨가 코르크를 땄지만 병째로 온전하게 필립 보이스에게 넘겨주며 그는 마시지 않겠다고 했습니다. 반주는 하지 말라는 충고를 들었기 때문이라고 합니다. 필립 보이스는 가득 따라 두 잔을 마시고 병에 남은 와인은 다행스럽게도 보존해 두었습니다. 이미 들으셨다시피 와인은 후에 분석을 했지만 무해한 것으로 밝혀졌다고 합니다.

이제 오후 9시의 사건을 보도록 하겠습니다. 저녁식사 후 커피가 나왔지만 보이스는 터키 커피를 좋아하지 않는다는 이유를 대며 사양했습니다. 더욱이 해리엇 베인이 커피를 줄지 모른다는 이유도 있었습니다. 9시 15분, 보이스는 워번 스퀘어에 있는 어쿼트 씨의 집을 나서 택시를 타고 베인 양이 살고 있는 도티 가 100번지의 아파트로 향했습니다. 거리상으로는 8백 미터 정도 됩니다. 이 사실은 해리엇 베인 본인과 1층 아파트에 살고 있는 브라이트 부인, 그 시간에 거리를 순찰하고 있던 경찰관 D.1234에게서 직접 확인한 겁니다. 보이스는 9시 25분경 문간에 서서 피고의 대문 초인종을 누르고 있었다고 합니다. 피고는 그가 오기를 기다리며 망을 보고 있다가 즉각 들여보내 주었다고 합니다.

  당연히 두 사람의 만남은 사적이었으므로, 무슨 말이 오갔는지는 오직 피고의 설명에 의존할 수밖에 없습니다. 피고의 증언에 의하면 보이스가 들어오자마자, 피고는 미리 준비해 두었던 커피 한 잔을 주었다고 합니다. 피고가 이렇게 증언을 하자, 검사 측에서는 커피를 미리 준비해 두었냐고 물었습니다. 피고는 이 질문의 목적을 이해하지 못했는지, '식지 않게 하려고 스토브 위에 올려두었다'고 대답했습니다. 다시 한 번 이 질문을 명확하게 반복하자 피고는 커피를 냄비에서 끓여서 스토브 위 가스 화구 위에 놔두었다고 설명했습니다. 검사는 피고가 이전에 경찰에 진술했을 때는 이렇게 말했다고 주의를 환기시켰습니다. '그가 오자마자 커피 한 잔을 준비했어요.' 배심원 여러분은 이 표현의 중요성을 아실 것입니다. 만약 고인이 오기 전에 커피를 여러 잔 준비해서 각각 따라두고 필립 보이스에게는 준비된 컵을 주었다면 독약을 미리 넣을 기회가 충분히 있었습니다. 하지만 커피를 냄비에 담아둔 채로 놔두었다가 고인이 있는 앞에서 따랐다면 그럴 기회는 적겠습니다. 물론 보이스가 잠깐 딴 데 정신을 파는 동안이었다면 쉽게 할 수 있었을 것입니다. 피고는 진술서에서 '커피 한 잔'이라는 표현을 쓴 것은 단순히 '커피 일정량'이라는 뜻이었다고 설명했습니다. 이 표현이 통상적이고 자연스러운 형태인지는 배심원 여러분이 직접 판단하실 수 있을 것입니다. 피고는 고인이 커피에 우유나 설탕을 타지 않았다고 했고, 어쿼트 씨와 본 씨의 증언에 의하면 보이스는 식후 커피는 설탕과 우유를 넣지 않고 블랙으로 마시는 습관이 있었다고 합니다.

피고의 증언에 의하면 만남의 결과는 만족스럽지 않았다고 합니다. 양쪽 다 서로 험한 말을 내뱉었고, 10시쯤 되었을 때 고인은 피고의 집에서 떠날 의도를 표현했다고 합니다. 피고의 행동에 마음이 많이 상한 데다 낯빛도 좋지 않았고 필립 본인이 자신의 몸 상태가 매우 안 좋다고 말했다고 합니다.

오후 10시 10분, 길포드 가에 차를 세워 놓고 기다리던 택시 운전사 버크 씨에게 필립 보이스가 와서 워번 스퀘어까지 가자고 했다고 합니다. 이 시간을 잘 기억해 두십시오. 택시기사는 보이스가 정신이나 몸이 이상한 사람처럼 아주 서두르면서 황급한 목소리로 말했다고 합니다. 택시가 어쿼트 씨의 아파트 앞에 섰을 때 보이스는 내리지 않았고, 버크 씨는 문을 열고 무슨 일이 일어났는지 확인했습니다. 그러자 고인이 한 손을 배에 대고 구석에 웅크리고 있는 모습이 보였습니다. 얼굴은 창백했고 땀으로 범벅이 되어 있었습니다. 기사는 보이스에게 몸이 아프냐고 물었고, 고인은 "그래요, 죽을 만큼"이라고 대답했다고 합니다. 버크 씨가 차에서 내리는 보이스를 부축하며 문간으로 올라가서 한 팔로 그를 지탱하며 초인종을 눌렀습니다. 해나 웨스트록 양이 문을 열었습니다. 필립 보이스는 걸을 수도 없을 지경이었습니다. 그는 허리를 구부리고 있었고 신음을 내며 복도의 의자에 털썩 주저앉아 브랜디를 달라고 청했습니다. 하녀가 식당에서 독한 브랜디 소다를 가져다 주자, 보이스는 이를 마시더니 기력이 어느 정도 회복되어 주머니에서 돈을 꺼내 택시비를 낼 수 있었습니다.

그래도 보이스가 여전히 아파 보였기 때문에 해나 웨스트록 양은 서재에 있는 어쿼트 씨를 불렀습니다. 그는 보이스에게 말했습니다. '어이, 사촌. 어떻게 된 거야?' 보이스는 이렇게 대답했다고 합니다. '모르겠어! 몸 상태가 상당히 나쁘군. 닭고기가 이상했던 건 아닐 텐데.' 어쿼트 씨는 본인도 그렇게 생각하지는 않는다고, 맛이 이상한 건 느끼지 못했다고 말했습니다. 그랬더니 보이스는 음식 때문은 아닐 것이라고, 평소처럼 위통이 재발한 것 같은데 이전하고는 사뭇 다른 느낌이라고 대답했습니다. 그는 도움을 받아 2층으로 올라갔고 가장 가까운 데 사는 내과의인 그레인저 박사가 전화를 받고 도착했습니다.

의사가 도착하기 전, 환자는 심하게 구토를 했고 그 후에도 지속적으로 구토가 이어졌습니다. 그레인저 박사는 심한 위염이라고 진단을 내렸습니다. 열이 높았고 맥박이 빠르게 뛰었으며 환자의 복부를 누르면 심하게 고통을 느꼈습니다만, 박사는 맹장염이나 복막염 증세를 발견하진 못했습니다. 그래서 박사는 다시 진료실로 돌아가서 구토를 멈추게 할 진정제를 조제했습니다. 중탄산칼륨과 오렌지팅크, 클로로포름 혼합물로 다른 약물은 포함하지 않았습니다.

다음 날, 구토가 여전히 지속되자 그레인저 박사와 함께 진료하기 위해 위어 박사가 왔습니다. 위어 박사가 환자의 상태를 잘 아는 주치의였기 때문입니다."

여기서 판사는 말을 잠깐 멈추고 시계를 흘긋 들여다보았다.

"시간이 다 되었으니 의학적 증언은 일단 통과하도록 하겠습니다. 이제 점심시간 동안 휴정합니다."

"모든 사람의 식욕이 싹 달아나는 끔찍한 시점에 멈추는군." 프레디가 말했다. "이봐, 윔지. 가서 고깃점 좀 뱃속에 집어넣고 오자고. 어이!"

윔지는 친구에게는 눈길도 주지 않고 그를 지나쳐 법정 안으로 나아갔다. 임피 빅스 경이 하급 변호사들과 함께 서서 의논을 하고 있었다.

"약간 안절부절못하는 것처럼 보이는데." 아버스노트는 생각에 잠겨 말했다. "뭔가 다른 이론이 떠올랐나 보군. 내가 어쩌다 이 지긋지긋한 쇼를 다 보러 왔담. 끔찍하게 지루하고, 저 여자는 심지어 예쁘지도 않은데. 점심 먹고 다시 올 일이 있을까 모르겠군."

프레디는 빠져나가려다 덴버 선대 공작부인과 딱 맞닥뜨렸다.

"저와 같이 점심을 하시지요, 공작부인."

프레디는 반갑게 청했다. 그는 공작부인을 좋아했다.

"고맙지만 난 피터를 기다리고 있단다. 프레디. 정말 흥미로운 사건이고 흥미로운 사람들이야. 그렇지 않아? 배심원들이 저렇게 멍한 얼굴을 하고서 사건을 이해하고 있는지나 모르겠다만. 아, 저 예술가는 빼고. 저 끔찍한 넥타이와 콧수염만 없다면 아예 얼굴에 특징이라고는 없을 사람이지. 저 턱수염은 예수님 같지 뭐야. 다만 진짜 예수님이라기보다 이탈리아 그림에 나오는 모습처럼 분홍색 옷을 입고 푸른색 망토를 걸친 예수님 같아서 그렇지. 저기 배심원단에 있는 사람은 피터 밑에서 일하는 클림슨 양 아닌가? 어쩌다 배심원으로 뽑혔담?"

"윔지가 근처에 집도 얻어 줬다는데요." 프레디가 대답했다. "타자 사무실도 겸하는 곳인데, 그곳을 관리한답니다. 거기서 먹고 자면서 윔지가 하는 우스꽝스러운 자선 사업도 맡아한다는군요. 정말 재미있는 아주머니예요. 1890년대 잡지에서 빠져나온 것 같다니까요. 하지만 피터가 하는 일에는 적격인 듯하니 그러면 됐죠."

"그래, 정말 잘된 일이야. 온갖 수상한 광고에 다 대답해 주고, 오는 사람들은 다 받아 주고. 게다가 얼마나 용감하니. 그 중에는 무섭고 구질구질한 사람도 많잖아. 게다가 살인자들까지. 그 자동 뭐라더라 하는 물건하고 호신용 지팡이 같은 걸 들고 다니는 사람들. 어쩌면 영악하기 그지없는 란드루[§]처럼 가

[§] 앙리 데지레 란드루. 20세기 초, 프랑스에서 11명을 살해한 연쇄 살인범으로 신문 광고를 내 과부들을 유혹한 후 돈을 갈취하고 살해하여 시체를 오븐에 태워 없앴다고 한다.

스오븐 한가득 뼈가 들어 있을지도 모르는 자들이지. 그 여자들은 불쌍하기도 하지. 어떤 사람 말로는 애초에 타고나기를 남에게 살해당하기 쉬운 여자들이라고 하더라. 얼굴들은 어쩌면 하나같이 다들 돼지상일까. 물론 그렇다고 해서 그런 흉악한 일을 당해서는 안 되지. 어쩌면 사진이 잘 안 받아서 그런지도 몰라."

프레디는 공작부인이 평소보다 더 두서없이 말을 꺼낸다는 생각이 들었다. 공작부인은 이야기를 하면서도 평소답지 않게 눈에 걱정을 담고 아들 쪽을 쳐다보았다.

"윔지가 예전의 모습을 되찾은 걸 보니 좋으시죠?" 프레디는 단순하게 친절한 마음을 담아 말했다. "이런 종류의 일에 얼마나 열을 올리는지 잘 모르실 겁니다. 집에 돌아오자마자 폭탄 냄새를 맡은 늙은 군마처럼 마구 휘젓고 다니고 있어요. 여느 때처럼 푹 빠져 있다니까요."

"그래, 이건 파커 주임경감이 맡은 사건이지. 두 사람은 정말 친한 사이니까. 다윗과 베르셰바 같다니까. 아니, 내가 말하려던 건 다니엘이든가?"

윔지는 이 복잡한 순간에 두 사람에게로 돌아와 다정하게 어머니의 팔짱을 꼈다.

"기다리시게 해서 죄송해요, 어머니. 하지만 빅스 경에게 몇 마디 전할 말이 있어서요. 이번에는 아주 고전하고 있는 데다가 저 늙은 제프리스 판사는 사형선고를 내리기로 마음을 굳히고 있는 것처럼 보이네요. 집에 가서 제 책을 다 불살라 버려야 겠어요. 독극물에 대해서 너무 많이 알고 있으면 위험하다는 것 아니에요? 얼음처럼 정숙하고, 눈처럼 깨끗하다 해도⁸ 저 베일리의 손아귀에서는 빠져나가지 못하리라."

"저 아가씨가 그런 조제법을 시험해 봤을 것 같지는 않나 보지. 그런가?" 프레디가 한마디 했다.

"자네가 배심원을 했어야 했어." 윔지는 평소보다 더 신랄한 말투로 대꾸했다. "지금 이 순간에는 다들 그렇게 말하고 있겠지. 저 배심원장은 분명히 금주 선언을 했을 거야. 진저에일이 배심원실로 배달되는 걸 봤거든. 그게 폭발해서 저 사람 머릿속이 확 뒤집혀 버렸으면 좋겠군."

"자, 됐어, 됐어." 아버스노트가 위로하듯 대꾸했다. "자네한테 필요한 건 술이군."

---

⁸ "얼음처럼 정숙하고, 눈처럼 깨끗하다 해도 중상모략에서 빠져나가지 못하리라." 〈햄릿〉 3막 1장, 햄릿이 오필리어에게 하는 대사를 변용했다.

 2장

　자리다툼이 간신히 진정되었다. 배심원들이 다시 법정으로 돌아왔다. 피고는 마치 용수철 인형처럼 갑자기 피고석에서 툭 튀어 올랐다. 판사가 다시 착석했다. 장미에서 꽃잎이 몇 장 떨어졌다. 늙은 판사는 아까 하다 만 부분부터 이야기를 이어갔다.
　"배심원 여러분, 필립 보이스의 증상을 자세히 기술할 필요는 없다고 봅니다. 6월 21일, 간호사가 불려왔고, 그날 하루 동안 의사들이 세 번 왕진을 왔습니다. 보이스의 상태는 서서히 악화되었습니다. 계속해서 구토와 설사를 했고, 음식이나 약을 넘기지 못했습니다. 다음 날인 22일, 상태가 한층 악화되어 고통이 극심해지고 맥이 약해졌으며 입 주위의 피부가 마르고 껍질이 벗겨졌습니다. 의사들은 심혈을 다해 치료를 했으나 어쩔 도리가 없었습니다. 보이스의 부친이 소식을 듣고 왔지만, 부친이 도착했을 때 아들은 의식만 있지 몸도 일으킬 수 없었습니다. 하지만 말은 아직 할 수 있었고, 아버지와 윌리엄스 간호사가 있는 앞에서 이런 말을 했다고 합니다. '저 이제 세상을 떠납니다, 아버지. 다 끝낼 수 있어서 차라리 기뻐요. 해리엇은 이제 나 없이 살 수 있겠죠. 해리엇이 나를 이렇게나 많이 싫어했는지는 몰랐군요.' 아주 주목해 볼 만한 말입니다. 그리고 재판 중 이 말에 대한 두 가지 다른 해석을 들었습니다. 어느 쪽이 맞는지는 배심원 여러분의 의견에 따라 결정하십시오. 보이스는 이런 뜻으로 말한 걸 수도 있습니다. '해리엇은 마침내 나를 없애 버리는 데 성공했습니다. 독살할 정도로 나를 미워하는 줄은 미처 몰랐군요.' 혹은 이런 뜻으로 말한 건지도 모릅니다. '해리엇이 나를 이렇게나 많이 싫어한다는 걸 깨달았을 때 나는 살아갈 뜻을 버렸어요.' 아니면 어쩌면 둘 다 뜻하지 않았을 수도 있습니다. 사람이 아주 심하게 아프면 환상적인 생각을 품고 마음속에서 헤매기도 하죠. 이런 상황에서 당연히 나올 수 있는 말로 여기면 여러분의 판단에 도움이 되지 않을지도 모릅니다. 그렇지만 고인이 한 말은 증거의 일부이고, 배심원 여러분은 이를 고려해야 할 책임이 있습니다.

그날 밤, 보이스는 점차 쇠약해졌고 마침내 의식을 잃었습니다. 그리하여 새벽 3시에 다시 정신을 차리지 못하고 사망했습니다. 그날이 6월 23일이었습니다.

이 시점까지는 어떤 의심도 제기되지 않았습니다. 그레인저 박사나 위어 박사 모두 사인이 중증 위염이라는 소견을 냈고, 이런 결론에 이르렀다고 두 사람을 비난할 수도 없습니다. 증세가 위염과 일치했으며 환자의 병력과도 맞아떨어졌기 때문입니다. 사망증명서는 통상대로 발급되었고 장례식은 28일에 치렀습니다.

음, 그 다음에 이런 유의 사건에 종종 발생하는 일이 일어났습니다. 말이 나돌기 시작한 겁니다. 이 특정한 사건에서 먼저 입을 연 사람은 윌리엄스 간호사였습니다. 여러분 중에는 간호사로서 이런 행동은 그릇되고 신중하지 못했다고 생각하실 분이 있을지도 모릅니다. 하지만 종국에는 올바른 행동이었음이 밝혀졌습니다. 물론 윌리엄스 간호사가 사건 당시에 의심이 들었다면 당연히 위어 박사나 그레인저 박사에게 말하는 편이 좋았겠지만, 그렇게 하지 않았습니다. 다만 의사들의 소견에 따르면 간호사가 의심스럽다고 말한 덕분에 의사들이 비소 중독에 의한 증상임을 알았다 하더라도 이 불행한 남자의 생명은 구할 도리가 없었다고 하니, 그나마 위안은 됩니다. 어쨌든 윌리엄스 간호사는 6월 마지막 주에 위어 박사의 다른 환자를 간호하기 위해서 불려가게 됩니다. 그런데 이 환자는 우연찮게도 필립 보이스와 해리엇 베인이 속한 블룸즈버리 지역의 문학회

회원이었다고 합니다. 그래서 윌리엄스 간호사는 그 집에 있는 동안 필립 보이스의 죽음에 관해 이야기를 하면서 본인 생각에 그의 병은 중독 증세와 아주 비슷했다고 했습니다. 심지어 비소라는 단어까지도 꺼냈다고 합니다. 뭐 그런 일이 어떻게 퍼지는지 잘 아실 겁니다. 한 사람이 다른 사람에게 말하고, 티 파티에서 나온 말이 칵테일 파티까지 이어지자 곧장 이야기가 확 퍼지면서 사람들이 수군대기 시작했고 편을 나눠 설왕설래했습니다. 매리어트 양과 프라이스 양이 그 소문을 들었고 곧 본 씨의 귀에까지 들어갔습니다. 본 씨는 당시 필립 보이스의 죽음에 아주 슬퍼하고 놀랐던 차였습니다. 특히 웨일스에서 함께 휴가를 보내는 동안 보이스의 건강이 꽤 좋아졌다는 사실을 알고 있었기 때문입니다. 게다가 본 씨는 해리엇이 보이스와 연애를 끝낼 때 너무 심하게 굴었다는 느낌을 아주 강하게 받고 있었습니다. 본 씨는 그 문제에 대해서 무슨 조치를 취해야 한다고 생각하고, 어쿼트 씨를 찾아가 얘기를 꺼냈습니다. 어쿼트 씨는 변호사이기 때문에 소문이나 의심을 조심스럽게 다루고 싶어 하는 사람입니다. 그래서 본 씨에게 어리석게 괜한 고발을 하고 다녔다가는 명예훼손으로 고소당할 수도 있다고 경고를 해 주었습니다. 동시에 자연스럽게도 어쿼트 씨 또한 자신의 집에서 죽은 친척에 관해 그런 말이 나돈다는 데에 불편함을 느꼈습니다. 그래서 어쿼트 씨는 합리적으로 위어 박사와 의논을 하는 방책을 취했습니다. 위어 박사가 이 병이 다른 이유가 아닌 위염 때문이었음을 확신하고 있다면 윌리엄스 간호사의 말을 부인하고 이 소문에 종지부를 찍을 수 있도록 조치를 취해야 한다는 뜻을 은근히 비쳤습니다. 위어 박사는 당연하게도 그런 소문이 나돈다는 말을 듣고 아주 놀라고 화가 났지만, 말이 나왔으니 하는 말인데 증상만 놓고 본다면 그런 가능성이 있기는 하다고 대답했습니다. 여러분도 의료 증언이 제시되었을 때 들으셨겠지만 비소 중독과 심한 위염은 거의 구분이 되지 않기 때문입니다.

의사의 이런 의견이 본 씨에게 전해지자, 본 씨는 의심을 확고히 굳히고 필립 보이스의 아버지에게 조사를 해 보자는 편지를 썼습니다. 보이스 씨는 당연하게도 심하게 충격을 받았고 곧 사건을 처리하도록 하겠다고 했습니다. 보이스 씨는 아들과 해리엇 베인과의 관계를 오래 전부터 알고 있었고, 해리엇이 필립 보이스에게 병문안을 오지도 않았으며 장례식에도 참석하지 않았다는 것을 알고 있었습니다. 보이스 씨에게는 이런 행동이 아주 무정하게 보였습니다. 결국, 경찰에 고발한 끝에 시체 발굴 명령을 얻을 수 있었습니다.

배심원 여러분은 제임스 러복 경과 스티븐 포다이스 씨에게서 검시 결과를 들으셨습니다. 분석 방법과 비소가 신체에 미치는 영향 등에 대해서 아주 자세히 논의를 하였습니다만, 지금 세세한 점까지 따져 볼 필요는 없을 것 같습니다. 그 증언에서 요점은 제가 보기엔 이런 내용입니다. 배심원 여러분은 원한다면 적어 두시는 것도 좋겠습니다.

    검시를 하면서 시체에서 적출한 장기는 위, 장, 신장, 간 등이었습니다. 이 장기들의 일부를 분석한 결과 모두 비소를 포함하고 있다는 사실이 발견되었습니다. 두 전문가는 이 부분에서 발견된 비소의 양을 측정하여 전신에 퍼져 있는 비소의 양을 계산할 수 있었습니다. 그리고 구토와 설사로 배출된 양과 신장에서 빠져나간 비소의 양도 계산에 넣었습니다. 이 특정 독약을 제거하는 데 신장이 큰 역할을 하기 때문이라고 합니다. 이 모든 사실을 종합해 본 결과, 두 사람은 치명적일 정도로 많은 양의 비소, 26그램에서 32그램 정도가 죽기 사흘 전쯤 투여된 것으로 파악했습니다.

    이에 대한 온갖 전문적인 주장들을 배심원 여러분들이 제대로 이해하셨는지는 모르겠습니다. 제가 이해한 대로 요점만 전하도록 하겠습니다. 비소는 속성상 아주 빨리 몸에 퍼지며 음식과 함께, 혹은 식사 직후에 복용할 경우 확산 속도가 더욱 빨라집니다. 비소는 장 내벽을 자극해서 배출 과정이 가속화되기 때문입니다. 비소는 가루 형태보다 액체 상태로 투입될 경우 더 빨리 배출됩니다. 비소를 식사에 곁들여, 아니면 직접적으로 식사에 얹어 복용하면 거의 전량이 복용 후 24시간 안에 몸에서 빠져나갑니다. 그래서 몸에서 발견된 양이 아주 미량처럼 보일 수는 있어도, 사흘 동안이나 구토와 설사를 한 후에도 그 정도 남아 있다는 것은 애초에 상당량이 투입되었다는 것을 의미합니다.

　증상을 언제 처음 보였느냐에 대해서도 많은 논의가 있었습니다. 변호인 측은 필립 보이스 본인이 해리엇 베인의 아파트에서 나와 길포드 가에서 택시를 잡기 전에 그 틈을 타서 비소를 음독했을 수도 있다고 주장했습니다. 변호인 측에서는 많은 경우 중독 증상은 비소를 투입한 후 즉각 나타난다는 말이 쓰여 있는 책도 증거로 내놓았습니다. 증상이 나타나기까지 최단 시간은 15분인데, 액체 형태로 복용했을 때 이 정도 시간이 걸린다고 합니다. 피고의 진술에 따르면 필립 보이스는 오후 10시에 아파트를 떠났다고 합니다. 그리고 그 외 다른 증언은 없습니다. 보이스는 오후 10시 10분에 길포드 가에 있었는데 그때 이미 아파 보였다고 합니다. 밤에 그 시간에는 워번 스퀘어까지 가는 데 오래 걸리지 않습니다. 그리고 도착했을 때 보이스는 이미 극심한 고통에 시달리고 있었고 서 있지도 못할 정도였습니다. 길포드 가는 도티 가에서 멀지 않아서 가는 데 3분 정도 걸립니다. 그럼 피고의 진술이 맞는다면 이 10분 동안 보이스가 무엇을 했을지 자문해 보시길 바랍니다. 어떤 조용한 자리로 가서 비소를 복용했을까요? 그렇다고 한다면 피고와 약속한 면담이 불쾌하게 끝나리라는 것을 예기하고 이 약을 가지고 다녔다는 말이 됩니다. 여기서, 변호사 측에서는 필립 보이스가 비소를 가지고 다닌 적이 있거나 비소에 접근한 적이 있다는 증거를 내놓지 못했다는 점을 주지시키고 싶습니다. 그렇다고 해서 보이스가 비소를 구할 수 없었다는 말은 아닙니다. 해리엇 베인이 독약을 구입했다는 사실을 보면 독약 판매를 규제하는 법률이 기대만큼 효과적이지는 않다는 것을 알 수 있습니다. 하지만 변호인 측에서 고인이 비소를 보유하고 있었다는 사실을 증명하지 못했다는 점은 변함이 없습니다. 그리고 이에 관해서는 참으로 기이하게도 통상 시판 비소에는 흑색이나 남색 염료를 섞기 마련인데 검시관들은 그 흔적을 찾아볼 수 없었다는 점을 말씀드리고 싶습니다. 독약을 피고가 구입했든 고인이 직접 구입했든 이 염색물질의 흔적이 있어야 합니다. 하지만 구토와 설사가 있었으므로 그 와중에 몸에서 그러한 흔적이 사라졌다고 생각할 수도 있습니다.

자살이 아니냐는 의견을 제시하자면 그 10분에 대해서 질문을 해 봐야 합니다. 그 10분 동안 보이스는 비소를 음독했을 수도 있고 아니면 몸이 좋지 않아 어디서 잠깐 기력을 회복하려고 앉아 있었을 수도 있습니다. 혹은 단지 기분이 언짢고 불행할 때 사람들이 흔히 그러듯이 정처 없이 떠돌아다녔을 수도 있습니다. 혹은 보이스가 아파트를 떠난 시각에 대해 피고가 착각을 하거나 일부러 거짓을 말하고 있을 수도 있습니다.

또한 피고는 보이스가 나가기 전에 몸이 좋지 않다고 말했다고 진술했습니다. 이것이 비소와 상관이 있다고 생각한다면, 아파트를 떠난 후에 독약을 먹었을 수도 있다는 의심은 없어집니다.

따라서 자세히 들여다보면 증상이 언제 나타났는가 하는 문제는 아직도 모호하게 남아 있습니다. 여러 의사들이 증언대에 나와 자신의 경험과 책에 나온 의학 전문가들의 사례를 이야기했으니 중독 증상이 나타나는 시점은 확정적이지 않다는 사실을 배심원 여러분도 지금쯤은 이해하셨을 겁니다. 어떤 경우는 15분이나 30분 만에 나타나기도 하며, 어떤 경우는 두 시간, 어떤 경우는 다섯 시간에서 여섯 시간까지도 지난 후에 나타납니다. 또, 한 경우에는 약을 복용한 지 일곱 시간 후에 나타나기도 했습니다."

여기서 검사가 정중하게 일어서서 말했다.

"그 경우에는, 빈속에 독약을 먹었기 때문이라고 말해도 될 것 같습니다."

"그 점을 지적해 주셔서 감사합니다. 그건 빈속에 약을 복용한 경우였습니다. 이러한 사례를 언급한 이유는 우리가 아주 불확실한 현상을 다루고 있음을 보여 드리기 위함이고, 그래서 필립 보이스가 사건 당일인 6월 20일에 음식을 섭취했던 경우를 모두 일일이 확인해 드리는 것입니다. 그 경우를 다 고려해야 할지도 모를 가능성이 있기 때문입니다."

"잔소리꾼 같으니. 하지만 그저 잔소리꾼에 지나지 않아."

피터 윔지가 웅얼거렸다.

"지금까지는 검시에서 찾아낸 이색적인 부분을 의도적으로 꺼내지 않고 있었습니다. 바로 모발에서 비소가 검출되었다는 사실입니다. 고인은 곱슬머리를 약간 길게 기르고 있었습니다. 앞머리를 곧게 펴면 대략 15에서 18센티미터 정도 됩니다. 이 모발의 두피 가까운 부분에서 비소가 검출되었습니다. 가장 긴 머리카락의 끝까지 확산되지는 않았지만, 모근 근처에서 발견되었고 제임스 러복 경은 검출량이 자연 상태로는 설명할 수 없을 정도로 다량이라고 증언하고 있습니다. 간혹, 아주 정상적인 사람의 경우에도 모발이나 피부에서 비소가 극소량 발견되기는 하지만, 여기서 발견된 양은 그런 정도가 아니었다는 게 제임스 경의 의견입니다.

 의학계의 관련 증인들이 모두 합의하고 있는 바는 한 사람이 비소를 복용할 경우, 일정 부분은 피부, 손톱과 모발에 저장된다는 것입니다. 보통 모근에 저장되었다가 머리카락이 자람에 따라 비소가 자라나는 모발과 함께 이동한다고 합니다. 따라서 모발에서 비소가 검출되는 위치를 보면 얼마나 오랫동안 비소를 복용하였는지 대략적으로 추정할 수 있습니다. 이에 대해서는 논의가 많이 되었습니다만, 일반적으로는 일정량 비소를 복용한다면 대략 10주 후에는 두피 가까운 부분의 모발에서 흔적을 발견할 수 있다는 데 뜻을 모으고 있는 것 같습니다. 모발은 1년에 15센티미터 정도 자라므로, 비소는 자라나서 끝부분에 이를 땐 잘려나갑니다. 여성 배심원들은 이 점을 잘 이해하실 것으로 믿습니다. 소위 '파마'를 할 경우에도 같은 현상이 일어나기 때문입니다. 머리에 파마를 하게 되면 시간이 흐른 후에는 자라나서 두피에 가까운 모발은 생머리로 쫙 펴지기 때문에 다시 파마를 해야 합니다. 웨이브의 위치를 보면 마지막으로 파마를 한 게 언제인지 알 수 있습니다. 마찬가지로 손톱에 멍이 들면 변색된 부분이 점차적으로 자라나므로 나중에는 손톱깎이로 잘라버리게 됩니다.

그러므로 필립 보이스의 모근 부분에서 비소가 검출되었다는 사실은 적어도 사망하기 전 석 달 안에 비소를 복용한 적이 있다는 뜻입니다. 그렇다면 이 사실을 피고가 4월과 5월에 비소를 구입한 적 있다는 사실과 결부해서 볼 수 있을 것입니다. 또한 고인이 3월과 4월, 5월에 발작을 일으킨 적이 있다는 점도 보십시오. 피고와의 다툼은 2월에 있었습니다. 고인은 3월에 아팠고 6월에 죽었습니다. 다툼과 죽음 사이에는 다섯 달이라는 시간이 있고 처음 발병한 시기와 죽음 사이에는 넉 달이라는 시간이 있습니다. 이 날짜에 어떤 중요성이 있다고 생각할 수도 있습니다.

이제 경찰 조사 결과를 말씀 드리겠습니다. 의혹이 일었을 때, 형사들은 해리엇 베인의 행보를 조사했고 곧 이어 진술을 받으러 아파트로 갔습니다. 경찰이 해리엇 베인에게 보이스가 비소 중독으로 죽었다는 사실이 밝혀졌다고 전하자, 베인은 아주 놀란 표정으로 말했다고 합니다. '비소요? 정말 특이하네요!' 그 다음에는 웃으면서 이렇게 말했다고 합니다. '뭐, 저도 비소 중독에 대한 책을 하나 쓰고 있지만요.' 경찰들은 피고에게 비소와 다른 독약을 구입한 건에 대해서 물었고, 베인은 아주 순순히 그 사실을 인정하며 법정에서 했던 증언 그대로 진술했습니다. 경찰들이 독약을 어떻게 했느냐고 묻자 나돌면 위험한 물질이라 태워 버렸다고 말했습니다. 아파트를 수색했지만 어떤 종류의 독약도 발견되지 않았고, 아스피린이나 일반적 약품만이 발견되었을 뿐입니다. 베인은 비소나 어떤 종류의 독약이라도 필립 보이스에게 치독했다는 혐의를 완강히 부인했습니다. 우연히 독약이 커피에 들어갈 수도 있지 않았겠느냐는 질문을 받자 5월 말 전에 독약을 다 파기하였기 때문에 그런 일을 절대 있을 수 없다고 대답했습니다."

여기서 임피 빅스 경이 끼어들어 챌로너 씨가 제시한 증언을 배심원들에게 다시 상기시켜 달라는 청을 판사에게 했다.

"그렇죠, 임피 경. 고맙습니다. 챌로너 씨는 해리엇 베인의 출판 대리인입니다. 챌로너 씨는 증언대에 서서 지난 12월부터 앞으로 나올 책의 주제에 대해서 베인 양과 의논을 했다고 증언했습니다. 그때 베인 양은 독약에 대한 소설이 될 것이라고 말했으며, 아마도 비소를 다룰 것 같다고 했다고 합니다. 따라서 이 점은 피고에게 유리한 점이라고 생각할 수 있고, 비소를 구입하고 투약하는 과정에 대해서 공부를 해야겠다는 의도는 필립 보이스와 싸우기 전부터 있었던 것이라 생각할 수 있습니다. 베인 양은 분명 이 주제에 대해서 생각을 많이 한 것으로 보이는데, 책꽂이에는 법의학과 독물학에 대한 책이 많이 있었으며 유명한 독살 재판에 대한 보고서도 있었습니다. 거기에는 매들린 스미스§ 사건과 세던§§ 사건, 암스트롱§§§ 사건이 포함되어 있었는데, 이 모두가 비소 독살 사건입니다.

자, 이게 여러분 앞에 놓인 사건입니다. 이 여인은 옛 애인을 비소로 살해한 죄목으로 기소되었습니다. 남자의 사인은 의심의 여지없이 비소 중독입니다. 만약 이 여인이 그를 해치거나 살해할 의도를 가지고 그에게 비소를 주었으며 그로 인해 남자가 죽었다는 결론에 배심원 여러분이 만족한다면, 피고에게 살인 죄목으로 유죄 판결을 내리는 것이 여러분의 의무입니다.

임피 빅스 경은 유능하고 유창한 변론에서 피고가 살해할 동기가 별로 없다고 주장했습니다. 하지만 저는 살인은 전혀 적절한 동기가 없을 때도 저질러지는 경우가 많다는 말씀을 드릴 수밖에 없습니다. 실로 살인을 저지르는 데 적절하다고 할 수 있는 동기가 있는지조차 말하기 어렵습니다. 특히 부부 간의 문제이거나 부부처럼 살았던 사람들끼리라면 정열적인

---

§   1857년, 당시 스코틀랜드 글래스고에 살던 22세의 매들린 스미스가 애인이었던 피에르 에밀 랑젤리에를 비소로 독살했다는 혐의로 기소된 사건. 두 사람이 다툰 후 에밀이 그동안 오갔던 서신으로 매들린을 협박하려 하자 매들린이 그를 독살했다는 혐의를 받았으나 비소를 구입한 정황만 있을 뿐 다른 증거가 없어 결국 무죄 방면되었다. 《맹독》의 동기가 된 실제 사건으로 보인다.
§§   1910년 프레드릭 세던과 그의 아내가 돈을 노리고 당시 자기 집에 하숙했던 49세의 과부인 엘리자 메리 배로를 독살한 사건. 1912년에 교수형 당했다.
§§§   허버트 로이스 암스트롱은 영국의 변호사로 라이벌과 아내를 독살했다는 혐의로 1922년 교수형 당했다.

감정만으로도 폭력적 범죄를 일으킬 수 있습니다. 그들이 적절하지 못한 도덕 기준을 가졌거나 불균형한 정신 상태에 있었다면 말입니다.

피고는 비소라는 수단을 가지고 있었습니다. 전문적인 지식도 있고 이를 행할 기회도 있었습니다. 변호인 측에서는 이것만으로는 충분하지 않다고 말합니다. 변호인은 검찰 측이 좀 더 수사를 진행해서 독약이 다른 경로로 주입되었을 가능성이 있다는 것을 증명해야 한다고 주장하고 있습니다. 즉, 사고로 들어갔을 수도 있고, 자살 의도가 있을 수도 있다는 말입니다. 이는 여러분이 판단해야 할 문제입니다. 합리적으로 생각했을 때 피고가 필립 보이스에게 이 독약을 고의적으로 주었다는 주장이 의심스럽다고 여긴다면, 무죄 판결을 내려야 합니다. 피고가 준 게 아니라면 이 독약이 어떤 방식으로 고인에게 해를 미치게 되었는지 찾아내야 할 필요는 없습니다. 사건 정황을 전체적으로 고려하여 어떤 결론에 이르렀는지 말씀해 주시길 바랍니다."

3장

"오래 걸리진 않겠네요." 와플스 뉴턴이 말했다. "이건 결론이 아주 뻔하겠는데요. 저기요, 전 이제 기사 보내러 가야겠습니다. 그 사이에 무슨 일이 있으면 나중에 좀 알려 주실래요?"

"그러지." 샐컴 하디가 대답했다. "가는 길에 우리 회사에 내 기사도 보내 주면. 전화로 나한테 음료수 한 잔 시켜 줄 순 없겠나? 입이 모랫바닥처럼 바짝 말라 버렸네." 하디는 시계를 들여다보았다. "6시 반 석간은 놓치겠는데. 서두르지 않으면 말이지. 저 판사 영감은 꼼꼼하긴 한데 얼마나 느릿느릿 읽는지."

"배심원들은 진중하게 검토하는 척하지 않으면 관례에 어긋난다고 생각할 거예요." 뉴턴이 말했다. "아마 20분쯤 걸리겠죠. 담배 한 대 정도는 피우고 싶을 테니까. 저도 그러네요. 전 만약의 경우를 대비해서 10분 전에 돌아올게요."

뉴턴은 사람들을 비집고 나가 버렸다. 조간신문 기자인 커스버트 로건은 좀 더 느긋한 사람이라 한쪽에 자리 잡고 앉아서 재판 광경을 묘사하는 기사를 썼다. 그는 성격이 덤덤하고 냉철해서 세상 어디보다 법원에서 가장 편안하게 글을 잘 쓸 수 있었다. 그는 사건 현장에 있기를 좋아했고, 사람들의 시선이나 어조, 배색의 효과 같은 것들을 썼다. 로건의 기사는 언제나 재미있었고, 가끔은 우수하기까지 했다.

프레디 아버스노트는 결국 점심식사 후에 집에 가지 않았지만, 지금은 집에 가야 할 때가 아닌가 생각하고 있었다. 그가 꿈지럭대자 윔지가 친구를 보고 얼굴을 찌푸렸다. 선대 공작부인은 방청객들을 지나쳐 피터 경 옆에 비집고 앉았다. 임피 빅스 경은 의뢰인의 이해관계를 마지막까지 살펴 주다가, 검사와 함께 명랑하게 대화를 나누면서 퇴장해 버렸다. 그 뒤를 잔챙이 변호사들이 줄줄 따라갔다. 피고석은 비어 있었다. 판사석에는 선홍색 장미꽃들만이 꽃잎을 흩날리며 외로이 놓여 있었다.

파커 주임경감은 동료들 틈에서 떨어져 나와 천천히 관중 사이를 비집고 다가와서 선대 공작부인에게 인사를 올렸다.

"그럼 자네는 어떻게 생각하나, 피터?" 파커는 윔지를 돌아보며 덧붙였다. "깔끔하게 정리된 편이지, 어?"

"찰스, 자넨 나 없인 나가서 돌아다니면 안 되겠어." 윔지가 대답했다. "실수를 저질렀군, 친구."

"실수라고?"

"저 여자는 범인이 아냐."

"뭐, 정말?"

"여자가 하지 않았어. 증거가 확실하고 딱 맞아떨어지는 것 같지만 다 틀렸어."

"진짜로 그렇게 생각하는 건 아니겠지."

"진짜야."

파커는 좌절한 표정이었다. 그는 윔지의 판단을 신뢰하고 있었기 때문에, 유죄를 확신하긴 했지만 마음이 흔들렸다.

"어디 오점이 있단 말인가?"

"그런 게 아니야. 칼날 하나 들어갈 데 없을 정도로 논리가 탄탄하지. 그 자체로는 아무런 문제가 없어. 다만 여자가 무죄라는 것밖에."

"자넨 흔해빠진 얼치기 심리학자처럼 굴고 있군." 파커가 심기 불편하게 웃었다. "그렇지 않습니까, 공작부인?"

"이 여자를 전부터 알고 있었더라면 좋았을 걸 그랬어요." 공작부인은 평소처럼 에둘러 말했다. "아주 흥미롭고 정말 놀라운 얼굴이야. 엄격히 말해서 예쁜 얼굴이라고 할 순 없겠지만, 그 때문에 한층 더 흥미롭네. 예쁜 여자들은 단정치 못한 경우가 많으니까. 최근에 이 여자가 쓴 책을 한 권 읽었는데,

정말 훌륭하고 아주 잘 썼더라고. 2백 페이지까지는 범인을 전혀 예측하지 못했지. 아주 똑똑한 여자야. 보통 나는 15페이지 정도 되면 범인을 금방 맞추거든. 범죄 소설을 쓰는 사람이 직접 범죄 혐의로 고발당하다니 참 신기하기도 하지. 어떤 사람들은 그게 다 인과응보라고 하더라고. 하지만 여자가 직접 범죄를 저지르지 않았다 하더라도, 혹시 범인을 보지는 않았을까? 실제 삶에서는 추리소설가들이 그렇게 쉽게 범인을 맞추는 것 같지는 않지만 말이야. 물론 에드거 월리스만은 예외지. 그 사람은 동에 번쩍, 서에 번쩍 하니까. 코난 도일과 이름은 생각 안 나지만 피부가 검은 사람의 경우도 있었고. 그리고 소문이 무성했던 슬레이터 사건도.⁸ 하지만 스코틀랜드 사람들은 정말 이상한 법을 많이도 만들었다는 생각이 드네. 특히 결혼에 대해선 말이야. 뭐, 어쨌건 곧 알게 되지 않겠어요. 반드시 진실이 밝혀지진 않아도 배심원들이 어떻게 생각하는지는."

"그렇죠. 예상보다는 배심원 결정이 약간 오래 걸리는군요. 그런데 윔지, 자네가 얘기를 좀 더 해 줬으면 하네만……."

"너무 늦었어, 너무 늦었다고. 지금 자네가 등장할 순 없어.

---

⁸ 코난 도일 본인이 직접 누명을 쓴 사람의 죄를 벗겨낸 예. 앞의 '피부가 검은 사람'은 인도계 영국인 변호사였던 조지 에달지 사건을 말하는 듯 보이며 뒤의 '슬레이터 사건'은 도박장 주인이었던 독일계 유대인 오스카 슬레이터가 82세 노파를 둔기로 때려죽였다는 혐의를 받은 사건을 말한다.

나는 내 마음을 은상자에 넣어 황금 핀을 꽂아 버렸다네. 이젠 배심원들 말고는 누구의 의견도 중요하지 않아. 클림슨 양이 배심원들에게 말하는 중이 아닐까 싶군. 클림슨 양이 일단 입을 열면 한 시간이고 두 시간이고 끝나질 않으니."

"뭐, 지금은 반시간 정도 지났어." 파커가 말했다.

"아직도 기다리고 있냐고?" 샐컴 하디가 기자 전용 탁자로 돌아오면서 말했다. "그래! 그런데 20분 정도 걸릴 거라고? 45분이나 됐어."

"지금 한 시간 반이나 의논 중이래." 윔지 바로 뒤에서 한 여자가 약혼자에게 말했다.

"도대체 뭘 그렇게 논의한다지?"

"결국 여자가 범인이 아니라고 생각하나 보지."

"말도 안 돼! 당연히 여자가 범인이지. 얼굴을 보면 알잖아. 냉혹하게 생겨서는. 울거나 하지도 않더라고."

"어, 난 모르겠던데." 젊은 남자가 대답했다.

"그 여자에게 호감이 있다는 뜻은 아니겠지, 프랭크?"

"어, 음, 모르겠다고. 하지만 내가 볼 땐 여자 살인자 같진 않았어."

"여자 살인자 얼굴을 어떻게 알아? 만나 본 적 있어?"

"아, 마담 투소에서 봤거든."

"아, 밀랍 인형 박물관. 밀랍 인형으로 보면 다들 살인자같이 보이던데."

"뭐, 그럴지도 모르지. 초콜릿이나 하나 먹어."

"두 시간 15분이나 지났어요." 와플스 뉴턴이 짜증을 냈다. "이거 배심원들이 다 잠들어 버린 거 아닐까요. 호외로 내야겠는데. 배심원들이 밤을 새면 어쩌죠?"

"우리도 여기 밤새 앉아 있을 거니까. 그럼 됐지."

"이제, 제가 뭣 좀 마시러 가야겠네요. 무슨 일이 생기면 알려 줄 거죠?"

"그렇게 하지!"

"경비원 한 명하고 얘기를 해 봤어." 방청객 중 요령 좋은 남자 하나가 의미심장하게 친구에게 말했다. "판사가 어떻게든 도와줄 일 있냐고 배심원들에게 회람을 보냈다는군."

"그랬대? 그랬더니 배심원들이 뭐랬대?"

"모르겠어."

"벌써 세 시간 반이나 지났어." 윔지 뒤에 있는 여자가 소곤거렸다. "정말 끔찍하게 배가 고파."

"그래, 자기? 그럼 갈까?"

"아니, 그래도 판결을 듣고 싶어. 이렇게나 오래 기다렸는데 좀 더 기다리는 편이 좋겠어."

"그럼, 내가 나가서 샌드위치 좀 사 올게."

"아, 그게 좋겠네. 하지만 너무 지체하진 마. 판결을 들으면 히스테리가 생길지도 모르니까."

"되는 대로 빨리 다녀올게. 당신이 배심원이 아니라 다행이야. 배심원들은 그래서는 안 되니까."

"뭐? 아무것도 먹거나 마실 수가 없어?"

"아무것도 안 돼. 조명이나 화기도 가까이 할 수 없고."

"불쌍해라. 하지만 여기 중앙난방 아닌가?"

"여기야 충분히 따뜻하지. 신선한 공기 좀 쐬면 기분이 좋아질 것 같아."

다섯 시간이 흘렀다.

"거리에 사람들이 얼마나 많은지 몰라." 요령껏 정찰을 하고 돌아온 남자가 말했다. "몇몇 사람들이 피고에게 야유를 보내기 시작하자, 남자들 한 무리가 그 사람에게 덤볐어. 한 남자는 구급차에 실려 갔고."

"정말 재미있다니까. 봐! 어쿼트 씨다. 돌아왔나 봐. 저 사람만 보면 마음이 안됐지 뭐야. 자기 집에서 누가 죽다니 얼마나 끔찍한 일이야."

"검사하고 이야기를 하는데. 다들 저녁을 잘 먹었겠지."

"검사는 임피 빅스 경만큼 잘 생기진 않았지. 카나리아를 키운다는 게 정말이야?"

"검사가?"

"아니, 임피 경."

"그래, 진짜래. 그걸 무척 자랑스럽게 여긴다는데."

"정말 웃긴다!"

"버텨, 프레디." 윔지가 말했다. "움직임이 느껴지는군. 사람들이 오고 있어. 발걸음이 공기처럼 가볍지 않다면야."[§]

법정에 있던 사람들은 다 일어섰다. 판사가 자리에 앉았다. 전등 빛에 비쳐 아주 창백하게 보이는 피고가 다시 피고석에 나타났다. 배심원실로 이어지는 문이 열렸다.

"저 사람들 얼굴을 봐." 뒤에 앉은 여자가 말했다. "유죄 판결을 내릴 땐 절대로 피고를 보지 않는다면서. 아, 아치, 내 손을 잡아 줘."

법원 서기가 책망을 가까스로 억누른 공식적인 어조로 배심원들을 호명했다.

"배심원 여러분, 모두 판결에 합의했습니까?"

배심원장이 상처입고 언짢은 얼굴로 일어섰다.

"죄송합니다만, 우리는 합의에 이르는 게 불가능하다는 결론을 내렸습니다."

[§] 알프레드 테니슨, 《모드》 1권, p.916~917에서 인용

길게 내쉬는 숨소리와 웅성거림이 법정에 퍼졌다. 판사는 몸을 앞으로 내밀었다. 아주 정중한 태도였으며 조금도 피곤한 기색이 보이지 않았다.

"조금만 더 시간을 드리면 합의에 이를 수 있겠습니까?"

"그러지 못할 것 같습니다, 재판장님." 배심원장은 험한 눈초리로 배심원석 구석을 쏘아보았다. 나이 지긋한 독신 여성이 고개를 숙이고 손을 깍지 낀 채로 앉아 있었다. "우리가 합의할 수 있을 거란 전망이 전혀 보이지 않습니다."

"제가 어떤 식으로든 도와드릴 수 있겠습니까?"

"감사합니다만, 됐습니다. 우리는 증거를 아주 잘 이해하고 있지만 합의하지는 못했습니다."

"그것 참 안타깝군요. 어쩌면 다시 한 번 시도해 봐야 할지도 모릅니다. 그래도 여전히 결정을 내릴 수 없으면 돌아와서 제게 말씀해 주십시오. 그동안 제 법 지식이 여러분에게 도움이 된다면 얼마든지 이용하십시오."

배심원단은 부루퉁해져서 다시 법정을 떠났다. 판사는 진홍색 법복 뒷자락을 판사석 뒤로 길게 내려뜨렸다. 대화를 나누며 웅성대는 소리가 커지다가 왁자지껄한 소음으로 부풀어 올랐다.

"맙소사." 프레디 아버스노트가 탄식했다. "이 재미있고 구태의연한 쇼를 질질 끌고 있는 사람이 자네 밑에 있는 클림슨 양은 아니겠지, 윔지. 배심원장이 클림슨 양을 쏘아보는 눈길 봤나?"

"좋은 사람이야." 윔지가 감탄했다. "대단해, 훌륭해! 클림슨 양은 무서울 정도로 양심이 강력한 사람이지. 아직도 버티고 있나 보군."

"자네가 배심원을 타락시킨 거야, 윔지. 클림슨 양에게 신호 같은 걸 주었지?"

"아니야. 믿거나 말거나, 난 눈썹 하나 추켜올리지 않으려고 참았다고."

"그가 자기 입으로 그렇게 말했군." 프레디는 웅얼거렸다. "그로서는 대단히 명예로운 행동이지.⁸ 하지만 저녁밥을 먹고 싶은 사람에게는 너무 힘든 일이야."

여섯 시간. 여섯 시간 30분.

"드디어 왔다!"

배심원들이 두 번째로 줄지어 섰을 때, 그들의 얼굴에는 눈물 자국이 있었고 지친 기색이 역력했다. 몹시 시달린 듯한 여자는 흐느끼면서 손수건으로 입을 틀어막고 있었다. 심한 감기에 걸린 남자는 마치 죽은 사람 같았다. 예술가는 머리카락이 부스스하게 헝클어져 있었다. 회사 중역과 배심원장은 누구의 목이라도 조르고 싶은 표정이었고, 나이 든 독신 여성은 눈을 꼭 감고 기도하듯 입을 오물거리고 있었다.

---

8 아서 설리반과 W. S. 길버트의 오페라 〈H. M. S. 피나포어〉에서 한 구절을 인용.

"배심원 여러분, 판결에 합의를 보셨습니까?"

"아니오. 우리로서는 합의를 보기가 절대 불가능하다는 게 확실해졌습니다."

"확실해졌다고요?" 판사가 말했다. "어쨌든 재촉하고 싶진 않습니다. 배심원이 원하는 만큼 여기서 기다릴 준비가 되어 있습니다."

회사 중역은 방청석까지 들릴 만큼 큰 소리로 으르렁댔다. 배심원장은 마음을 다잡더니 짜증과 피로로 기진맥진한 목소리로 대답했다.

"절대 합의는 보지 못할 겁니다, 재판장님. 운명의 날까지 여기 있지 않는 한요."

"그것 참 안타깝습니다." 판사가 말했다. "물론 이런 경우에는 여러분을 해산하고 새롭게 재판을 시작할 수밖에 없습니다. 여러분 모두 최선을 다했으며 이처럼 인내심 있게 열심히 주의를 기울여 들어 주신 사안에 대해서 지성과 양심을 다해 고심했으리라 믿습니다. 배심원을 해산합니다. 앞으로 12년 동안 여러분은 배심원 의무에서는 면제를 받을 자격이 있습니다."

남은 공식적 절차가 끝나기도 전에, 판사의 법복이 어둡고 좁은 복도에 아직도 날리고 있는데, 윔지는 벌써 변호인 석으로 나가 있었다. 그는 변호사의 법복을 붙잡았다.

"비기, 잘했어요! 다시 한 번 기회를 잡았네요. 제가 이 사건을 맡게 해 줘요. 같이 해결해 봅시다."

"자네 생각은 그런가, 웜지? 고백하자면 내 기대보다도 우리가 더 잘 해낸 거지."

"다음번에는 더 잘할 수 있어요. 비기, 저를 서기나 뭐 그런 걸로 임명해 줘요. 저 여자와 면담을 해 보고 싶습니다."

"누구, 내 의뢰인?"

"예, 이 사건에 대해서 뭔가 감이 와요. 이 여자를 빼내야 해요. 그렇게 할 수 있을 것 같습니다."

"뭐, 그럼 내일 나를 만나러 오게. 난 지금부터 의뢰인을 만나 얘기를 나눠야 하니까. 난 10시에 내 방에 있을 거야. 잘 가게."

웜지는 쏜살같이 뛰어나가 배심원들이 들어오는 옆문으로 돌아갔다. 배심원 행렬 맨 끝에, 독신 여성이 모자를 비뚜름하게 쓰고 어깨에 걸친 방수 외투를 흥하게 질질 끌면서 들어왔다. 웜지는 그 여자에게로 뛰어가 손을 잡았다.

"클림슨 양!"

"어머, 피터 경. 어머나, 정말 끔찍한 날이었어요. 아시겠지만, 이 소동을 일으킨 게 저랍니다. 물론 배심원들 두 명이 용감하게도 저를 지지해 주었지만요. 피터 경, 제가 잘못한 거나 아닌지 모르겠어요. 하지만 어쩔 수 없었어요. 양심상 저 여자가 범인이 아닌 걸 확신하고 있는데 범인이라고 말할 수 없었어요. 그렇지 않겠어요? 세상에, 어머나, 세상에!"

"클림슨 양 판단이 전적으로 옳아요. 저 여자는 범인이 아닙니다. 클림슨 양이 저 사람들에게 맞서서 또 한 번 기회를 줬으니 천만다행이지. 그래서 이제 제가 저녁을 사 드리려고요. 클림슨 양!"

"네?"

"클림슨 양이 언짢아하지 않았으면 좋겠는데. 제가 아침 이후로 면도를 하지 않았지만, 저기 조용한 구석에 가서 뽀뽀도 해 드릴 작정입니다."

 4장

 다음 날 아침은 일요일이었지만, 임피 빅스 경은 골프 약속을 취소하고 (어차피 억수비가 쏟아지고 있어서 별로 아쉬울 것도 없었다.) 특별한 작전 회의를 열었다.
 "자, 윔지." 변호사가 입을 열었다. "그럼 자네 생각은 어떤가? 여기 크로프츠 앤드 쿠퍼 법률회사의 크로프츠 씨를 소개하지. 피고의 민사담당 변호사일세."
 "제 생각은 베인 양이 범인이 아니라는 겁니다." 윔지가 말했다. "빅스 경도 벌써 그 생각은 했을 것 같은데요. 하지만 제 뛰어난 지성을 가지고 이런 생각을 했다는 중요성을 감안해 보면, 상상력을 한층 더 강력히 불러일으키는 사건이죠."

맹독 61

크로프츠 씨는 이 말이 웃기자고 한 말인지, 아니면 얼빠진 소리인지 확실히 감을 잡지 못하고 정중하게 미소만 띠었다.

"그렇고말고." 임피 경이 말했다. "하지만 배심원 중 여러 명이 그런 관점으로 이 사건을 보고 있다는 걸 알고 참으로 흥미로웠다네."

"뭐, 적어도 그 중 한 명과는 아는 사이라는 말은 해야겠네요. 여자는 한 명 반, 남자는 4분의 3이 우리와 뜻이 같았던 거죠."

"정확히 무슨 뜻인가?"

"음, 제가 아는 여자가 베인 양이 그런 유의 사람이 아니라고 끝까지 주장했다고 합니다. 물론 다른 배심원이 그 여자에게 꽤 겁을 준 모양이에요. 사슬처럼 연결되어 있는 증거들에서 진짜 약한 고리를 집어 내지는 못했으니까요. 하지만 그 여자는 피고의 몸가짐이 일부분 증거가 된다고 생각하고 그 점을 고려해 주어야 한다고 말했답니다. 다행히 이 여자는 강하고 마르고 나이가 좀 지긋한 여성으로, 위장이 튼튼하고 독실한 고교회파 신도로서 오래 버틸 수 있는 양심을 가진 사람이었죠. 게다가 호흡조절도 아주 잘하는 사람이죠. 그래서 사람들이 나가떨어질 때까지 내달리도록 내버려 두었다가 나중에서야 자기는 베인 양이 범인이라고 믿지 않으며 믿는다고 할 수도 없다고 말했답니다."

"아주 쓸모 있는 사람이로군. 기독교 신앙의 교리를 다 믿고 있는 사람이라면 불리한 증거가 아주 조금 있다고 해서 망설이지는 않겠지. 하지만 배심원단 모두가 절대 뜻을 굽히지 않는 신앙인이길 바랄 순 없어. 그럼 다른 여자와 남자는 어떤가?"

"그게, 그 여자는 예상치 못한 변수였죠. 튼튼하고 유복한 여자인데, 사탕가게를 한다고 합니다. 이 여자는 사건이 증명되지 않았다고 생각했고, 보이스가 직접 독약을 먹었거나 사촌이 주었을 가능성도 농후하다고 말했어요. 또, 약간 이상하지만 이전에 비소 재판에 한두 번 참석했던 경험이 있었고 그때 판결에 만족하지 않아서 영향을 받은 모양입니다. 그 유명한 세던 재판 말입니다. 이 여자는 일반적으로 남자들을 좋게 평가하지 않는데 (얼마 전 세 번째 남편을 여의었다 하더라고요.) 신념에 따라 모든 전문가들의 증언을 불신하고 있습니다. 그래서 개인적으로는 베인 양이 범인일 수도 있다고는 생각하고 있지만 의학 증언만 믿고는 개 한 마리도 목매달게 하지 않겠다는 생각을 갖고 있죠. 처음에는 다수의 뜻에 따라 투표를 했지만, 배심원장이 남성적 권위로 누르려고 하자 그를 싫어하게 되었고요. 그래서 결국에는 제 친구인 클림슨 양을 지지하기로 한 겁니다."

임피 경이 웃음을 터뜨렸다.

"아주 재미있군. 우린 언제나 이처럼 배심원들에 대한 내부 정보를 얻었으면 하고 바랐지. 증언을 준비하기 위해 진땀을 다 쏟았는데, 한 사람은 증거가 아닌 걸로 마음을 정하고 다른 사람은 증거를 믿을 수 없다는 근거로 동조를 했다니 말이야. 그 남자는 어떤가?"

"이 남자는 예술가였기 때문에 배심원 중에서는 유일하게 이런 사람들이 어떤 삶을 영위하는지 진짜로 잘 이해하고 있었죠. 그래서 그 싸움의 속사정에 대해서는 당신네 의뢰인의 말을 믿고 이렇게 말했답니다. 저 여자가 정말로 그 남자를 그렇게 생각하고 있었다면 절대로 그 남자를 죽이려 할 리가 없다고. 차라리 물러서서, 그 사람이 아파하는 걸 보는 편을 택했으리라는 겁니다. 우스운 민요에 나오는 충치 있는 남자처럼요. 또 이 화가는 독약을 구입한 동기에 대한 말도 다 믿었습니다. 물론 다른 배심원들이 보기에는 너무 약한 변명이었지요. 또, 이 화가는 자기가 들은 평판으로는 보이스가 오만하고 좀스러운 사람이라고 알고 있어서 이런 자를 제거해 준 건 공익을 위한 봉사라고 생각했다지요. 재수 없게도 보이스의 책을 몇 권 읽어 봤다면서, 이 작가를 무용지물에다가 사회의 해충으로 생각했다고 합니다. 실제로 이 화가는 보이스가 단순히 자살한 게 아닐까 생각했고, 누가 그런 관점을 내세운다면 기꺼이 동조하려고 했다고 합니다. 또, 그는 자신이 심야 작업과 열악한 환경에도 익숙해져 있으니 밤새 앉아서 토론해도 별로 개의치 않을 거라고 경고를 주었다고 합니다. 클림슨 양 또한, 아주 정의로운 대의명분을 고려할 때 약간의 개인적 불편함 정도야 참을 수 있다고 말하더군요. 게다가 종교 때문에 금식에도 익숙해져 있다고요. 그 얘기가 나왔으니 말인데 이 세 번째 여자는 히스테리를 부리기 시작했고, 다른 남자는 다음 날 중요한 거래가 있다면서 성질을 벌컥 냈답니다. 그래서 무슨 폭력 사태라도 벌어질까 봐 배심원장은 차라리 합의를 보지 않는 게 낫겠다고 한 겁니다. 사건의 전말은 이렇다고 하더군요."

"뭐, 그래서 우리에게는 다시 한 번 기회가 생겼고." 크로프츠 씨가 말했다. "결국 이건 어느 모로 보나 이득이 되었습니다. 이제 다음 회기 때까지는 그 문제를 논의할 수 없으니 한 달 정도 시간을 벌었죠. 또 다음번에는 크로슬리 같은 엄한 판사 대신에 뱅크로프트를 담당 판사로 세울 수 있을 겁니다. 그렇다면 관건은 우리 사건을 유리하게 만들기 위해서 뭘 할 수 있냐는 것이겠죠?"

"제가 활발하게 뛰어 볼 생각입니다." 윔지가 말했다. "어딘가에 분명히 증거가 있을 겁니다. 물론 여러분도 댐 짓는 비버처럼 열심히 일하셨지만, 전 앞으로 비버 우두머리처럼 일하려고요. 그리고 다른 분들보다 제가 훨씬 유리한 점도 있고."

"뭐, 뛰어난 지성?" 임피 경이 싱긋 웃으면서 슬쩍 농을 던졌다.

"아뇨. 제가 설마 그런 말을 하겠어요, 비기. 하지만 저는 베인 양의 결백을 믿습니다."

"웃기는군, 윔지. 자넨 내 유창한 변론을 듣고도 아직 내가 그 여자의 무죄를 진심으로 믿는다는 걸 확신하지 못하겠나?"

"물론 변론이야 훌륭했고 확신도 들었죠. 눈물이 찔끔 나던데요. 어쩌지, 이러다가 불리한 판결이 나오면 빅스가 영국 사법체계에 회의를 느낀답시고 변호사직에서 은퇴하고 목을 칼로 긋는 게 아냐, 하는 생각까지 했다니까요. 하지만 적어도 반전의 계기를 마련할 수 있는 시간, 배심원들의 합의 결렬을 이끌어냈으니 나름 승리인 거죠. 기대 이상의 성과입니다. 본인도 그렇게 말했잖아요. 그건 그렇고 무례한 질문인진 모르겠는데, 변호사 비용은 누가 내는 겁니까?"

"크로프츠 앤드 쿠퍼 사에서." 임피 경은 교활하게 말했다.

"회사에서는 설마 좋아서 취미로 이 사건에 끼어든 건 아니겠죠?"

"아닙니다, 피터 경. 이 사건의 비용은 베인 양의 출판사와, 음, 어떤 신문사에서 대고 있습니다. 이 신문사에서는 베인 양의 새 책을 연재하려고 한다는군요. 사건 결과를 특종으로 실을 수 있기를 기대하고 있죠. 하지만 솔직히 말하자면 이 신문사에서 새 재판 비용에 대해서는 뭐라고 할지 모르겠습니다. 오늘 아침에 이에 대해서 뭔가 말이 있지 않을까 합니다."

"먹이에 몰려드는 독수리들이군." 윔지 경이 평했다. "계속하는 편이 좋겠지만, 그 사람들에게 재판에 질 경우 비용은 누가 보증하기로 했다고 말씀하십시오. 하지만 제 이름은 대지 말고요."

"이건 정말 너그러운……"

"그렇지도 않습니다. 저야 무슨 일이 있어도 이렇게 재미있는 사건을 놓치고 싶진 않으니까요. 제가 푹 빠질 수 있는 사건이죠. 하지만 대가로 저한테도 뭘 해 주셔야 합니다. 베인 양을 만나고 싶어요. 변호단의 일원으로 저를 통과시켜 주시면 좀 더 합리적으로 기밀을 유지하면서 베인 양 쪽의 이야기를 들어 볼 수 있을 겁니다. 해 주실 수 있겠죠?"

"그건 할 수 있을 것 같네." 임피 경이 말했다. "달리 제안할 건 없나?"

"아직 시간이 없었어요. 하지만 뭔가 찾아낼 테니 걱정하지 마십시오. 벌써 저 때문에 경찰들의 자신감이 허물어지고 있으니까요. 파커 주임경감은 자기 묘비에 걸 버드나무 화관이나 짜러 집으로 돌아가 버렸습니다."

"조심해야 해." 임피 경이 경고했다. "우리가 찾아낼 수 있는 증거를 검찰 측이 아직 모르고 있다면 더 큰 효과를 낼 수 있을 테니까."

"달걀 껍데기 위를 걷듯 살살 걷도록 하죠. 하지만 제가 진짜 살인자를 찾아내면 (만약 있다면 말이지만요.) 제가 그 남자든 여자든 범인을 경찰에게 맡겨 체포하려고 할 때 변호인 측이 반대하진 않았죠?"

"그래, 반대하진 않겠네. 하지만 경찰은 반대할지도 모르지. 자, 신사분들, 이제 더 이상 논의할 게 없다면 회의를 연기하는 게 좋겠군요. 피터 경이 원한 조치를 취해 줄 수 있겠죠,

크로프츠 씨?"

크로프츠가 열심히 움직인 끝에, 다음 날 아침 피터 경은 홀로웨이 교도소 문 앞에 신임장을 들고 나타났다.

"아, 예. 피터 경은 피고의 변호사와 똑같은 위상으로 대접받으실 겁니다. 예, 경찰이 들을 수 없는 별도의 면회실이 있으니 괜찮을 겁니다. 교도관이 경을 안내해 드리고 규칙을 설명해 드릴 겁니다."

윔지는 황량한 복도 여럿을 지나 유리문이 달린 작은 방으로 안내되었다. 방 안에는 긴 탁자가 있고, 양 끝에는 방수 의자가 두 개 놓여 있었다.

"여깁니다, 피터 경. 피터 경이 한쪽 끝에 앉으시면 수감자가 다른 쪽 끝에 앉게 됩니다. 그리고 자리에서 움직이거나 탁자 너머로 물건을 넘겨주는 등의 행동은 삼가 주십시오. 저는 밖에서 유리 너머로 보고 있을 겁니다만, 아무 소리도 엿들을 수는 없습니다. 자리에 앉으시면 교도관들이 피고를 데리고 들어올 겁니다."

윔지는 자리에 앉아 기다렸다. 그는 기이한 전율에 사로잡혔다. 이윽고 발소리가 요란하게 들리더니 수감자가 여자 교도관의 인도를 받아 들어왔다. 해리엇 베인은 윔지 건너편 의자에 앉았고 여자 교도관이 물러나자 문이 닫혔다. 일어서 있던 윔지는 헛기침을 했다.

"안녕하십니까, 베인 양." 그는 밋밋하게 인사했다.

수감자는 그를 쳐다보았다. "앉으세요." 그녀는 법정에서 그를 매혹했던 기묘하고 깊은 목소리로 말했다. "피터 윔지 경이시죠. 크로프츠 씨가 보낸."

"그렇습니다." 여자의 흔들림 없는 시선에 그는 기백을 잃었다. "네. 전, 음……. 사건 내용을 죄다 들었습니다. 그게, 제가 할 수 있는 일이 있을지도 모른다고 생각해서요."

"아주 친절하시네요."

"전혀 아닙니다, 전혀요. 이런! 제 말뜻은 전 사건 수사하기를 좋아한다는 뜻입니다. 제 말뜻을 아실지 모르겠지만요."

"알아요. 저도 추리소설가로서 당연히 피터 경의 활동을 관심 있게 봐 왔어요."

해리엇이 돌연 그를 보고 방긋 웃자, 그의 심장이 흐물흐물 녹아 내렸다.

"네, 어떤 면에서는 잘된 일이죠. 그럼 제가 보기보다는 형편없는 녀석이 아니라는 걸 이해하실 테니까요."

이 말에 해리엇은 웃음 지었다.

"절대 형편없는 사람처럼 보이지 않으세요. 이런 상황에서 신사분들은 그렇게 보일 수도 있겠지만, 최소한 그보다 더 심하게 보이진 않아요. 이 배경이 피터 경의 스타일과 어울리진 않지만, 만나 뵈니 기분이 한결 상쾌한걸요. 게다가 정말로 감사하고 있어요. 비록 이제 제 사건은 어찌 구제할 도리가 없을 것 같다는 생각은 하지만요."

"그런 말 마십시오. 베인 양이 범인이 아니라면 구제할 도리가 없는 게 아니죠. 게다가 전 베인 양이 범인이 아니란 걸 알고 있습니다."

"뭐, 제가 저지른 일이 아닌 건 사실이에요. 하지만 이 일이 모두 제가 썼던 소설 같은 기분이 드네요. 물 샐 틈 없이 꽉 짜인 완전 범죄를 만들어 내서 탐정이 증명할 방법을 고안해 낼 수 없었거든요. 결국은 살인자의 자백에 의존할 수밖에 없었죠."

"필요하다면 우리도 똑같이 하면 됩니다. 혹시 누가 살인자인지 아시는 건 아니죠?"

"살인자가 있는 것 같지도 않아요. 전 정말로 필립이 독약을 스스로 먹었을 것이라 생각해요. 그 사람은 약간 패배주의에 젖어 있었거든요."

"베인 양과의 결별을 받아들이기가 힘들었나 보죠?"

"뭐, 부분적으로는 그랬을 것 같아요. 하지만 그보다는 자기가 충분히 인정받고 있는 것 같지 않아서가 아닐까 해요. 그 사람은 사람들이 똘똘 뭉쳐서 자기 기회를 망친다는 생각을 곧잘 하곤 했거든요."

"정말 그랬습니까?"

"아뇨. 전 그렇게 생각 안 해요. 하지만 많은 사람들 비위를 거스른 것도 맞아요. 그 사람, 무슨 권리라도 있는 양 이것저것 요구를 하곤 했거든요. 그러면 사람들이 싫어하죠."

"네, 알겠군요. 그 사람이 사촌하고 사이는 좋았습니까?"

"아, 그럼요. 물론 그 사람은 항상 자기를 돌봐 주는 게 그저 어쿼트 씨의 의무라도 되는 양 말하곤 했어요. 어쿼트 씨는 상당히 유복하고 사업상 인맥도 좋아요. 하지만 필립이 어쿼트 씨에게 뭔가를 요구할 권리는 없어요. 그게 집안 유산 같은 건 아니거든요. 필립은 위대한 예술가들은 보통사람들에게 보살핌을 받아야 할 자격이 있다는 생각을 갖고 있었죠."

윔지 또한 이와 비슷한 예술적 기질에는 아주 익숙한 편이었다. 하지만 이 대답의 어조에 움찔했다. 이 말에는 신랄함과 약간의 경멸이 어려 있었다. 그는 좀 망설이며 다음 질문을 했다.

"외람된 질문이지만, 필립 보이스 씨를 아주 좋아하지 않으셨습니까?"

"그랬겠죠. 그렇지 않았겠어요? 그런 상황이라면?"

"꼭 그러라는 법은 없죠." 윔지는 대담하게 말했다. "단순히 동정심을 느꼈을 수도 있고, 홀렸을 수도 있죠. 어쩌면 죽도록 괴롭힘을 당했을 수도 있고요."

"그 모두 다예요."

윔지는 잠시 생각에 빠졌다.

"두 분은 친구 사이였습니까?"

"아뇨."

이 말이 화를 억누른 채 불쑥 튀어나오자, 윔지는 화들짝 놀랐다.

"필립은 여자와 친구로 지내는 그런 남자가 아니에요. 여자한테선 헌신을 바라죠. 저는 그에게 그걸 바친 거고요. 아시겠지만, 정말로 그랬어요. 하지만 더 이상 바보 취급을 당하는 걸 참을 수 없었죠. 제가 무슨 회사 급사인 양 감히 자기와 대등한 위치에 설 만한 능력이 있는지 저를 관찰하고 두고 보는 걸 참을 수 없었어요. 그 사람이 자긴 결혼을 믿지 않는다고 말했을 때 그 사람이 솔직하다고 생각했었죠. 하지만 그건 일종의 시험이었어요. 제가 비참한 지경에 이를 정도로 헌신적인지 보려는 시험. 뭐, 하지만 제 헌신은 그렇지 못했죠. 품행이 단정치 못한 상으로 결혼을 받고 싶진 않았거든요."

"베인 양을 탓하진 않습니다."

"절 탓하지 않으신다고요?"

"그래요. 제가 듣기에 이 남자는 점잔 빼는 도덕가였던 것 같군요. 비열한 인간인 건 말할 것도 없고요. 풍경화가인 척하면서 운 없는 아가씨에게 타고 나지 않은 명예로운 지위의 부담을 지워 당황스럽게 한 비겁한 남자랑 똑같아요.[8] 남편이 얼마나 참을 수 없을 정도로 으스댔겠어요. 집안 대대로 물려 내

---

[8]   알프레드 로드 테니슨의 〈벌리의 영주〉를 언급. 이 시는 가난한 풍경화가인 양 시골 아가씨에게 구애한 한 남자의 이야기이다. 이 아가씨는 두 아들을 낳고 남편이 작위를 받고 나서야 남편의 진짜 신분을 알게 된다. 하지만 결국 여주인공은 백작부인의 직위를 부담스러워하다가 24세라는 젊은 나이에 죽는다.

려온 골동품 가구나 금은식기, 주인을 보면 꾸벅 절하는 소작농들을 가지고."

해리엇 베인은 다시 한 번 웃음을 터뜨렸다.

"네, 정말 웃기네요. 하지만 또한 굴욕적이기도 해요. 뭐, 바로 그거죠. 전 필립이 자기 자신과 저 두 사람 모두를 우스운 꼴로 만들었다고 생각했어요. 그래서 그걸 깨닫게 된 순간, 뭐 모든 게 그저 닫혀 버린 거죠. 털썩!"

해리엇은 종지부를 찍는 듯한 손짓을 했다.

"잘 알겠습니다. 진보적인 사상을 가진 남자치고는 아주 빅토리아 시대적인 태도군요. '남자는 주님의 모습을 따서 만들어졌고, 여자는 남자의 갈빗대로 만들어졌다'[8]인 건가. 뭐, 베인 양이 그런 기분이시라니 다행입니다."

"그러세요? 현재의 위기 상황에선 딱히 도움이 될 것 같지 않은데요."

"도움은 되지 않겠죠. 하지만 저는 그 너머를 보고 있습니다. 그러니까 이 일이 모두 끝났을 때, 전 당신과 결혼하고 싶습니다. 만약 저를 참아 주고 그러실 수 있다면요."

해리엇 베인은 이제까지 줄곧 보여 주던 웃음을 멈추고 얼굴을 찡그렸다. 뭐라 정의할 수 없는 혐오감 어린 표정이 눈 속에 떠올랐다.

---

[8] 존 밀튼, 《실낙원》, 4권 299행.

맹독 73

"아, 당신도 그런 사람이었어요? 그러면 마흔일곱 명이 되겠네요."

"마흔일곱이라니요?" 웜지는 아주 움찔해서 물었다.

"청혼이요. 편지가 밀려드네요. 악명 높은 사람이라면 누구든지 결혼하고 싶은 얼간이들이 꽤 많은가 봐요."

"아, 맙소사. 일이 꽤 꼬이는데요. 실상, 저는 별로 악명이 필요하지 않습니다. 저도 제 혼자 힘으로 충분히 신문에 이름을 실을 수 있으니까요. 제겐 별로 대수로운 일도 아닙니다. 어쩌면 그런 말은 다시 하지 않는 편이 좋겠군요."

그의 목소리에는 상처 받은 기색이 역력해서 여자는 다소 후회하는 얼굴로 그를 쳐다보았다.

"미안해요. 하지만 제 입장에서 보면 가슴에 멍이 들거든요. 정말 짐승 같은 사람들이 너무 많아요."

"압니다. 제가 참 바보 같았군요."

"아니, 바보 같은 건 저죠. 그렇지만 왜……?"

"왜라뇨? 아, 그게, 당신이 결혼하고 싶을 만큼 매력적인 사람이라고 생각했습니다. 그뿐입니다. 제 말은, 당신에게 반한 것 같아요. 왜인지는 모르겠습니다. 그런 일에 법칙은 없죠."

"알겠네요. 아주 친절하시네요."

"그렇게 웃긴다고 생각하는 말투로 말씀하지 않으셨으면 좋겠습니다. 제 얼굴이 약간 멍청하게 생기긴 했지만 그건 저도 어쩔 수가 없어요. 실상, 전 지적인 대화를 나눌 수 있는 사람,

인생을 흥미롭게 만들어 줄 사람을 좋아합니다. 또, 책의 줄거리가 될 만한 이야기를 많이 드릴 수 있어요. 이게 미끼가 될지는 모르겠습니다만."

"하지만 책을 쓰는 아내를 원하지는 않으시잖아요?"

"하지만 원하는 걸요. 얼마나 재미있겠습니까. 옷과 사람에만 관심이 있는 평범한 아내보다는 훨씬 더 흥미롭죠. 물론 옷과 사람에게도 적당하게만 관심이 있다면 괜찮습니다만. 제가 옷을 싫어한다는 뜻으로 한 말은 아닙니다."

"하지만 고가구와 가문 이름이 새겨진 금장 식기는 어쩌시고요?"

"아, 그런 건 신경 쓰지 않으셔도 됩니다. 그건 형이 독차지하고 있거든요. 저는 초판본과 초기 간행본을 수집합니다. 제가 약간 고루하긴 한데, 관심이 없으시면 둘 다 신경 쓰실 필요는 없습니다."

"그런 뜻은 아니에요. 가족분들은 뭐라고 생각하실까요?"

"아, 중요하게 챙겨야 하는 사람은 어머니뿐인데, 어머니께서 당신을 보시더니 아주 좋아하시던데요."

"그럼 저를 어머님께 미리 선보이신 거예요?"

"아니, 이런, 오늘 하루 종일 헛말만 하네요. 전 법정에 온 첫날 아주 얼이 빠져서 어머니께 달려갔죠. 어머니는 정말 자상하시고 이해심이 깊은 분이거든요. 그때 전 말했죠. '여기 보세요! 여기 하나밖에 없는 여자가 있어요. 그 여자가 너무나 끔찍한 시련을 겪고 있는 중이니, 제발 와서 제 손 좀 잡아 주세요!' 그 말이 얼마나 유치했는지 모르실 겁니다."

"약간 진부하게 들리네요. 제가 너무 잔인하게 말했던 건 죄송해요. 하지만 제가 연인이 있었다는 건 마음에 두고 계시겠죠?"

"아, 네. 말이 나오니 말인데, 저도 있었습니다. 사실 여러 명이었죠. 누구에게나 있는 일이잖습니까. 전 꽤 괜찮은 추천서도 받아 올 수 있어요. 사랑할 때 꽤 부드럽다는 평을 듣는 편이거든요. 다만 지금 당장은 제 입장이 좀 불리하죠. 다른 사람이 유리문 안을 들여다보고 있고 제가 여기 탁자 끝에 앉아 있는 상황에선 이 말이 그렇게 신빙성은 없겠죠."

"하신 말씀 그대로 믿겠어요. 하지만 그건 황홀하긴 해도, 생생한 장면들로 이루어진 정원 사이를 거침없이 헤매는 것이나 같죠.[8] 피터 경의 관심을 지금 하는 얘기만큼이나 중요한 다른 화제로 돌릴 수 없을까요? 그러실 수 있을 것 같은데……."

"베인 양이 《카이 룽》을 인용하실 수 있는 정도라면, 우리 둘은 서로 잘 지낼 수 있을 겁니다."

"그런 실험을 해 보려면 제가 살아남아야 하는데 그러지 못할 가능성이 아주 높네요."

"벌써부터 그렇게 기가 죽으면 안 됩니다." 윔지가 격려했

---

[8] 어니스트 브라마의 《카이 룽의 황금시간》에 등장하는 한 구절.

다. "이번에는 제가 이 사건을 수사한다고 설명 드리지 않았습니까. 누가 들으면 제 실력을 못 믿으셔서 그러시는 줄 알겠습니다."

"이전에도 누명을 쓴 사람들은 항상 있었잖아요."

"바로 그겁니다. 그땐 제가 없었기 때문이죠."

"그 생각은 못 해 봤네요."

"지금 생각해 보십시오. 아주 아름답고 영감을 고취하는 생각이죠. 저를 다른 마흔여섯 명과 다른 사람이라고 생각하는 것도 도움이 될 겁니다. 만에 하나 저를 오해하셨다면 말이죠. 아, 그건 그렇고, 제가 치가 떨릴 만큼 혐오스러운 건 아니죠? 그런가요? 만약 그렇다면 제 이름을 대기자 명단에서 즉시 지우겠습니다."

"그렇진 않아요." 해리엇은 친절하고 약간 슬프게 대답했다. "아뇨, 혐오스럽진 않으세요."

"저를 보면 혹시 하얀 민달팽이가 생각난다거나 닭살이 돋는다거나 하진 않으세요?"

"그런 적 없어요."

"그럼 다행입니다. 사소한 변화는 받아들이겠습니다. 머리카락 가르마를 탄다거나 칫솔 모양의 짧은 콧수염을 기른다거나 안경을 갖다 버리기를 바라시면 그 정도는 기꺼이 할 수 있습니다."

"그러지 마세요." 해리엇이 말했다. "딱히 뭘 바꾸시지는 마세요."

"진심이십니까?" 윔지는 약간 얼굴을 붉혔다. "그 말이 제가 무슨 수를 써도 별 도리가 없을 거라는 뜻이 아니길 바라겠습니다. 매번 다른 의상을 입고 와서 해리엇 양이 이 화제를 다방면으로 생각해 볼 수 있도록 해야겠어요. 번터, 제 하인인데요, 그 사람이 잘 알아서 해 줄 겁니다. 넥타이나 양말, 그런 종류를 고르는 취향이 정말 뛰어나거든요. 아, 이제 가 봐야겠네요. 해리엇 양은 여유가 있으시면 다시 생각해봐 주세요. 그러시겠죠? 서두르실 건 없습니다. 다만 천금을 준대도 참지 못하겠다 싶으실 때는 망설이지 말고 얘기해 주세요. 제가 결혼해달라고 협박할 것도 아니고요. 다만 전 무슨 일이 있어도 이 사건은 재미로라도 수사할 겁니다. 아시겠죠."

"정말 좋은 분이시네요······."

"아니, 그런 게 아닙니다. 제 취미거든요. 사람들에게 청혼하는 게 취미가 아니라 수사가요. 자, 영차, 힘냅시다. 괜찮으시면 다시 전화 드리죠."

"문지기에게 언제든지 당신을 들여보내라고 일러두죠." 수감자는 엄숙하게 말했다. "언제든지 저를 만나실 수 있을 거예요."

윔지는 띵한 머리로 더러운 거리를 걸어갔다.

"내가 잘 해낼 수 있을 거야. 물론 그녀는 감정이 상한 듯했지만. 놀랄 일도 아니지. 그런 자식을 사귀고 난 후니까. 하지만 혐오감을 느끼진 않는다고 했어. 혐오감을 주었다면 어떻게 처리할 수 없겠지. 피부가 마치 꿀 같아. 진홍색을 입으면 어울릴 거야. 가넷 목걸이와. 고풍스러운 반지를 여러 개 끼워 줘야지. 아, 집도 사야겠어. 가련하기도 하지, 어떻게든 그녀가 상처를 잊을 수 있도록 내가 열심히 노력해야겠다. 게다가 유머 감각도 있었어. 같이 있으면 지루하지 않을 거야. 아침에 일어나면 하루 종일 즐거운 일이 일어날 거야. 게다가 집에 와서 잠자리에 들 때도 즐겁겠지. 그녀가 글을 쓰는 동안엔 나는 나가서 돌아다닐 수 있을 거야. 그럼 둘 다 지루하지 않을 거고. 번터가 양복을 제대로 골랐는지 몰라. 색이 약간 진한 것 같다고 항상 생각하긴 했는데, 하지만 라인이 좋으니까……."

그는 잠시 상점 진열창 앞에 멈춰 서서 유리에 비친 자기 모습을 슬쩍 쳐다보았다. 그때 커다란 색유리에 붙은 안내문이 눈길을 끌었다.

딱 한 달 동안
특별 할인 판매

"맙소사!" 그는 부드럽게 말하며 즉시 정신을 차렸다. "한 달, 4주, 30일밖에 안 돼. 시간이 별로 없어. 그런데 어디서부터 시작해야 할지 모르겠군."

 5장

"자, 그럼." 웜지가 말했다. "사람들은 왜 사람들을 죽일까요?"

웜지는 캐서린 클림슨 양의 개인 사무실에 앉아 있었다. 그곳은 표면상으로는 타자 사무실로, 유능한 타자수 세 명이 상주하며 작가들이나 과학자들을 위해 일을 척척 처리해 주곤 했다. 겉보기에 사업은 번창하는 듯했는데, 종종 직원들이 모두 일에 매여 있다는 이유로 들어오는 일감을 거절하기도 했다. 하지만 직원들은 이 건물의 다른 층에서 다른 활동들을 하고 있었다. 여기 고용된 이들은 다 여자이고 대부분이 나이가 지긋했지만 몇몇은 젊고 매력적이었다. 강철 금고 안에 있는 개인 기록을 보았다면 이 여자들이 모두 세간에서는 냉혹하게도 '잉여'라고 표현하는 계층의 여성들임을 알았으리라. 이들은 쥐꼬리만 한 고정 수입이 있거나 전혀 수입이 없는 독신 여성들이었다. 혹은 가족이 없는 과부나 바람 따라 떠돌아 다니는 남편에게 버림 받고 알량한 위자료로 살아가는 여자들로, 대부분은 클림슨 양 밑에서 일하기 전에는 브리지나 하고 하숙집 뒷소문을 떠드는 것 외에 할 일이라곤 아무것도 없었다. 또 은퇴하고 세상에 지친 학교 선생들이나 일거리가 떨어진 배우들, 모자 가게나 다방을 하다가 실패한 용감한 사람들도 있었다. 개중에는 '매력적인 젊은 것들'[8]도 있었는데 칵테일 파티나 나이트클럽에서 노는 데도 진력이 난 사람들이었다. 이 여자들은 주로 하루 종일 광고를 보고 답하는 게 일이었다. 세상에는 결혼하겠다는 목적을 가지고, 능력이 있는 여자들을 만나고자 하는 미혼남들이 있었다. 외딴 시골에 있는 집을 관리해 줄 여자를 구하는 정정한 60대도 있었다. 자본을 구축하겠다는 사업 계획을 가진 똑똑한 신사들도 있었다. 또, 여성 협력자를 구하는 문학가들도 있었다. 지방에 연예 기획사를 차리려고 재능 있는 사람을 찾는, 말주변 좋은 남자들도 있고, 남는 시간에 사람들에게 돈 버는 법을 알려 줄 수 있는 너그러운 남자들도 있

---

[8] Bright Young Things. 이블린 워가 1930년에 쓴 소설 《타락한 육체》의 원제로, 런던 사교계의 퇴폐적인 젊은이를 가리키는 말이다. 2003년에 영국의 코미디언이자 작가인 스티븐 프라이가 이를 바탕으로 영화를 만들기도 했다.

었다. 즉, 클림슨 양이 거느리고 있는 직원들에게서 지원서를 받을 만한 남자들이 있었다. 이런 남자들이 불운하게도 꽤 자주 사기나 협박, 매춘 알선 등의 혐의로 법정에 서게 되는 건 그저 우연일 수도 있었지만, 클림슨 양의 사무실은 경찰청과 직통 전화선을 두고 있다는 것을 자랑으로 하고 있어 여기 소속된 여자들은 보기만큼 무방비 상태가 아니었다. 또한 혹여 열의 있는 사람이 있어 추적을 해 본다면 이 건물의 집세와 유지비는 피터 윔지 경의 은행계좌에서 나온다는 것을 알 수 있으리라. 피터 경은 이런 벤처 사업에 대해서는 과묵하게 입을 다물고 있는 편이었지만 가끔 파커 주임경감이나 다른 가까운 친구들과 밀담을 나눌 때는 '내 고양이 우리'라고 표현하곤 했다.

클림슨 양은 대답하기 전에 차 한 잔을 따랐다. 레이스 소매 아래 보이는 마른 손목에는 작은 고리 팔찌를 여러 개 차고 있어서 움직일 때마다 거슬리게 쨍쨍 울렸다.

"전 정말로 잘 모르겠어요." 클림슨 양은 이 문제를 심리적인 것으로 받아들이는 게 분명했다. "너무 사악하기도 하지만 너무 위험해요. 도대체 누가 그런 짓을 저지를 만큼 철면피인지 알 수가 없네요. 많은 경우는 살인을 저지른들 얻는 것도 별로 없잖아요."

"내 말이 그 뜻입니다." 피터가 말했다. "도대체 무엇을 얻을까? 물론 어떤 사람들은 재미 때문에 하는 것도 같지만. 그

독일 여자처럼 말이죠.§ 그 여자 이름이 뭐였더라? 사람들이 죽는 모습을 보는 걸 즐거워했다던."

"정말 기괴한 취향이네요." 클림슨 양이 말했다. "설탕은 안 넣으시죠? 피터 경도 아시겠지만, 우울하게도 전 살면서 의무적으로 많은 사람들의 임종을 지켰답니다. 제 아버지 임종을 비롯하여, 다수가 기독교적이고 아름다웠지만 전 그런 자리를 도저히 재미있다고는 못 하겠어요. 물론 재미에 대해서 생각은 다 다르겠죠. 개인적으로는 전 조지 로비§§를 아주 좋아한 적이 없답니다. 찰리 채플린은 항상 웃기지만요. 그래도 어떤 임종이든 간에 세세하게 들어가면 불쾌한 면이 있기 마련이에요. 그러니 아무리 타락한 인간이라도 그런 걸 취향에 맞는다고 할 사람이 있다고 생각하기가 힘들어요."

"지당한 말이지요." 윔지가 일단은 수긍했다. "하지만 어떤 면에서는 자기가 한 사람의 삶과 죽음을 쥐락펴락할 수 있다는 기분은 재미일 수도 있겠지요. 클림슨 양은 모르겠지만."

"그건 창조주님의 특권을 침해하는 행위예요."

"하지만 자기 자신도 소위 신성神性을 가지고 있다는 걸 아는 것도 즐거운 일이지 않겠습니까. 천상의 차 쟁반처럼, 저 높

---

§   게시나 (혹은 게셰) M. 고트프리드라는 여자를 의미하는 것으로 보임. 1813년에서 1827년까지 독일 하노버에서 15명을 비소와 쥐약으로 독살함.
§§   조지 로비(1869~1954). 유명한 영국 코미디언.

은 곳의 세계에 계시는 분처럼.§ 전 이런 데 매료될 수도 있다고 생각해요. 하지만 실용적인 목적에서 이런 이론은 악마죠. 죄송합니다, 클림슨 양. 불경한 말을 해서. 내 말은 만족스럽지 못하다는 겁니다. 이론은 한 사람뿐 아니라 다른 사람에게도 맞아야 하거든요. 살인광을 하나 찾아낼 수만 있다면 내 목이 당장 잘려도 좋을 텐데."

"그런 말씀 마세요." 클림슨 양이 간청했다. "농담으로라도 그런 말 마세요. 여기서 경이 하시는 일은 참으로 훌륭하고, 참으로 값진 일이죠. 개인적으로 슬프고 실망스러운 일을 겪더라도 할 만한 가치가 있답니다. 그리고 전 너무나 놀랍게도 말이 씨가 되는 경우를 종종 봤어요. 우리 가족이 아는 젊은 남자가 한 사람 있었는데요, 그 사람은 슬프게도 되는 대로 말하는 성격이었지 뭐예요. 오래 전 일이죠. 피터 경이 아직도 걸음마를 하고 있을 때 말예요. 요새 사람들이야 1880년대에 출생한 사람들에 대해서 뭐라고 할지 모르지만, 이 젊은이는 그때도 거친 사람이었어요. 그런데 어느 날 제 어머니에게 이렇게 말했죠. '클림슨 부인, 오늘도 사냥감이 적다면 차라리 그냥 날 쏘겠어요.' (이 사람은 농담을 아주 좋아하는 사람이었거든요.) 그러고서는 총을 가지고 나갔는데, 울타리를 넘기 위해 계단을 오르다가 그만 방아쇠가 울타리에 걸리는 바람에 총이 발사되

---

§   《이상한 나라의 앨리스》에 나오는 시의 한 구절.

어 머리가 날아갔지 뭐예요. 그때 저는 아직 어린 소녀였는데 얼마나 겁이 나고 슬펐던지. 그 사람 참 잘생긴 데다가 구레나룻도 멋있어서 우리 모두 다 좋아했거든요. 요새도 그런 멋진 수염을 보면 미소가 절로 지어질 거예요. 그런데 그런 수염이 폭발하면서 다 타 버리다니. 게다가 머리에 구멍이 뻥 뚫려서 얼마나 충격이었는지. 다른 사람들이 그러더라고요. 전 그 시체를 보진 못했거든요."

"불쌍한 사람이군요. 뭐, 그럼 살인광 얘기는 일단 우리 마음속에서 지우도록 하십시다. 그럼 그 외 무슨 목적으로 사람이 다른 사람을 죽이는 걸까요?"

"정열이 원인일 수도 있죠." 클림슨 양은 말을 꺼낼 때 약간 망설였다. "저는 그런 걸 사랑이라고 부르고 싶진 않네요. 너무 걷잡을 수가 없으니까요."

"그게 바로 검찰이 내놓은 설명이죠." 윔지 경이 말했다. "난 받아들일 순 없지만."

"물론 아니죠. 하지만 그럴 수도 있는 일이죠. 혹시 다른 불쌍한 아가씨가 이 보이스 씨라는 사람이랑 관계를 맺고 있다가 복수를 하려고 한 걸 수도 있지 않겠어요?"

"그렇죠, 아니면 질투심에 불타는 남자가 그랬거나. 하지만 시간이 관건이에요. 사람에게 비소를 주려면 그럴 듯한 구실이 있어야 하지 않습니까? 그저 지나가는 사람을 문간에서 잡아서 '여기, 이거 한번 마셔 봐.' 그럴 수는 없지 않습니까?"

"하지만 설명할 수 없는 10분이 있잖아요." 클림슨 양이 명민하게 대답했다. "어쩌면 음료라도 마시려고 선술집에 갔다가 적을 만났을 수도 있지 않겠어요?"

"뭐, 그럴 가능성도 있겠네요." 웜지는 이 말을 기록하며 의심스럽다는 듯 머리를 흔들었다. "하지만 그건 우연에 가깝죠. 거기서 만날 약속을 따로 하지 않았다면. 그래도 살펴볼 만한 가치는 있어요. 어쨌든 보이스가 그날 저녁 7시부터 10시 10분 사이에 뭔가 먹거나 마셨다면 그 장소가 어쿼트 씨의 집과 베인 양의 아파트일 거라는 법은 없죠. 아주 좋네요. '정열'이라는 항목 밑에 이렇게 적어 두었어요. ①베인 양(이전의 가설에 의해 기각) ②질투심에 불타는 연인 ③역시 마찬가지의 라이벌. 장소, 선술집(조사). 자, 이제 다른 동기를 살펴봅시다. 돈은 동기가 될 수 있죠. 이것에도 세 가지 소주제를 적어놓았습니다. ①죽이고 강도질(가능성 거의 없음) ②보험 ③유산."

"참 머릿속이 깔끔하시네요." 클림슨 양이 칭찬했다.

"내가 죽으면 내 심장에 '효율'이라는 글자가 새겨져 있는 걸 보실걸요. 보이스가 돈을 얼마나 지니고 있었는진 모르겠지만 많지는 않았을 것 같습니다. 어쿼트나 본은 알지도 모르죠. 그래도 그게 아주 중요하진 않아요. 강도질을 하려는 사람이 비소 같은 섬세한 약을 쓰기는 어려우니까요. 일을 시작할 때까지 비교적 오래 걸리고, 약을 먹었다고 피해자가 아주 무력해지지도 않으니까. 택시기사가 그에게 약을 먹여 강도질을 했다고 가정하지 않는다면 그렇게 멍청한 범죄를 저질러서 이득을 얻을 사람은 거의 없다고 봐도 되겠죠."

클림슨 양은 동의하며 두 번째 케이크에 버터를 발랐다.

"그러면 보험이 있네요. 이젠 그래도 가능한 방법에 도달했군요. 보이스가 보험에 들었을까요? 누가 찾아볼 생각을 안 한 것 같은데. 어쩌면 들지 않았겠죠. 문학이나 한답시고 돌아다니는 치들이 앞날을 미리 대비하는 일도 거의 없을 테고 보험료 같은 사소한 일에는 무심하니까. 하지만 알아는 봐야죠. 보험 보상금으로 이득을 볼 사람이 누굴까요? 부친, 사촌(가능하죠), 다른 친척(있다고 한다면), 아이들(있다고 하면). 그 정도겠죠. 베인 양하고 같이 살 때 보험을 들었다면 베인 양을 수혜자로 할 수도 있겠죠. 또, 그 보험금에 힘입어 그에게 돈을 빌려준 사람이 있을 수도 있겠죠. 여긴 가능성이 아주 많습니다. 벌써 기분이 좋아지는데요, 클림슨 양. 여러모로 훨씬 몸이 가볍고 기분이 밝아셨어요. 뭔가 감을 잡았거나 아니면 클림슨 양이 타 준 차 덕분이겠죠. 그거 정말 훌륭하고 튼튼해 보이는 찻주전자인데요. 차 좀 더 남았습니까?"

"네, 그럼요." 클림슨 양은 기꺼이 대답했다. "제 아버지는 제가 차 우리는 솜씨 하나는 정말 훌륭하다고 칭찬하시곤 했어요. 차를 따르자마자 다시 물을 채워서 찻주전자를 비워 놓지 않는 게 비결이랍니다."

"유산." 피터 경은 계속 추리를 밀고 나갔다. "보이스가 뭔가 남길 만한 게 있습니까? 별로 많진 않을 것 같은데. 내가 발로 뛰면서 그의 편집자를 만나 봐야겠어요. 아니면 최근에 뭔가 돈이 좀 들어오지 않았을까요? 그의 아버지나 사촌은 알고 있겠죠. 그의 아버지는 목사인데 딘 파라의 책에 나오는 못된 아이가 새로 온 전학생에게 한 말처럼 '참도 대단한 직업이지, 그거'라고 비꼴 만한 직업이죠.§ 부친 외모는 남루해 보이더군요. 그래서 그 집안에 돈이 많다고 생각할 순 없어요. 하지만 모를 일이죠. 누군가 보이스의 외모에 반했거나 그의 책에 대한 찬탄의 표시로 한 재산 남겨 줬을지도 모르니까. 그렇다면 보이스는 누구에게 그 유산을 남길까요? 질문: 보이스는 유언장을 만들었는가? 하지만 분명히 변호인 측도 이런 문제들을 다 생각했을 게 분명해요. 다시 의기소침해지네요."

"샌드위치 하나 드세요." 클림슨 양이 권했다.

"고맙습니다. 아니면 건초라도 좀 주시든지요. 기절할 것 같을 때는 그만한 게 없죠. 백의 왕이 말했듯이.§§ 뭐, 그럼 돈이 동기라는 가설은 치워야겠네요. 그러면 협박만 남는데."

클림슨 양은 〈고양이 우리〉에서 일하며 협박에 대해서는 좀 알게 되었던 터라 한숨을 쉬며 동의했다.

---

§ 프레드릭 윌리엄 파라의 소설인 《세인트 위니프레드》의 한 구절.
§§ 《거울 나라의 앨리스》 7장. 여기서는 건초로 번역했지만, 원래 'hay'에는 마리화나라는 뜻도 있다.

"이 보이스라는 남자는 어떤 사람이었을까요?" 윔지는 과장된 어투로 물었다. "그 사람에 대해서는 아는 바가 없군요. 뼛속까지 검게 물든 불량배였을지도 모르지요. 친구들에 대해서 남에게 얘기하지 못할 만한 일들을 알고 있었을지도 모릅니다. 그러지 말란 법도 없겠죠? 아니면 어떤 사람의 비밀을 폭로하는 책을 쓰고 있는 중이어서 어떤 대가를 치르더라도 그의 입을 막아야 했을지도 모르죠. 아차, 그의 사촌이 변호사였죠. 사촌이 신탁 기금 같은 걸 횡령했는데, 보이스가 그 사실을 밝히겠다고 협박했다면? 보이스는 어쿼트 집에 살고 있었으니 비밀을 알아낼 기회야 무궁무진했겠죠. 어쿼트가 수프에 비소를 몇 방울 떨어뜨렸을지도. 아, 여기서 걸리는데. 수프에 비소를 넣었다면 어쿼트 본인도 먹었겠군. 그건 좀 이상하지. 해나 웨스트록의 증언이 이런 가설은 애초부터 뒤집어엎네요. 그럼 술집에서 모르는 남자를 만났다는 쪽에 기댈 수밖에요."

그는 잠깐 생각을 하다 말했다.

"자살 가능성도 있죠, 물론. 사실 나는 이쪽을 더 믿고 싶은데. 비소로 자살하는 건 멍청한 짓이지만, 이제까지 그런 사람들이 없는 게 아니니까. 가령 프라슬랭 공작 경우가 있죠.[8] 그

---

[8] 프랑스의 정치가이자 귀족이었던 샤를 테오발드를 가리킨다. 1847년 그의 부인이 괴한에 습격당해 죽은 후, 용의자로 지목받고 수감되었던 중 자살한 것으로 알려졌다. 하지만 추문을 두려워한 귀족 계급 쪽에서 무죄를 계속 주장한 공작을 독살했다는 설도 있다.

맹독 89

사람이 자살이었다고 한다면. 그렇다면 병은 어디로 간 걸까?"

"병이요?"

"독약을 어딘가에 넣었을 거 아닙니까. 좀 이상하긴 하지만 가루 형태로 가지고 있었다면 종이에 쌌을 수도 있고. 누가 병이나 종이를 찾았답니까?"

"어디서 그걸 찾는다죠?" 클림슨 양이 물었다.

"그게 관건이죠. 죽은 사람 몸에서 나오지 않았다면, 도티가 어디엔가 있을 텐데 여섯 달 전에 버린 병이나 종이를 찾는 건 일이겠죠. 그래서 자살이 싫어요. 증명하기가 너무 어렵다니까. 아, 연약한 마음으로는 종이 한 장 얻을 수 없지.[§] 이거 보세요, 클림슨 양. 이 사건을 해결하기 위한 시간이 한 달밖에 없어요. 미카엘 개정기는 12월 21일에 끝나요. 오늘은 15일이고요. 그 전에는 법정 출두를 요구하지 않겠죠. 그리고 힐러리 개정기는 1월 12일에 시작됩니다.[§§] 그러면 딱히 연기 사유를 증명하지 못하는 한 일찍 사건을 올리겠죠. 새 증거를 찾을 시간이 4주밖에 안 남았어요. 클림슨 양과 직원들이 최선을 다해 줄 수 있겠습니까? 내가 하고 싶은 게 뭔지는 아직 잘 모르겠

[§] 《돈키호테》에 등장하는 인용구로 "연약한 마음으로는 미녀를 얻을 수 없다."는 말을 변용.

[§§] 이는 옥스퍼드의 학기 제도에서 따온 말로, 가을 학기와 봄 학기를 의미하지만 여기서는 법원의 개정기를 가리킨다. 미카엘 학기는 10월부터 12월까지이고 힐러리 학기는 1월에 시작하는 봄 학기이다.

지만, 뭔가 하고 싶은 일이 있을 것 같습니다."

"물론이죠, 피터 경. 피터 경을 위해 무언가 할 수 있다면 외려 즐거운 일이죠. 피터 경이 이 사무실 사장님이 아니라고 해도 말이에요. 사실은 사장님 맞으시지만. 밤이건 낮이건 필요한 때는 언제든지 알려 주세요. 최선을 다해 피터 경을 도울게요."

윔지는 클림슨 양에게 감사를 표하고 사무실 업무에 대해 몇 가지 질문을 한 후 떠났다. 그는 택시를 잡아타고 곧장 경찰청까지 갔다.

파커 주임경감은 여느 때처럼 피터 경을 보고 기뻐했으나 손님을 맞는 파커 경감의 소박하고 유쾌한 얼굴에는 걱정스러운 표정이 떠올라 있었다.

"무슨 일인가, 피터? 다시 베인 사건 때문에?"

"그래. 자네 이 사건에서 크게 낭패 봤어. 정말이야."

"난 잘 모르겠네. 우리한테는 아주 간단명료한 사건처럼 보였는데."

"찰스, 이 친구야. 간단명료하게 보이는 사건을 경계해. 언뜻 보기에 솔직하게 보이는 사람, 사건에 직접 관계가 된 사람이 하는 말이라도 믿지 말게. 가장 교활한 사기꾼만이 그처럼 대놓고 바른 척할 여유가 있는 걸세. 똑바로 들어오는 듯 보이는 빛도 휜다지 않는가. 과학자들이 그렇게 말하더군. 맙소사, 자네 다음 재판 전까지 사태를 바로 잡기 위해서 뭘 할 건가?

그렇게 안 한다면 내가 자네를 용서하지 않을 거야. 제길, 무고한 사람을 교수형에 처하고 싶은 건 아니겠지? 게다가 여자이지 않나."

"담배나 한 대 피워." 파커가 권했다. "자네 눈빛이 아주 미친 사람 같군. 도대체 뭘 하고 다닌 건가? 사람을 잘못 골라온 거면 미안하지만, 어디서 우리가 틀렸는지 집어내는 건 변호인들이 할 일이야. 하지만 변호인들이 그다지 설득력 있는 쇼를 보여 준 것 같진 않은데."

"그렇진 못했지. 망할 인간들! 비기는 최선을 다했지만 멍청한 크로프츠는 주요 증거를 전혀 주지 못했어. 그 사람 눈이 얼마나 보기 싫던지. 그자는 베인 양이 범인이라고 생각하는 게 눈에 훤히 보이던걸. 그자를 지옥 유황불에 튀겨서 새빨갛게 달군 접시에 담아 고추와 함께 먹어 버리고 싶다니까!"

"말 한번 참 청산유수로군!" 파커는 별달리 감동하지 않았다. "누가 보면 자네가 그 여자에게 반해서 치근덕거리는 줄 알겠네."

"그게 친구가 할 말인가." 윔지가 신랄하게 말했다. "자네가 내 여동생에게 반해서 정신을 잃었을 때, 내가 별로 동정해 주지 않았는지도 모르지. 아마 그랬던 것 같군. 하지만 그렇다고 해서 자네의 한없이 부드러운 감정을 짓밟지도 않았고 남자다운 헌신적 사랑을 '여자에게 반해서 치근덕거린다.'고 말하지도 않았어. 자네가 어디서 그런 표현을 주워들었는지 모르겠군. 목사 아내가 앵무새에게나 할 말이야. '치근덕'이라니! 그런 경박한 말은 첨 들어보네."

"맙소사." 파커가 외쳤다. "설마 진지하게 그런 말을……."

"아니, 아니야!" 윔지가 쓰디쓰게 대꾸했다. "나는 진지하면 안 되는 사람이겠지. 내 역할은 익살꾼이잖아. 이제 잭 포인트가 어떤 기분인지 알 것 같아. 그 기마병이 감상적인 얼뜨기라고 생각했는데, 다 사실이었어.§ 내가 광대옷을 입고 춤추는 꼴을 보고 싶지 않나?"

"미안하네." 파커는 그 말 자체라기보다는 어조에서 윔지의 감정을 눈치 챘다. "그런 거라면 정말로 미안하네. 하지만 나보고 뭘 하란 건가?"

"이제야 제대로 된 말을 하는군. 이거 보게. 가장 그럴 듯한 설명은 구린 데가 있는 이 보이스란 녀석이 자살을 했다는 거야. 변호사 얘기는 입에 담기도 싫지만, 그자는 보이스가 비소를 갖고 있다는 증거를 찾을 수 없었지. 하지만 그자들은 훤한 대낮, 눈 깔린 들판에 현미경을 주고 내보내도 검은 소떼도 찾지 못할 거야. 자네 부하들이 맡아 줬으면 좋겠어."

"보이스, 비소 조사." 파커는 메모장에 받아 적었다. "또 다른 건?"

"있어. 보이스가 도티 가에 있는 술집에 갔었는지 알아봐

---

§ 설리번과 길버트의 뮤지컬 〈왕실 근위병The Yeoman of the Guard〉에 등장하는 주인공.

줘. 1월 20일 밤, 9시 50분에서 10시 10분까지로 할까. 누굴 만났는지, 뭘 마셨는지도."

"처리하겠네. 보이스 술집 조사." 파커는 또 받아 적었다. "그리고?"

"세 번째로는 병이나 종이가 그 지역에서 발견된 적 있는지 조사해 봐."

"아, 그래? 그럼 나보고 지난 크리스마스 철에 브라운 부인이 셀프리지 백화점 바깥에 버린 버스표까지 찾아보라는 건가? 쉬운 일이 아니야."

"종이보다는 병일 가능성이 높아." 윔지는 그의 말을 무시하고 계속 말을 이었다. "비소는 액체 형태일 때 더 빨리 흡수되니까 말이야."

파커는 더 이상 따지지 않고 받아 적었다.

"보이스 도티 가 병 조사" 그러더니 뭔가 기다리듯 잠시 뜸을 들였다. "그리고?"

"지금으로는 그게 다야. 그건 그렇고 메클렌버 스퀘어의 정원을 조사해 봐야겠네. 거기 덤불 아래에 물건을 숨겨 두면 꽤 오래 그대로 있을 거야."

"잘 알았네. 최선을 다하지. 우리가 길을 잘못 들었다는 것을 진짜로 증명해 주는 증거를 발견하거든 내게 알려 주겠지? 우린 대중 앞에서 대대적으로 멍청한 실수를 하고 싶진 않아."

"뭐, 경찰에 알려 주는 짓은 하지 않겠다고 변호사들에게 진지하게 약속을 했다네. 하지만 범인을 찾아내면 자네에게 체포할 기회를 주지."

"그만큼이라도 사정을 봐 주니 고맙네. 자, 그럼 행운을 빌어. 자네와 내가 반대편에 서서 맞서다니 참 재미있군, 그렇지 않아?"

"아주 웃겨." 윔지가 말했다. "그건 나도 유감이지만, 그것도 자네 탓이야."

"자네가 영국 밖으로 나가지 않아야 했어. 그건 그렇고……."

"응?"

"어쩌면 우리 젊은 친구가 그 확인되지 않은 10분 동안 단지 테오발드 로드나 다른 데 서서 빈 택시를 잡으려고 했을지도 모른다는 생각은 안 드나?"

"아, 입 닥쳐!" 윔지는 성을 내며 밖으로 나갔다.

6장

다음 날 밝고 쾌청한 아침이 되자, 윔지는 트위들링 파르바를 향해 부르릉거리는 차를 타고 가면서 일종의 환희를 느꼈다. 실린더가 12개 달린 이 차는 '머들 부인'이라는 이름이었는데, 유명한 소설 주인공처럼 '소란'을 싫어했기 때문이었다.§ 지금 머들 부인은 명랑하게 달려갔고 공기 중에는 서리 기운이 떠돌았다. 이런 것들 덕에 기분이 한층 들떴다.

윔지는 오전 10시경 목적지에 도착해서 목사관으로 향했다. 커다랗고 무질서하며 불필요한 그런 건물로. 지금 사는 사람의

---

§ 찰스 디킨스의 소설 《리틀 도리트》에 나오는 독특한 인물.

얼마 안 되는 수입까지 잡아먹고 그가 죽은 이후에는 후계자에게 어마어마한 철거비용을 물릴 것만 같은 건물이었다.

아서 보이스 목사는 집에 있었고 피터 윔지 경을 보자 기쁘게 맞았다.

목사는 키가 크고 초췌했다. 걱정 때문에 얼굴에 깊은 주름이 잡혔고 연한 푸른 눈은 기운 빠지게 힘든 일상사에 당황스러워하는 듯했다. 오래된 검은 코트는 쭈글쭈글하게 주름진 채로 구부정하고 좁은 어깨에 걸려 있었다. 보이스 목사는 윔지에게 야윈 손을 내밀며 자리에 앉으라고 청했다.

피터 경은 자신이 찾아온 용건을 쉽사리 설명할 수가 없었다. 피터의 이름을 대도 이 상냥하고 세속을 초탈한 목사에게는 별로 떠오르는 바가 없는 모양이었다. 윔지는 범죄 수사가 취미라는 말은 생략하기로 했지만, 피고의 친구라고 자기소개를 했다. 이 말이 사실이 아닌 것도 아니지 않은가. 이렇게 말하면 수고로울 수도 있지만 적어도 무슨 일로 왔는지 알 수 있을 것이었다. 이어서 피터 경은 약간 망설이며 이야기를 꺼냈다.

"번거롭게 해서 정말 죄송합니다. 게다가 아주 우울하기 그지없는 용무니까요. 하지만 아드님과 재판에 관한 일입니다. 제가 오지랖 넓게 끼어들고 싶어 이런다고는 생각하지 말아 주십시오. 저는 그저 이 사건에 지대한 관심이, 개인적인 관심이 있을 뿐입니다. 저는 베인 양과 아는 사이인데요. 사실은, 그게, 아주 좋아하고 있습니다. 그래서 어딘가에 실수가 있었다는 생각을 떨칠 수 없어서 가능하다면 바로잡고 싶습니다."

"아, 그래요!" 보이스 씨는 조심스레 코안경을 닦아 코에 비뚜름하게 걸쳤다가 나시 바로잡았다. 목사는 웜지 경을 찬찬히 살피더니 그가 그렇게 싫지는 않았던지 계속 말을 이었다.

"불쌍하게도 그 아이도 길을 잘못 들었지요! 분명히 말하고 싶지만, 나도 앙심 같은 건 전혀 없어요. 말하자면 그 아이가 이 끔찍한 짓을 저지른 범인이 아니라는 걸 밝혀 낸다면 나보다 더 기뻐할 사람은 없다는 뜻이지요. 사실 그애가 진짜 범인이라고 하더라도 벌을 받는 모습을 보면 내 마음이 참 아플 것 같소이다. 우리가 무슨 짓을 하든, 죽은 자를 다시 살릴 수는 없지요. 그리고 복수는 오로지 주님의 것이니, 주님의 손에 맡길 수밖에요. 무고한 사람의 생명을 빼앗는 것보다 더 끔찍한 일이 어디 있겠소. 그럴 가능성이 조금이라도 있다고 생각하면 죽는 날까지 양심의 가책이 내 뒤를 따라다닐 것 같군요. 게다가 솔직한 심경을 고백하자면 베인 양을 법정에서 봤을 때 그 아가씨를 기소하다니 경찰이 제대로 일을 한 건가 하는 의심도 들었지요."

"고맙습니다." 웜지가 감사를 표했다. "그런 말씀을 해 주시다니 정말 친절하시네요. 그러면 일이 좀 더 쉽겠습니다. 그런데 실례지만, '베인 양을 법정에서 봤을 때'라고 하셨는데요, 그렇다면 이전에는 만나 본 적이 없으시다는 말씀입니까?"

"그래요. 물론 내 불쌍한 아들이 젊은 아가씨와 부도덕한 관계를 맺고 있다는 건 알고 있었다오. 하지만 차마 그 아이를 만나러 갈 순 없었지요. 그리고 실제로 필립이 그 아가씨를 우리 친척들에게 소개하려 했을 때 그 아가씨가 거절한 건 아주 적절한 처신이었다고 생각해요. 피터 경, 경은 나보다도 젊으시고 거의 내 아들뻘 되니 아마도 이해할지도 모르겠소이다. 그 아이는 나쁜 게 아니고 타락한 것도 아니에요. 나는 앞으로도 그렇게 생각하진 않으렵니다. 우리 두 사람 사이에는 보통 부자간에 있을 법한 완전한 신뢰가 없기는 했어요. 분명히 다 내 탓이지요. 그애 엄마가 살아 있기만 했더라도……."

"목사님, 그 마음 충분히 이해합니다." 윔지가 웅얼웅얼 위로했다. "가끔 그런 일도 생기는 법입니다. 사실, 앞으로도 계속 일어날 겁니다. 전후 세대들이 그렇다는 말이 있지 않습니까. 수많은 사람들이 탈선을 하고 있어요. 하지만 그 사람들이 정말 나쁜 건 아니지요. 다만 어르신들과 눈을 똑바로 마주칠 수 없는 거죠. 점점 시간이 흐르면 사라질 겁니다. 진짜로는 누구의 탓도 아닙니다. 젊은 혈기로 한때 방종한 생활을 하기도 하는 거죠."

"난 종교나 도덕에 반대되는 사상은 찬성할 수가 없어요." 보이스 씨는 슬프게 말했다. "어쩌면 내 속을 너무 솔직하게 보였는지도 모르겠군요. 내가 그런 사상을 좀 더 이해해 주었다면……."

"그런 일은 있을 수 없습니다." 윔지가 말을 잘랐다. "자기

밑줄 알아서 해결해야 할 일도 있는 법이죠. 또 책을 쓰고 그런 유의 사람들과 어울리게 되면 다소 요란하게 자기표현을 하게 되는 경향이 있습니다. 제 말씀이 무슨 뜻인지 아실지는 모르겠지만."

"어쩌면, 어쩌면 그럴 수도 있겠지요. 하지만 내 자신이 원망스러워요. 하지만 이렇게 해 봤자 윔지 경에겐 도움이 안 되겠지요. 이해해 주구려. 만약 무슨 실수가 있다면 배심원들도 만족하지 못하는 걸 보아하니 온힘을 다해서 바로잡아야죠. 나한테 무슨 도움을 바라시오?"

"뭐, 먼저, 약간 외람된 질문인진 모르겠습니다만 혹시 아드님이 삶에 진력났다거나 그런 눈치를 흘리는 말을 하거나 편지에 쓴 적 없습니까?"

"아니, 전혀 없었다오. 물론 경찰과 피고 측 변호사도 똑같은 질문을 물어봅디다. 하지만 정말로 그런 생각을 한 번도 해 본 적 없어요. 그런 눈치도 전혀 없었어요."

"베인 양과 헤어질 때조차도요?"

"그때조차도. 사실, 그애는 의기소침하다기보다 화가 나지 않았나 싶은데. 그런 일들을 같이 겪은 후에 아가씨가 우리 아이와 결혼하지 않겠다고 했다는 말을 듣자 나는 좀 놀랐지요. 아직도 이해 못 하겠어요. 베인 양이 거절해서 우리 애도 큰 충격을 받은 게 분명하긴 해요. 그 전에 내게 명랑하게 편지를 써서 보냈었거든. 윔지 경도 그 편지 기억하겠지요?"

보이스 씨는 정돈이 안 된 서랍 속을 뒤졌다.

"여기 있군요. 보고 싶으시면 보시구려."

"그저 그 문단만 읽어 주시죠."

윔지가 부탁했다.

"아, 그래요. 어디 보자, 그래. '이 소식을 들으시면 도덕적인 아버지도 기뻐하시겠죠. 전 이제 이 상황을 소위 교양 있는 사람들의 말대로 합법적으로 풀어가기로 했습니다.' 그 아이는 가끔 말하거나 쓸 때 이렇게 경솔한 어투를 쓰곤 했다오. 불쌍한 것, 착한 성정과는 어울리지 않았지. 어디 보자, 그래. '제 애인은 좋은 여자예요. 그래서 예법에 맞게 하기로 결정했습니다. 그 여자는 그런 대접을 받을 자격이 있죠. 모든 일이 점잖은 방식으로 이루어진 후에는 아버지께서 그 여자를 인정해 주셨으면 해요. 아버지께 주례를 서 달라는 부탁은 아닙니다. 아시겠지만, 담당 관공서에 가서 일을 처리하는 게 좀 더 제 성격에 맞아요. 또 그 여자도 저처럼 거룩한 종교의 향취 속에서 자랐지만 굳이 에덴동산에 울려 퍼지는 주님의 목소리를 원할 것 같진 않아요. 그래도 때가 되면 알려 드릴 테니 마음 내키시면 오셔서 저희에게 축복을 내려 주세요. (목사로서가 아니고 아버지로서요.)' 아시겠죠, 피터 경. 그애는 정말 올바른 일을 할 작정이었어요. 난 그애가 내가 그 자리에 참석해 주기를 바랐다는 데 감동을 받았다오."

"정말 그러네요." 피터 경은 이렇게 대답했지만 속으로는 다

른 생각을 하고 있었다. '이 자식이 살아 있었더라면 엉덩이를 냅다 걷어차 주었을 텐데.'

"아, 그리고 편지가 한 통 더 왔군요. 결혼이 완전히 파기되었다는 편지였죠. 여기 있네요. '아버지, 죄송해요. 하지만 아버지의 축하는 감사의 말과 함께 되돌려 보내야 할 것 같습니다. 결혼은 취소되었고, 신부는 도망갔어요. 자세한 이야기를 할 필요는 없겠죠. 해리엇은 자기 자신과 나를 둘 다 완전히 바보로 만들어 버렸으니 더 이상 할 말이 없네요.' 그리고 후에 그 아이가 몸이 좋지 않다는 소식을 들었다오. 하지만 이건 피터 경도 이미 알고 계시겠지요."

"병의 원인에 대해서 아드님이 뭐라고 언급한 적이 있습니까?"

"아니, 없었어요. 우린 당연히 지병이던 위장병이 재발한 것으로 여겼지요. 그애는 기운찬 젊은이는 아니었으니까요. 할레크에 가서는 아주 희망적인 기분이 되어 편지를 썼더군요. 지금 훨씬 상태가 나아졌고 바베이도스로 항해를 할 계획이 있다고."

"그랬습니까?"

"그랬지요. 그래서 난 여행을 하면 그애에게 아주 좋을 거라고 생각했지요. 정신을 딴 데로 돌릴 수도 있고. 아들은 이 여행에 대해서는 어떤 것도 완전히 결정된 게 없고 아직 막연한 계획인 것처럼 말했다오."

"베인 양에 대해서 더 한 말은 없습니까?"

"그 아이가 죽기까지 그 아가씨 이름을 다시 꺼낸 적이 없었어요."

"그렇군요. 그러면 그때 아드님이 한 말을 어떻게 생각하셨습니까?"

"어떻게 생각해야 할지 몰랐지요. 당연히 그땐 독살설은 생각도 못했고, 난 결별의 원인이 된 싸움 때문이 아닐까 짐작했을 뿐이라서."

"알겠습니다. 그럼, 보이스 씨. 그게 만약 자해 행위가 아니라면……."

"정말로 난 그런 가능성이 있다고는 전혀 생각하지 않아요."

"그러면 혹시 아드님의 죽음으로 이득을 볼 만한 사람이 있을까요?"

"누가 있을 수 있단 말이오?"

"아니, 다른 여자는 없었나요, 예를 들자면?"

"난 들어 본 적 없어요. 그리고 다른 여자가 있었다면 내가 들어 본 적 있지 않았겠소. 그애는 그런 일을 숨기는 성격이 아니었어요, 피터 경. 그애는 아주 놀랄 정도로 개방적인 데다 직설적이었죠."

"그렇군요." 그러면서 웜지는 속으로 덧붙였다. '자랑하고 싶어 그랬겠지. 짜증나는 짓은 죄다 했군. 빌어먹을 자식.' 하지만 밖으로는 이렇게만 말했다. "다른 가능성도 있습니다. 가령, 유언을 남기진 않았을까요?"

"남겼어요. 그애가 남길 재산이 많았다는 건 아니지만. 아들은 책을 아주 영리하게 썼다오. 아주 지성적인 애였어요, 피터 경. 하지만 그게 큰돈이 되진 않았어요. 내가 용돈을 조금 주어서 그애는 그 돈하고 잡지에서 받는 원고료로 생활했지요."

"하지만 저작권을 누구에게 남겼겠죠?"

"그렇죠. 그애는 내게 남기고 싶어 했지만, 나는 그런 유산을 받을 수는 없다고 말할 수밖에 없었어요. 아시겠지만 난 아들의 의견에는 찬성하지 않았으니 그걸로 이득을 본다는 건 올바르지 못한 짓이라고 생각했죠. 그래서 아들은 그걸 친구인 본 씨에게 남겼다오."

"아! 그럼 이 유언장을 언제 만들었는지 좀 여쭤 봐도 되겠습니까?"

"아들이 웨일즈에 가 있는 동안입니다. 그 전에는 모든 걸 베인 양에게 남기기로 했던 것 같던데."

"정말이요! 베인 양도 그 사실을 알고 있었겠죠?" 윔지는 마음속으로 반대의 가능성을 무수히 짚어 보다가 덧붙였다. "그렇지만 대단한 액수는 아니겠지요?"

"아, 그렇죠. 아들은 책 인세로는 기껏해야 1년에 50파운드밖에 벌지 못했지요. 하지만 사람들이 내게 그러더군요." 노신사는 슬픈 미소를 띠며 덧붙였다. "이런 사건이 있었으니 아들의 새 책은 더 잘 팔릴 거라고."

"그럴 가능성이 아주 높죠. 일단 신문에 나오기만 하면 독자들은 기뻐하기만 할 뿐 뭣 때문에 나왔는지는 상관하지 않죠. 뭐, 그건 그렇다 치고요. 혹시 다른 재산을 남긴 건 없겠죠?"

"뭐가 되었든 없었지요. 우리 집안에는 재산이 없었어요, 피터 경. 제 아내 쪽도 마찬가지고. 속담 그대로 저희는 교회 쥐처럼 가난하다오." 그는 목사다운 농담을 하고 희미하게 웃었다. "하지만 크레모나 가든만은 예외지요."

"뭐라고요?"

"제 아내의 이모 되는 크레모나 가든 말이오. 1860년대에 악명 높았던."

"맙소사, 그 여배우요?"

"그래요. 물론 제 아들은 그 사람 이름을 절대로, 한 번도 꺼낸 적 없었다오. 돈을 어떻게 모았는지 물어 본 적도 없었어요. 남들보다 나쁘기야 했겠습니까만, 그 시절에는 사소한 일에도 충격을 많이 받았으니. 하지만 그 아주머니에 대해서는 50년이 넘도록 뭔가 들어본 적이 없소이다. 지금은 아주 치매가 심한 것 같던데."

"맙소사! 아직도 살아 계신 줄 몰랐어요!"

"네, 살아 계신 것 같습니다만, 아흔 살은 넘으셨겠지요. 필립이 그 아주머니에게서 재산을 물려받진 않았을 겝니다."

"뭐, 그러면 재산은 동기에서 제외해야겠군요. 아드님이 혹시나 생명보험을 들었을까요?"

"내가 듣기론 아닙니다. 아들의 서류를 살펴봤는데 증서는 나오지 않았다오. 내가 알기론 어떤 보험사에서도 나오지 않았지요."

"빚은 없었습니까?"

"사소한 것밖에 없었어요. 외상장부 같은 것이요. 다해서 50파운드 정도지요."

"아주 감사합니다." 웜지는 자리에서 일어나서 인사를 했다. "많은 의문이 풀렸습니다."

"별로 도와드리지 못한 것 같군요."

"그래도 무엇을 볼 필요가 없는지는 알았습니다. 그러면 시간이 절약되니까요. 귀찮으셨을 텐데 저를 상대해 주시다니 정말 훌륭하십니다."

"전혀 아닙니다. 알고 싶으신 게 있으면 언제든지 물어 보시지요. 젊은 여인의 억울함을 밝혀 낼 수만 있다면 나야말로 정말 기쁘지요."

웜지는 다시 한 번 감사를 표하고 길을 나섰다. 1킬로미터쯤 지났을 때, 뭔가 아쉬운 마음이 들었다. 그는 머들 부인을 돌려 교회로 돌아가 '교회 헌금'이라고 쓰인 상자 입구에 지폐 한 다발을 간신히 쑤셔 넣은 후, 런던으로 가는 길을 다시 재촉했다.

차를 솜씨 있게 몰아 시티 지구를 지나갈 때, 어떤 생각이 하나 떠올랐다. 그래서 피카딜리에 있는 집으로 가는 대신, 스트랜드 가 남쪽으로 빠져서 필립 보이스의 작품을 출판하는 〈그림스비 & 콜〉 사로 갔다. 잠깐 대기한 후에, 그는 곧장 콜 씨의 사무실로 안내되었다.

콜은 통통하고 명랑한 사람이었는데, 악명 높은 피터 윔지 경이 역시 악명 높은 보이스 사건에 관련이 되어 있다는 말을 듣자 아주 흥미로워했다. 윔지 경은 초판본 수집가로서 필립 보이스의 작품을 다 구할 수 있다면 좋겠다고 설명했다. 콜은 아주 유감스럽지만 도와줄 수가 없겠다고 말하고, 값비싼 시가에 취했는지 아주 은밀한 사정까지 털어놓기 시작했다.

"무정하게 보이고 싶지는 않습니다만, 피터 경." 콜은 의자에 다시 앉았다. 그러자 그의 삼중턱은 예닐곱 개로 늘어난 것처럼 더 비대해 보였다.

"우리끼리니까 하는 얘깁니다만, 보이스는 살아 있었더라면 이처럼 살해된 때만 못했을 겁니다. 보이스 책은 시체 발굴 결과가 나온 후 일주일 만에 다 팔렸습니다. 마지막으로 냈던 책 두 권은 대형본이었는데, 재판이 시작되기 전에 매진됐고요. 원래 가격이 7실링 6페니였는데 도서관에서 초기작들을 너무도 원해서 그 몫을 다시 찍어야 했습니다. 운 없게도 식자판을 보관해 놓고 있지 않았거든요. 그래서 인쇄소가 밤낮으로 일해서 물량을 다 댔죠. 지금은 제본소에서 3실링 5페니짜리를 열심히 만들고 있고, 1실링짜리 판도 준비 중입니다. 솔직히 말

쏨 드리면 무슨 수를 써도 런던에서 초판본은 못 구할 겁니다. 우리도 여기엔 보관용 사본 말고는 없어요. 하지만 초상화에 수제 종이를 넣어서 특별 회고판을 한정 수량으로 찍을 겁니다. 1기니에요.§ 물론 같은 건 아니지만 그래도……."

윔지는 1기니짜리 판본의 대기 명단에 자기 이름을 넣어 달라고 부탁하며 덧붙였다.

"저자가 여기서 전혀 이익을 얻지 못하다니 정말 안타까운 일 아닙니까?"

"정말 우울하죠." 콜이 뚱뚱한 뺨을 꾹 다물자 인중에 두 줄로 주름이 잡혔다. "한층 더 안타까운 일은 더 이상 그에게서 나올 작품이 없다는 겁니다. 아주 재능 있는 젊은이였는데. 우리, 그림스비 씨와 저는 언제나 경제적 수지타산을 따지기 전에 그의 진가를 알아봤다는 데 우울한 자긍심을 느낍니다. 비평가로서의 성공, 그거면 됐죠. 이렇게 음울한 사건이 일어나기 전에는요. 저희는 작품이 좋으면 돈벌이에 전전긍긍하지 않습니다."

"아, 좋습니다! 가끔은 빵 조각을 물 위에 던지는 게 수지가 맞을 때도 있죠. '선행을 넉넉히 행하면, 넉넉히 보답 받으리라.'는 말도 있지 않습니까. 삼위일체 주일 이후 스물다섯 번째 일요일에 올리는 성공회 기도문에요."

---

§   1기니는 금화로 21실링. 1실링 은화는 1/20 파운드이다.

"그렇군요." 콜은 건성으로 대답했다. 기도문에 대해서는 깜깜무식인 탓도 있지만, 상대방의 말투에서 비웃는 기색을 감지했기 때문이기도 했다.

"뭐, 아주 즐거운 대화였습니다. 초판본을 구해 드릴 수가 없어서 죄송하네요."

윔지 경은 그런 말 말라고 한 다음 진심 어린 인사를 하고는 서둘러 계단을 내려갔다.

다음으로 찾아간 곳은 해리엇 베인의 대리인인 챌로너 씨의 사무실이었다. 챌로너는 체구는 작았으나 퉁명스럽고 머리카락이 검으며 호전적인 인상이었다. 머리카락은 헝클어졌고 두꺼운 안경을 쓰고 있었다.

"붐이라고요?" 윔지 경이 자기소개를 하며 베인 양에게 흥미가 있다고 말을 꺼냈을 때, 챌로너는 이렇게 말했다. "물론, 붐이 일긴 일었습니다. 사실 불쾌한 쪽이긴 하지만 어쩔 순 없죠. 상황이 어떻든 우리는 의뢰인을 위해선 최선을 다하니까 말이죠. 베인 양의 책은 항상 괜찮게 팔렸습니다. 이 나라에서는 3천~4천 부 팔리는 정도였죠. 하지만 이런 사건이 터지자 판매가 급증했어요. 마지막으로 나온 책은 판본 세 개가 새로 나왔고, 앞으로 나올 책은 출판 전에 벌써 7만 부나 팔렸습니다."

"경제적으로는 다 잘된 일 아닙니까?"

"아, 그렇죠. 하지만 솔직히 말해서 이렇게 인위적으로 판매가 올라 봤자 결국에는 작가의 평판에 큰 도움이 되는지 모르겠어요. 로켓처럼 치솟다가 폭탄처럼 떨어져 버리잖습니까. 베인 양이 석방되었을 때……."

"석방되었을 '때'라고 말씀하시니 기쁘군요."

"다른 가능성은 생각하지 않으려고 하죠. 하지만 그렇게 될 땐, 대중의 관심은 급격히 식어 버릴 겁니다. 물론 저는 지금 현재는 다음 서너 권까지 효력이 있는 아주 유리한 계약을 체결하고 있습니다. 하지만 제가 조절할 수 있는 건 선급금 정도니까요. 실제 수령액은 판매량에 따라 결정될 겁니다. 제가 침체기를 예상하는 부분이 여기죠. 하지만 즉각적인 보수라는 관점에서는 중요한 연재권으로 이익을 보고 있으니까요."

"그럼 사업가로서 대체적으로는 지금까지 일어난 사건이 역시 기쁘지 않으시다는 거군요."

"장기적으로 보면, 기쁘지 않죠. 개인적으로는 아주 애통해하고 있다는 건 말할 필요도 없고요. 뭔가 실수가 있었던 것이라 굳게 믿고 있습니다."

"제 생각도 그렇습니다." 윔지가 대꾸했다.

"제가 피터 경에 대해 알고 있는 바로 미루어볼 때, 피터 경의 관심과 도움이 베인 양이 구할 수 있는 최대의 행운 같군요."

"아, 고맙습니다. 정말 고마워요. 이 비소 책 말인데요, 혹시 제가 슬쩍 볼 수는 없을까요?"

"도움이 된다면 물론 보여드리죠." 첼로너는 벨을 눌렀다. "워버튼 양, 《주전자 속의 죽음》 원고를 가져와요. 트루푸트에서 가능한 한 빨리 출판을 추진하고 있어요. 작가가 체포를 당했을 때 책은 아직 미완성이었습니다. 하지만 세간에 보기 드문 활력과 용기로 베인 양은 마무리를 했고 교정도 직접 다 보았습니다. 물론, 모든 건 교도소 당국의 손을 거쳐야만 했지요. 하지만 우리는 감출 게 없이 떳떳하니까요. 베인 양은 비소에 대해서는 속속들이 잘 알고 있습니다. 원고는 다 완성됐지, 워버튼 양? 자, 여기 있습니다. 다른 게 또 필요하십니까?"

"한 가지만 더요. 〈그림스비 & 콜〉 사에 대해서는 어떻게 생각하십니까?"

"별로 깊게 생각하고 있지 않습니다." 첼로너가 대답했다. "그들과 무슨 관련을 맺을 생각은 없어요. 피터 경은 혹시 있으십니까?"

"글쎄요, 저는 잘 모르겠습니다. 진지하게는요."

"만약 계약을 하시게 되면 계약서를 꼼꼼히 읽으세요. 저희에게 가져오라는 말은 안 하겠습니다만……."

"제가 만약 〈그림스비 & 콜〉과 출판을 하게 되면, 여기를 통해서 하도록 하죠." 피터 경은 약속했다.

7장

 다음 날 아침, 피터 윔지 경은 거의 뛰어들다시피 홀로웨이 감옥으로 들어갔다. 해리엇 베인은 애처로운 미소를 띠고 그를 맞았다.
 "다시 나타나셨네요?"
 "세상에, 물론이죠! 제가 다시 올 것이라 기대하고 계시지 않았습니까. 제가 그런 인상을 주고 간 줄 알았는데요. 제 말은, 추리소설로 좋은 줄거리를 생각하고 있었어요."
 "정말요?"
 "최상급의 이야기입니다. 아시잖아요. 사람들이 꺼내면서 이렇게 말하는 유의 이야기들. '내가 직접 쓰려고 생각도 해 봤는데, 앉아서 글을 쓸 시간이 있어야 말이지.' 걸작을 쓰려면 앉아 있는 게 무엇보다도 필수적인 것 같습니다. 하지만 잠깐만요. 먼저 용건부터 끝내야죠. 어디 보자……." 피터 경은 수첩을 살피는 척했다. "아, 그렇지? 혹시 필립 보이스가 유언장을 만들었다는 걸 알고 계십니까?"

"그랬던 것 같아요. 우리가 같이 살고 있었을 때요."

"누구를 수령인으로 했죠?"

"아, 저였어요. 남길 재산이 많아서는 아니었죠. 문학 일을 대신 관리해 줄 사람을 원했던 게 주된 이유였을 거예요."

"그럼 사실상 지금 그 사람의 유언집행인입니까?"

"세상에! 그런 생각은 전혀 못 해 봤네요. 우리가 헤어졌을 때 당연히 바꾸어놓은 줄 알았죠. 그랬을 것 같아요. 그렇지 않았으면 그 사람 죽었을 때 무슨 얘기를 듣지 않았겠어요?"

해리엇이 자신을 꾸밈없이 쳐다보자, 윔지는 약간 불편해졌다.

"그 사람이 바꾸었는지는 모르는 거군요, 그럼? 제 말은 죽기 전에 말입니다."

"사실 그에 대해서는 조금도 생각해 보지 않았어요. 생각해 봤다면, 물론 바꿨을 것이라 짐작했겠죠. 왜요?"

"아무것도 아닙니다. 다만 그 유언장 이야기가 그, 거기에서 나오지 않았던 게 다행이다 싶습니다."

"재판 말씀하시는 거예요? 그렇게까지 말을 골라하지 않으서도 돼요. 피터 경 말은, 제가 아직도 그의 상속인이라고 생각했다면 돈 때문에 그를 살해했을지도 모른다는 거죠. 하지만 그 돈 더 합쳐 봤자 몇 푼 안 될걸요. 저는 그 사람보다 네 배는 더 돈을 잘 벌고 있었어요."

"아, 네. 제 머릿속에 이런 멍청한 생각이 하나 떠오르긴 했는데요. 그런데 지금 생각해 보니 정말 멍청한 얘기네요."

"말씀해 보세요."

"네, 그게……." 윔지는 약간 목이 막혔다가 과장되게 가벼운 어조로 생각을 풀어놓았다. "그게, 어떤 여자가 하나 있다고 합시다. (남자여도 되지만, 일단 여자라고 하죠.) 이 여자는 소설을 씁니다. 사실 추리소설을 쓰죠. 이 여자에게는 그, 역시 작가인 친구가 있습니다. 둘 다 베스트셀러 작가는 아니고, 그저 평범한 소설가죠."

"네. 그런 건 있을 수 있는 일이잖아요."

"그런데 이 친구가 유언장을 남깁니다. 자기 돈과 책에서 나오는 인세나 등등을 여자에게 남기겠다고요."

"알겠네요."

"그런데 이 여자가 약간 이 남자에게 싫증이 나서 대단한 특종을 계획합니다. 그러니까 두 사람 다 베스트셀러 작가로 만들 수 있는 계획이죠."

"아, 그래서요?"

"네. 그래서 여자는 가장 최근에 쓴 범죄소설에서 사용한 방법과 똑같은 방식을 써서 그를 해치워 버립니다."

"대담한 수완인데요." 베인 양은 엄숙하게 맞장구를 쳤다.

"그렇죠. 물론 그의 책은 곧장 베스트셀러가 됩니다. 그러면 여자가 판돈을 차지하는 거죠."

"정말 천재적인 생각이네요. 완전히 새로운 살인동기예요. 제가 몇 년 동안이나 찾아 헤매던 소재네요. 하지만 약간 위험하다고 생각하진 않으세요? 살인 혐의를 받을 수도 있잖아요."

"그렇게 되면 여자의 책도 베스트셀러가 되겠죠."

"지당한 말씀이네요! 하지만 그렇게 이익을 얻어 봤자 살아서 누리지도 못 할 텐데."

"물론 그게 의외의 장애죠." 윔지가 인정했다.

"하지만 여자가 의심을 받고 체포를 당해서 재판을 받지 않으면 특종도 반으로 줄어 버리는 거잖아요."

"바로 그겁니다. 그렇지만 숙련된 추리 작가로서 그런 장애를 돌아갈 방법을 생각해 낼 순 없을까요?"

"한번 해 보죠. 가령, 여자는 천재적인 알리바이를 증명할 수도 있죠. 아니면 아주 사악해서 다른 사람에게 죄를 뒤집어씌우는 거예요. 어쩌면 다른 사람들에게는 여자의 친구가 스스로 세상을 저버렸다고 생각하도록 만드는 거죠."

"너무 모호합니다. 어떻게 그렇게 할 수 있죠?"

"당장은 저도 뭐라고 말 못 하겠네요. 꼼꼼히 생각해 보고 알려 드릴게요. 아, 하나 생각났다."

"네?"

"여자는 편집광인 거예요. 아니, 살인 성향이 있는 건 아니고요. 그건 진부하고 독자에게 공정하지도 않으니까요. 하지만 주인공 여자가 이득을 보게 하고 싶은 사람이 있는 거예요. 이를테면 아버지라든가 어머니, 여동생, 연인이라든가 대의명분이라든가. 몹시 돈이 궁한 쪽. 여자는 그 사람에게 유리한 유언장을 만들고 죄를 저지른 대가로 교수대로 가죠. 사랑하는 대상이 그 돈을 받게 되리라는 것을 알고요. 이건 어때요?"

"대단한데요!" 윔지는 들떠서 말했다. "아, 잠깐만요. 그렇게 되면 친구의 돈을 받을 수가 없을 텐데요. 살인자가 유산을 받는 건 허용되지 않으니까."

"아, 맙소사! 그 말이 맞네요. 그러면 여자의 돈밖에 받을 수 없겠네요. 그걸 증여로 양도할 수 있죠. 네, 봐요! 살인 직후에 자기 재산을 다 증여한다면 친구의 유산으로 받을 것까지 포함되지 않겠어요? 그럼 사랑하는 대상에게 모든 재산이 곧장 가겠죠. 법으로도 막을 수 없을 거예요!"

여자는 춤추는 듯한 눈으로 그를 쳐다보았다.

"이거 보세요." 윔지가 말했다. "그래서 안전하지가 않은 거예요. 자기 꾀에 자기가 넘어가는 거죠. 하지만 좋은 플롯이군요. 그렇죠?"

"이걸로 낙찰된 건가요! 우리 이거 쓸래요?"

"그럼요, 씁시다!"

"하지만 우리가 그럴 기회가 없을지도 모른다는 생각이 드네요."

"그런 말씀을 하시면 안 됩니다. 물론 그 이야기를 쓸 거예요. 젠장. 여기 뭐 하러 왔담. 당신을 잃어버리고 체념할 수는 있을지언정, 제 베스트셀러를 쓸 기회를 놓칠 순 없죠!"

"하지만 이제까지 피터 경이 한 얘기는 제 쪽에 확실한 살인 동기가 있다는 것을 보여 주는걸요. 이게 우리에게 큰 도움이 될 진 모르겠네요."

"제가 이제까지 한 얘기는 그건 동기가 되지 않는다는 걸 보여 주는 겁니다. 어쨌거나."

"어째서요?"

"만약 그게 살인동기였다면 제게 말하지 않았을 테니까요. 그 화제에서 멀어지도록 나를 부드럽게 다른 데로 이끌었겠죠. 게다가……."

"게다가요?"

"게다가 〈그림스비 & 콜〉 사의 콜 씨를 만났는데, 필립 보이스가 남긴 재산 중 대다수를 누가 갖게 될지 알았거든요. 그 남자가 당신이 사랑하는 대상인 것 같진 않아서요."

"아니라고요?" 베인 양이 물었다. "왜 아니에요? 이마부터 턱까지 그 얼굴에 홀딱 빠졌는지도 모를 일이죠."

"당신이 사랑하는 게 턱이라면, 제 턱을 좀 더 길러 보도록 하겠습니다. 약간 어렵기는 하겠지만요. 어쨌든 계속 웃으세요. 그게 당신에게 어울려요."

'하지만 모두 아주 잘 되고 있어.' 교도소 문이 등 뒤로 닫히자 윔지는 속으로 혼자 생각했다. '재치 있는 말대꾸를 하면서 기운은 북돋아 준 것 같지만, 더 밝혀 낸 건 없지. 이 어쿼트라는 사내는 어떨까? 법정에서 볼 때는 제대로 된 사람 같았지만 그것만 가지고는 모르지. 불쑥 들러서 만나 보는 편이 좋겠다.'

그리하여 그는 워번 스퀘어에 나타났지만, 곧 실망하고 말았다. 어쿼트 씨는 아픈 친척을 보러 갔다고 했다. 문에 나온 사람은 해나 웨스트록이 아니라 통통한 초로의 여인으로, 윔지는 이 사람이 요리사이리라 짐작했다. 윔지는 이 부인에게 질문을 해 보고 싶었지만, 만약 어쿼트 씨가 자기 몰래 하인을 떠본 걸 알면 윔지를 좋게 받아줄 것 같지가 않았다. 그래서 어쿼트 씨가 얼마나 오래 집을 비울지 물어 보는 것으로 만족하기로 했다.

"제대로 말씀드릴 수가 없겠네요. 편찮으신 부인이 얼마나 회복되는지에 달려 있거든요. 부인이 회복되시면 주인님은 곧 돌아오실 거예요. 제가 알기론 주인님이 아주 바쁘시거든요. 하지만 부인이 돌아가시면 한동안 영지 정리를 하느라 거기 가 계셔야 할 거예요."

"알겠습니다." 윔지가 대답했다. "약간 공교롭게 됐네요. 급하게 얘기 좀 해야 할 사정이 있는데. 혹시 주소를 가르쳐 줄 수 있습니까?"

"그게, 선생님. 어쿼트 씨가 허락하실지 알 수가 없네요. 사업상 용무면 베드퍼드 로에 있는 사무실에 가시면 정보를 얻을 수 있을 겁니다."

"정말 고마워요." 윔지는 숫자를 받아 적었다. "거길 찾아가 보죠. 어쩌면 어쿼트 씨를 방해하지 않고 제가 하고 싶은 일을 그쪽에서 해 줄 수 있을지도 모르겠군요."

"네, 선생님. 누가 찾아오셨다고 전할까요?"

윔지는 자기 명함을 건네주며 그 위에 적었다.

"베인 재판 건으로." 그런 후에 그는 다시 덧붙였다. "그렇지만 어쿼트 씨가 금방 돌아올 가능성도 있겠죠."

"아, 네. 지난번에는 이틀 정도 출타하셨다가 돌아오셨어요. 확실히 그랬던 것 같네요. 불쌍한 보이스 씨가 그처럼 끔찍하게 돌아가셨을 때."

"아 그렇군요." 윔지는 원하는 화제가 저절로 튀어나오자 속으로 기뻐했다. "여러분 모두에게 정말 충격적이고 기분 언짢은 일이었겠지요."

"아, 그랬어요." 요리사가 대답했다. "지금도 별로 생각하고 싶지 않아요. 신사분이 이 집에서 그렇게 돌아가시다니. 게다가 독살 당하고. 특히 제가 저녁식사를 요리했는데 말이죠. 정말 저한테는 아직도 사무치는 일이에요."

"하지만 잘못된 건 저녁식사가 아니지 않았습니까." 윔지 경이 상냥하게 위로했다.

"어머, 아니었죠. 저흰 그걸 아주 신중하게 증명했어요. 제

부엌에서 어떤 사고가 일어날 수 있다는 게 아니고요. 그럴 리가 없어요. 하지만 사람들은 조그만 꼬투리라도 잡으면 그런 말을 하곤 하죠. 하지만 모든 요리는 주인님과 해나, 제가 다 조금씩 먹었어요. 그게 얼마나 다행인지, 감사하고 있답니다. 이런 말씀 드릴 필요도 없겠지만."

"그러시겠죠. 저도 잘 이해합니다." 윔지가 좀 더 질문을 하려고 궁리하는 와중에 지하실 출입문의 초인종이 요란하게 울려 방해했다.

"정육점 주인일 거예요." 요리사가 설명했다. "전 이제 가봐야겠네요. 하녀는 독감에 걸려 침대에 누워 있어서 오늘 아침에는 일손이 저 하나뿐이거든요. 어쿼트 씨에게는 찾아오셨다고 전해드리겠습니다."

요리사가 문을 닫자 윔지는 베드퍼드 로로 떠났다. 거기서는 나이 지긋한 사무장이 맞아 주었고, 그는 순순히 어쿼트 씨의 주소를 건네주었다.

"여기 있습니다, 경. 레이번 부인의 일을 돌보고 있네요. 애플포드, 윈들, 웨스트모어랜드. 하지만 오래 자리를 비우시진 않을 겁니다. 그동안 저희가 뭔가 해 드릴 일이 있습니까?"

"아니, 고맙습니다만 없습니다. 전 개인적으로 만나서 나누고 싶은 이야기가 있어서요. 사실 사촌 분의 횡사와 관련된 일입니다. 필립 보이스 씨요."

"그렇습니까? 정말 충격적인 사건이죠. 어쿼트 씨는 본인의 집에서 그런 일이 일어나서 굉장히 언짢아하셨어요. 보이스 씨는요, 아주 좋은 청년이었는데요. 그 사람과 어쿼트 씨는 사이가 좋았죠. 그래서 아주 가슴 깊이 슬퍼했던 것 같습니다. 피터 경도 재판에 참석하셨습니까?"

"네. 판결에 대해서 어떻게 생각하십니까?"

사무장은 입술을 악물었다.

"놀랐다고 말할 수밖에 없지요. 저한테는 아주 명료한 사건처럼 보였는데요. 하지만 배심원들은 믿을 수 없죠. 특히 요새는 여자들도 끼어 있으니까요. 이런 업계에서는 여성들도 상당히 많이 봅니다." 그러면서 사무장은 교활한 웃음을 띠었다. "그렇지만 그 사람들 중 뛰어난 법률가적 정신을 가진 사람은 별로 없죠."

"지당한 말씀입니다." 윔지가 말했다. "하지만 그 사람들이 없다면, 소송 자체가 별로 없을 테니 결국은 영업엔 좋은 것 아닙니까."

"하하, 아주 재미있으시네요, 피터 경. 시대가 바뀌면 바뀌는 대로 받아들여야죠. 하지만 저는 구식인 사람이니까요. 제 의견으로는 여자들은 꾸미고 앉아서 영감을 줄 때 가장 사랑스럽지 직접 사건에 끼어드는 건 좀 아니지요. 여기 젊은 여자 사무원이 있었어요. 이 여자가 좋은 직원이 아니었단 뜻은 아니에요. 하지만 어느 날 변덕이 들어 훌쩍 결혼하러 가 버리지 뭡니까. 곤경에 빠진 저를 내버려 두고, 어쿼트 씨가 자리를 비우고 없는 때에 말입니다. 자, 여기 젊은 남자가 있습니다. 결혼을 하면 외려 안정을 찾아 일에 더 전념할 수 있겠죠. 하지만 젊은 여자는 반댑니다. 물론 여자도 결혼을 해야지요. 하지만 불편하단 말입니다. 변호사 사무실에선 임시 조수를 둘 수가 없어요. 몇몇 일은 당연히 기밀을 지켜야 하고, 어느 경우에도 안정된 분위기가 선호되죠."

윔지는 이 사무장의 불평에 동정을 표하고 사근사근하게 작별 인사를 했다. 베드퍼드 로에 공중전화 박스가 하나 있기에, 윔지 경은 그리로 뛰어 들어가 곧장 클림슨 양에게 전화를 걸었다.

"피터 윔지 경이오. 아, 안녕하세요, 클림슨 양. 일은 어때요? 다 술술 풀린다고? 잘됐네요! 자, 들어봐요. 노먼 어퀴트 씨가 베드퍼드 로에 두고 있는 변호사 사무실에서 비밀 업무를 관리하는 여직원 자리가 하나 비었어요. 누구 거기 넣을 수 없겠어요? 아, 잘됐어요! 그럼 그 사람들을 다 보내요. 꼭 사람을 하나 취직시키고 싶어요. 아, 아니에요! 특별 조사는 필요 없어요. 다만 베인 사건에 대해 소문을 주워 모으기만 하면 돼요. 그래요, 건실해 보이는 외모를 골라요. 분을 너무 많이 칠한 얼굴 말고. 치마 길이는 무릎 밑 10센티미터가 규정이라는 걸 명심해요. 사무장이 책임자고, 지난번에 일하던 직원은 결혼해서 떠났어요. 그래서 지금은 성차별적 생각을 갖고 있습니다. 됐어요! 그럼 그 여자를 데리고 와요. 내가 지시를 내릴 테니. 고마워요, 클림슨 양의 앞날이 환히 밝기를!"

 8장

"번터!"

"예, 주인님?"

윔지는 손가락으로 방금 받은 편지를 톡톡 두드렸다.

"자네, 지금 정신이 아주 맑으며 열의가 철철 넘치는가? 겨울 날씨에도 불구하고 더욱 생기 있는 아이리스가 빛나는 번터 위에 환히 비치고 있어?⁸ 그렇게 무언가 정복하고 싶은 기분이

---

⁸ 원래는 "봄에는 생기 넘치는 아이리스가 반들반들 빛나는 흰 비둘기 위에 빛나네."라는 표현으로 알프레드 테니슨의 〈록슬리 홀〉에 나오는 어구이다. 하지만 이 문구는 P. G. 우드하우스의 〈봄날의 지브스〉라는 단편의 첫머리에도 등장하는데, 주인인 버티 우스터와 시종인 지브스가 나누는 대화이므로 작가는 이쪽을 직접 인용한 것으로 추론할 수 있다.

드나? 말하자면 돈 후안 같은 기분?"

번터는 손가락으로 아침식사 쟁반을 받치면서 자기를 낮추듯 기침을 했다.

"자네는 잘생기고 날씬하고 인상이 좋잖아. 이런 말 해도 될지 모르겠지만." 윔지가 끈질기게 밀고 나갔다. "휴일에는 여자들에게 대담한 추파를 보내지 않나. 구변도 청산유수지, 번터. 나도 넘어갈 정도니까. 자네는 사람 다루는 요령이 있잖아. 요리사나 집안 하녀들을 구슬리는 데는 자네만 한 사람이 없지 않아?"

"주인님을 섬기는 일이라면." 번터가 대답했다. "제 능력을 다 바치는 걸 언제나 기쁨으로 여기고 있습니다."

"나도 그건 알지." 주인이 인정했다. "재차 삼차 혼잣말을 하곤 해. 윔지, 이렇게는 지속될 순 없어. 조만간 이 귀중한 남자는 하인직을 던져 버리고 술집 같은 걸 차려서 정착하겠지. 하지만 아무 일도 일어나지 않아. 아직도 아침마다 내겐 커피가 배달되고 목욕물이 준비되어 있으며 면도기가 놓여 있고 넥타이와 양말이 가지런히 정리되고 귀한 그릇에 담긴 베이컨과 달걀이 대령하고 있지. 어쨌든, 이번에는 좀 더 위험한 임무를 요구하네. 우리 둘 다에게 위험이 따르는 일이지. 자네를 누가 채가기라도 하면, 결혼이라는 제도에 무력한 순교자가 되어 버리면, 그땐 누가 내게 커피를 가져다 주고 목욕물을 준비해 주고 내 면도기를 놓아 주며 그밖에 온갖 희생이 따르는 의식을 해 주겠는가?"

"상대가 누굽니까, 주인님?"

"이번엔 두 사람이야, 번터. 시골집에 사는 두 아가씨가 있다네. 비노리, 오 비노리!⁸ 하나는 자네도 본 적이 있는 하녀일세. 이름은 해나 웨스트록이지. 삼십대인 것 같은데, 그렇게 못나진 않았어. 다른 쪽은 요리사인데 그 부드러운 이름을 미처 발음할 수가 없네. 왜냐하면 모르니까. 하지만 아마도 거트루드, 세실리, 막달렌, 마거릿, 로잘리 등 그렇게 달콤하게 어우러지는 이름일 거야. 좋은 여자지. 성숙한 쪽이랄까. 하지만 그렇더라도 나쁠 건 전혀 없네."

"나쁘지 않죠. 이런 말은 어떨지 모르지만 성숙한 나이에 이르러 여왕다운 풍채를 가진 여성이 들뜨고 경박한 젊은 미인보다 세심한 관심에 약하죠."

"사실이야. 그럼 번터 자네가 노먼 어쿼트 씨의 워번 스퀘어에 구애를 할 임무를 띠고 간다고 해 보자고. 그러면 자네에게 주어진 짧은 시간 동안 뱀처럼 그 집안 여자들의 환심을 살 수 있겠는가?"

"주인님이 원하신다면, 주인님이 만족하실 정도로 환심을 사도록 노력하겠습니다."

"충성스러운 친구 같으니. 만약 문란 죄로 걸리거나 혹은 그

---

⁸ 영국 옛날 발라드에 나오는 〈비노리, 오 비노리〉에서 한 구절을 인용.

에 상응하는 결과가 빚어지거든 물론, 명령을 내린 쪽에서 책임을 지도록 하겠네."

"고맙습니다. 그러면 언제 제가 착수했으면 하십니까?"

"어쿼트 씨께 보낼 쪽지를 쓰는 대로. 내가 벨을 울리겠네."

"알겠습니다, 주인님."

윔지는 필기 책상으로 갔다. 잠시 후에 그는 고개를 쳐들고 투정부리듯 말했다.

"번터, 뭔가 꺼림칙한 느낌이 계속 맴돌고 있네. 마음에 안 들어. 여느 때와 다른 느낌이라 불안한데. 부탁인데 자네가 그렇게 맴돌지 않았으면 하네. 이 제안이 불쾌한가, 아니면 내가 새 모자를 하나 사 줬으면 좋겠어? 뭐가 자네 양심을 괴롭히나?"

"죄송합니다, 주인님. 문득 주인님께 여쭙고 싶다는 생각이 들었는데요……."

"아, 번터. 그렇게 돌려 말할 필요 없어. 참을 수가 없네. 그저 찔러 그 짐승의 목숨을 끝장내 버려!⁸ 뭔가?"

"제가 여쭙고 싶은 것은 혹시 주인님께서 집안 운영에 무슨 변화를 주려는 생각이 아니신지?"

윔지는 펜을 내려놓고 하인을 빤히 쳐다보았다.

"변화라고, 번터? 이제까지 사랑하는 일상에 대해 내 시들지 않는 애정을 이렇게까지 장황하게 표현했건만? 커피, 목욕

---

8   로버트 브라우닝의 시 〈차일드 롤란드 다크 타워에 가다〉의 한 구절.

물, 양말, 달걀과 베이컨, 매일 보는 익숙한 얼굴들에 대해서? 자네 지금 내게 뭔가 통고를 하려는 건 아니겠지?"

"아닙니다, 주인님. 저야말로 더 이상 주인님을 섬기지 못하게 되면 아주 안타까울 것 같습니다. 하지만 그럴 수도 있다는 생각이 들었는데요. 만약 주인님께서 새로운 매듭을 원하시면……."

"그렇게 잡화용품과 관련 있는 일일 줄 알았어! 하지만 번터 자네 생각이 그렇다면 바꾸게나. 특별히 마음에 둔 모양의 넥타이라도 있나?"

"주인님, 오해십니다. 제 말은 가족 관계의 매듭 말입니다. 가끔 신사분이 결혼을 기반으로 집안 살림을 재구성하는 경우에 신사분의 개인 시종을 고르는 데 사모님의 입김이 강하게 들어가기도 하니까요. 그런 경우라면……."

"번터!" 윔지는 상당히 놀라서 말했다. "어쩌다 자네가 이런 생각을 하게 됐는지 물어 봐도 되겠어?"

"감히 추론을 좀 했을 뿐입니다."

"이건 탐정 훈련의 결과로군. 내가 내 처마 밑에서 사냥개를 길러 왔던 건가? 혹시 자네 그 여성이 누군지 짐작하기까지 한 건가?"

"예, 그렇습니다."

잠시 정적이 흘렀다.

"그래서?" 윔지가 다소 가라앉은 어조로 물었다. "어때,

번터?"

"아주 호감 가는 숙녀분이라고 생각합니다, 주인님."

"자네는 그런 식으로 생각하는군? 물론 상황은 약간 기이하지만 말이네."

"네, 주인님. 좀 대담하게 말하자면 낭만적이라고까지 할 수 있을 것 같습니다."

"대담하게 말해서 얼토당토않다고 해도 돼."

"네, 그렇습니다." 번터는 동정하는 말투로 말했다.

"그렇다고 이 배를 버리고 떠나지 않겠지, 번터?"

"절대 그럴 일 없습니다, 주인님."

"그러면 다시는 그렇게 겁주지 말게. 내 신경이 예전 같지 않아. 자, 여기 쪽지가 있어. 가서 최선을 다하게."

"알겠습니다, 주인님."

"아, 그리고 번터."

"네?"

"내가 너무 속을 내보였던 것 같아. 그럴 뜻은 없었는데 말이야. 다음에 내가 그렇게 속을 훤히 내보이거든 눈치를 좀 주겠나?"

"반드시 그렇게 하겠습니다."

번터가 부드럽게 물러가자 윔지는 초조하게 거울 쪽으로 걸어갔다.

"난 아무것도 안 보이는데." 그는 혼잣말을 했다. "내 뺨은 고뇌에 찬 습기와 열에 들뜬 이슬을 머금은 백합꽃 같지 않은데.§ 하지만 번터를 속이려고 해 봤자 소용없지. 그건 그렇고. 일이 가장 먼저지. 여우 굴을 하나, 둘, 셋, 네 개를 막았어. 그럼 다음엔 뭐지? 이 본이라는 남자를 찾아가 볼까?"

윔지가 보헤미안 무리에 대해서 조사를 할 때는 통상 마저리 펠프스 양에게 도움을 청하곤 했다. 펠프스 양은 도자기 인형을 만들어서 생계를 꾸리고 있었기 때문에 보통은 작업실에 있거나 아니면 다른 사람의 작업실에 있기 마련이었다. 아침 10시에 전화한다면 그녀가 화들짝 놀라 스크램블에그를 조리대 위에 엎을지도 모를 일이었다. 벨로나 클럽 사건§§ 때 펠프스 양과 피터 경 사이에 뭔가 오고 갔던 것도 사실이므로 그녀에게 해리엇 베인의 이야기를 꺼낸다는 건 당혹스러울 뿐 아니라, 예의에 어긋나는 처사겠지만 지금은 이것저것 따질 시간이 없으므로 윔지는 신사적 양심의 가책에 대한 걱정은 접어 두기로 했다. 전화를 연결하고 나서 잠시 후 "여보세요"라는 대답이 들려오자 윔지는 안심이 되었다.

"여보세요, 마저리? 피터 윔지요. 잘 있었어요?"
"아, 네. 피터 경의 노래하는 듯한 목소리를 다시 들으니 기

---
§　존 키츠〈무정한 미인〉의 한 구절.
§§　(원주) 1928년에 출간된 《벨로나 클럽의 불쾌한 사건》을 참고할 것.

쁘네요. 탐정 나리께 무엇을 해 드릴까요?"

"혹시 본이라는 남자 압니까? 필립 보이스 살인사건과 얽혀 있는."

"아, 피터, 그 사건을 맡고 있어요? 근사한데요! 어느 편을 들고 있는데요?"

"변호인 측."

"만세!"

"이렇게 열렬한 환영은 무슨 뜻일까?"

"뭐, 그게 더 재미나고 어렵지 않아요?"

"그런 것 같아요. 그건 그렇고 베인 양을 압니까?"

"그렇다고도 할 수 있고 아니라고도 할 수 있고. 보이스—번 모임에서 본 적 있어요."

"그 여자를 좋아하는 편이에요?"

"그럭저럭."

"남자는 좋아합니까? 보이스 말이에요."

"전혀 심장이 뛰지 않던데."

"그 사람을 좋아했느냐는 말인데요?"

"좋아하지 않았어요. 반한 것도 아니고, 아닌 것도 아니에요. 그 사람은 눈빛이 밝고 명랑한 현대 남성은 아니었어요."

"아, 본은 어때요?"

"식객이죠."

"오?"

"집안 개처럼 졸래졸래 따라다닌다고요. 어떤 것도 내 천재 친구의 활동을 막아선 안 돼. 그런 유랄까."

"오!"

"계속 오오거리지 말아요. 이 본이라는 남자를 만나고 싶어요?"

"너무 번거롭지 않다면."

"그럼 택시 타고 오늘 밤에 오세요. 한번 돌아보죠. 분명 어디선가 그 사람과 마주칠 거예요. 게다가 그 적수 무리들도 원한다면 만날 수 있을걸요. 해리엇 베인의 지지자들."

"증언했던 여자들?"

"네. 아마 엘리네드 프라이스는 마음에 들어 할 거예요. 그 여자는 바지 입은 족속들은 다 경멸하긴 하지만 위기에 몰렸을 때는 좋은 친구니까."

"가죠, 마저리. 그럼 나와 함께 저녁 할까요?"

"피터, 정말 그러고 싶은데 그럴 수는 없을 것 같네요. 할 일이 산더미예요."

"알았어요. 그럼 9시경에 들르죠."

오후 9시, 윔지는 마저리 펠프스와 함께 택시를 타고 스튜디오들을 한 바퀴 돌고 있었다.

"여기저기 전화를 좀 돌려 봤어요." 마저리가 말했다. "크로포트키에 가면 찾을 수 있을 것 같아요. 여기 손님들은 보이스와 친한 자들로 볼셰비키적인 음악 술집이에요. 술은 형편없지만 러시아 차는 안심하고 마셔도 돼요. 택시는 대기하겠죠?"

"그렇겠죠. 퇴격할 때를 대비해 놓고 싶은가 본데요."

"뭐, 부자니까 좋네요. 법원 아래로 내려가세요. 오른쪽, 페트로비치 마구간 너머요. 제가 먼저 정탐 좀 하고 오는 게 낫겠어요."

두 사람은 좁고 거치적거리는 계단을 아슬아슬하게 올라갔다. 꼭대기에서는 피아노와 현악기, 식기들이 쨍그랑 부딪치는 소리가 희미하게 섞여 들려와서 무언가 유흥이 한창임을 알 수 있었다.

마저리는 쿵쿵 문을 두드리더니 대답을 기다리지도 않고 벌컥 열어젖혔다. 윔지는 마저리의 뒤를 따라 들어가며 한편으로는 고압적이면서도 열기와 소리, 연기와 튀김 냄새가 뒤섞인 기운이 얼굴에 훅 끼치는 것을 느꼈다.

그곳은 아주 작은 방으로, 하나밖에 없는 전구에 색유리 등갓을 씌워 놓은 조명 하나만 비추고 있어 침침했고 사람들이 가득해서 숨이 막혔다. 실크스타킹을 신은 다리, 맨팔과 창백한 얼굴이 몽롱한 어둠 속에서 나오는 개똥벌레처럼 빛났다. 똬리를 튼 담배 연기가 공기 중에서 앞뒤로 나른하게 떠다녔다. 한쪽 구석에는 무연탄 난로가 벌겋게 달아오르며 독한 냄새를 내뿜고 있었고, 자웅을 겨루듯 다른 구석에는 이글이글 타오르는 가스 오븐이 대기를 후끈후끈하게 데워 놓았다. 난로 위에 놓인 거대한 주전자에서는 김이 모락모락 올랐다. 그 옆 작은 탁자 위에는 역시 거대하고 김이 모락모락 오르는 사모바르가 있었다. 가스 오븐 곁에 흐릿하게 보이는 사람이 서서 팬에 든 소시지를 포크로 뒤집고, 그동안 조수가 오븐에 든 것을 살폈다. 후각이 민감한 윔지는 여러 가지가 뒤섞인 대기 속에서 냄새를 다 구분해 내고, 정어리 요리라는 것을 알아냈다. 바로 문 안쪽에 서 있는 피아노에서는 빨강머리가 덥수룩한 젊은 여자가 체코슬로바키아 풍취가 느껴지는 곡을 연주했다. 그 옆에서는 기하학적 무늬의 편물 점퍼를 입어서 남자인지 여자인지 구분이 되지 않는 사람이 흐느적흐느적 움직이며 바이올린으로 반주를 했다. 그들이 들어오는데도 아무도 돌아보지 않았다. 마저리는 바닥에 늘어진 팔다리를 넘으며 나아가더니 빨간 옷을 입은 야윈 여자를 골라 귀에다 대고 고함을 질렀다. 젊은 여자는 고개를 끄덕이더니 윔지에게 신호를 보냈다. 그는 사람들을 밀고 나아갔고 아주 단순한 말로 이 야윈 여자에게 소개되었다.

"여긴 피터. 이쪽은 니나 크로포트키."

"반가워요." 쿵쿵 울려대는 소음 사이로 마담 크로포트키가 소리를 질렀다. "내 옆에 앉아요. 여기는 스타니슬라스. 정말 천재예요. 새 작품은 피커딜리 지하철역에 대한 거예요. 훌륭해. 네세파(그렇지 않아요)? 닷새 연속, 음가를 흡수하기 위해 에스컬레이터를 타고 계속 오르락내리락 했대요."

"엄청나군요!" 윔지가 외쳤다.

"그렇게 생각하세요? 감식안이 있으시네요? 이게 대형 오케스트라에 어울리는 곡이라는 걸 아시겠죠. 피아노로 들으면 아무것도 아니에요. 금관악기, 의성음 발음기, 팀파니가 필요해요! 자! 그렇지만 형태, 윤곽은 알 수 있죠. 아, 끝났네요. 훌륭해요! 웅장해요!"

시끄럽게 뚱땅거리던 소리가 그쳤다. 피아니스트는 얼굴을 닦으며 이글거리는 눈빛으로 주위를 둘러보았다. 바이올리니스트가 악기를 내려놓고 일어섰다. 다리를 보니 여자라는 것을 알 수 있었다. 방안은 사람들이 서로 나누는 이야기소리로 폭발할 것 같았다. 마담 크로포트키는 자리에 앉은 손님들 위로 몸을 숙이며 땀 흘리는 스타니슬라스와 양 뺨을 맞댔다. 프라이팬을 오븐에서 들자 기름이 사방팔방에 튀었고, 누가 "바냐!"를 불렀으며, 그 순간 송장 같은 얼굴이 윔지의 얼굴을 내리누르며 목구멍에서 가래 끓는 목소리로 물었다. "뭐 마실 거요?" 동시에 정어리 요리를 담은 접시가 윔지의 어깨 위에 도착해 아슬아슬하게 떠 있었다.

"고맙습니다만 방금 저녁을 먹고 와서요. 막 저녁을 먹어서." 그는 필사적으로 고함을 질렀다. "배가 불러요. 꽉 찼어요!"

마저리가 구하러 와서 새된 목소리로 더욱 강경하게 거절했다.

"그 끔찍한 것 치워요, 바냐. 보기만 해도 역겹네. 우리한테 차를 줘요, 차, 차!"

"차!" 송장 같은 남자가 메아리처럼 따라했다. "차가 마시고 싶다니! 스타니슬라스의 음조 시를 어떻게 생각하오? 강하고, 현대적이지? 군중 속에 있는 반역의 영혼, 충돌, 기계 심장부의 반란. 부르주아에게 생각할 거리를 주는 곡이지, 아, 그래요!"

"체!" 송장 같은 남자가 몸을 돌려 자리를 뜨자, 어떤 목소리가 윔지의 귀에 대고 소리쳤다. "이건 아무것도 아냐. 부르주아 음악이지. 프로그램 음악. 예쁘장한 곡이지! 브릴로비치의 〈Z의 절정〉이라는 곡을 들어 봐야 해요. 그건 구태의연한 패턴 없이 순수한 진동으로만 이루어진 곡이야. 스타니슬라스는 자기를 아주 대단하게 생각하지만, 고리타분하기 짝이 없어. 그의 불협화음 뒤에서 해결화음을 감지할 수 있지. 변장을 한 화성일 뿐이야. 그 속엔 아무것도 없어. 하지만 그가 빨강머리에다가 뼈만 앙상한 몸을 드러내니까 사람들을 속일 수 있는 거지."

스타니슬라스가 특이한 생김새 덕분에 사람들을 속일 수 있다는 이 말에 따르면, 반짝이는 당구공만큼이나 동그란 대머리인 이 남자의 말도 거짓이 아니었다. 윔지는 위로하듯 대답했다.

"뭐, 우리 오케스트라의 저질스럽고 고리타분한 악기들로 뭘 할 수 있겠어요? 온음계 곡, 허! 열세 개의 불쌍하고 부르주아적인 반음, 훗! 현대적인 감정의 무한한 복잡성을 표현하기 위해서는 한 옥타브에 32개 음이 있는 음계가 필요한 거죠."

"하지만 어째서 옥타브에 연연하는 거요?" 뚱뚱한 남자가 물었다. "옥타브와 그 감상적인 조합들을 내던지지 못하면 관습의 족쇄로 걸어 들어가는 거요."

"바로 그런 정신이 필요하죠!" 윔지가 말했다. "모든 명확한 음을 다 없앨 수도 있어요. 어쨌거나 고양이가 한밤에 노래를 할 때 그런 음계가 필요한 건 아니지 않습니까? 그래도 여전히 강력하고 표현력이 넘치죠. 사랑에 굶주린 수말은 정열적으로 울어댈 때 옥타브나 음정 같은 건 고려하지 않죠. 오로지 인간만이 스스로를 무능력하게 만드는 관습에 구속당하죠. 아, 안녕, 마저리, 미안해요. 뭐죠?"

"여기 와서 라일랜드 본과 얘기 좀 해요." 마저리가 말했다. "이 사람에게 당신이 필립 보이스를 어마어마하게 숭배하는 독자라고 말했어요. 읽어 본 적은 있어요?"

"몇 권은요. 하지만 점점 머리가 띵해지는 것 같은데."

"한 시간 정도 지나면 더 심해질 거예요. 그러니까 지금 가는 게 나아요."

마저리는 그를 이끌어 가스 오븐과 가까운, 외떨어진 자리로 안내했다. 그곳에 아주 키가 큰 남자가 마루 쿠션에 웅크리고 앉아 단지에 든 캐비아를 피클 포크로 찍어먹고 있었다. 그는 애처로울 정도로 열정적으로 윔지를 맞았다.

"끔찍한 곳이죠. 영업도 끔찍하게 하고." 본은 말했다. "난 로가 너무 뜨거워요. 자 술 한 잔 마셔요. 그밖에 뭘 할 수 있겠소? 내가 여기 오는 건 필립이 여기 왔기 때문이지. 습관이라고나 할까. 여기가 싫지만 달리 갈 데도 없어요."

"물론 그 사람하고 아주 친했겠죠." 윔지는 휴지통 위에 걸터앉으며 차라리 수영복을 입고 오는 게 나았을 것이라 생각했다.

"그에게는 내가 단 하나뿐인 진정한 친구였죠." 라일랜드 본은 구슬프게 말했다. "나머지는 다들 그의 머리를 빌리는 데만 관심 있었어요. 원숭이들! 앵무새들! 빌어먹을 것들."

"그 사람 책을 읽었는데 아주 괜찮다고 생각했습니다." 윔지는 어느 정도 진실을 담아 말했다. "하지만 내게는 불행한 사람처럼 보이던데."

"아무도 그를 이해하지 못했어요." 본이 설명했다. "다들 그 사람을 까다롭다고 했죠. 그렇게 세상에 대적해야 할 게 많은데 까다롭지 않고 어떻게 배기겠습니까? 사람들이 그 친구 피를 다 빨아먹었고, 도둑놈 같은 출판사에서는 들어오는 동전 하나까지도 가져가 버렸어요. 게다가 그 빌어먹을 년이 그 친구를 독살해 버렸으니, 세상에, 인생이란 도대체 뭐람!"

"네, 하지만 어째서 그 여자가 그런 짓을 했을까요? 만약 했다면 말이지만."

"아, 그 여자가 하고도 남았죠. 순전히 지독한 앙심과 질투, 그게 다겠죠. 자기는 너절한 작품밖에 못 쓰니까. 해리엇 베인은 못된 여자들이 가진 기이한 기질은 다 가지고 있었어요. 그 사람들이 무슨 짓을 할 수 있는지 생각해 보세요. 그들은 남자를 싫어하고 그의 작품을 싫어하죠. 그런 여자가 필 같은 천재를 돕고 돌보는 것으로 만족했으리라 생각합니까? 젠장, 그는 작품 쓸 때 그 여자의 의견을 묻곤 했어요. 그런 여자의 충고를, 맙소사!"

"그가 그 충고를 받아들였습니까?"

"받아들였냐고요? 여자가 주려고 하지도 않았어요. 자긴 다른 작가들의 작품에는 절대 의견을 내지 않는다나. 다른 작가들이라니! 오만불손하기는! 물론 우리하고는 동떨어진 인간이긴 했지만, 자신의 정신과 필의 정신이 차이가 있다는 걸 어째서 깨닫지 못했을까요? 물론 처음부터 필립이 그런 여자와 얽힌 것 자체가 가망 없는 일이긴 하죠. 천재와는 말다툼을 할 게 아니라 받들어 줘야 합니다. 나는 그때 필에게 경고를 했었어요. 하지만 필은 뭐에 홀려서. 게다가 그런 여자와 결혼하고 싶어 하다니……."

"어째서 그랬죠?" 윔지가 물었다.

"목사 아들로서 받은 가정교육의 잔재겠죠. 정말 가엾기 짝이 없어요. 게다가 그 어쿼트라는 친구가 많이 농간을 부렸을 것이라고 생각합니다. 가족 변호사지만 교활한 자죠. 그 사람 압니까?"

"아뇨."

"어쿼트가 필을 움켜쥐고 있었어요. 가족이랍시고 설득 당한 것 같아요. 나는 진짜 문제가 시작되기 오래 전부터 그의 영향력이 슬금슬금 필을 덮치는 걸 봐 왔죠. 어쩌면 필이 죽은 건 잘된 일일지도 모릅니다. 그가 인습에 사로잡혀서 정착하고 사는 걸 보게 되었다면 너무 역겨웠을 거예요."

"이 사촌이 언제부터 필을 움켜쥐기 시작했습니까, 그럼?"

"아, 2년 정도 전부터입니다. 어쩌면 좀 더 전인지도 모르겠어요. 필을 저녁식사인가 뭐 그런 데 초대하더군요. 처음 본 순간부터 그가 필립을 파멸시킬 것임을 알았어요. 육체와 영혼 다. 그가 원한 건, 그러니까 필이 원한 것은 자유와 돌아갈 수 있는 방뿐이었는데, 여자와 사촌과 아버지가 배경에 있었죠! 아, 이젠 울어 봤자 소용없겠죠. 그의 작품은 남았고, 그게 가장 다행스러운 일이죠. 그가 적어도 내게는 작품 뒤를 봐달라고 했어요. 결국 해리엇 베인은 그 몫에는 손가락하나 대지 않았으니까요."

"본 씨 손 안에 있는 한 절대로 안전하겠지요." 윔지가 말했다.

"하지만 무슨 일이 있었을지 생각하면, 내가 내 목을 그어도 시원찮아요."

본은 핏발 선 눈으로 피터 경을 가련히 돌아보며 말했다. 윔지는 동의한다는 뜻을 보이며 물었다.

"그건 그렇고, 필립 보이스와 마지막까지 함께 있지 않았습니까? 사촌네 가기 전까지? 그가 뭔가 낌새를 보이진 않았습니까? 독약이라든가 뭐라도? 물론 냉정한 사람처럼 보이고 싶진 않습니다만, 불행했다고 하니까요. 그런 생각은 끔찍하지만 혹시……."

"아니요." 본이 딱 잘랐다. "아닙니다. 필이 절대 그런 생각을 했을 리가 없다고 맹세할 수 있습니다. 그랬다면 나한테 말했을 겁니다. 죽기 직전 즈음에는 나를 가장 신뢰했거든요. 자신의 생각은 뭐든 내게 말해 주었습니다. 그 나쁜 계집 때문에 가여울 정도로 상처를 받았지만 나한테 말하지도 않고 작별인사도 하지 않은 채 갔을 리가 없어요. 게다가 그런 방법을 택했을 리도 없고요. 어째서 그러겠습니까? 내가 해 줄 수도 있었……."

그는 망설이다가 윔지를 흘긋 보고 윔지가 그저 동정하듯 관심을 기울이고 있음을 확인하자 말을 계속 이었다.

"내가 그 친구에게 약 얘기를 했던 기억이 납니다. 스코폴라민, 베로날, 그런 유요. 그랬더니 필립이 이러더군요. '내가 만약 이 세상을 떠나기를 원하면, 라일랜드, 자네가 방법을 알려 줘.' 그러면 내가 해 줬겠죠. 그가 정말로 원했다면요. 하지만 비소라니? 그처럼 아름다움을 사랑하던 필립이? 그가 비소를 택할 수 있을 거라 생각합니까?"

"확실히 그 약물을 먹으면 꼴이 보기 좋지 않죠." 윔지가 말했다.

"이거 보세요." 본의 목소리는 거칠고 위압적이었다. 그는 캐비아를 안주 삼아 브랜디를 연달아 들이키고 있던 차라 처음에는 말을 삼갔지만 조심성을 슬슬 잃고 있었다.

"이거 봐요! 이거요!" 그는 가슴 위쪽 주머니에서 작은 병을 하나 꺼냈다. "이게 기다리고 있어요. 내가 필의 책 편집을 끝낼 때까지요. 이게 여기 있다는 걸 알면 위안이 되죠. 평화로워요. 상아 문을 지나서 밖으로 나가다.⁸ 이건 고전이죠. 어려서 고전을 읽으면서 자랐거든요. 이 사람들은 그런 사람을 보면 비웃을 테니, 내가 이런 말을 했다고는 하지 마세요. 웃기죠, 어려서 배운 책이 달라붙어 남아 있다는 게. '텐데반트케 마누스 리파에 울테리오리스 아모레, 울테리오리스 아모레(그들은 저 멀리 있는 육지를 갈망하며 손을 앞으로 내뻗었다).' 발롬브로사에 나뭇잎처럼 바글바글 모여 있는 영혼에 대한 구절이죠. 아니, 발롬브로사는 밀턴이었구나. '아모리오리스 울토레 울토리오레.' 젠장. 불쌍한 필!"

여기서 본 씨는 눈물을 터뜨리더니 작은 병을 두드렸다.

윔지는 마치 기관실에 앉아 있는 것처럼 머리와 귀가 쿵쿵 울려서 조용히 일어나 자리를 떴다. 누군가 헝가리 노래를 시작했고 난로는 하얗게 달아올라 후끈후끈했다. 윔지는 괴롭다는 신호를 마저리에게 보냈건만, 마저리는 한 떼의 남자들과 함께 구석에 앉아 있었다. 그중 한 명은 자기 입을 마저리의 귀에 갖다대다시피 하고 자기가 직접 지은 시를 읊어 주고 있는 것 같았고, 또 다른 사람은 나머지 사람들이 즐거워하며 내지

---

⁸ 베르길리우스, 〈아에네이드〉에 나오는 구절을 인용. '상아문'은 저승과 이승 사이의 경계를 가리킨다.

르는 비명에 장단 맞춰 봉투 뒤에 뭔가를 그리고 있었다. 그들이 내는 소음이 가수의 귀에 거슬렸는지, 가수는 노래를 부르다 말고 화를 내며 고함을 질렀다.

"악! 시끄러워! 방해 돼! 정말 꼴도 보기 싫은 인간들이야! 정신이 흐트러졌잖아! 그만 둬! 처음부터 다시 시작할 테니까."

마저리가 사과를 하며 벌떡 일어났다.

"정말 나도 너무했지. 당신네 특이한 사람들을 더 이상 잡아놓지 않겠어요, 니나. 너무 폐를 끼쳤네요. 용서해요, 마리아, 기분이 좋지 않네요. 피터를 데리고 가야겠어요. 언제 다른 날에 저한테 노래해 줘요. 내가 좀 더 기분이 좋고, 좀 더 여유가 있을 때. 잘 있어요, 니나. 정말 즐거웠어요, 보리스. 정말 이제까지 들어 본 시 중에서 제일 좋았어요. 다만 제대로 들을 수 없었을 뿐이죠. 피터, 제가 얼마나 기분이 엉망인지 얘기 좀 해 주고 집에 데려다 줘요."

"맞습니다." 윔지가 말했다. "신경이 날카로워요. 그게 얼마나 예의범절이나 기타 등등에 나쁜 영향을 끼치는지 아시지 않습니까."

"예의범절이라." 턱수염을 기른 남자가 갑자기 큰 소리로 말했다. "그런 건 부르주아나 위한 거지."

"맞습니다." 윔지가 대답했다. "정말 흉악한 형태죠. 그 뭐냐 억압 같은 걸 하지 않습니까. 자, 가요, 마저리. 아니면 점점 예의를 차리게 될 것 같으니까."

"다시 처음부터 노래할 거요." 가수가 외쳤다.

"휴!" 윔지는 계단에 나오자 한숨을 내쉬었다.

"그래, 나도 알아요. 그런 걸 참다니 나도 순교자의 기질이 다분하네. 어쨌든 본을 봤잖아. 착하지만 멍청한 종자죠?"

"그렇긴 하네요. 하지만 저 친구가 필립 보이스를 살해한 것 같진 않죠? 하지만 확인을 해 보자면 만나 봐야만 했으니까. 다음은 어디로 가죠?"

"조이 트림블스 네를 확인해 봐야죠. 거기는 반대 진영의 성채예요."

조이 트림블스는 마구간 위에 스튜디오를 하나 가지고 있었다. 여기도 똑같이 사람이 많고, 똑같이 연기가 자욱하고, 청어리와 술은 더 많았으며, 열기도 대화도 더 뜨거웠다. 더욱이 전기 불빛이 휘황하고 축음기 한 대에 개 다섯 마리가 있었으며 유화 냄새도 짙게 풍겼다. 여기서 찾을 사람은 실비아 매리어트였다. 윔지는 어느새 자유연애, D. H. 로렌스, 숙녀인 체하는 여자들의 문란함, 긴 치마의 부도덕적 의미에 대해서 논의하는 무리 사이에 끼었다. 하지만 곧 남자 같은 외모의 중년 여자가 도착해서 간신히 빠져나올 수 있었다. 불길한 미소를 띤 여자는 카드 한 세트를 들고 모든 이의 운명을 예언해 주었다.

사람들이 여자 주변에 모였을 때 한 여자가 들어와서 실비아가 발목을 삐어서 올 수 없게 되었다고 알렸다. 모든 이들은 따뜻하게 "어머, 얼마나 아프겠어, 안됐네."라고 말했으나 즉시 그 얘기는 잊어버리고 말았다.

"우리도 빨리 나가요." 마저리가 말했다. "작별 인사 같은 건 안 해도 돼요. 아무도 당신은 신경 안 쓰니까. 실비아 일은 잘 된 거예요. 집에 있을 테니 우리를 피하지 못하겠죠. 난 가끔 사람들이 모두 발목을 삐었으면 좋겠다고 생각하기도 해요. 하지만 알겠지만 이 사람들 작품은 썩 괜찮네요. 심지어 크로포트키 무리들도요. 나도 이런 종류의 것들을 좋아했었어요, 한때는."

"우리도 나이가 들고 있는 거예요, 당신과 내가." 윔지가 말했다. "미안해요, 무례했군요. 하지만 알겠지만, 나는 이제 곧 마흔이 되니까요, 마저리."

"당신은 잘 버티고 있어요. 하지만 오늘 밤에는 약간 녹초가 된 것 같네요, 피터. 무슨 일이에요?"

"그냥 이제 중년이 되니 그렇겠죠."

"주의하지 않으면 이제 정착하게 되겠네요."

"아, 난 몇 년 동안이나 정착했는데요."

"번터와 책 사이에 정착했겠죠. 난 가끔 당신이 부러워요, 피터."

윔지는 아무 말도 하지 않았다.

마저리는 화들짝 놀란 표정으로 그를 보더니 팔짱을 꼈다.

"피터, 부디 행복하길 바라요. 제 말은, 당신은 언제나 무슨 일이 있어도 변하지 않는 편안한 유의 사람이었다는 거죠. 변하지 마요, 그럴 거죠?"

윔지가 바뀌지 말아달라는 말을 들은 건 이때가 두 번째였다. 처음에는 그 부탁이 뛸 듯이 기뻤다. 하지만 이번에는 겁이 덜컥 났다. 택시가 비 내리는 템스 강변을 따라 앞으로 달려갈 때, 그는 처음으로 흐릿하지만 성난 무력감을 느꼈다. 변화할지도 모른다는 가능성이 의기양양하게 처음으로 경고의 일격을 날린 기분이었다. 마치 〈바보의 비극〉에서 독을 먹은 아델프처럼 외치고 싶은 기분이었다.[8]

"아, 나는 변하고, 변하고 있어! 무서울 정도로 변하고 있어!"

현재 맡고 있는 일이 실패하든 성공하든, 이제 모든 것이 전과는 같지 않을 것이다. 재난과도 같은 사랑으로 상심할지도 모르기 때문은 아니었다. 그는 이제 나이도 먹은 만큼 젊을 혈기로 인한 사치스러운 고민은 하지 않았다. 그렇지만 이렇게 환상에서 해방되었기 때문에 무언가 상실감을 느꼈다. 이제부터는 근심걱정 없이 매 시간을 누리려면 특권처럼 주어지는 게

---

[8] 토머스 로벨 베도스가 지은 〈죽음의 농담책, 혹은 바보의 비극〉이라고 불리는 5막 희극을 언급. 작가 본인도 독을 먹고 자살했다고 한다.

아니라 자신이 직접 노력해서 이루어야만 했다. 로빈슨 크루소가 침몰한 배에서 힘들게 도끼 하나, 병, 엽총을 꺼내 왔듯이 그렇게 직접 구해야만 했다.

또한 처음으로 그는 자기 힘으로 착수한 일을 끝까지 완수할 수 있을까 의심을 품었다. 이전에도 개인적 감정이 사건 수사에 개입된 적이 있었지만, 이번처럼 마음을 흐리지는 않았다. 그는 어설프게 더듬고 있을 뿐이었다. 자신을 비웃으며 빠져나가는 여러 가능성을 찾아 여기저기 되는 대로 짚을 뿐이었다. 되는 대로 질문을 던지고 자신의 목적에 대해서 의심했다. 한때는 시간이 부족하다는 게 자극제가 되었지만 이제 무섭고 혼란스럽기만 할 뿐이었다.

"미안해요, 마저리." 그는 망상에서 깨면서 말했다. "지금 약간 멍청하게 있었던 것 같군요. 산소 부족인가. 창문 좀 내려도 괜찮죠? 그게 더 낫군. 제대로 된 음식을 먹고 공기를 좀 더 마시면 노회한 노인네가 될 때까지 염소처럼 뛰놀 수 있을 거요. 대머리에 피부가 누레져서는 출렁이는 뱃살을 점잖은 속옷으로 감추고 내 증손들이 다니는 나이트클럽에 기어 들어가면 사람들이 나를 손가락질하면서 말하겠죠. '저기 봐, 사악한 피터 경이야. 지난 96년 동안 논리에 맞는 말은 한마디도 한 적 없는 걸로 유명하지. 1960년 혁명 때 간신히 단두대 행을 피한 유일한 귀족이래. 아이들을 위해서 저 사람을 애완동물로 키워야겠어.' 그러면 나는 머리를 흔들면서 새로 해 넣은 의치를 휜히 보이며 말하겠죠. 아, 하! 쟤네들은 우리가 젊었을 때 누렸던 재미를 몰라. 불쌍하긴, 규율에 묶여 사는 존재들 같으니!"

"그 애들이 그처럼 엄격한 훈육을 받는다면 당신이 기어 들어갈 만한 나이트클럽 자체가 없을 거예요."

"아, 있을 텐데. 자연이 복수를 할 테니까. 이 아이들도 지하 무덤에서 멸균하지 않은 탈지 우유 한 그릇을 마시면서 솔리테어 카드 게임이나 하라는 정부 코뮌 게임 법률을 어기고 도망 나올 애들이죠. 여기가 거기예요?"

"그래요. 정말 실비아가 다리를 다쳤다면 우리를 들여보내 줄 사람이 있어야 할 텐데. 아, 발소리가 들린다. 아, 너구나, 엘리네드. 실비아는 어때?"

"아주 괜찮아. 약간 부었을 뿐이야. 발목이 말이지. 들어올래?"

"실비아 만날 수 있어?"

"그래, 모습은 아주 멀쩡한걸."

"잘됐네. 여기 피터 윔지 경도 데려 왔거든."

"아." 여자가 말했다. "처음 뵙겠습니다. 수사하시는 분이죠? 시체나 뭐 그런 문제 때문에 오셨어요?"

"피터 경은 해리엇 베인 사건 변호 측에서 수사하고 있어."

"그래? 잘됐네. 누가 그 사건을 해결하기 위해 뭔가 하고 있다니 기뻐요."

여자는 키가 작고 살집이 있었으며 도전하듯 코가 들렸고 눈이 반짝였다. "피터 경은 어떻게 생각해요? 난 그 남자가 자살했다고 생각해요. 자기를 동정하는 타입이었거든요. 아, 실. 여기 마저리가 왔어. 해리엇을 감옥에서 빼내 줄 남자하고."

"그 사람 바로 들여 보내!"

안에서 대답이 들려왔다. 문이 열리자 극히 검박하게 꾸며진 작은 침실 겸용 응접실로 이어졌다. 얼굴이 창백하고 안경을 쓴 젊은 여자가 모리스식 팔걸이의자에 앉아서 붕대를 감은 발을 포장 상자 위에 올려놓고 있었다.

"일어서서 인사할 수가 없네요. 제니 렌의 말처럼 '등이 심히 아프고 발의 상태가 이상해서요.'⁸ 그 투사는 누구셔, 마저리?"

윔지 경이 소개되자마자 엘리네드 프라이스는 약간 공격적으로 물었다.

"이 사람 커피 마실 수 있어, 마저리? 아니면 남자들이 흔히 마시는 게 필요할까?"

"이 사람은 완벽하게 경건하고 정의로우며 정신이 말짱한 사람이야. 코코아와 탄산 레모네이드만 빼고는 다 마시지."

"아, 내가 물어 본 건 그저 네가 데리고 다니는 남자들이 자극적인 걸 원하니까 하는 말이지. 그렇지만 우린 그런 건 두고 있지 않고 술집은 문을 닫을 시간이니까."

---

⁸ 제니 렌은 찰스 디킨스의 단편 제목이자 등장인물.

엘리네드는 찬장으로 걸어갔고 실비아가 말했다.

"엘리네드 말에 기분 나빠하지 마세요. 쟨 누구에게나 퉁명스럽게 대하니까요. 피터 경, 말씀 좀 해 보세요. 무슨 단서라도 찾으셨어요?"

"모르겠습니다." 피터 경이 대답했다. "범인을 찾을 미끼를 몇 군데 뿌려뒀습니다. 뭔가 걸려들기 바랄 뿐이죠."

"그 사촌은 아직 안 만나 보셨죠? 어쿼트라는 인간?"

"내일 만날 약속을 잡아뒀습니다. 왜요?"

"실비아의 이론은 그 사람이 범인이라는 거예요." 엘리네드가 말했다.

"재미있네요. 왜죠?"

"여자의 직감이죠." 엘리네드가 무뚝뚝하게 대답했다. "어쿼트의 머리스타일이 마음에 안 든대요."

"다만 그 사람이 너무 빤질거려서 정직한 사람 같지 않다고 말했을 뿐이야." 실비아가 항의했다. "그리고 그 사람 아니라면 누구겠어? 라일랜드 본은 아닐 거야. 속이 시커먼 자식이긴 해도 그 사람도 정말 마음 아파하는 것 같더라."

엘리네드는 멸시하듯 코웃음을 치더니 주전자에 물을 채우러 갔다.

"엘리네드가 무슨 생각을 하든, 난 필 보이스가 자살했을 거라곤 생각하지 않아요."

"어째서죠?" 윔지가 물었다.

"그 사람 말이 너무 많았어요." 실비아가 말했다. "게다가 자기 자신을 얼마나 대단하게 생각했는데요. 그런 사람이 세상 사람들이 자기 책을 읽을 특권을 고의적으로 빼앗았을 거라곤 생각할 수 없어요."

"그럴 수도 있어." 엘리네드가 끼어들었다. "앙심 품고 그럴 수도 있잖아. 성숙한 사람들이 유감스럽게 생각하게 하려고. 아니, 됐어요."

윔지가 주전자를 들어 주려고 앞으로 나섰지만 엘리네드는 거절했다.

"3리터 정도 되는 물 정도는 나 혼자서 충분히 들어요."

"또 무색해졌군요." 윔지가 말했다.

"엘리네드는 남자들이 여자들에게 베푸는 관습적인 친절을 다 반대해요." 마저리가 말했다.

"아주 좋습니다." 윔지가 싹싹하게 말했다. "저도 수동적으로 가만히 앉아 있는 태도를 익히도록 하죠. 이 과하게 빤질거리는 변호사가 사촌을 처리하고 싶어 할 이유에 대해서 혹시 짐작하고 계십니까, 매리어트 양?"

"그건 전혀 모르죠. 다만 옛날 셜록 홈즈의 방식대로 불가능한 방식을 소거하면 뭐가 남든지, 혹은 아무리 개연성이 없어 보여도 그게 진실이라고 추정했을 뿐이에요."

"셜록 홈즈 이전에 오귀스트 뒤팽이 먼저 말했죠. 이 결론을 인정합니다만, 이 경우에는 전제를 질문할 수밖에 없네요. 설탕은 넣지 않습니다. 고맙습니다."

"남자들은 다 커피를 시럽처럼 달게 먹는 줄 알았는데요."

"하지만 그러면 저는 특이한가 보죠. 아직 눈치 못 채셨습니까?"

"찬찬히 살펴볼 시간이 별로 없었어요. 하지만 커피로 1점 따셨다고 해 두죠."

"정말 황공합니다. 그럼 베인 양이 이 살인사건에 대해서 어떤 반응을 보였는지 말씀해 주실 수 있습니까?"

"그게……." 실비아가 잠시 기억을 더듬었다. "그 사람이 죽었을 때 갠 물론 아주 심란해 했어요."

"화들짝 놀랐죠." 프라이스 양이 덧붙였다. "하지만 제 생각엔 그 사람이 없어져서 고마워했던 것 같기도 해요. 놀랄 일도 아니죠. 이기적인 짐승! 그는 개를 이용했고 1년 동안 귀찮게 괴롭히고 마지막엔 모욕했어요. 게다가 당신네 남자들 중에서도 절대 떨어지지 않는 탐욕스러운 종류였죠. 해리엇은 기뻐했어, 실비아. 그런 걸 부인해 봤자 무슨 소용 있어?"

"그래, 어쩌면. 그 사람이랑 끝낼 수 있어서 안심했는지도 몰라. 하지만 그때는 살해당했는지 몰랐잖아."

"몰랐지. 살인 때문에 약간 좋다 말았지. 그게 살인이라고 하면. 난 믿지 않지만. 필립 보이스는 항상 희생자가 되기로 작정한 사람이었잖아. 마지막에 성공했다니 아주 짜증나는 인간이지. 그 사람은 그럴 목적으로 자살한 걸 거야."

"정말 그런 짓을 하는 사람도 있죠." 피터 경이 신중하게 말했다. "하지만 증명하기 어렵습니다. 제 말 뜻은 배심원들은 좀 더 눈에 보이는 동기를 선호한단 말입니다. 돈 같은. 하지만 이 경우에는 돈과 관련한 동기를 찾을 수가 없네요."

엘리네드는 웃었다.

"없겠죠. 돈 자체가 많이 없었으니. 해리엇이 번 것 말고는. 멍청한 대중은 필 보이스의 진가를 인정하지 않았어요. 그래서 필은 해리엇을 용서하지 않았죠."

"해리엇이 돈을 벌었다면 유용하지 않았을까요?"

"물론이죠. 하지만 동시에 분개했어요. 해리엇이 자기가 쓰는 쓰레기로 두 사람 몫의 돈을 벌 게 아니라 그 작자의 작품부터 봐 줘야 했다는 거죠. 하지만 남자란 다 그렇죠."

"우리 남자들을 좋게 생각하지 않으시는군요?"

"기생충들을 너무 많이 봐 왔어요." 엘리네드 프라이스가 말했다. "게다가 손을 벌리고 있는 것들도 너무 많고. 물론 여자들도 마찬가지로 나쁘죠. 그렇지 않으면 그런 행태를 참아 줄 리가 없으니. 천만다행이지, 내가 돈을 빌리지도 않고 빌려 준 적도 없다는 게. 여자는 예외에요. 여자들은 도로 갚으니까."

"열심히 일하는 사람들은 보통 되갚기 마련이죠." 윔지가 말했다. "천재들 말고는요."

"여자 천재들은 그렇게 응석받이가 되지 않아요." 프라이스 양은 가차없었다. "여자들은 그런 걸 기대해서는 안 된다는 걸

배우기 마련이니까요."

"본래의 취지에서 점점 멀어지고 있는 것 같은데, 그렇지 않아요?" 마저리가 말했다.

"아니에요. 이 문제의 중심인물들에 대해서 상당히 감을 잡고 있습니다. 신문기자들이라면 주인공이라고 표현할 사람들이요."

윔지는 입을 살짝 찌그렸다.

"사람은 교수대의 발판 위에 내려 쬐는 강렬한 불빛 속에서 여러 깨달음을 얻는 법이죠."

"그런 말 마세요." 실비아가 간청했다.

어딘가 밖에서 전화가 울리자, 엘리네드 프라이스가 받으러 나갔다.

"엘리네드는 남성혐오자예요." 실비아가 설명했다. "하지만 사람 하나는 믿을 만하죠."

윔지가 고개를 끄덕였다.

"하지만 필에 대한 생각은 틀렸어요. 당연히 그 사람을 좋아하지 않았으니까 그런 생각을 하기 마련이겠지만……."

"당신 찾는 전화예요, 피터 경." 엘리네드가 돌아오며 말했다. "즉시 도망가요. 다 들통 났어요.⁸ 스코틀랜드 야드에서 당

---

⁸ 속설에 의하면 아서 코난 도일이 여러 저명인사에게 이러한 내용의 전보를 보냈다고 한다. "즉시 도망가시오, 다 들통 났소." 전보를 받은 이들은 다들 짐을 싸서 그 동네를 떠났다고 한다. 마크 트웨인이 주인공인 같은 이야기도 있다.

신을 찾아요."

윔지는 서둘러 나갔다.

"자넨가, 피터? 자네를 찾아 런던을 샅샅이 뒤졌잖아. 그 술집을 찾아냈네."

"그럴 리가!"

"사실이야. 게다가 하얀 가루가 든 쌈지도 추적하고 있어."

"맙소사!"

"내일 아침 일찍 올 수 있겠나. 자네가 볼 수 있도록 확보하고 있을 거야."

"헐레벌떡 달려가겠네. 하지만 우리가 자네를 꼭 누를 거야. 파커 주임경감 나리."

"그러길 바라겠네." 파커가 싹싹하게 말하며 전화를 끊었다.

윔지는 방 안으로 뛰어들어갔다.

"프라이스 양이 내기에서 이길 가능성이 커졌어요." 그는 알렸다. "자살입니다. 배당률은 50대 1이고 내기에 응하는 사람이 없군요. 저는 개처럼 울며 성을 두루 다니게 되겠군요."⁸

"미안하지만 저는 같이 할 수 없겠네요." 실비아 매리어트가 말했다. "하지만 제가 틀렸다니 기뻐요."

"난 내가 맞아서 기뻐." 엘리네드 프라이스가 덤덤하게 말했다.

---

⁸ 시편 59장 6절. 악을 행하는 자들에 대한 언급이다.

"당신도 맞고 저도 맞고 모든 게 다 괜찮죠." 윔지가 말했다.

마저리 펠프스는 그를 보았지만 아무 말도 하지 않았다. 그녀는 갑자기 마음에 시련이 찾아온 듯한 느낌이 들었다.

 9장

 번터는 어떤 애교 있는 수단을 동원해야 단순히 편지를 전달하러 가서도 차를 마시고 가라는 초대를 받을 수 있는지 익히 알고 있었다. 그날 오후 4시 반, 피터 경을 위한 임무를 명랑하게 마친 번터는 어쿼트 씨의 집 부엌에 앉아 크럼펫을 노르스름하게 구웠다. 번터는 많이 해 본 터라 크럼펫 굽기에는 도가 텄고, 그가 버터를 듬뿍 친다고 해도 어쿼트 씨 말고는 손해 볼 사람도 없었다. 당연히 대화는 살인이라는 주제로 넘어갔다. 따뜻한 불 둘레에 앉아 버터 바른 크럼펫을 먹는 비 오는 날에는 등줄기가 오싹한 이야기를 넉넉히 섞어 줘야 안성맞춤이었다. 창문을 때리는 빗줄기가 거세고 이야기의 세세한 면이 공

포스러울수록 흥취가 한결 더 살았다. 지금 모임은 즐거운 파티를 만드는 재료가 총동원된 셈이었다.

"얼굴이 무섭게 창백했어요. 들어올 때." 요리사 페티컨 부인이 말했다. "저한테 뜨거운 병을 가지고 오라고 했을 때 그 분을 봤어요. 병이 세 개였는데, 하나는 발에, 다른 하나는 등에, 커다란 고무 병은 배에 댔죠. 얼굴이 새하얘 가지고 몸을 바들바들 떨고 있었어요. 얼마나 심하게 구역질을 했는지 믿을 수가 없을 거예요. 게다가 불쌍하게 끙끙대더라고요."

"제가 보기에는 푸른색 같던데요, 요리사 아주머니." 해나 웨스트록이 말했다. "아니면 푸르누렇다고 해야 할까. 난 황달이 오는 줄 알았어요. 봄에 발작을 일으키셨을 때랑 비슷했어요."

"그때도 얼굴색이 나빴지." 페티컨 부인이 동의했다. "하지만 지난번 같진 않았어요. 고통과 다리 경련이 정말 심했지요. 그 때문에 윌리엄스 간호사가 강경하게 나온 거예요. 착하고 젊은 간호사인데, 제가 아는 누구처럼 오만하지도 않죠. '페티컨 부인.' 간호사가 그렇게 말하더군요. 보통 다른 사람들은 요리사라고 부르는데 얼마나 예의가 발라요. 자기들이 월급 주는 것도 아니면서 아랫사람 대하듯 할 권리가 있는 양 군다니까요. 아무튼 간호사가 말했어요. '페티컨 부인, 이렇게 심한 경련을 본 건 딱 한 번뿐이었는데, 이 증상이랑 아주 똑같았어요. 제 말 똑똑히 기억해 두세요. 이런 경련은 이유 없이 오는 게 아니니까.' 아! 그 땐 간호사 말이 무슨 뜻인지 꿈에도 몰랐죠."

"이런 비소 사건에는 통상적으로 나타나는 특징이라고 하더군요. 저희 주인님께서 그렇게 말씀하셨습니다." 번터가 대답했다. "아주 고통스러운 증상이죠. 이전에도 그런 증상을 겪은 적이 있습니까?"

"경련이라고 할 건 없었어요." 해나가 말했다. "하지만 보이스 씨가 봄에 아팠을 때 손과 발이 계속 떨린다고 그러셨어요. 바늘로 찌르는 것처럼 손발이 따끔따끔하다고 할까. 그분이 그런 말씀을 하신 걸로 알아요. 그분에게는 걱정거리였죠. 서둘러 써야 할 기사가 있으셨거든요. 그런 증세에다 눈까지 침침해서 글쓰기가 큰 시련이었죠. 불쌍하신 분."

"검찰 측에 계신 신사분 말과 제임스 러복 경의 의견을 종합하면 그렇게 바늘에 찌르는 것처럼 손발이 따끔따끔하고 눈이 침침한 증세는 비소를 정기적으로 복용했다는 의미라고 하던데요. 그렇게 표현할 수 있을지 모르지만." 번터가 말했다.

"정말 무섭고 사악한 여자예요." 페티컨 부인이 말했다. "크럼펫 하나 더 드세요, 번터 씨. 불쌍한 영혼을 고문하는 방법치고는 빙 둘러 돌아갔네요. 흥분했을 땐 머리를 깨부순다거나 조각칼을 휘두른다거나 하는 건 이해할 수 있어도 독약으로 천천히 사람을 독살한다는 건 인간의 탈을 쓴 악마나 할 짓이에요. 내 생각에는 말이죠."

"악마라는 말밖에 달리 어울리는 표현이 없군요, 페티컨 부인." 손님이 맞장구쳤다.

"게다가 얼마나 사악한지." 해나가 말했다. "인간이 다른 인간을 그렇게 고통스럽게 죽게 했다는 건 제쳐 두고라도요. 어머, 그나마 자비로우신 주님의 섭리 덕분에 우리가 의심받지 않는 게 다행이죠."

"맞아, 정말이야." 페티컨 부인도 동의했다. "불쌍한 보이스 씨의 시체를 파내서 그 흉악한 비소가 몸 안 가득 있었다는 것을 알아냈다고 주인님이 말씀하셨을 때, 정말 핑그르르하더라고요. 마치 회전목마를 타고 있는 것처럼 방 안이 빙빙 돌았어요. '어머, 주인님!' 전 말했죠. '우리 집 안에서 어떻게 그런 일이!' 그게 제가 한 말이에요. 그랬더니 주인님이 이러시더라고요. '페티컨 부인, 난 정말로 그런 게 아니었으면 좋겠군요.'"

페티컨 부인은 이야기에 맥베스 풍의 향취를 가미한 다음에 이에 만족해서 덧붙였다.

"네, 그게 제가 바로 한 말이에요. '우리 집 안에서.' 그 후에는 사흘 밤 정도는 잠을 못 잤을 거예요. 경찰들도 들락거리고 무섭기도 해서."

"하지만 독살이 이 집 안에서 일어나지 않았다는 걸 증명하는 데 무리는 없지 않았습니까?" 번터가 은근히 떠보았다. "웨스트록 양이 재판에서 너무 멋지게 증언을 하셔서 재판장님이나 배심원들에게 할 수 있는 한 최대로 명료하게 전달되었을 것이라고 믿습니다. 재판장님이 웨스트록 양을 크게 칭찬하셨잖아요. 판사님도 법정에서 사람들 앞에서는 웨스트록 양만큼

간결하게 잘 말씀하지 못했는데."

"뭐, 저는 수줍음을 타는 사람은 아니니까요." 해나가 고백했다. "그리고 어떻게 진행할지 주인님하고, 그 다음에는 경찰하고 꼼꼼히 훑었거든요. 무슨 질문이 나오고 어떻게 대답해야 할지 미리 알고 있었어요."

"그렇게 오래 전에 일어난 일을 어쩜 그렇게 정확하게 사소한 것 하나 빠뜨리지 않고 말할 수 있었는지 궁금했죠." 번터가 감탄하며 말했다.

"뭐, 그게요, 번터 씨. 보이스 씨가 병에 걸린 그 다음 날 아침, 주인님께서 저희에게 오셔서 말씀하셨어요. 지금 번터 씨가 앉아 계신 그 의자에 앉아서 그렇게 번터 씨만큼이나 정다운 태도로요. '보이스 씨가 아주 아픈 것 같아.' 주인님께서 그러시더라고요. '뭔가 잘못 먹고 체한 것 같다던데. 그렇다면 아마 닭고기일 거야. 그러니까 해나와 요리사가 나랑 같이 지난 밤 우리가 먹은 음식을 죄다 살펴봐야겠어. 뭐가 원인이 되었는지 알아보려면.' 제가 대답했어요. '하지만 주인님, 전 보이스 씨가 여기서 뭔가 비위생적인 음식을 먹었을 리는 없다고 생각해요. 요리사 아주머니와 저도 똑같은 걸 먹었는걸요. 주인님은 빼더라도요. 하지만 다 맛있고 멀쩡했어요.'"

"나도 똑같이 말했지요." 요리사가 말했다. "그게 정말 소박하고 간단한 저녁식사였거든요. 굴이나 홍합, 그런 유도 하나도 없었고요. 어패류를 잘못 먹으면 어떤 사람에게는 독이 된다는 건 널리 알려진 얘기잖아요. 하지만 기운을 돋우는 수프와 신선한 생선 요리, 순무와 당근을 곁들이고 그레이비소스를 뿌린 닭고기 캐서롤, 그리고 오믈렛. 이보다 더 가볍고 건강한 식사가 어디 있어요? 하지만 어떤 식으로 요리를 해도 달걀이 맞지 않는 사람도 있더라고요. 제 어머니가 바로 그랬지 뭐예요. 달걀을 많이 넣은 케이크를 먹으면 바로 구역질에 온 몸에 쐐기풀에 긁힌 듯한 반점이 다 돋곤 했어요. 얼마나 놀랐게요. 하지만 보이스 씨는 달걀도 잘 먹었고 오믈렛은 특히 좋아했어요."

"그래요, 그날 밤도 직접 오믈렛을 만들어 먹었다면서요."

"그럼요." 해나 웨스트록이 말했다. "그리고 똑똑히 기억하고 있어요. 어쿼트 씨가 특별히 갓 낳은 달걀을 원하셨거든요. 그래서 그날 오후 램스 콘듀이트 가 모퉁이에 있는 식료품점에서 직접 사 오신 달걀이 있지 않느냐고 말씀 드렸어요. 거긴 언제나 농장에서 직접 가져온 신선한 달걀을 팔아요. 그래서 주인님께 달걀 하나에 약간 금이 가 있다고 했더니 주인님이 그러시더라고요. '오늘 밤 오믈렛 만들 때 쓰도록 하지, 해나.' 그래서 난 부엌에서 가져온 깨끗한 그릇에 달걀을 바로 담았어요. 금 간 달걀하고 세 개 더 넣어서요. 게다가 식탁에 가져갈 때까지는 손도 안 댔어요. '하나 더 말씀 드릴 게 있어요, 주인님.' 제가 말씀 드렸어요. '열두 개 들이 달걀 중에 여덟 개가 그대로 남아 있어요. 달걀이 온전하고 신선한지 직접 살펴보세요.' 제가 그랬죠, 아주머니?"

"그래, 해나. 그리고 치킨도 말인데, 얼마나 훌륭했다고요. 부드러운 영계였는데, 그때 이런 걸로 캐서롤을 만들다니 아깝다고 했어요. 통구이하면 정말 멋질 텐데. 하지만 어쿼트 씨가 닭고기 캐서롤을 특히 좋아하시거든요. 그런 식으로 해야 향미가 더 산다나. 난 잘 모르겠지만, 주인님 말이 맞겠죠."

"쇠고기 육수를 잘 내서 같이 뿌리면요." 번터가 분석적으로 말했다. "그러면 채소가 겹겹이 잘 쌓여요. 그렇게 기름지지 않은 베이컨을 바닥에 깔고 소금, 후추, 파프리카를 양념으로 잘 뿌리면 닭고기 캐서롤보다 더 맛있는 요리도 드물걸요. 제 입맛에는 마늘을 약간 치는 걸 추천하고 싶지만, 그게 모든 사람의 입맛에 맞지는 않겠죠."

"전 마늘 냄새도 싫고 보기도 싫어요." 페티컨 부인이 솔직히 말했다. "하지만 다른 부분은 번터 씨 의견에 동의한답니다. 전 내장을 육수에다 넣죠. 개인적으로는 제철 버섯도 넣는 걸 좋아하지만 통조림이나 병조림은 보기엔 멋있어도 신발 단추보다도 맛이 없어요. 하지만 비결은 조리법에 있답니다. 번터 씨도 잘 아시겠지만, 향미가 빠져나가지 않도록 뚜껑을 잘 닫아 놓고 천천히 조리해서 즙이 서로서로 잘 배어들게 하는 거죠. 그렇게 하면 아주 맛이 있다는 건 인정하지 않을 수 없네요. 해나와 저도 그렇게 먹으니 맛있더라고요. 하지만 잘 구운 통닭을 얼마나 좋아하는데요. 특히 바짝 마르지 말라고 속을 풍부하게 채우고 버터를 잘 발라서 구우면 정말 맛있어요. 그렇지만 닭을 굽자고 하면 어쿼트 씨는 들은 척도 안 하실 거예요. 하지만 돈을 내는 건 주인님이니까 마음대로 주문하실 권리가 있죠."

"뭐, 캐서롤에 해로운 재료가 들어가 있었다면, 부인과 웨스트록 양도 멀쩡할 리가 없었겠네요."

"정말 그렇죠." 해나가 번터의 말에 대답했다. "숨길 마음은 없지만요, 우린 식욕이 좋거든요. 그래서 그릇 바닥까지 싹싹 긁어먹고 아주 작은 조각 하나만 고양이에게 주었어요. 어쿼트 씨가 다음 날 남은 음식을 보자고 하셨는데, 음식을 다 먹고 접시까지 깨끗이 설거지 해 놓은 걸 보자 난처해 하셨어요. 저희가 언제는 설거지거리를 밤새 부엌에 놔두었던 것처럼."

"더러운 그릇 설거지로 하루를 시작해야 한다는 생각만 해도 끔찍해." 페티컨 부인이 말했다. "수프가 조금 남아 있긴 했어요. 많진 않지만, 아주 조금. 어쿼트 씨가 그걸 의사에게 보인다고 가져갔어요. 그런데 의사 선생님은 수프 맛을 보더니 멀쩡하더라고 그랬답니다. 윌리엄스 간호사가 말해 줬어요. 자기는 조금도 먹지 않았지만."

"그리고 부르고뉴 포도주도 있었죠." 해나 웨스트록이 말했다. "보이스 씨가 혼자 먹은 건 그것뿐이었어요. 어쿼트 씨께서 저보고 코르크로 잘 막아서 보관해 두라고 하시더군요. 그렇게 해 두길 잘했죠. 물론 경찰이 나중에 보자고 하더라고요."

"그렇게 예방조치를 해 두시다니 어쿼트 씨는 선견지명이 있으시네요." 번터가 말했다. "당시에는 그 불쌍한 사람이 자연적으로 죽었다고 생각할 수밖에 없었을 텐데."

"윌리엄스 간호사도 딱 그 말을 하더라고요." 해나가 대답했다. "하지만 주인님은 변호사고 급사急死의 경우에는 어떤 조치를 취해야 할지 잘 아시니까요. 게다가 아주 까다로우셨어요. 저한테 접착석고를 병 입구에 발라 놓고 제 머리글자를 써 놓으라고 하시더라고요. 우연히라도 열리면 안 되니까요. 윌리엄스 간호사는 어퀴트 씨가 심리가 열릴지도 모른다고 항상 예상했다고 말했지만, 위어 박사는 심리에서 보이스 씨가 평생 이런 위장 장애를 겪은 터라 사망 증명서를 발급할 때 당연히 다른 의문은 품지 않았다고 말씀하셨어요."

"물론 그런 의심을 할 까닭이 없죠." 번터가 장단을 맞추었다. "하지만 결과적으로 어퀴트 씨가 자기 임무를 잘 이해하고 있어서 다행이네요. 저희 주인님께서는 무고한 사람이 그처럼 단순한 예방조치를 취하지 않은 탓에 단두대 행이 된 경우를 많이 보셨죠."

"게다가 그때 어퀴트 씨가 하마터면 집에 계시지 않았을 수도 있었다는 것을 생각하면, 정말 심장이 벌렁벌렁 뛴다니까요." 페티컨 부인이 말했다. "그때 항상 죽는다고 난리를 피우면서도 절대 죽지 않아서 사람 피곤하게 하는 그 할머니에게 불려갈 수도 있었던걸요. 왜, 지금은 그 집에 계시잖아요. 윈들에 사시는 레이번 부인요. 돈방석에 앉아 사는 부인이지만 다른 사람에게는 하등 쓸모가 없어요. 사람들 말로는 치매가 심하시다네요. 하지만 멀쩡하실 때도 성미 고약한 노친네였고 다른 친척들은 그 할머니에게 상관 안 하려고 해요. 어쿼트 씨뿐이죠. 난 어쿼트 씨도 상관하지 말아야 한다고 생각하지만, 어쿼트 씨가 담당 변호사니까 그렇게 하는 게 의무겠죠."

"언제나 자기 좋은 일만 할 수는 없는 게 의무죠." 번터가 평했다. "저나 페티컨 부인이나 다 잘 알지 않습니까."

"돈이 많은 사람들은 어렵잖게 남을 시켜서 자기 의무를 다하게 하죠." 해나 웨스트록이 말했다. "이런 말 하면 너무 대담한진 모르지만, 제가 보건대 레이번 부인이 가난했더라면 그 사람이 이모 할머니든 아니든 어쿼트 씨가 상관하지 않았을 거예요."

"아!" 번터가 감탄사를 뱉었다.

"더 이상은 말하지 않겠어요." 웨스트록 양이 계속 말을 이었다. "하지만 번터 씨나 나나 세상이 어떻게 돌아가는지 잘 알잖아요."

"이 노부인이 돌아가시면 어쿼트 씨에게 뭐가 좀 떨어지나 봅니다?" 번터가 은근히 물었다.

"그럴 수도 있겠죠. 주인님은 입이 무거우시거든요." 해나가 설명했다. "하지만 떨어지는 게 없는데 자기 시간을 써 가며 웨스트모어랜드까지 뛰어가진 않을 거라는 게 이치에 맞잖아요. 난 그처럼 떳떳하지 않은 방법으로 얻은 돈에 손을 대긴 싫지만요. 그런 돈에는 마가 끼어 있을 거예요, 번터 씨."

"말은 쉽지, 애. 그런 유혹에 놓인 적이 없었을 때는." 페티컨 부인이 말했다. "영국에 있는 대단한 가문 중에서도 우리 같은 사람들보다 좀 더 편한 방법으로 출세한 집안 식구가 없었더라면 명함도 못 내밀 사람들이 많을걸. 따지고 보면 가문의 비밀을 깊숙한 곳에 숨겨 놓고 있을 거야."

"아하!" 번터가 알겠다는 듯 말했다. "부인 말씀이 그럴듯하네요. 다이아몬드 목걸이와 모피 코트를 걸치고 있어도, 실은 '죄악의 대가'라는 딱지를 붙여야 할 경우도 많이 보긴 했습니다. 암흑 속에서 행한 일이 만천하에 드러나게 된다면요. 또 어떤 왕이 소위 옛말처럼 작은댁을 두어서 재미를 보지 않았으면 지금 있지도 못했을 집안들이 고개를 뻣뻣이 쳐들고 다니기도 하지요."

"고개를 아무리 뻣뻣이 쳐들고 다녔대도 젊은 날의 레이번 부인 턱 밑에도 못 미쳤을 거라고 사람들이 그러대요." 해나가 의뭉스럽게 말했다. "빅토리아 여왕님께서는 부인이 왕족 앞에서 그런 행동을 하는 걸 절대 용납하지 않으셨다지만요. 여왕님께서는 부인이 하고 다니는 짓을 너무도 잘 알고 계셨대요."

"배우였다던가 그랬죠?"

"그것도 아주 예뻤다지요. 그런데 부인 예명이 뭐였는지 제대로 생각이 안 나네." 페티컨 부인이 곰곰이 기억을 더듬었다. "괴상한 이름이었는데. 하이드 파크였나, 뭐 그런 종류. 레이번은 결혼한 남편 성이에요. 그 사람은 아주 보잘것없는 사람이었다는데. 무슨 추문을 감추기 위해서 그 남편이랑 결혼했다나. 애는 둘 낳았는데 이런 말은 하기 마음 아프지만 둘 다 콜레라로 죽었다지 뭐예요. 분명히 천벌이겠지."

"보이스 씨는 그렇게 말 안 했어요." 해나는 짐짓 공명정대한 척 콧방귀를 뀌었다. "악마가 자기 동족의 뒤를 봐준 거라고 하더군요. 그런 식으로 말했어요."

"어머, 참 경망스러운 말도 했네." 페티컨 부인이 말했다. "놀랄 일도 아니죠. 보이스 씨가 생전에 어울렸던 사람들을 보면. 하지만 그 사람 편을 좀 들자면, 가끔은 분별 있기도 했어요. 그러고 싶을 땐 아주 유쾌했거든요. 여기로 와서 이런 저런 재미있는 얘기를 해 주셨죠."

"아주머니는 그 사람에게 너무 물러요." 해나가 말했다. "아주머니는 누구든 매력 있고 몸이 약하면 그저 귀엽게 여기시잖아요."

"그럼 보이스 씨도 레이빈 부인에 대해서 다 알고 있었습니까?"

"아, 네. 다 가족 일이니까요. 게다가 어쿼트 씨도 우리한테보다야 사촌동생에게 좀 더 말해 줬겠죠. 오늘 어쿼트 씨가 무슨 기차로 오신다고 했지, 해나?"

"7시 반에는 저녁식사를 하실 거라고 했어요. 그러면 6시 반이겠죠."

페티컨 부인이 시계를 흘깃 쳐다보자 번터는 이를 신호로 알아듣고 자리에서 일어나 작별인사를 했다.

"또 와 주세요, 번터 씨." 요리사는 우아하게 말했다. "주인님은 점잖은 신사 손님이 차를 마시러 오는 걸 개의치 않으세요. 수요일은 제가 반일 쉬는 날이랍니다."

"전 금요일이에요." 해나도 끼어들었다. "게다가 격주 일요일도요. 만약 저교회파시라면, 저드 가의 크로포드 목사님이 정말 근사한 설교를 하세요. 하지만 크리스마스에는 교외로 가실지도 모르겠네요."

번터는 그 계절에는 분명히 덴버 공작 가 영지에서 보낼 것이라고 대답하고, 고귀한 주인을 모시는 하인다운 후광을 환히 발산하며 그 집을 나섰다.

10장

"자네 왔나, 피터." 파커 주임경감이 피터 경을 맞았다. "이쪽 숙녀는 자네가 몹시도 만나고 싶어 하던 분, 불핀치 부인이라네. 부인, 피터 경을 소개해 드리지요."

"만나게 되어서 반가워요." 불핀치 부인은 쿡쿡거리면서 금발 머리 밑 커다란 얼굴에 분을 톡톡 찍어 발랐다.

"불핀치 부인은 불핀치 씨와 결혼하기 전에 그레이스 인 길에 있는 나인링스라는 살롱 바의 핵심 인물이셨지." 파커가 설명했다. "매력과 재치로 두루 유명한 분이고."

"어머, 참." 불핀치 부인이 말했다. "파커 씨는 참 특이한 분이셔. 이분 말에 신경 쓰지 마세요, 피터 경. 경찰이라는 사람들이 어떤지 아시잖아요."

"불쌍한 친구들이죠." 윔지가 고개를 절레절레 저었다. "하지만 굳이 파커의 추천사는 필요가 없습니다. 제 눈과 귀도 믿을 만하니까요, 불펀치 부인. 너무 늦기 전에 부인을 알게 되는 기쁨을 누릴 수 있었더라면 불펀치 씨의 눈을 가리고 싶은 게 제 일생의 야망이 되었을 것 같네요."

"피터 경도 파커 씨만큼 짓궂은 분이세요." 불펀치 부인은 아주 재미있어하며 대꾸했다. "하지만 남편이 뭐라고 할지 모르겠네요. 경찰들이 와서 저보고 경찰청까지 와 달라고 했을 때도 아주 기분 나빠했거든요. '마음에 안 들어, 그레이시. 우리는 이 집에서 항상 점잖게 살아 왔고 풍기문란이나 시간 외 영업을 하지도 않았는데. 이 작자들을 따라가면 무슨 질문을 받을지 모르잖아.' 남편이 이러더라고요. 그래서 제가 말했죠. '약해빠진 소리 하지 말아요. 이 사람들도 나를 다 알고, 나한테 불리한 짓은 절대 하지 않아요. 그저 우리 술집에 왔다가 쌈지를 놔두고 간 신사에 대한 얘기만 하는 거라면 꺼림칙한 것이 하나도 없으니까 다 얘기해 줄 수 있어요.' 그리고 이렇게도 말했죠. '내가 안 간다고 하면 경찰이 어떻게 생각하겠어요? 십중팔구 뭔가 찔리는 게 있으니까 그럴 거라고 생각한다고요.' 그랬더니 남편이 이러더라고요. '뭐, 그러면 나도 같이 가지.' 그래서 제가 대답했죠. '어머, 같이 가겠다고요? 오늘 아침에 새 바텐더를 고용하기로 했는데, 그건 어쩌고요? 난 술 시중은 하지도 않을 거고, 이제까지 해 본 적도 없으니까 당신 좋을 대로 해요.' 그래서 저는 남편을 남겨두고 혼자 왔죠. 사실 전 그래서 남편이 좋아요. 남편에 대해서 불평하는 건 아니지만요, 경찰 문제든 아니든 제 앞가림은 제가 알아서 한다고요."

"그러시겠죠." 파커가 참을성 있게 맞장구를 쳐 주었다. "불핀치 씨가 경계하실 일은 전혀 없습니다. 저희가 바라는 건 단지 기억하시는 한 그때 이야기를 나누었던 젊은이에 대해서 말씀을 해 주시고 우리가 흰 종이 쌈지를 찾을 수 있도록 협조해 주시는 겁니다. 그렇게 하시면 누명을 쓴 무고한 사람을 구하실 수 있을지도 모릅니다. 남편분도 이런 일까지 반대하실 순 없겠지요."

"불쌍한 사람!" 불핀치 부인이 탄식했다. "재판 관련 기사를 신문에서 읽었을 때, 분명히 불핀치에게 이런 말을 했어요."

"잠깐만요. 다시 맨 처음부터 이야기해 주시면 이제까지 저희에게 해 주셨던 이야기를 피터 경도 이해할 수 있을 것 같습니다."

"그럼요. 주임경감님도 말씀하셨다시피 전 결혼 전에 나인링스에서 여급으로 일했어요. 그땐 몬태규라는 이름을 썼죠. 불핀치보다는 훨씬 나은 이름이라 작별하려니까 아쉬웠지만 어째요! 여자는 결혼하면 이런저런 희생을 해야 하니 하나 더 하고 덜 한들 별 의미도 없는 거죠. 그렇지만 술집에서도 살롱 바에서만 일했는데, 싸구려 맥주 집 사업은 잘 알지도 못했거든요. 그 동네가 세련되었다고 할 순 없지만 법조계에서 일하는 점잖은 손님들이 저녁에는 살롱 쪽에 많이 들르셨죠. 뭐, 말씀드렸다시피, 거기선 결혼할 때까지만 일했어요. 그게……지난 8월 법정 공휴일 때까지였죠. 그런데 어느 날 저녁 한 신사분이 들어오셔서……."

"혹시 날짜를 기억하고 계십니까?"

"하루 정도 차이는 있을 수 있어요. 본의 아니게 거짓말을 하고 싶진 않으니까요. 하지 즈음이었어요. 뭐라도 말상대를 해 드리려고 낮의 길이에 대한 말을 그 신사분에게도 했었거든요."

"그 정도면 충분합니다." 파커가 말했다. "그러니 6월 20일이나, 21일 정도였다는 거죠?"

"예, 가장 가까운 대답은 그거예요. 게다가 몇 시였냐고 하면 그건 정확히 말씀 드릴 수 있어요. 형사님들이 시곗바늘에 얼마나 민감한지는 잘 알고 있으니까요."

불핀치 부인은 다시 쿡쿡 웃더니 박수갈채를 기대하듯 장난스레 좌중을 둘러보았다.

"어떤 신사분이 들어와서 자리에 앉았어요. 제가 아는 분은 아니었는데, 그 지역에는 처음 오신 것 같더라고요. 그 손님이 언제 영업이 끝나느냐고 물으셔서 11시라고 대답했더니 이러시는 거예요. '다행인데요! 10시 30분에는 내쫓길 줄 알았어요.' 그래서 전 시계를 보았죠. '아, 괜찮아요. 우리는 언제나 시계를 15분씩 빨리 맞춰 놓거든요.' 시계는 10시 20분이었으니까 전 실제로는 10시 5분이라는 걸 알고 있었죠. 그래서 우리는 잠깐 금주 운동가들과 그 사람들이 우리 영업시간을 10시 반으로 바꾸려고 어떻게 했는지 이야기했어요. 그나마 의회에 아는 친구가 있어서 그대로 유지할 수 있었던 거죠. 그런 얘기를 하는 동안 문이 황급히 열리더니 젊은 신사 한 분이 거의 굴러 떨어지다시피 들어오더라고요. 그러고는 '더블 브랜디, 빨리 줘요.'라고 하더군요. 뭐, 그 젊은 신사분에게는 즉각 술을 내고 싶진 않았어요. 너무 얼굴이 하얗고 기괴했거든요. 전 그 사람이 벌써 거나하게 취했다고 생각했고, 저희 주인은 그런 일에는 특히 까다롭거든요. 하지만 아직 혀는 꼬이지 않았어요. 발음도 분명했고 몇 번씩 반복하지도 않았지요. 눈은 약간 우습게 보이기는 해도, 시선이 고정되어 있거나 그렇지도 않았어요. 제 말이 무슨 뜻인지 아실지 모르겠지만 우리 같은 일을 하다 보면 이 사람이 취했는지 아닌지 딱 보면 알아요. 그 사람은 바를 붙들다시피 몸을 잔뜩 웅크리고서 말했어요. '독하게 해 줘요. 친절한 아가씨. 기분이 정말 좋지 않네요.' 그때까지 저와 얘기하고 있던 신사분이 그 사람에게 말을 걸었어요. '일어나 봐요. 무슨 일이오?' 그랬더니 젊은 신사분이 '병에 걸리려나 봐요.'라고 대답하더라고요. 그러더니 이처럼 두 손으로 조끼를 감쌌어요!"

불편치 부인은 허리를 감싸더니 푸른 눈을 연극적으로 굴렸다.

"뭐, 그 사람이 술 취한 게 아닌 걸 알았으니까, 소다를 한 방을 섞어서 마르텔 코냑을 더블로 드렸죠. 그랬더니 꿀꺽꿀꺽 들이켜고 '훨씬 낫네요.'라고 했어요. 다른 신사분이 부축을 해서 자리에 앉혔어요. 바에는 사람이 아주 많았지만, 다른 사람들은 경마 소식에 정신이 팔려서 거의 신경도 쓰지 않았고요. 이윽고 젊은 신사분이 물 한 잔을 달라고 해서 갖다 드렸죠. '나 때문에 놀랐다면 미안해요. 하지만 지금 막 심한 충격을 받았는데 그게 속까지 뒤집었나 봅니다. 원래 위장장애가 있어서.' 신사분이 그러더라고요. '걱정이나 충격을 받으면 언제나 위장에 영향이 미쳐요. 하지만 이건 곧 그치겠죠.' 그러면서 하얀 종이 쌈지에 든 가루를 물에 타더니 만년필로 휘저어서 마셨어요."

"보글보글 거품이 일거나 그러지 않았습니까?" 윔지가 물었다.

"아뇨. 그냥 평범한 가루였어요. 섞이는 데 약간 시간이 걸리더군요. 신사분은 그걸 다 마셔 버리고 나서 말했어요. '이제 가라앉네요.'라고 그랬나 '이제 가라앉겠죠.'라고 그랬나. 아무튼 그런 말이었어요. 그러더니 '고마워요, 이제 좋아졌으니 다시 발작이 일어나기 전에 집에 가는 편이 좋겠군요.'라고 하면서 모자를 살짝 들어 인사하데요. 정말 진짜 신사였어요. 그런 후에 나가 버렸어요."

"가루를 얼마나 넣은 것 같았습니까?"

"아, 뭉텅 넣던데. 재거나 하지 않고 쌈지에서 바로 털어 넣었어요. 디저트 스푼 하나 정도 되는 양을요."

"그럼 그 쌈지는 어떻게 됐습니까?" 파커가 불쑥 끼어들었다.

"아, 바로 그거예요." 불핀치 부인은 웜지의 얼굴을 흘긋 보더니 자기 행동이 불러일으킨 효과에 아주 기쁜 표정을 지었다.

"마지막 손님이 막 나갔을 때였어요. 아마 11시 5분쯤 되었을 거예요. 조지가 문을 잠그고 있는데, 의자 위에 하얀 게 보이더라고요. 누가 손수건이라도 놓고 갔나 싶었는데 주워 보니 종이 쌈지더라고요. 그래서 조지에게 그랬죠. '어머! 아까 신사분이 약을 놓고 갔네.' 그랬더니 조지가 무슨 신사분 말이냐고 묻더라고요. 얘기를 해 주었더니 '이거 뭐지?' 하고 조지가 물었어요. 그래서 찾아봤는데 상표가 찢겨 나가고 없더라고요. 그저 흔한 약포지 같았어요. 양 모서리를 접어서 상표를 붙이는. 하지만 상표가 조금도 남아 있지 않았어요."

"혹시 상표가 검은 색이나 빨간 색으로 찍혀 있는지 보이진 않았습니까?"

"뭐, 글쎄요." 불핀치 부인은 기억을 더듬었다. "아뇨, 그렇다고는 할 수 없네요. 지금 말씀하시니까 말인데, 뭔가 빨간 게 약포지에 묻어 있었던 것 같은 기억도 들지만, 확실히 떠오르진 않아요. 장담할 순 없겠네요. 거기 어떤 이름이나 활자가 없었던 건 기억해요. 제가 그런 게 있나 찾아 봤으니까요."

"맛을 보진 않으셨겠죠?"

"난 안 봤어요. 독약일 수도 있잖아요. 말씀 드렸다시피, 좀 이상하게 보이는 손님이라."

파커와 웜지는 서로 눈빛을 교환했다.

"그때도 그런 생각을 하셨습니까?" 웜지가 물었다. "아니면 나중에야 든 생각이었습니까? 즉, 사건 기사를 읽은 후에요."

"물론 그때도 그런 생각을 했죠." 불편치 부인은 딱딱거리며 대꾸했다. "왜 맛을 안 봤는지 설명했잖아요? 게다가 그때 조지에게 그런 말도 했다고요. 더욱이 그게 독약이 아니라면 분말 코카인 같은 걸 수도 있잖아요. '손대지 않는 게 좋아요.' 조지에게 그렇게 말했다고요. 그랬더니 조지는 '불 속에 던져 버려.'라고 하더라고요. 하지만 난 그렇게 하지 않았어요. 신사분이 찾아와서 도로 달라고 할지도 모르니까. 그래서 바 뒤의 선반에 처박아 두었죠. 술 올려두는 곳에요. 그러고 어제까지는 다시 생각도 하지 않았어요. 경찰들이 찾으러 왔을 때까지는요."

"선반은 찾아봤어요." 파커가 설명했다. "하지만 거기서 못 찾았습니다."

"뭐, 그거야 저도 몰라요. 전 거기 뒀고 나인링스는 8월에 그만뒀으니까. 그게 어디로 갔는지는 저도 모르죠. 거기 사람들이 청소하다가 버렸나 보죠. 하지만 잠깐. 다시 생각하지 않았다는 건 사실이 아니네요. 〈세계의 뉴스〉에서 보고 잠깐 궁금해 했으니까. 그래서 조지에게 말했죠. '그게 그날 밤 나인링스에 왔던 남자라고 해도 놀라지 않을 거야. 얼굴이 초췌했던 사람. 그냥 상상이지만!' 바로 그렇게 말했죠. 그랬더니 조지가 그러더군요. '그런 상상하지 마, 그레이시. 경찰 일에 얽히고 싶진 않을 거 아냐.' 조지는 항상 고개를 빳빳이 들고 다니는 사람이에요."

"이 이야기를 바로 제보하지 않으신 게 유감이군요." 파커가 엄하게 말했다.

"그땐 이 일이 이처럼 중요한지 어떻게 알았겠어요? 택시 운전사는 몇 분 후에 그 사람을 봤는데 그때 아팠다면서요. 그러면 가루는 그 사람하고 아무 상관없는 거잖아요? 희생자가 그 신사분이었는지 아닌지 제가 장담할 수도 없는 일이죠. 어쨌든 재판이 다 끝날 때까지는 그 기사를 보지도 못했어요."

"하지만 새로 재판이 열릴 겁니다." 파커가 말했다. "게다가 부인은 그 재판에서 증언을 해야 할 겁니다."

"우리 집 주소는 알잖아요." 불핀치 부인은 활기차게 말했다. "전 도망 안 가요."

"오늘 이렇게 와 주셔서 정말로 감사 드립니다." 윔지는 싹싹하게 덧붙였다.

"그런 말 마세요. 이제 다 됐나요, 주임경감님?"

"지금은 이게 답니다. 만약 쌈지를 찾으면 부인께 확인해 달라고 부탁할 겁니다. 그건 그렇고 이 문제를 친구들하고 얘기하진 마세요, 불핀치 부인. 가끔 부인들이 수다를 떨다 보면 이런 화제가 저런 화제로 이어지는 법인데 결국에는 일어나지 않은 사건도 일어났다고 기억하게 되니까요. 무슨 말인지 아시겠죠."

맹독 177

"전 원래 입이 가벼운 여자가 아니에요." 불핀치 부인이 기분 상해서 말했다. "그리고 제 생각에는, 둘 더하기 둘을 다섯으로 만드는 걸로 말하자면 여자들은 남자들에게 상대도 안 되죠."

"이 이야기를 피고 측 변호인들에게 알려 줘도 되겠지?" 증인이 떠나자 윔지가 물었다.

"물론이지." 파커가 흔쾌히 대답했다. "그래서 자네보고 와서 들어 보라고 한 것 아닌가. 그럴 만한 가치가 있는지. 그동안 우리는 물론 쌈지를 찾아 샅샅이 수색할 거야."

"그래." 윔지가 골똘히 생각에 잠기며 말했다. "그래. 그렇게 해야만 하겠지. 당연히."

크로프츠 씨는 이 이야기를 전해 들어도 딱히 기쁜 표정이 아니었다.

"미리 경고를 드리지 않았습니까, 피터 경. 우리가 든 수를 경찰에게 보여 주면 무슨 일이 벌어질지 모른다고. 그런데 이제 이 사건을 알게 되었으니, 무슨 수를 써서라도 자기들에게 유리하도록 돌리겠죠. 어째서 우리가 직접 조사를 하도록 맡겨 두지 않았습니까?"

"헛소리 말아요." 윔지가 역정을 냈다. "석 달 동안이나 맡겨 두었는데 그저 손 놓고 있지 않았습니까. 경찰은 사흘 만에 파헤쳤어요. 이런 사건에서는 시간이 중요합니다."

"그럴듯하군요. 하지만 경찰이 이 귀중한 쌈지를 쉬지도 않고 찾으리라는 것을 모르겠습니까?"

"그래서요?"

"그래서라니요. 만약 이 약이 비소가 아니면 어떻게 할 겁니까? 그걸 우리 손에 맡겨 두었으면, 더 이상 질문을 할 수 없는 마지막 순간에야 그 증거를 내놓을 수 있었을 텐데. 그러면 검찰 측을 화들짝 뒤집어 놓을 수 있었죠. 배심원에게 불핀치 부인의 증언을 있는 그대로 내놓으면, 검찰 측은 고인이 자살을 했다는 증거가 있음을 인정할 수밖에 없잖습니까. 하지만 물론 경찰도 뭔가 찾아내거나 위조해야지요. 가령 쌈지 속의 가루가 신체에 전혀 해롭지 않다거나."

"만약 경찰이 쌈지를 찾아내고 그 속에 비소가 들었다면요?"

"물론 그런 경우에는 방면을 받을 수 있겠죠. 하지만 그런 가능성을 믿고 계십니까?"

"크로프츠 씨가 믿고 있지 않는 것만은 명명백백하군요." 윔지가 열을 내며 말했다. "댁은 자기 의뢰인이 유죄라고 믿고 있는 거예요. 뭐, 전 아닙니다."

크로프츠는 어깨를 으쓱했다.

"저희 고객의 이득을 위해서 우리는 모든 증거를 불쾌한 면까지 다 둘러봐야 합니다. 검찰 측에서 어떤 주장을 할지 예측해야 하니까요. 다시 한 번 말하지만, 피터 경, 경솔하게 행동하셨습니다."

"이거 보세요." 윔지가 말했다. "난 '증명 불가' 판결을 받으려고 뛰어다니는 게 아닙니다. 베인 양의 명예와 행복이 관련된 만큼, 단순한 의심에도 방면이 아니라 유죄로 판결 받을 수도 있어요. 난 그 사람이 누명을 완전히 벗고, 응당 책임져야 할 사람이 책임을 지는 모습을 보고 싶은 겁니다."

"그렇게 되기만 하면 더할 나위가 없지요." 변호사가 동의했다. "하지만 이건 단지 명예나 행복의 문제가 아니라는 사실을 상기해 드리고 싶군요. 이건 베인 양을 교수대에서 구하는 문제입니다."

"하지만 저는 베인 양 입장에서는 살인을 저질렀으나 운 좋게 빠져 나온 사람으로 세간의 손가락질을 받느니, 차라리 교수형을 받는 게 더 나을 거라는 말을 하고 싶네요."

"정말입니까?" 크로프츠가 반문했다. "그건 변호인으로서 잘 받아들일 수 없는 태도 같군요. 베인 양 본인도 그런 생각을 하고 있습니까?"

"그렇다고 해도 하등 놀랄 일이 아니죠." 윔지가 말했다. "하지만 베인 양은 무죄입니다. 그리고 제가 죽기 전에 당신도 꼭 그 사실을 믿도록 해 드리죠."

"대단해요. 대단합니다." 크로프츠는 순순히 대답했다. "그렇게 되면 저보다 더 기쁠 사람이 있겠습니까. 하지만 미천한 제 의견을 다시 반복하자면, 경께서는 파커 주임경감을 그렇게 신뢰하시지 않는 편이 좋을 겁니다."

윔지는 이 만남으로 인해 속이 부글부글 끓어 폭발할 듯한 기분을 안은 채로 베드퍼드 로에 있는 어쿼트 씨의 사무실로 갔다. 사무장이 피터 경을 기억하고 있어서 고귀한 손님에게 어울리는 경의를 표하며 고대하고 있었던 듯 그를 맞아 주었다. 사무장은 피터 경에게 잠깐만 앉아 계시라고 양해를 구한 후, 안쪽 사무실로 들어갔다.

문이 닫히자 타자를 치고 있던 여자 직원이 고개를 들었다. 튼튼하고 못생겼으며 약간 남성적으로 보이는 여자였는데, 피터 경을 보며 느닷없이 고개를 끄덕였다. 윔지는 이 여자가 '고양이 우리'에서 온 여자임을 알아보고, 클림슨 양을 만나면 이처럼 재빨리 효율적으로 일을 안배한 공을 치하해 주어야겠다고 머릿속으로 새겨두었다. 하지만 그녀와 아무 말도 나누지 않았고, 몇 분 후에 사무장이 다시 돌아와서 피터 경을 안으로 안내했다.

노먼 어쿼트가 책상에서 일어나서 친근하게 손을 내밀어 인사했다. 윔지는 재판 때 그를 보았고 깔끔한 옷차림과 숱 많고 매끄러운 검은 머리, 씩씩하고 사무적으로 신뢰감이 가는 외모를 관심있게 기억해 두었다. 이제 좀 더 가까이에서 보니 멀리서 볼 때보다는 더 나이가 들었다는 것을 알 수 있었다. 윔지는 어쿼트가 40대 중반 정도일 것으로 헤아렸다. 창백한 피부는 기이할 정도로 고왔지만, 마치 햇볕에 타서 생긴 양 주근깨가 다닥다닥했다. 이런 계절에는, 그리고 야외활동을 별로 하지 않을 듯한 외모의 남자에게는 의외인 점이었다. 영민한 검은 눈은 약간 피곤해 보였고, 걱정 때문인지 다래끼가 나 있었다.

변호사는 높고 유쾌한 목소리로 손님을 맞으며 무슨 용무냐고 물었다.

윔지는 베인 독살 재판에 흥미가 있어서 크로프츠 앤드 쿠퍼 법률회사에게서 위임 받아 어쿼트 씨에게 번거로운 질문을 드리러 왔다고 설명하고, 민폐가 되지 않나 걱정스럽다고 덧붙였다.

"그럴 리가요, 피터 경. 전혀 아닙니다. 어떤 식으로든 도움을 드릴 수 있다면 오히려 기쁘지요. 하지만 제가 아는 사실은 이미 피터 경도 다 들으셨을 듯싶은데요. 당연히 저도 부검 결과에 질겁했지요. 하지만 제가 의심을 받지 않아서 안심한 것도 사실입니다. 그렇게 기묘한 상황에서도요."

"참 성가신 일이셨겠습니다." 윔지가 동의했다. "하지만 그때 참으로 훌륭하게도 예방 조치를 취하셨던 것 같던데요."

"아시다시피, 우리 변호사들은 예방 조치를 취하는 습관이 있으니까요. 그때 미리 독살이라고 짐작한 건 아닙니다. 아니면 말할 필요도 없이 그때 거기서 조사를 해 보자고 주장을 했겠지요. 그 당시 제 마음속에 있었던 생각은 식중독 같은 걸지 모른다는 쪽에 좀 더 가까워요. 보툴리누스균 중독은 아니었죠. 증상이 완전히 다르니까요. 하지만 뭔가 식기나 음식 자체의 박테리아에서 감염이 되었을 수도 있었죠. 그게 아닌 것으로 밝혀져서 기쁘긴 합니다만, 어쨌든 현실은 한없이 더 나빴죠. 전 그렇게 설명할 수 없는 이유로 변사한 경우에는 관례적으로 분비물 검사를 해야 한다고 봅니다만, 위어 박사가 아주 확신을 갖고 있기에 그분의 판단을 전적으로 신뢰할 수밖에 없었습니다."

"분명히 그렇습니다." 윔지가 말했다. "누군들 사람이 죽었을 때 살해당했다는 생각을 선뜻 하겠습니까. 하지만 사람들 생각보다는 좀 더 자주 일어나는 일이긴 합니다만."

"그럴 수도 있겠죠. 만약 제가 형사 사건을 맡아 왔다면 그런 의심이 들었을 법도 합니다만, 제 일은 전적으로 부동산 양도와 그런 업무거든요. 유언 검인과 이혼 등이죠."

"유언 얘기가 나오니 말인데요." 윔지가 무심하게 물었다. "보이스 씨가 무슨 유산을 받을 가능성이 있었나요?"

"제가 알기로는 전혀 없었습니다. 그의 아버지는 절대로 부유하다고 할 수는 없는 분입니다. 작은 생활비를 받아서 거대한 주교관과 무너져 가는 교회를 꾸려야 하는 시골 목사시죠. 사실, 가족이 모두 이 불쌍한 중산층에 속해 있습니다. 세금은 과하게 내지만 재정적으로 유지할 능력은 거의 없는 사람들이에요. 필립 보이스가 식구 중에서 가장 오래 살았다고 해도 몇백 파운드 이상 받을 게 없었을 겁니다."

"어딘가에 부유한 이모가 있다던가, 그렇다면서요."

"아, 아닙니다. 크레모나 가든 여사 얘기가 아니라면요. 그분은 이모할머니시죠. 하지만 수년 동안 그쪽 집안과는 별 왕래 없이 지냈어요."

순간 피터 경은 관련 없는 두 가지 사실이 마음속에서 연결이 될 때 갑자기 떠오르는 환영을 보았다. 파커에게서 하얀 종이 쌈지에 관한 소식을 듣는 바람에 흥분해서, 번터가 해나 웨스트록 및 페티컨 부인하고 함께 차를 마시면서 했던 이야기에 충분히 주의를 기울이지 못했지만, 이제 그 여배우가 '하이드 파크였나 뭐 그런 종류'의 이름을 가진 친척 부인임을 깨달았다. 이렇게 그의 마음속에서 사실 관계가 참으로 매끄럽고도 자동적으로 재조정되자 그의 다음 질문은 숨 쉴 틈도 없이 바로 이어졌다.

"그분이 웨스트모어랜드의 윈들에 사신다는 레이번 부인 아니십니까?"

"맞습니다." 어쿼트 씨가 대답했다. "실은 방금 저도 뵙고 오는 길입니다. 물론 저한테 그리로 오라고 편지를 보내셨죠. 이제 상당히 치매기가 있으십니다. 지난 5년 동안 그러셨죠. 비참한 삶입니다. 그렇게 질질 끌다니. 본인이나 다른 이들 모두에게 불행이죠. 전 항상 우리가 애완동물에게 그러듯 불쌍한 노인들이 편안히 삶을 마칠 수 있도록 도와주지 못하게 하는 건 너무 잔인한 일이라고 생각합니다. 법은 우리가 그렇게 자비로워질 수 있도록 허락하지 않죠."

"그렇죠. 우리가 만약 고양이 한 마리를 통에 빠져 있도록 내버려두었다면 동물학대방지협회에서 비난을 퍼부었을 겁니다." 윔지가 맞장구를 쳤다. "어리석지 않습니까? 하지만 그런 사람들은 개를 외풍 드는 개집에서 기른다고 신문에 편지를 보내고 하면서도, 집주인들이 유리창도 없고, 아예 유리를 낄 창문도 없는 물 안 빠지는 지하 방에 애들이 줄줄 딸린 가족을 살게 놔두는 데는 눈곱만큼도 신경 안 쓰고 돈 한 푼 보탤 생각을 안 하죠. 가끔 그런 걸 보면 어찌나 부아가 돋는지. 하지만 평상시에는 전 평화를 사랑하는 멍청이죠. 크레모나 가든 여사는 참 안되셨습니다. 하지만 이젠 연세가 꽤 되지 않으셨습니까? 아마도 오래 버티지는 못하실 것 같은데요."

"사실, 저희 모두는 요전 날에 이모할머님이 돌아가실 거라고 생각했습니다. 심장이 제대로 뛰고 있지 않거든요. 이제 아흔 살이 넘으셨죠. 그래서 가끔씩 이렇게 발작을 일으키십니다. 하지만 이렇게 연로한 부인들은 가끔 놀랄 만한 생명력을 보여 주기도 하죠."

"그분 친척 중에 살아 있는 분은 어쿼트 씨뿐이겠네요."

"그런 것 같습니다. 호주에 계시는 삼촌 한 분을 제외하면."

어쿼트는 윔지가 어떻게 그 사실을 알아냈는지 묻지도 않고 순순히 그 관계 사실을 인정했다.

"제가 거기 가 있다고 이모할머님 용태가 좋아지는 건 아닙니다. 하지만 제가 할머님의 공적 업무도 맡아 하고 있으니까요. 무슨 일이 일어나면 제가 현장에 있는 게 좋겠지요."

"아, 그럼요, 그렇고말고요. 이모할머님의 공적 업무를 맡고 계시다 하니, 재산을 어떻게 남기셨는지 아시겠군요."

"네, 물론입니다. 하지만 이런 말씀을 드려서 어떨지 모르겠습니다만, 할머님 유언장이 지금의 문제와 어떻게 관련이 있는지 잘 모르겠습니다."

"아, 모르시겠지요." 윔지가 말했다. "그저 필립 보이스가 재정적 곤란을 겪고 있었을지도 모른다는 생각이 들어서요. 아무리 좋은 사람이라도 그런 일을 겪으니까요. 그래서 뭔가 거기서 빠져나갈 지름길을 택한 게 아닌가 싶어서요. 하지만 나이를 잡수실 대로 잡수신 레이번 부인에게서 유산을 기대하고 있었다면, 이제 부인 사실 날도 얼마 남지 않았으니, 뭐, 보이스 씨도 기다리거나 이모할머니 사후에 갚기로 하고 급전을 어디서 마련하거나 할 수 있지 않았을까 해서요. 제 말뜻을 아시겠습니까?"

"아, 알겠습니다. 그러면 지금 자살 사건으로 만들어 가려고 하시는군요. 예, 해리엇 베인 양의 친구들로서는 그게 가장 희망적인 변론이 되리라고는 생각합니다. 그렇게만 된다면 저도 도울 수가 있지요. 그런 마음이야 간절하지만, 레이번 부인은 필립에게는 아무것도 남기지 않았습니다. 제가 아는 한 부인이 그렇게 하리라고 생각할 이유는 조금도 없었고요."

"확신하십니까?"

"확실해요. 사실……." 어쿼트는 약간 망설였다. "뭐, 필립이 언젠가 제게 물어 봤다는 말씀을 드리는 게 좋을 것 같군요.

그래서 전 그때 이모할머님에게서 유산을 받을 가능성이 전혀 없다는 이야기를 할 수밖에 없었습니다."

"아, 그 사람이 직접 물어봤습니까?"

"뭐, 네. 그랬죠."

"그거 약간 중요한 점인데요? 그게 언제였죠?"

"아, 대략 18개월 전이었습니다. 확실하진 않습니다만."

"그럼 레이번 부인이 이제 치매에 걸리셨으니 다시 유언장을 바꿀 희망은 없었겠군요?"

"전혀 없었죠."

"알겠습니다. 자, 그럼 그 사실에서 뭔가 알아낼 수도 있을지 모르겠네요. 물론 낙담이 크지만요. 전 필립 보이스가 그 유산에 큰 기대를 걸고 있을 줄 알았죠. 그건 그렇고 유산이 어마어마하겠죠?"

"아주 많습니다. 대략 7만~8만 파운드 정도 됩니다."

"정말 짜증나겠는데요. 그렇게 큰 건수를 놓치고 자기는 한 푼 구경도 못 할 거란 생각을 하면. 그건 그렇고, 어퀴트 씨는 어떻습니까? 유산을 좀 받으시지 않습니까? 이것저것 꼬치꼬치 캐물어서 죄송합니다만, 어퀴트 씨가 이모할머님을 몇 년 동안이나 돌본 것을 감안하고 소위 유일한 생존 친척이니, 상당한 액수일 것 같은데요."

변호사가 얼굴을 찡그리자 윔지가 사과했다.

"압니다, 알아요. 제가 지나치게 뻔뻔했죠. 그게 제 성격적

결점입니다. 어쨌든 노부인이 돌아가시면 다 유언장에 나와 있을 테니, 굳이 어쿼트 씨에게 억지로 정보를 짜내려고 안달복달할 이유는 없겠네요. 그건 없던 얘기로 해 주십시오."

"제가 말씀 드리지 못할 이유도 없죠." 어쿼트가 느릿느릿 대꾸했다. "직업적 본능상 고객과 관련한 사안을 드러내서는 안 된다고 생각하긴 합니다만. 사실, 제가 바로 유산 수령인입니다."

"아, 그래요?" 윔지는 실망한 목소리로 말했다. "하지만 그런 경우에는 다소 이야기가 약해지겠네요. 제 말 뜻은 사촌 분은 그런 경우라면 어쿼트 씨를 믿고 의지할 수 있겠다고 생각하지 않았을까요? 물론 어쿼트 씨는 어떻게 생각했을지는 모르지만⋯⋯."

어쿼트 씨는 고개를 절레절레 저었다.

"피터 경이 무슨 얘기로 몰고 가시는지는 알겠습니다. 당연한 생각이죠. 하지만 그런 유산 처분 방식은 유산을 남긴 분이 표하신 소망과는 정반대일 겁니다. 비록 제가 법적으로는 양도할 수는 있지만, 도덕적으로는 그렇게 해서는 안 되는 일이겠죠. 그래서 그 점을 필립에게 명확하게 했습니다. 물론 가끔씩 돈을 주어서 보조해 주었을 지도 모르지만, 솔직히 말하자면 그렇게 하고 싶지는 않았을 겁니다. 제 경험상, 필립을 구할 수 있는 유일한 희망은 자기 작품으로 돈을 버는 방법뿐이었습니다. 그애는, 죽은 사람을 나쁘게 말하고 싶지는 않지만요, 다른 사람들에게 지나치게 의지하는 경향이 있었죠."

"아, 그렇죠. 확실히 레이번 부인의 의향도 같았겠죠?"

"꼭 그렇지만은 않습니다. 아니오. 그보다는 좀 더 깊었습니다. 이모할머니께서는 가족에게서 심한 냉대를 받았다고 생각하십니다. 즉, 이제까지도 도가 지나친 얘기를 했으니, 솔직히 할머니가 실제로 남기신 유언장을 그대로 보여 드려도 될 것 같네요."

어쿼트 씨는 책상 위에 놓인 벨을 울렸다.

"여기 유언장을 보관해 놓고 있진 않습니다만, 초고는 가지고 있지요. 오, 머치슨 양, 증서보관함에서 '레이번'이라는 표식이 있는 서류 좀 가져다 줄 수 있소? 폰드 씨가 보관함이 어디 있는지 알려줄 거요. 무겁진 않아요."

'고양이 우리'에서 온 여자는 아무 말 없이 상자를 찾으러 떠났다.

"이건 아주 특이한 경우입니다, 피터 경." 어쿼트 씨가 말을 계속 이었다. "하지만 가끔은 지나치게 신중하면 경솔한 것보다 못할 때가 있죠. 어째서 제가 사촌에게 단호한 태도를 보일 수밖에 없었는지 정확한 이유를 보여 드리고 싶습니다. 아, 고마워요, 머치슨 양."

어쿼트 씨는 바지 주머니에서 열쇠 꾸러미를 꺼내더니 그 중 열쇠 하나로 보관함을 따고 상당한 양의 서류들을 뒤적였다. 윔지는 먹이를 기다리는 멍청한 테리어 강아지 같은 표정으로 어퀴트를 바라보았다.

"이런, 이런." 변호사가 안타까워했다. "여기 있는 것 같지 않은데……. 나 참, 건망증도 심하지. 죄송합니다. 집에 있는 금고 속에 있네요. 지난 6월에 레이번 부인의 병이 심해져서 비상사태가 생겼을 때 참고하려고 꺼내 놨다가, 사촌이 죽어서 정신이 없는 가운데 다시 넣어 놓는다는 것을 잊어버렸군요. 어쨌든 요점은……."

"괜찮습니다." 윔지가 말했다. "서두를 필요는 없습니다. 내일 댁에 방문하겠습니다. 그럼 그때 볼 수 있겠지요."

"그렇게 하도록 하십시오. 중요하다고 생각하신다면요. 제 부주의는 사과 드리겠습니다. 그건 그렇고 제가 그 문제에 관해 더 드릴 말씀이 있습니까?"

윔지는 이미 번터가 수사를 통해 훑은 사실을 바탕으로 몇 가지 질문을 하고 사무실을 나섰다. 머치슨 양은 바깥 사무실에서 작업 중이었다. 그녀는 피터가 앞을 지나갈 때 고개도 들지 않았다.

"괴이하군." 윔지는 베드퍼드 로를 뚜벅뚜벅 걸어가며 생각했다.

'모두들 사건에 관해서 놀랍도록 협조적이란 말이지. 내가 물어 볼 권리가 없는 질문을 하는데도 열심히 대답해 주질 않나 불필요할 정도로 갑자기 설명을 쏟아 놓질 않나. 아무도 숨기지 않는단 말이지. 정말 놀랍지. 어쩌면 그자가 정말로 자살을 했는지 몰라. 그랬으면 좋겠군. 그 사람을 직접 심문해 볼 수 있다면 얼마나 좋을까. 끝까지 밀어붙여서 박살을 냈을 텐데. 벌써 그 사람 성격에 대해서는 열다섯 개 정도 다른 분석을 가지고 있지. 모두 다 달라. 자살한다는 쪽지 한 장 남기지 않고 자살을 한다는 건 정말 비신사적인 행동이야. 그래서는 사람들이 곤란하게 되잖아. 내가 만약 내 머리를 날려버린다면…….'

윔지는 거기서 멈췄다.

"자살하고 싶어 할 이유가 없어야지." 그는 중얼거렸다. "자살할 필요가 없길 바라. 어머니께서 싫어하실 거야. 다 엉망이 될 거고. 하지만 사람들을 교수대로 몰고 가는 이 직업에 슬슬 진력이 나기 시작하는군. 그 친구들에게는 정말 끔찍한 노릇이지……. 교수형은 생각하지 말자. 기운 빠지니까."

 11장

윔지는 다음 날 아침 9시에 어쿼트의 집을 찾아갔다. 때마침 어쿼트는 아침식사 중이었다.

"사무실에 출근하시기 전에 만나 볼 수 있을 것 같아서요." 윔지는 사과하듯 말했다. "정말 감사합니다만, 저도 아침식사를 하고 왔거든요. 아니, 정말입니다. 고맙습니다만 11시 전에는 커피를 안 합니다. 속에 좋지 않아서요."

"네, 피터 경 보시라고 사본을 찾아놨습니다." 어쿼트 씨가 쾌활하게 말했다. "제가 계속 식사를 해도 괜찮으면 제가 커피를 마시는 동안 서류를 훑어보십시오. 그걸 보시면 가계도가 약간 나와 있는데, 이젠 모두 옛날이야기입니다."

어쿼트는 옆에 놓인 탁자에서 타자로 친 서류 한 장을 집어 웜지에게 건넸다. 웜지는 즉각적으로 이 서류가 우드스톡 타자기로 쳤으며 소문자 p는 이가 빠졌고, 대문자 A는 약간 위치가 어긋나 있다는 것을 알 수 있었다.

"보이스 가와 어쿼트 가의 가족 관계에 대해서 명확하게 해 두는 편이 좋겠습니다." 어쿼트는 아침식사 식탁으로 돌아가면서 말을 이었다.

"피터 경이 유언을 이해하실 수 있게요. 공통 조상은 존 허버드라는 분으로 지난 세기 초반에 아주 명망이 높았던 은행가였죠. 노팅엄에 사셨고, 은행은 그 당시에 흔히 그랬듯 개인 가족 사업이었습니다. 따님을 셋 두셨는데, 각각 제인, 메리, 로잔나라고 했죠. 아버님이 다들 좋은 교육을 받을 수 있도록 하셨고요. 그런데 아버님이 사업에서 흔한 실수를 하셨죠. 현명하지 못한 판단을 내리셔서 고객들에게 너무 많은 권한을 준 거죠. 진부한 이야기입니다. 은행은 그렇게 파산했고 따님들은 무일푼이 되었습니다. 장녀인 제인은 헨리 브라운이라는 남자와 결혼을 했습니다. 브라운 씨는 교장 선생님이셨고 아주 가난했으나 혐오스러울 정도로 도덕적이었습니다. 두 분 사이에는 줄리아라는 따님이 하나 있었는데, 결국 목사인 아서 보이스와 결혼을 했죠. 그 따님이 바로 필립 보이스의 모친이십니다. 차녀인 메리는 경제적으로는 좀 더 나았지만 사회적으로는 한 계급 아래의 남자와 결혼을 했습니다. 메리는 레이스 무역

사업을 하던 조사이어 어쿼트의 청혼을 받아들인 거죠. 이는 옛날 사람들에게는 큰 타격이었습니다만, 조사이어는 원래 점잖은 집안 출신이었고, 아주 고결한 사람이어서 두 사람은 아주 잘 살았습니다. 메리는 아들을 하나 낳았는데, 이름이 찰스 어쿼트였고 천한 무역업에서 떨어져 나오려고 노력을 많이 했습니다. 변호사 사무실에 들어간 후 일을 잘 해냈고, 마침내 회사의 동업자가 되었죠. 그분이 제 부친이시고, 저는 아버지의 뒤를 이어 법조계에 입문하게 되었습니다.

셋째인 로잔나는 다른 두 자매와 기질이 아주 달랐습니다. 아주 예뻤고 노래를 대단히 잘했죠. 춤은 우아하게 출 수 있었고, 특이할 정도로 매력적인 동시에 제멋대로 구는 젊은 처녀였습니다. 그 부모님이 아연실색하게도 로잔나는 가출해서 무대 위에 섰습니다. 가족들은 그 딸의 이름은 족보에서 지워 버렸죠. 로잔나는 부모님이 갖고 있는 최악의 의심을 입증해 보이기로 결심했습니다. 그렇게 세련된 런던에서 제멋대로 굴 수 있는 인기인이 되었습니다. 크레모나 가든이라는 예명 하에 승승장구했죠. 아, 게다가 머리도 똑똑했거든요. 넬 그윈은 저리 가랄 정도였죠.§ 크레모나 가든은 받아서 쌓아두는 유형의 사람이었습니다. 뭐든지 받았죠. 돈, 보석, 아파트, 가구들, 말, 마차, 뭐든 받아서 정리 공채 기금으로 전환해 두었습니다. 절

---

§   넬 그윈(1650~1687). 영국 여배우이자 찰스 2세의 정부였다.

대 씀씀이가 헤프진 않았습니다만, 자기 자신만은 예외였죠. 호의를 받으면 자기 자신을 주는 게 충분한 보답이라고 생각했던 모양입니다. 저는 연세가 지긋이 드실 때까지는 이모할머니를 뵌 적이 없었지만, 심신이 망가진 발작을 일으키기 전에는 여전히 뛰어난 미모가 남아 있었습니다. 나름대로 교활한 노인네였고 욕심이 많으셨죠. 통통하고 작은 손으로 뭐든 꼭 붙들고 놓지 않으셨어요. 즉시 맞돈이 들어오는 일이 아니면요. 어떤 유형이었는지 아실 겁니다.

아무튼 요점은 장녀 제인, 학교 교장선생님과 결혼한 딸은 이 가문의 골칫덩이와는 전혀 관계를 맺지 않았다는 거죠. 그 할머니와 남편분은 자신들의 덕행을 지키며 살았고, 올림픽 극장이나 아델피 극장 바깥에 붙어 있는 포스터에 나온 크레모나 가든의 망신스러운 이름을 볼 때마다 몸을 부르르 떨곤 했죠. 편지가 와도 뜯지 않고 반송했고, 집에도 못 들어오게 했어요. 그 중에서도 정점은 헨리 브라운이 아내 장례식 날에도 동생을 교회 밖에서 몰아내려고 했던 거죠.

제 조부모님들은 그 정도로 딱떡하지는 않았습니다. 이모할머님을 방문하지도 않았고 초대하지도 않았지만 가끔 극장 구경을 가기도 했고 아들 결혼식에 초대장도 보냈으며 소원하게나마 예의를 지켰죠. 결과적으로 제 아버지하고는 원만한 관계를 유지했고 당신 업무를 제 아버지에게 맡기기까지 했습니다. 아버지는 어떻게 벌었든 돈은 돈이라는 관점을 가지고 계셨고,

변호사들이 더러운 돈을 취급하지 않으려 한다면 고객의 반을 돌려보내야 할 것이라고 하셨지요.

이모할머님께서는 결코 무엇도 잊지 않으시고 용서도 하지 않으셨습니다. 브라운—보이스 집안사람들 이름만 꺼내도 입에 거품을 무셨죠. 그래서 유언장을 만드실 때도 지금 앞에 두고 계신 그 문단을 삽입하신 겁니다. 전 이모할머님께 필립 보이스는 그런 박대를 받을 이유가 없다고 똑똑히 말씀드렸습니다. 실로 아서 보이스 씨도 마찬가지죠. 하지만 오랜 악감정에 사무쳐 있으신지, 필립에게 유리한 말은 한마디도 들으려 하지 않으셨습니다. 그래서 할머님이 원하시는 대로 유언장을 작성해 드렸죠. 제가 하지 않았으면, 다른 누구라도 그렇게 했을 테니까요."

웜지는 고개를 끄덕이며 유언장으로 관심을 돌렸다. 유언장에는 8년 전 날짜가 쓰여 있었다. 그 유언장은 노먼 어쿼트를 유일한 유언집행자로 지정하고 있었고 몇몇 유산을 하인들과 극장 자선 단체에 준다는 대목 다음에는 이런 문단이 있었다.

남은 재산은 무엇이든 어디에 있든 베드퍼드 로에서 변호사를 하고 있는 조카손자 노먼 어쿼트가 생존하고 있다면 그에게 물려준다. 노먼 어쿼트가 사망할 시에는 그의 합법적인 상속자들에게 균등하게 배분한다. 하지만 노먼 어쿼트가 합법적인 상속자 없이 사망할 시에는 상기의 재산은 (여기서는 앞에 구체적으로 등장한 자선단체의 이름들이 죽 나와 있었다.) 단체들에게로 보낸다. 이처럼 재산을 처분하는 것은 조카손자 노먼 어쿼트와 그의 아버지인 고故 찰스 어쿼트가 생전에 내게 보여 주었던 배려에 감사하기 위함이며, 내 재산의 일부라도 조카손자 필립 보이스와 그 후손들의 손에 들어가지 않게 할 것임을 확실히 해 두고자 한다. 이런 목적을 위해, 또한 필립 보이스의 가족이 내게 행한 비인간적인 대접을 기억해 두기 위해 나는 마지막 소원으로 노먼 어쿼트가 필립 보이스에게는 내 재산에서 나오는 수입의 일부라도 증여하거나 빌려 주거나 전달하는 행위를 절대 금지한다. 노먼 어쿼트는 어떤 식으로든 생전에 필립 보이스를 원조하기 위한 행동을 할 수 없다.

"흠!" 윔지가 말했다. "이건 아주 명백할 뿐 아니라 복수도 확실히 하는 셈이로군요."

"네, 그렇죠. 하지만 합리적인 말에는 전혀 귀를 기울이지 않는 할머니들을 어떻게 하겠습니까? 할너님은 유인징에 서명하시기 전에 제가 충분히 혹독한 표현을 썼나 날카롭게 살피기까지 하셨습니다."

"필립 보이스는 아주 좌절했겠네요." 윔지가 말했다. "고맙습니다. 유언장을 볼 수 있어서 다행입니다. 그렇다면 자살 이론이 한층 더 개연성이 있어졌군요."

이론적으로는 그럴지 모르지만, 그 이론은 윔지가 들은 필립 보이스의 성격으로 미루어볼 때 바랐던 것만큼 딱 맞아떨어지진 않았다. 개인적으로 윔지는 해리엇 베인과의 마지막 만남이 자살에 좀 더 결정적인 요소가 되었으리라는 쪽에 기울었다. 하지만 이 또한 아주 만족스럽지는 않았다. 필립이 해리엇 베인에게 그 정도로 특별한 애정을 품었다는 것을 믿을 수가 없었다. 하지만 아마도 윔지가 필립 보이스를 좋게 보고 싶지 않기 때문일 수도 있었다. 윔지는 자신의 감정이 판단력을 흐리지는 않나 두려웠다.

윔지는 다시 집으로 돌아가 해리엇의 소설 원고를 읽었다. 확실히 해리엇의 글재주는 뛰어났고, 비소 취급에 대해서 지나치게 많이 알고 있는 것도 확실했다. 더욱이 이 책은 블룸즈버리에 같이 살면서 가난하기는 해도 사랑과 웃음으로 가득한 삶을 영위하던 두 예술가에 대한 내용이었다. 그러다 누군가 젊은 남자를 냉혹하게 독살하고, 혼자 남은 젊은 여자는 슬픔에 잠겨 있다가 연인의 복수를 하겠다고 열렬히 결심한다. 윔지는 이를 득득 갈며 홀로웨이 교도소로 갔고, 하마터면 자신의 질투심을 내보일 뻔했다. 하지만 다행히도 고객이 지쳐서 눈물을 흘리기 직전까지 몰아붙일 때쯤에는 유머 감각이 되돌아왔다.

"미안해요." 윔지가 사과했다. "사실, 이 보이스라는 작자에게 미칠 듯한 질투심을 느꼈습니다. 그래서는 안 되는데, 그랬군요."

"바로 그게 문제죠." 해리엇에 말했다. "그리고 항상 그러실 거예요."

"그렇다면 제가 같이 살기에 적당한 인간이 아니라는 거군요. 그렇습니까?"

"아주 불행해지실 거예요. 다른 부작용은 다 제쳐놓더라도."

"하지만 이거 보세요. 저랑 결혼하면 전 더 이상 질투를 하지 않을 겁니다. 그땐 당신이 저를 정말로 좋아한다는 걸 알게 될 테니까요."

"지금은 그렇게 생각하겠죠. 하지만 질투할 거예요."

"그럴까요? 아, 절대로 아닙니다. 어째서 질투를 하겠습니까? 그건 마치 과부와 결혼한 것과 같은데요. 두 번째 남편이 다 그렇게 질투가 많습니까?"

"모르겠네요. 하지만 그것과 똑같지는 않잖아요. 당신은 저를 진정으로 신뢰하지 않을 거고, 우리 관계는 파멸할 거예요."

"하지만 젠장." 윔지가 부인했다. "만약 당신이 저를 조금이라도 좋아한다고 일단 말해 준다면 괜찮을 겁니다. 전 그 말을 믿을 거예요. 당신이 그런 말을 해 주지 않으니 제가 온갖 것을 상상하는 거죠."

"자기도 모르게 갖은 상상을 다 하실 거예요. 저를 공정하게 대할 수 없겠죠. 어떤 남자도 그러지 않아요."

"절대로요?"

"뭐, 거의요."

"그렇다면 그건 아주 망할 노릇이군요." 웜지가 진지하게 말했다. "물론, 제가 그런 백치로 변한다면 모든 게 구제불능이 될 겁니다. 당신이 한 말이 무슨 뜻인지 알아요. 이전에 질투에 사로잡혀 의처증에 걸린 남자를 알았죠. 그 부인이 항상 주변에 있지 않으면 그는 부인이 자신을 하찮게 생각한다는 증거라고 말하곤 했어요. 그렇지만 부인이 그에 대한 애정을 표시하면 위선자라고 했죠. 결혼생활이 정말로 불가능해지자, 부인은 조금도 사랑하지 않는 남자와 도망을 가 버렸습니다. 결국 그 남자는 자기 예상이 맞았다고 떠들고 다니게 되었지요. 하지만 모두들 다 그 남자의 바보 같은 잘못이라고 했답니다. 모두 아주 복잡한 일이에요. 먼저 질투를 하는 사람이 유리해 보이죠. 그렇다면 저를 질투해 보도록 하면 어떻습니까? 당신이 질투를 해 줬으면 좋겠네요. 그렇다면 제게 조금이라도 관심이 있다는 증거가 될 테니. 저의 추악한 과거에 대해서 좀 자세히 얘기를 해 볼까요?"

"하지 마세요."

"왜죠?"

"전 다른 사람들에 대해서 모든 것을 알고 싶진 않으니까요."

"세상에, 알고 싶지 않다고요? 그건 약간 희망적이네요. 제 말은, 당신이 제게 만약 어머니와 같은 애정을 느낀다면, 도와주고 알아내고 싶어서 안달을 할 테니까요. 하지만 어찌되었든 그들 중 누구하고도 별일 없었어요. 물론 바버라만 빼고."

"바버라가 누구죠?"

해리엇이 재빨리 물었다.

"아, 어떤 여잡니다. 그 여자에게는 큰 빚을 졌죠, 정말로." 윔지는 곰곰이 생각에 잠겼다. "바버라가 다른 남자와 결혼했을 때, 저는 상처 입은 감정을 치료하려고 탐정 일을 시작했거든요. 그런데 정말 재미있었죠, 대체적으로는. 이것 참, 그렇네요. 그때는 참 놀랐습니다. 심지어 그 여자 덕에 논리학 특강까지 들었습니다."

"대단하시네요!"

"'바바라 켈라렌트 다리 페리오 바랄립튼.'[8] 이런 구절을 반복해서 외우는 게 즐거웠거든요. 여기에는 뭔가 정열을 표현하는 신비로운 낭만적 음률이 있습니다. 달빛이 비치는 밤이면 숱하게 저는 세인트 존스 대학의 정원에 어슬렁대는 밤꾀꼬리의 노랫소리에 맞추어 이 구절을 외우곤 했죠. 물론 저는 발리올 대학을 졸업했지만 건물은 붙어 있으니까요."

"누가 당신이랑 결혼한다면 그렇게 실없는 말을 띠드는 걸 듣는 게 좋아서겠죠." 해리엇이 엄격하게 말했다.

---

[8] 중세의 논리학자인 셔우드의 윌리엄이 고안해 낸 기억법으로 각 라틴어는 삼단논법의 종류를 외우기 위한 단어들이다. 가령 바바라는 삼단논법 중 AAA형을 의미하는데, 각 음절이 a로 끝나기 때문.

"자존심 상하는 이유입니다만, 아무 이유가 없는 것보다는 낫죠."

"저도 이전에는 실없는 소리를 잘 지껄이곤 했어요." 해리엇의 눈에 눈물이 고였다. "하지만 이젠 다 사라져 버렸어요. 아시겠지만, 전 정말로 명랑한 사람이 될 작정이었거든요. 이런 우울함과 의심은 진짜 제 성격이 아니에요. 하지만 이젠 배짱을 잃어 버렸네요."

"놀랄 일도 아니죠, 가엾게도. 하지만 극복할 겁니다. 그저 계속 웃어요. 그리고 피터 삼촌에게 다 맡겨요."

웜지가 집으로 돌아왔을 때 그를 기다리고 있는 쪽지 한 장이 있었다.

피터 경께

보셨다시피, 제가 취직을 했습니다. 클림슨 양은 여섯 명을 보내셨어요. 물론 다들 각각 다른 사연과 추천서가 있었죠. 그런데 폰드(사무장) 씨가 저를 고용했고, 어쿼트 씨의 승낙을 받았습니다.

여기서 일한 지 이제 이틀째라 제 고용주의 개인적인 상황에 대해서 말씀 드릴 부분은 별로 없습니다. 이분이 단 것을 좋아해서 서랍 속에 초콜릿 크림과 터키 과자를 몰래 숨겨 놓고 있다는 것 외에는요. 구술을 시키실 때 슬쩍 꺼내서 아작아작 깨물어 드세요. 꽤 유쾌하신 분 같습니다.

다만 한 가지 이상한 게 있습니다. 이분의 재정적 활동에 대해서 조사하면 재미있을 것이라고 생각이 드네요. 저는 그동안 주식 중개와 관련이 있는 일을 하고 있었는데요, 어제 이분이 출타하신 중에 전혀 예기치 않았던 사람에게서 전화가 왔습니다. 보통사람이라면 아무것도 알아채지 못했겠지만, 저는 전화를 건 남자에 대해서 좀 알고 있었기 때문에 눈치를 챘죠. 이분이 메가테리움 신탁이 도산하기 전에 무슨 관계를 맺고 있었는지 알아 보십시오.

뭔가 더 알아내면 또 보고서 드리겠습니다.

조안 머치슨 올림

"메가테리움 신탁?" 윔지가 중얼거렸다. "점잖은 변호사가 얽히기에는 참 훌륭한 건수인데. 프레디 아버스노트에게 물어봐야겠어. 그 친구는 만사에 무지하지만 증권과 주식은 잘 아니까. 하지만 뭔가 세속적인 이유로 잘 알고 있는 것이지."

윔지는 편지를 다시 한 번 읽다가, 이 편지가 우드스톡 타자기로 친 것임을 즉각 알아보았다. 그것도 소문자 p자는 이가 빠지고, 대문자 A는 줄이 안 맞는 타자기.

갑자기 그는 벌떡 일어나서 세 번째로 편지를 읽으며 역시 즉각적으로 이 빠진 소문자 p와 들쭉날쭉한 대문자 A를 확인했다.

그런 후 윔지는 다시 자리에 앉았다. 그는 종이 한 장에 한 줄 적고, 반 접어서 머치슨 양 앞으로 주소를 적은 후 번터에게 편지를 부치라고 명령했다.

이 짜증나는 사건에서 처음으로 그는 마음속 가장 깊은 곳에서 느릿하고도 어스름하게 살아 있는 생각이 떠올라 수면을 살며시 휘젓는 기분을 느꼈다.

12장

윔지는 후에 나이가 들고 수다스러워졌을 때 이해에 덴버 공작 가에서 보냈던 크리스마스의 기억이 그후 20년 동안 매일 밤 악몽 속에서 줄기차게 따라다녔다고 즐겨 얘기하게 된다. 하지만 이 이야기를 자신에게 유리하도록 기억하고 있을 가능성은 있다. 어쨌거나 이날의 일이 그의 심기를 심히 거슬린 것만은 분명하다. 이 기억은 불길하게도 차를 마시는 자리에서 '괴짜' 딤스워디 부인이 남들 목소리를 다 누르는 고음으로 떠들어 대며 시작한다.

"그럼 그게 사실이에요, 피터 경? 그 무시무시한 독살범 여자를 변호하고 있다는 게?"

이 질문은 샴페인 병의 코르크를 뽑는 것과 같은 효과를 냈다. 그 자리에 모여 있던 사람들은 그동안 베인 사건에 대한 호기심을 눌러 두고 있었지만, 딤스워디 부인의 말 한마디에 톡 쏘는 거품이 휙 흘러넘치듯이 앞다투어 자신들의 의견을 내놓았다.

"난 그 여자가 했다고 장담합니다. 그렇지만 그 여자 탓만 할 순 없지요." 토미 베이츠 대위가 말했다. "아주 천박하기 그지없는 사내였으니. 자기 책 겉표지에 사진을 실었잖아요. 그런 실없는 남자였죠. 참 대단해요. 그런 자식들에게 많이 배운 여자들이 빠지다니. 그런 자식들은 쥐새끼처럼 깡그리 독을 먹여야 한다니까요. 그자들이 이 나라에 끼친 피해를 봐요."

"하지만 작가로는 괜찮았어요." 페더스톤 부인이 항의했다. 30대의 부인은 깡마른 몸매의 여자로 자기 몸무게를 이름의 두 번째 부분인 스톤(돌)보다는 첫 번째 부분인 페더(깃털)에 가깝게 하려고 끊임없이 분투하는 게 분명했다.

"그 사람 책은 대담함이나 제약에 있어서 아주 프랑스적이었어요. 대담한 책은 그다지 드물지 않죠. 게다가 응축된 문체를 구현하는 데는 뛰어난 재능도 있었는데……."

"아, 쓰레기를 좋아하면 그렇겠네요." 대위가 다소 건방지게 끼어들었다.

"저는 쓰레기라고 하긴 싫네요." 페더스톤 부인이 다시 반박했다. "물론 솔직하죠. 이 나라 사람들은 그런 점을 용서하지 않겠지만. 우리의 국민적 위선을 일부분 보여 주는 거죠. 하지만 글쓰기의 아름다움은 이 모든 것을 더 높은 영역에 올려놓았어요."

"뭐, 나는 그런 오물덩어리를 내 집에 들여놓진 않을 겁니다." 대위는 강경하게 말했다. "힐다가 그 책을 읽는 걸 제게 들켰지 뭡니까. 그래서 제가 이랬죠. '그 책을 당장 도서관으로 보내.' 난 자주 간섭하는 사람은 아니지만, 누군가는 선을 그어야 하지 않습니까."

"그 책이 어떤 내용인지는 어떻게 알았나?" 윔지가 천진하게 물었다.

"왜, 〈익스프레스〉지에 실린 제임스 더글라스의 기사만 읽어도 내용을 충분히 알지." 베이츠 대위가 대답했다. "거기 인용된 문장만 해도 저질이던데. 아주 저질이더라고."

"뭐, 우리 모두가 그 글을 읽었다니 다행이군. 미리 경고를 받았으니 대비를 할 수 있겠지." 윔지가 대답했다.

"우리 모두 언론에게 큰 감사를 해야 해요." 선대 공작부인이 말했다. "진설하시도 최고 좋은 것만 싹싹 골라 주니 책을 읽을 수고를 덜어 주지요. 게다가 비싼 책을 사지도 못하고, 하물며 도서관 구독도 할 여유가 없는 가난한 불우이웃들에게는 큰 즐거움을 주죠. 하지만 책을 빨리 읽는 사람이라면 직접 읽는 게 더 싸게 먹히지 않겠어요. 그렇다고 그 싸구려 책들이 제가 하녀에게 구해 달라고 한 책들은 아니에요. 참 똘똘한 애죠.

정신을 갈고닦는 데 어찌나 열심인지. 제 친구들도 개만 못하다니까요. 하지만 이게 다 대중을 위한 무상교육 때문이죠. 전 마음속으로는 개가 노동당에 투표하지 않나 의심하고 있어요. 하지만 대놓고 물어보진 않아요. 공정하지 못하니까. 게다가 물어보게 되면, 눈 감아 줄 수도 없지 않겠어요?"

"어쨌든 전 그 젊은 여자가 그런 이유로 그 남자를 살해했다고 생각해요." 선대 공작부인의 며느리가 끼어들었다. "어느 말을 들어 봐도 그 여자도 그 남자만큼 나빴나 보더라고요."

"아, 무슨 말씀이세요." 윔지가 말했다. "그런 생각 마세요, 헬렌 형수님. 젠장, 그 여자는 추리소설 작가고, 추리소설에서는 선한 자가 언제나 승리하지 않습니까. 그야말로 순수 문학의 정수죠."

"악마라도 자기에게 유리한 상황이라면 언제든지 성경 말씀을 읊죠." 젊은 공작부인이 말했다. "사람들 말로는 그 질 나쁜 여자의 책 판매고가 쑥쑥 치솟고 있다는데요."

"내 개인적 생각으로는 이건 모두 홍보를 해 보려다가 망친 경우요." 해링게이 씨가 말했다. 덩치가 크고 명랑한 사람으로 어마어마하게 부자였으며 재계 유력 인사였다. "광고계 사람들이 무슨 일을 꾸미는지 그 꿍꿍이를 절대 알 수가 없다니까."

"뭐, 이번에는 황금알을 낳는 거위를 목매다는 경우처럼 보이는데요." 베이츠 대위는 껄껄 웃었다. "윔지가 마술을 또 쓸

작정이 아니라면."

"전 그렇게 해 줬으면 좋겠는데." 티티튼 양이 말했다. "전 추리소설이 참 좋아요. 그 여자가 6개월마다 새 소설을 하나씩 써낸다는 조건으로 징역으로 감형을 해 줬으면 좋겠어요. 뱃밥을 만들거나 우체국에서 어디다 놔둘지도 모르는 우편가방을 꿰매는 것보다야 그쪽이 훨씬 쓸모 있잖아요."

"조금 성급하신 건 아닙니까?" 윔지가 은근히 돌려 말했다. "아직 유죄가 확정되지도 않았는데요."

"하지만 다음번엔 그렇게 되겠죠. 진실을 거스를 순 없어요, 피터."

"당연하죠." 베이츠 대위가 말했다. "경찰들도 자기 업무는 알아서 잘 하니까. 수상한 게 없는 사람을 재판정에 세우진 않죠."

이 말은 상당히 심각한 실수였다. 덴버 공작이 살인 누명을 쓰고 법정에 섰던 게 겨우 몇 년 전의 일이기 때문이었다. 한순간 음침한 침묵이 흘렀지만, 젊은 공작부인이 차가운 말로 침묵을 깼다.

"정말 그런가요, 베이츠 대위님!"

"뭐라고요? 아? 오, 물론 제 말 뜻은, 가끔 실수도 일어나기도 하죠. 하지만 이건 아주 다른 얘기지 않습니까. 제 말 뜻은, 이 여자는 도덕성도 없고, 그 뭐냐, 제 말은……."

"차나 마시게, 토미." 피터 경이 친절하게 말했다. "오늘은 평소만큼 요령이 없네."

"아니, 하지만 얘기 좀 해 주세요, 피터 경." 딤즈워디 부인이 간청했다. "이 사람이 어떤 인간인지. 그 여자와 얘기해 봤어요? 목소리는 좀 좋은 것 같은데. 외모는 평범하기 짝이 없지만."

"목소리가 좋다고? 무슨 말이야." 페더스톤 부인이 반대 의견을 내놓았다. "불길한 목소리라고 하는 편이 낫지. 얼마나 소름 끼쳤는데, 등줄기가 오싹하더라니까. 전율 그 자체지. 하지만 매력적이긴 한 것 같았어요. 눈이 기묘하고 약간 흐릿한 것이. 옷만 제대로 입으면 예쁠 거야. 팜므파탈이랄까. 그 여자가 최면을 걸려고 하지 않았어요, 피터?"

"신문에서 읽었는데, 그 여자에게 들어온 청혼만 수백 건이라면서요." 티터튼 양이 덧붙였다.

"목을 매달 올가미에서 빠져나오면 다른 올가미에 붙들리겠군." 헤링게이가 시끄럽게 웃음을 터뜨렸다.

"나라면 여자 살인범하고 결혼하고 싶진 않을 텐데." 티터튼 양이 다시 말했다. "게다가 추리소설로 단련된 사람이라면. 커피 맛이 좀 이상하지 않나 항상 의심하게 될 것 아니겠어요."

"아, 그 사람들은 다 미쳤어요." 딤즈워디 부인이 단언했다. "악명을 떨치고 싶은 병적인 갈망이 있는 거예요. 자기가 저지르지도 않은 죄를 거짓으로 자백하고 자수하는 사람들처럼."

"여자 살인자는 좋은 아내가 될지도 모르지." 헤링게이가 말했다. "매들린 스미스도 있었잖아요. 그 여자도 비소를 썼지.

그래도 어떤 남자랑 결혼해서 행복하게 살다가 천수를 누렸다는데."

"하지만 그 남편도 천수를 누렸대요?" 티터튼 양이 따지고 들었다. "그게 더 중요한 점 아니겠어요?"

"한 번 범죄자는 영원한 범죄자예요. 난 그렇게 생각해요." 페더스톤 부인이 말했다. "술이나 약물처럼 몸속에서 범죄를 향한 정열이 자라나는 거죠."

"힘을 가졌다는 감각에 도취되는 거죠." 딤스위디 부인이 거들었다. "하지만 피터 경 말씀 좀……."

"피터!" 갑자기 그의 어머니가 끼어들었다. "가서 제럴드가 뭐하고 있는지 좀 보고 오거라. 차가 다 식겠다고 말해. 아마 마구간에서 프레디와 함께 말 전염병이니 깨진 말굽이니 이런 얘기나 하고 있을 거야. 항상 무엇보다도 말이 제일 소중한 양 수선을 떨어 성가시게 군다니까. 넌 네 남편을 제대로 길들이지 못했구나, 헬렌. 제럴드가 어렸을 때는 얼마나 시간을 잘 지켰는지 모른단다. 피터가 성가신 아이였지. 하지만 나이가 들면서 거의 사람이 됐어. 피터를 놀봐 주는 그 훌륭한 사람 덕분이지 뭐야. 인품도 참 훌륭하고 얼마나 지적인지 몰라. 아주 전통적인 사람이라니까. 완벽한 독재자지, 태도도 그렇고. 미국 백만장자보다 천 배는 가치 있는 사람이야. 훨씬 인상적이고. 요샌 피터도 그 사람이 그만둔다고 할까 봐 걱정하지 않나 싶은데. 하지만 그 사람은 아주 애착이 있는 모양이더라고. 내 말은 번터가 피터에게. 하지만 그 반대라고 해도 사실이겠지. 피터는 내 말보다 그 사람 말을 훨씬 더 잘 들어요."

윔지는 그 자리에서 빠져나와 마구간으로 갔다. 가던 길에 덴버 공작 제럴드와 그 뒤를 따라오는 프레디 아버스노트와 마주쳤다. 덴버 공작은 어머니 공작부인의 전갈을 듣자 씩 웃었다.

"가 봐야겠군." 덴버 공작이 말했다. "사람들이 차 모임 좀 안 했으면 좋겠어. 기운만 빠지고 저녁 밥맛도 떨어진다니까."

"아주 조잡하기 짝이 없지." 프레디 경도 동의했다. "피터, 그렇지 않아도 자네를 만나고 싶었는데."

"나도 마찬가지야." 윔지도 즉각 말했다. "대화를 나누느라 아주 진이 빠졌네. 집중포격을 맞기 전에 당구실에 가서 우리 진지를 구축하자고."

"그 참 좋은 생각이네." 프레디가 열렬히 맞장구를 쳤다. 그는 윔지를 따라 성큼성큼 당구실로 들어가서 커다란 의자에 푹 파묻혔다.

"정말 지겨워 죽겠네, 크리스마스라니. 내가 제일 싫어하는 사람들이 선의라나 뭐라나 하는 이름으로 한데 모여 있군."

"위스키 두 잔 좀 가져다 주게." 윔지가 시종에게 지시했다. "그리고 제임스, 누가 나나 아버스노트 씨에 대해서 묻거든 우리가 나간 것 같다고 하게나. 아, 프레디. 행운을 비네! 기자들 표현으로 무슨 특종 없나?"

"난 자네가 조사하란 남자 뒤를 쫓아 계속 냄새를 맡고 다녔지." 아버스노트가 말했다. "정말로, 자네가 하는 유의 사업을 시작해도 될 정도라니까. 버티 삼촌이 쓰는 경제 칼럼, 뭐 이런 것. 하지만 이 어쿼트라는 친구는 아주 조심성이 있더군. 명망 높은 가족 변호사, 그런 게 다야. 하지만 어제 어쿼트가 약간 무모하게 투자를 하고 있었다는 말을 했다는 사내에게서 소문을 들었다는 남자를 아는 친구를 만났었지."

"확실해, 프레디?"

"뭐, 확실하다고 말하긴 그렇지. 하지만 이 남자가 말하자면 나한테 빚을 좀 졌거든. 조짐이 보이기 전 메가테리움에서 손을 떼라고 경고를 해 줬으니까. 그래서 이 사람이 자기에게 말을 한 남자 말고, 그 다른 사람 있잖아, 그 사람을 만나면 뭔가 알아낼 수 있지 않을까 한다더군. 그리고 나랑 그 사내를 연결해 줄 수 있나 알아보겠다고."

"그럼 자네도 확실히 팔 만한 비밀이 있겠군."

"아, 뭐, 이 다른 사내가 내게 시간을 약간 내줄 만한 가치가 있기는 할 거야. 내 친구가 안다는 이 다른 친구를 통해서 그 사내가 지금 사면초가인 상황에 빠졌나고 들었거든. 항공회사 주식에 투자했다가 낭패를 봤다나. 그래서 내가 골드버그와 연결시켜 주면, 그 사내도 곤경에서 빠져나올 수 있을지도 몰라. 골드버그는 괜찮다고 하겠지. 알겠지만, 레비의 사촌이잖아. 자네도 알지만 그때 살해당했던. 그리고 이 유대인들은 거머리처럼 서로 찰싹 붙어서 결속력이 좋으니, 그 사람들은 아주 친절하게 해 줄 거야."

"하지만 레비가 이 일하고 무슨 상관이야?"[§]

윔지는 벌써 반쯤 잊고 있던 이 살인사건을 머릿속으로 더듬으며 물었다.

"그게, 사실은 말인데." 프레디 경은 약간 안절부절 못하며 말했다. "자네가 말한 대로, 음, 내가 좀 수를 썼다네. 그게, 레이첼 레비가 프레디 아버스노트 부인이 될 거라서."

"세상에나." 윔지가 벨을 눌렀다. "정말 축하할 일이군. 그럼 공은 한참 들였겠는데, 그렇지 않나?"

"아, 그렇지." 프레디가 시인했다. "그랬어. 문제는 내가 기독교인 아닌가. 적어도 세례는 받았으니까. 물론 아주 독실한 신자는 아니라는 건 인정하지만 교회의 가족석도 지키고 크리스마스도 지내지. 다만 그쪽 집안 사람들도 내가 다른 종교라는 건 그렇게 개의하지 않았던 것 같아. 물론 그건 개전의 가능성이 없는 문제야. 게다가 애들이 있다면 어려운 문제였지. 하지만 난 그쪽 집안에서 애들을 유대교인으로 봐도 괜찮다고 말했다네. 정말 괜찮아. 왜냐면 레비와 골드버그 집안에 낄 수 있다면 그 꼬맹이들에게도 이득일 테니까. 특히 남자애들이 재계에서 뭐라도 성공하고 싶다면. 그리고 레이첼을 위해서 7년 가까이 봉사했다는 말로 레비 부인의 반대를 넘을

[§] 윔지 경이 처음 등장했던 《시체는 누구?》의 살인사건을 말한다.

수가 있었지.⁸ 그런 생각을 하다니 정말 똑똑하지 않았나?"

"위스키 두 잔 더 갖다 주게, 제임스." 피터 경이 하인에게 주문했다. "정말 영리하군, 프레디. 어떻게 그런 생각을 하게 됐나?"

"교회에서 다이애나 릭비의 결혼식에 참석할 때 그런 생각이 떠오르더군." 프레디가 설명했다. "목사가 50분이나 늦어서 시간을 때워야 했거든. 그런데 누가 좌석에 성경을 놔두고 갔더라고. 그 성경을 보니까 떠올랐지. 라반 노인은 약간 완고하지 않았나? 그래서 난 마음속으로 생각했어. '다음번에 그 집에 가면 저 이야기를 써먹어야지.' 그래서 그렇게 했더니 부인이 특히 감동하시지 뭔가."

"요점을 말하자면, 자넨 이제 날을 잡았다는 거군." 윔지가 말했다. "자, 건배하자고. 내가 들러리를 서게 되나, 프레디? 아니면 시나고그에서 하나?"

"뭐, 시나고그에서 하기로 했네. 동의할 수밖에 없었어." 프레디가 말했다. "하지만 신랑 친구들이 와서 할 일이 있을 거야. 자넨 내 옆에 서 주겠지, 친구? 모자는 써야 하네, 잊지 마."

"명심해 두겠네." 윔지가 말했다. "번터가 유대교 예식 절차를 설명해 줄 수 있을 거야. 번터라면 알고 있을 테지. 뭐든 알

---

⁸ 〈창세기〉에 나오는 이야기로, 야곱이 라헬(레이첼)과 결혼하기 위해 그 아버지 라반의 밑에서 7년을 묵묵히 일한 것을 의미한다.

고 있으니까. 하지만 이거 보게, 프레디. 잊지 말고 계속 조사를 해 주겠지?"

"절대 잊지 않겠네. 약속해. 내가 무슨 소식이라도 들으면 곧 알려 주도록 하겠네. 하지만 거기 뭔가 있다는 데 걸어도 좋아."

윔지는 이 말에서 위안을 좀 얻었다. 어쨌든 그는 원기를 회복하여 덴버 공작 가의 점잖은 술잔치에서 중심인물 역할을 해낼 수 있었다. 공작부인 헬렌은 다소 신랄하게 공작에게 시동생 피터가 광대 노릇하기에는 이제 나이가 들어가고 있지 않느냐면서 그가 인생을 진지하게 받아들이고 정착한다면 훨씬 좋을 것 같다는 말을 던졌다.

"뭐, 난 모르겠는데." 형인 공작이 대답했다. "피터는 괴짜니까. 걔가 무슨 생각을 하는지는 알 수 없지. 하지만 일전에 내가 곤경에 처했을 때 구해 주었으니 걔가 무슨 짓을 하더라도 상관하지 않을 작정이야. 그러니까 헬렌 당신도 피터를 가만 놔둬."

메리 윔지 양은 크리스마스이브 날 늦게 도착했는데, 상황을 보는 관점이 달랐다. 메리는 크리스마스 다음 날 새벽 2시에 둘째 오빠의 방으로 쳐들어갔다. 전날 밤에 거한 만찬과 무도회, 단어 맞추기 게임을 하고 놀았던 터라 다들 진이 빠진 터였다. 윔지는 잠옷을 입고 난롯가에 앉아 생각에 잠겨 있었다.

"피터 오빠." 메리 양이 말을 걸었다. "오빠, 약간 열이 오른 것 같아. 무슨 일이 있어?"

"자두 푸딩을 너무 많이 먹었나 보다." 윔지가 대답했다. "시골에 너무 오래 있었던 것도 같고. 난 순교자 아니냐. 가족들이 명절을 잘 즐길 수 있도록 브랜디 속에서 타오르는 순교자."

"그래, 약간 으스스하네. 그런데 요샌 어떻게 지내? 오빠 아주 오랜만에 보네. 해외에 나가 있었잖아."

"그래, 게다가 넌 요새 실내 장식 사업을 하느라 정신이 없었던 것 같고."

"사람이 뭐라도 해야지. 이제 정처 없이 떠돌아다니는 데 질렸어."

"그래, 메리 너 요새 파커를 만난 적 있어?"

메리 양은 난롯불을 뚫어져라 보았다.

"한두 번 저녁식사를 같이 했어. 내가 런던 갔을 때."

"그랬냐? 아주 점잖은 친구야. 믿을 만하고, 소박한 친구지. 아주 재미있지는 않지만."

"약간 건실한 사람이지."

"네 말대로야. 약간 건실하지." 윔지는 담뱃불을 붙였. "난 파커에게 언짢은 일이 생기는 게 싫다. 그 친구는 상처를 크게 받을 거야. 내 말뜻은 그 친구 감정을 가지고 장난치는 건 공정하지 않다는 거다."

메리가 웃었다.

"걱정 돼, 피터 오빠?"

"아니. 하지만 난 그 친구가 공정한 게임을 할 수 있도록 했으면 좋겠어."

"뭐. 난 그 사람이 청혼할 때까지는 좋다 싫다 할 수 있는 입장이 아냐."

"할 수 없다고?"

"그 사람한테는. 그렇게 하면 예의범절에 대한 그 사람 개념을 흩트리는 게 될 테니까. 오빤 그렇게 생각하지 않아?"

"그러겠지. 하지만 그 사람이 네게 청혼을 한다고 해도 역시 마찬가지일 거야. 그 친군 집사가 '주임경감님과 메리 파커 귀족 영양입니다.'라고 소개하는 말을 듣는다는 생각만 해도 어쩔 줄을 모를걸."

"오도가도 못 하는 상황이라는 거네?"

"그 친구하고 저녁식사를 하지 않으면 되잖아."

"물론 그러면 되지."

"그렇지만 사실은 넌 그렇게 안 한다는 거야. 알겠다. 그럼 내가 그 친구의 의도가 뭔지 진짜 빅토리아식 예의를 차려서 정중하게 물어본다면 도움이 될까?"

"어째서 이처럼 갑자기 가족에게서 손을 털고 싶어서 안달인 거야, 피터 오빠? 오빠를 못살게 군 사람들은 아무도 없잖아?"

"없지, 없어. 그저 약간 자상한 삼촌이 되고 싶은 기분이 들었을 뿐이야. 점점 나이가 들어서 그런가 봐. 전성기가 지나면 아무리 괜찮은 사람이라도 좀 더 쓸모 있는 사람이 되고 싶다는 갈망이 부쩍 드나 보다."

"내가 실내 장식을 하는 거나 마찬가지네. 어쨌든 내가 이 파자마를 디자인했어. 이거 재미있지 않아? 하지만 파커 주임 경감님은 좀 더 고루한 잠옷을 좋아하겠지. 스푸너 박사⁸ 같은 사람처럼."

"그건 너무 심한 왜곡인데." 윔지가 말했다.

"뭔들 어때. 난 좀 더 용감하고 헌신적이 될 거야. 지금 여기서 이 파자마를 영원히 벗어던지겠어."

"안 된다, 안 돼." 윔지가 말렸다. "지금 여기서 벗지는 마라. 오빠의 감정도 좀 존중해 줘야지. 잘 알았어. 그러면 내 친구인 찰스 파커에게 타고난 겸손함을 버리고 청혼을 한다면 내 여동생은 파자마를 포기하고 청혼을 수락할 거라고 말해 주마."

"헬렌 언니가 충격 받지 않을까."

"형수님이 무슨 상관이야. 그건 앞으로 형수님이 받을 충격 치고는 약과지."

"피터 오빠, 뭔가 악마 같은 일을 꾸미고 있나 본데. 알았어.

---

⁸ 윌리엄 아치볼드 스푸너(1844~1930). 옥스퍼드의 교수이자 박사. 단어를 바꿔치기 하는 현상인 스푸너리즘으로 유명하다.

내가 먼저 충격을 준 후에 언니를 점점 더 실망시킬 계획이라면, 내가 먼저 할게."

"좋았어!" 윔지가 스스럼없이 말했다.

메리는 오빠의 목을 한 팔로 안으며 아주 드물게만 보여 주는 여동생으로서의 애정을 표현했다.

"오빤 참 점잖은 바보야." 동생이 말했다. "녹초가 된 것 같네. 가서 자."

"지옥 불구덩이에나 떨어져라." 피터 경이 정답게 대답했다.

18장

　머치슨 양은 감정을 다스리는 훈련이 잘 되어 있는 사람이었지만 피터 경의 아파트의 초인종을 누를 때는 일말의 흥분을 느꼈다. 그의 지위나 재산, 독신 상태 때문에 느끼는 흥분이 아니었다. 머치슨 양은 평생 사무직원으로 살아 왔고 가지각색의 독신남성을 방문할 때도 별다른 생각을 하지 않고 거리낌 없이 찾아가는 데 익숙해져 있었다. 하지만 피터 경의 전갈은 이런 그녀도 다소 흥분하게 만들었다.

　머치슨 양은 서른여덟 살이었고, 외모는 수수했다. 그 전에는 한 사업가의 회사에서 12년이나 일했다. 전체적으로 무난한 세월이었지만, 지난 2년간 머치슨 양은 수없이 많은 대단한 업무들을 공 던지기 하듯 솜씨 좋게 돌리던 똑똑한 사업가가 점점 어려워져 가는 환경 속에서 목숨을 걸고 묘기를 부리고 있다는 것을 깨닫게 되었다. 돌아가는 속도가 점점 빨라짐에 따라 그는 이미 허공에 떠 있는 달걀들 사이에 달걀들을 더 껴 넣었다. 인간의 손으로 돌릴 수 있는 달걀의 수에는 한계가 있다. 어느 날 달걀 하나가 떨어져서 깨졌고 다른 하나도 떨어졌다. 결국에는 다 깨져 오믈렛이 되어 버렸다. 묘기를 부리던 사업가는 무대에서 뛰쳐나가 해외로 도피했고, 비서실장은 자기 머리를 날려 버렸다. 관객들은 야유를 퍼부었고, 막이 내리자 머치슨 양은 나이 서른일곱에 실업자가 되었다.

머치슨 양은 신문에 광고를 냈고, 여러 광고에 답장을 보냈다. 대부분의 사람들은 젊고 싸게 먹히는 비서를 원했다. 머치슨 양은 의기소침해졌다.

그때 머치슨 양이 낸 광고에 답장이 왔다. 타자 사무실을 운영한다는 클림슨 양이라는 사람이었다.

머치슨 양이 딱히 원하던 일은 아니었지만, 어쨌든 갔다. 그런 후에 그곳이 실제로는 타자 사무실이 아니고 좀 더 흥미로운 일을 하는 곳이라는 사실을 알았다.

이 사무실 배후에 있는 신비스러운 인물인 피터 윔지 경은 머치슨 양이 '고양이 우리'에 들어왔을 당시에는 해외에 있어서 몇 주 전에야 겨우 얼굴을 볼 수 있었다. 그리고 실질적으로 말을 나눠 보는 건 이번이 처음이었다. 특이하게 보이는 사람이네, 머치슨 양은 생각했다. 하지만 사람들은 피터 경이 아주 영리한 사람이라고 했다. 어쨌든······.

문을 연 사람은 번터였다. 번터는 머치슨 양을 기다리고 있었던 듯, 즉시 책장이 벽을 둘러싼 응접실로 안내했다. 벽에는 훌륭한 그림들이 걸려 있었으며, 바닥에는 오뷔송 융단이 깔려 있었다. 그랜드 피아노가 한 대, 거대한 긴 소파, 갈색 가죽을 씌운 푹신하고 편안해 보이는 의자가 여러 개 있었다. 커튼은 드리워져 있었고, 벽난로는 타닥타닥 타올랐다. 난로 앞의 탁자에는 선이 고와 눈이 즐거운 은제 찻그릇이 놓여 있었다.

머치슨 양이 들어가자, 고용주가 팔걸이 의자에 깊숙이 앉아 흑체 활자로 찍은 책을 읽다가 내려놓으며 몸을 일으켰다. 머치슨 양이 이미 어쿼트의 사무실에서 들었던 대로 피터 경은 냉정하고 약간 쉰 목소리에 다소 나른한 말투로 인사를 건넸다.

"이렇게 와 주시다니 정말 고맙군요, 머치슨 양. 날씨가 지독하죠? 차를 드시고 싶으실 텐데. 크럼펫도 드시겠습니까? 아니면 좀 더 현대적인 간식을 더 좋아하시나?"

"고맙습니다." 머치슨 양의 팔꿈치 주위에 번터가 나타나 시중을 들듯 어정거렸다. "저도 크럼펫을 아주 좋아해요."

"아, 잘 됐네요! 번터, 찻주전자랑 씨름 좀 해야겠어. 머치슨 양에게 쿠션 하나를 더 내 드리고 자네는 나가 봐도 좋네. 다시 사무실에 나가셨죠? 우리 어쿼트 씨는 어떻게 지냅니까?"

"아주 잘 지내세요." 머치슨 양은 원래부터 수다스러운 여자가 아니었다. "제가 말씀 드리고 싶은 게 하나 있어서……."

"시간은 아주 많습니다." 웜지가 말을 막았다. "일단 차나 천천히 드세요."

피터 경이 초조하지만 정중한 태도로 대접해 주어 머치슨 양은 기분이 좋아졌다. 머치슨 양은 방 안 여기저기 쌓여 있는 청동색 국화를 보고 예쁘다고 칭찬했다.

"아, 좋다고 하시니 기쁘네요. 제 친구들은 여기다 이런 걸 놔두면 여성적 분위기가 감돌 것이라고 했죠. 하지만 실제로 돌보는 사람은 번터죠. 꽃을 놓으니 색감이 더해지네요. 그렇지 않습니까?"

"책만으로도 충분히 남성적이에요."

"아, 그렇죠. 책 수집은 제 취미입니다. 책하고 물론 범죄까지. 하지만 범죄는 별로 장식적 효과가 없지 않습니까? 교수대 밧줄이나 살인자들이 입었던 외투 같은 걸 수집하고 싶지는 않아서요. 그런 걸 가지고 뭐 하겠습니까? 차 맛은 괜찮습니까? 머치슨 양에게 차를 따르라고 부탁을 드렸어야 했지만, 손님을 초대해 놓고 일을 시키자니 약간 부당한 것 같아서요. 그건 그렇고, 일하지 않으실 때는 뭘 하십니까? 특별히 비밀로 하고 있는 취미라도?"

"음악회에 다녀요. 음악회가 없을 때는 축음기로 음악을 듣고요."

"직접 연주도 합니까?"

"아뇨. 제대로 된 교육을 받을 여유가 없었어요. 음악가를 했어야 했는지도 모르죠. 하지만 비서가 되는 편이 돈을 더 잘 버니까요."

"그렇겠지요."

"일류 연주자가 되지 않는다면요. 하지만 전 그런 연주자는 되지 못했을 거예요. 삼류 연주자는 민폐만 끼치죠."

"그 사람들도 아주 힘들겠죠." 윔지가 말했다. "그런 사람들이 극장에서 끔찍이도 졸렬한 작품을 연주하는 걸 보는 게 정말 싫습니다. 이런 연주를 경박한 멘델스존 해석과 갈기갈기 찢어낸 듯한 미완성 교향곡 사이에 샌드위치처럼 끼우죠. 자, 여기 샌드위치 하나 드세요. 바흐 좋아하십니까? 아니면 현대적인 곡들만?"

윔지는 꼼지락거리며 피아노 의자 위에 앉았다.

"오늘 밤에는 이탈리아 협주곡을 연주하고 싶은 기분이군요. 하프시코드에 더 잘 어울리지만, 여긴 없으니까요. 바흐가 두뇌활동에 좋더라고요. 진정시켜 주는 효과가 있다고나 할까."

윔지는 협주곡을 끝까지 연주하고, 잠시 뜸을 들였다가 평균율 중 한 곡을 연주했다. 그의 연주는 훌륭했고 힘을 절제하고 있다는 기묘한 인상을 주었다. 그처럼 가볍고 정신없이 행동하는 남자에게서는 예상하지 못한 연주였고 심지어 약간 심상치 않은 기운까지 풍겼다. 윔지는 연주를 마치고 여전히 피아노에 앉은 채로 입을 열었다.

"타자기는 조사해 봤습니까?"

"네. 3년 전에 새로 구입한 것이더군요."

"좋아요. 그건 그렇고, 메가테리움 신탁에 어쿼트가 관련이 있다고 한 말은 사실인 것 같아요. 그렇게 관찰을 해 주어서 얼마나 도움이 되었는지 모릅니다. 아주 유능하신 분이군요."

"고맙습니다."

"뭐 새로운 사실이라도?"

"아뇨. 다만 피터 경이 어쿼트 씨를 방문한 날 저녁, 저희들이 퇴근하고도 한참 동안 사무실에 남아서 무언가를 타자로 쳤습니다."

윔지는 오른손으로 피아노를 가볍게 두드리며, 따져 물었다.

"다 퇴근을 했다면 어쿼트가 얼마나 오래 사무실에 남아 있었으며 무엇을 했는지를 어떻게 알았죠?"

"뭐든 알아내고 싶다고 하셨잖아요. 아무리 사소한 일이라도 최소한 특이하다면. 어쿼트 씨가 혼자 늦게까지 남아 있다고 한 게 특이해서 7시 30분까지 프린스턴 가를 오르락내리락하고 레드 라이언 스퀘어를 돌아다녔어요. 그때 어쿼트 씨가 불을 끄고 집에 가는 걸 봤어요. 다음 날 아침 출근해 보니 타자기 안에 남겨 두고 간 서류가 흐트러져 있더라고요. 그래서 어쿼트 씨가 타자를 쳤다는 결론을 내린 거예요."

"어쩌면 청소부가 흩트렸을 수도 있는 것 아닙니까?"

"청소부 아주머니는 아니에요. 먼지도 안 터는 사람이 타자기를 건드렸을 리가 없죠."

윔지는 고개를 끄덕였다.

"머치슨 양은 일류 탐정의 자질이 있군요. 아주 좋습니다. 그런 경우라면 우리의 작은 업무를 착수해야만 하겠군요. 자, 여기 보세요. 지금 제가 불법적인 일을 해 달라고 부탁하려는 것은 잘 알고 있겠죠?"

"네, 잘 알고 있습니다."

"그리고 괜찮다는 거죠?"

"괜찮습니다. 제가 그 일을 맡으면 피터 경이 필요 경비는 내 주실 거라고 생각하고 있습니다."

"물론이죠."

"제가 만약 감옥에 가면요?"

"그렇게 되지는 않으리라 생각합니다. 약간의 위험이 있다는 건 인정하죠. 즉, 지금 벌어지고 있는 일에 대한 내 생각이 틀렸다면, 절도 미수라거나 금고털이 도구를 가진 죄로 잡힐 수는 있겠습니다만, 기껏해야 그게 답니다."

"아, 네! 그렇다면 그 정도면 순조로울 것 같은데요."

"진심입니까?"

"네."

"훌륭하군요. 자, 제가 사무실을 방문했을 때, 머치슨 양이 들고 왔던 서류 보관함 알죠?"

"네. 〈레이번〉이라고 쓰인 서류함입니다."

"그걸 어디에 보관해 놓죠? 머치슨 양이 손댈 수 있는 바깥 사무실인가요?"

"아, 네. 다른 보관함들과 같이 선반에 놓습니다."

"좋습니다. 그럼, 언제든지 한 30분 정도 사무실에 혼자 남을 수 있는 날이 있어요?"

"음, 점심시간에는 12시 반에 나가서 1시 반에 들어오기로 되어 있습니다. 폰드 씨도 그때 나가시지만, 어쿼트 씨는 가끔 도로 들어오십니다. 어쿼트 씨에게 들키지 않을는지는 확실히 알 수가 없네요. 게다가 제가 만약 4시 반 이후까지도 남아 있으려고 한다면 이상하게 보일 것 같거든요. 실수를 저지른 척해서 남아서 고쳐 놓으려고 하지 않는다면요. 그렇게는 할 수 있습니다. 아침에 좀 더 일찍 나와 청소부가 사무실에 있을 때 올 수도 있습니다. 청소부가 저를 보면 문제가 될까요?"

"그렇게 문제가 될 것 같진 않군요." 웜지가 생각에 잠겼다. "아마도 보관함을 보아야 할 합당한 용무가 있다고 생각하겠지요. 시간대는 머치슨 양이 알아서 골라요."

"하지만 제가 뭘 하면 좋죠? 보관함을 훔치나요?"

"그런 건 아닙니다. 자물쇠 따는 법은 압니까?"

"그럴 리가요."

"가끔 우리가 뭣 때문에 학교를 다니나 하는 생각을 할 때가 있죠." 웜지가 말했다. "정말로 쓸 데 있는 걸 배우는 것 같지가 않다니까요. 저도 자물쇠를 꽤 잘 따지만, 우리는 시간이 별로 없으니 머치슨 양은 집중교육이 필요할 겁니다. 그럼 전문가에게 맡기는 편이 좋겠네요. 그럼 외투를 입고 저와 함께 친구를 만나러 가도 괜찮겠죠?"

"네, 그럼요. 재미있겠는데요."

"그 친구는 화이트채플 로드에 사는데 아주 재미있는 친구예요. 종교적 견해만 모른 척 넘기면 말이죠. 개인적으로는 그 친구의 견해를 듣고 있으면 신선하다 싶기도 합니다. 번터! 택시 좀 잡아 주게."

이스트엔드로 가는 길에 윔지는 음악 얘기를 계속 꺼내 머치슨 양을 진정시키려는 듯했다. 머치슨 양은 두 사람이 지금 보러 가는 일에 대해서는 굳이 논하지 않으려는 피터 경의 태도에서 뭔가 불길한 점을 감지했다.

"그건 그렇고요." 윔지가 푸가의 형태에 대해서 장광설을 늘어놓고 있을 때, 머치슨 양은 과감하게 뛰어들었다. "지금 보러 가는 사람 말이에요. 이름이 있긴 한가요?"

"말씀하셨으니 말인데, 이름이 있긴 합니다. 그렇지만 그런 이름을 쓰진 않아요. 럼⁸이죠."

"그렇게 기묘하지도 않은데요. 그 사람이, 음, 금고 따는 법

---

8 피터 경은 rumm이라고 발음했으나, 머치슨 양은 rum(이상하다)는 뜻으로 이해했다.

을 가르쳐 주는 사람이라면 말이에요.

"제 말은 그 사람 이름이 럼이라고요."

"아, 그렇다면 이름이 뭐죠?"

"저런! 제 말은 럼이 그 사람 이름이라는 거죠."

"아! 죄송해요."

"하지만 이제 그 이름을 쓰려고 하지 않아요. 술을 완전히 끊어서."

"그럼 사람들은 뭐라고 하나요?"

"난 그냥 빌이라고 불러요."

택시가 좁은 뜰로 이어지는 입구에 다다랐다.

"하지만 한참 전성기였을 때는 '눈가리개 빌'이라고 했어요. 잘 나갈 때는 정말 대단했습니다."

택시기사에게 요금을 치르고 (택시기사는 두 사람을 사회복지사로 오해했다가 어마어마한 팁을 보고서는 두 사람의 정체를 짐작할 수 없어졌다.) 윔지는 동행인을 이리저리 끌며 더러운 골목길을 내려갔다. 골목 맨 끝에 이르자 작은 집이 하나 나왔다. 불을 환히 밝힌 창문에서는 시끄러운 합창 소리가 흘러나왔고 거기에 풍금과 다른 악기 소리가 어우러졌다.

"이런!" 윔지가 말했다. "모임 중에 찾아온 모양인데요. 어쩔 수 없지. 들어갑시다."

〈영광, 영광, 영광〉을 부르는 노랫소리가 끝나고 기도문을 열렬히 읊는 소리가 이어질 때까지 잠깐 기다렸다가, 윔지는 문을 힘차게 두드렸다. 이윽고 꼬마 소녀가 머리를 빼꼼 내밀었다가 피터 경을 보더니 반가워하며 새된 소리를 질렀다.

"안녕, 에스메랄다 히아신스." 윔지가 인사했다. "아빠 안에 계시니?"

"네. 들어오세요. 다들 반가워하실 거예요. 안으로 들어오세요. 아, 잠깐만요?"

"응?"

"〈나사렛〉 불러주실 거죠?"

"아니, 난 무슨 일이 있어도 〈나사렛〉은 안 부를 거다, 에스메랄다. 너, 사람 놀래는 재주가 있구나."

"아빠 말로는 〈나사렛〉은 속된 노래도 아니고 나리가 정말 잘 부른다고 하셨어요."

에스메랄다는 실망한 듯 입꼬리를 축 늘어뜨렸다.

윔지는 손으로 얼굴을 가렸다.

"한 번 바보 같은 짓을 하면 이렇게 됩니다. 무슨 짓을 해도 그 잘못을 씻을 수가 없다니까요. 약속은 못하겠구나, 에스메랄다. 하지만 두고 보자. 난 모임이 끝나면 아빠와 사업 이야기를 해야 해."

아이는 고개를 끄덕였다. 동시에 방 안에서는 '할렐루야'를 외치며 기도 소리가 멈췄고, 에스메랄다는 이 막간의 침묵을 이용해 문을 열고 큰 소리로 알렸다.

"피터 아저씨하고 숙녀분이 오셨어요."

사람들로 가득한 작은 방에서 후끈한 열기가 퍼져 나왔다. 한쪽 구석엔 풍금이 있고, 연주자들이 그 주위에 모여 있었다. 방 한가운데에는 빨간 천을 깐 둥근 탁자 옆에 땅딸막하고 어깨가 떡 벌어졌으며 얼굴이 불독같이 생긴 남자 한 명이 서 있었다. 손에 책을 한 권 들고 있는 것으로 보아 막 찬송가 번호를 알리려던 참인 듯하였지만 윔지와 머치슨 양을 보자 큰 손을 다정하게 뻗으면서 앞으로 나왔다.

"환영해요, 환영해!" 그가 반가이 맞았다. "형제들, 여기 사랑하는 형제, 자매님이 부자들의 소굴과 웨스트엔드의 방종한 삶에서 벗어나 여기 우리와 함께 시온의 노래를 부르는 데 동참하려고 왔습니다. 자, 함께 노래하며 찬양합시다. 할렐루야! 이제 앞으로 많은 이들이 동서에서 와서 여기 주님의 만찬에 함께 자리할 것이고, 자신들이 선택되었다고 믿는 많은 자들은 황야의 암흑 속으로 떨어질 겁니다. 그러므로 여기 어떤 남자가 반짝이는 외알 안경을 썼다고 해서, 그가 주님께서 택한 그릇이 아니란 말씀은 마시고, 여기 어떤 여인이 다이아몬드 목걸이를 달고 롤스로이스를 탄다고 해서 새로운 예루살렘에서 백의를 입고 황금관을 쓸 자격이 없다는 말씀은 마십시오. 또한 여기 이 사람들이 특급 열차를 타고 리비에라로 휴양을 떠난다고 하여 생명수의 강 옆에 황금관을 내던지는 모습을 볼 수 없으리라 생각지 마십시오. 이들이 일요일에 예배를 하지 않고 하이드파크에서 유유히 노닌다는 말이 있습니다만, 이는 악하고 어리석은 행동으로 결국 분쟁과 시기로 이어질 뿐, 자비로 이어지진 않지요. 주님의 양떼 같은 우리 모두는 한때 길을 잃기도 합니다. 저 또한 한때는 검고 사악한 죄인이었습니다. 그러나 여기 계신 진정한 신사분이 제가 금고를 털다가 걸렸을 때 그의 손을 내 어깨에 얹어 파멸에 이르는 길에서부터 벗어날 수 있도록 도와주었습니다. 아, 형제들이여, 정말 내게는 행복한 날이군요. 할렐루야! 주님의 은총으로 제가 크나큰 은혜를 입었습니다! 자, 이제 다 함께 감사를 드리는 의미로 찬송가 102장을 합창합시다. 에스메랄다, 우리 손님들에게 찬송가책을 내드리렴."

"미안해요." 웜지가 머치슨 양에게 속삭였다. "참을 수 있겠습니까? 이게 마지막 난리인 것 같군요."

풍금과 하프, 색버트, 설터리, 덜시머와 온갖 종류의 악기들이 고막이 터질 정도로 쾅쾅 울려대기 시작하자 좌중은 목소리를 한데 높였고, 머치슨 양은 놀랍게도 자기도 모르게 그들 틈에 꼈다. 처음에는 남의 눈을 의식했으나, 그 다음에는 마음을 흔드는 노랫소리에 열정을 담아 물렀다.

하늘 예루살렘에 들어 갈 자는
주 보혈로 씻은 잘세.
하늘 예루살렘에 들어 갈 자는
주 보혈로 씻은 잘세.

웜지는 이 모든 일들을 아주 재미있게 즐기는 듯 보였고, 딱히 당황하지도 않고 기쁘게 노래를 따라 불렀다. 이런 식의 행사에 익숙해져 있기 때문인지, 아니면 단지 자기만족을 쉽게 느끼는 사람이라 어떤 환경에 있어도 꿰다 놓은 보릿자루처럼 가만히 있기 싫어해서인지는 머치슨 양으로서는 확실히 알 수 없었다.

다행스럽게도 종교 행사는 찬송가와 함께 끝나고, 사람들은 여기저기 악수를 나눈 후 떠났다. 연주자들은 관악기 속에 맺힌 습기를 조심스레 벽난로 속으로 빼 버렸고, 풍금을 연주했던 여자는 건반 위에 덮개를 씌우고 앞으로 나와 손님을 맞았다. 여자는 그냥 벨라라는 이름만으로 소개되었기 때문에, 머치슨 양은 이 여자가 빌 럼의 아내이자 에스메랄다의 어머니일 것이라고 짐작했다.

"자, 그럼." 빌이 입을 열었다. "설교와 노래를 했더니 입이 마르네요. 차나 커피 한잔 하시죠?"

웜지는 방금 차를 마시고 왔다고 설명하고, 식구들끼리 들라고 권했다.

"이건 저녁식사용 차는 아니에요." 럼 부인이 말했다. "저 신사, 숙녀분도 일 얘기를 하고 나면 나중에 저희와 함께 요기하고 싶으실지도 모르니까요. 오늘은 족발 요리예요." 부인은 바라듯이 덧붙였다.

"정말 고맙습니다." 머치슨 양은 망설이듯 대답했다.

"족발 요리를 하려면 고기를 많이 두드려야 하죠." 윔지가 말했다. "우리 회의도 길어질 것 같으니, 그러면 기쁘게 받아들이겠습니다. 우리가 폐가 되지 않으면요."

"그럴 리가요." 럼 부인은 진심으로 말했다. "맛있어 보이는 족발이 여덟 개가 있으니, 치즈를 더해서 먹으면 충분할 거예요. 가자, 에스메랄다. 아빠는 일이 있으시단다."

"피터 아저씨가 노래하실 거랬어요."

아이는 원망하는 눈을 윔지에게서 떼지 않았다.

"나리를 애먹게 해 드려서야 되겠니." 럼 부인이 꾸짖었다. "엄만 너 때문에 얼굴을 못 들겠구나."

"저녁 먹고 노래해 주마, 에스메랄다." 윔지 경이 약속했다. "그럼 이제 착하게 나가 보렴. 아니면 얼굴을 찡그려 줄 테다. 빌, 학생 한 명을 새로 데리고 왔네."

"언제든지 분부만 내리십시오. 다 주님께서 하시는 일일 테니. 영광 있으시길."

"고맙네." 윔지는 겸손하게 대답했다. "아주 간단한 문제야, 빌. 하지만 이 숙녀는 금고에 경험이 없어서. 강습 좀 해 달라고 데리고 왔어. 알겠죠, 머치슨 양. 여기 빌이 갱생하기 전에는……"

"주님께 찬양을!" 빌이 추임새를 넣었다.

"이 나라에서 가장 뛰어난 강도에 금고털이였죠. 내가 이 얘기를 머치슨 양에게 한다고 해도 빌은 개의치 않을 겁니다. 빌은 이제 손을 씻었고 평범한 열쇠장수로 정직하고 훌륭하게 살고 있으니까요."

"이런 승리를 주신 주님께 감사를!"

"하지만 간혹, 정당한 사유가 있을 때 난 빌에게 약간씩 도움을 받곤 하죠. 빌의 뛰어난 경험 덕을 본답니다."

"아, 한때는 사악하게 사용했던 능력을 주님의 역사에 쓸 수 있어서 얼마나 행복한지 모른답니다. 악을 영원히 몰아내신 주님의 성스러운 이름을 찬양하라!"

"맞아." 윔지가 고개를 끄덕였다. "자, 빌. 난 어떤 변호사의 서류보관함을 노리고 있네. 이 일이 결백한 사람을 곤경에서 구해 내는 데 도움을 줄 수 있을지도 몰라. 만약 자네가 보관함을 따는 법을 알려 준다면 이 젊은 아가씨가 그 내용에 접근할 수 있을 걸세."

"만약이라니요?" 빌은 최고 전문가답게 경멸하는 어조로 되물었다. "그런 당연한 말씀을! 보관함이라니, 그 따위를. 기술이 필요한 분야도 아니지요. 애들 저금통을 터는 수준이라고나 할까. 겉만 번드르르하게 작은 자물쇠 하나를 달아 놓은걸 말입니다. 이 도시에 있는 서류보관함이라면 전 눈가리개를 하고 권투장갑을 끼고 삶은 마카로니로도 딸 수 있습니다."

"알아, 빌. 하지만 이 일을 해야 하는 사람은 자네가 아냐. 이 숙녀에게 어떻게 하는지 알려 줄 수 있겠나?"

"물론이죠. 어떤 자물쇠인가요, 아가씨?"

"모르겠어요." 머치슨 양이 대답했다. "평범한 자물쇠 같은데요. 제 말은 열쇠가 평범했어요. 브라마 같은 건 아니고. 그, 그러니까 변호사님은 열쇠꾸러미를 가지고 있고 본드 씨가 또 다른 꾸러미를 가지고 계세요. 봉과 홈이 있는 평범한 열쇠들요."

"아하!" 빌이 말했다. "그러면 필요한 기술 배우는데, 반 시간이면 되겠네."

빌은 찬장으로 가서 여섯 개 정도 되는 자물쇠 판과 열쇠처럼 보이는, 고리에 매달린 이상한 철사 갈고리 한 꾸러미를 가져왔다.

"이게 자물쇠를 여는 도구인가요?" 머치슨 양이 호기심을 갖고 물었다.

"이거죠. 악마의 기구!" 빌은 사랑스럽다는 듯 반짝이는 강철을 쓰다듬으면서 머리를 절레절레 흔들었다. "이런 열쇠가 여러 번 불쌍한 죄인들을 지옥문으로 밀어 넣었죠."

"이번에는 무고한 사람이 환한 햇빛을 볼 수 있도록 해 줄 거네." 윔지가 말했다. "이런 혐익한 날씨에 햇빛이 있는지 모르지만."

"자비로우신 주님께 찬양을! 자, 아가씨. 이건 그저 자물쇠의 구조를 이해하면 됩니다. 여기를 보는 게 좋겠어요."

빌은 자물쇠 하나를 집어 용수철을 들어 올리면 걸쇠가 뒤로 당겨진다는 걸 보여 주었다.

"딱 맞는 홈이 있을 필요가 없어요. 열쇠 봉하고 용수철, 그것만 있으면 되지. 직접 해 보시는 게 낫겠네."

머치슨 양은 지시에 따라 시도해 보았다. 스스로 놀랍게도 자물쇠가 몇 개가 뚝딱 따졌다.

"자, 그런데 어려운 건 자물쇠가 제자리에 걸려 있을 땐 눈으로 보이지 않는다는 거요. 하지만 귀와 손가락의 감각을 이용하고 신의 섭리에 맡길 수밖에. 자, 아가씨가 이제 해야 할 일은 눈을 감고 손가락으로 보는 거예요. 걸쇠가 벗겨질 때까지 용수철을 뒤로 쭉 당기는 거요."

"솜씨가 서툴러서 걱정이네요." 머치슨 양은 대여섯 번 시도한 끝에 말했다.

"안달할 것 없어요. 그저 마음 편하게 먹으면 갑자기 확 떠오르듯이 맞는 방법이 찾아질 거예요. 아주 부드럽게 손을 자유롭게 쓸 수 있는 때를 찾아내 봐요. 피터 경은 오신 김에 숫자 조합형 자물쇠도 해 보시겠습니까? 여기 아주 근사한 게 있는데요. 샘이 준 겁니다. 제가 누구를 말하는지 아시겠지요. 여러 번 그 친구 사는 방식이 잘못되었다고 말했어요. '아냐, 빌.' 그 친구가 이러지 뭡니까. '난 종교는 별로야.' 불쌍한 길 잃은 양 같으니. '하지만 난 자네랑 싸우고 싶진 않네, 빌. 하지만 자네에게 이걸 작은 기념품으로 주고 싶어.' 그 친구가 그러면서 줬어요."

"빌, 빌." 윔지가 책망하듯 손가락을 흔들었다. "이거 정직한 수단으로 얻은 게 아닌 것 같은데."

"뭐, 제가 이 주인을 알았더라면 기꺼이 돌려줬겠죠. 상당히 좋은 물건 아닙니까. 샘은 경첩에 니트로글리세린을 발라서 금고 문을 완전히 날려 버렸어요. 저한테도 새로운 유형입니다. 하지만 전 어떻게 여는지 알아냈죠." 빌은 과거의 자부심을 완전히 떨치지는 못한 모양이었다. "한 시간, 두 시간 만에요."

"자네를 무찌르려면 상당히 잘해야만 하겠지, 빌."

웜지는 앞에 놓인 자물쇠를 맞추고 손잡이를 조작해 보기 시작했다. 손가락은 아주 세밀하게 움직였고, 귀는 회전판이 떨어지는 소리를 잡으려고 쫑긋 섰다.

"하나님 맙소사!" 이번에는 종교적인 의도는 없는 감탄사였다. "나리는 정말 작정만 했다면 엄청나게 뛰어난 금고털이가 되었을 텐데요. 주님의 은총으로 그렇게 되지 않은 게 다행입니다."

"그렇게 살았다면 내가 할 일이 너무 많았을 거네, 빌." 웜지가 말했다. "젠장, 까먹었군."

그는 다시 손잡이를 돌려놓고 처음부터 다시 시작했다.

족발 요리가 도착했을 쯤에는 머치슨 양은 평범한 자물쇠 정도는 상당히 능숙하게 다룰 수 있었고 도둑이라는 직업에 이전과는 달리 약간의 존경심을 갖게 되었다.

"절대 서두르진 마요." 빌은 마지막으로 조언했다. "그랬다간 자물쇠에 긁힌 자국이 나서 하나도 소용없어요. 그래도 참 잘하지 않았습니까, 피터 경?"

"나보다 훨씬 나은데." 웜지가 껄껄 웃었다.

"연습하면 됩니다. 좀 더 일찍이 시작했으면 상당히 훌륭한 기술자가 되었을 텐데." 빌은 한숨을 지었다. "요샌 그렇게 잘하는 애들이 별로 없어요. 놀랍게도! 잘만 하면 정말 예술적인 직업인데. 이렇게 우아한 물건들을 니트로글리세린으로 펑 날려 버리는 걸 보면 마음이 정말 아프다니까요. 니트로글리세린이 뭡니까? 바보 멍청이라도 아무 생각 없이 그런 건 할 수 있지 않습니까? 정말 잔인한 짓이죠."

"그렇다고 다시 옛날로 돌아가고 싶은 건 아니겠죠, 빌." 럼 부인이 잔소리를 했다. "이리 와서 저녁이나 들어요. 금고 터는 사악한 짓을 하는데, 그게 예술적이든 아니든 무슨 상관이래?"

"정말 여편네들이나 할 말 아닙니까? 아가씨한테는 미안하지만."

"뭐, 이 말이 사실이잖아요." 럼 부인이 대답했다.

"이 족발 요리야말로 예술적으로 보이는데요." 웜지가 칭찬했다. "그것만으로도 제게 충분합니다."

족발 요리를 먹고 웜지가 〈나사렛〉을 정식으로 불러 럼 가족의 찬사를 받은 후에 그날 저녁은 찬송가를 부르며 유쾌하게 마무리되었다. 머치슨 양은 어느새 주머니에는 금고털이 도구, 마음속에는 새롭게 알게 된 놀라운 사실들을 담고 화이트채플

로드를 걸어가고 있었다.

"정말 재미있는 분들을 알고 계시네요, 피터 경."

"그래요. 꽤나 익살꾼 아닙니까? 그 중 눈가리개 빌이 가장 최고죠. 어느 날 밤 우리 건물에서 저 친구를 발견하고 일종의 동맹 관계를 맺게 됐지요. 저 친구에게 강습을 좀 받았습니다. 처음에는 약간 낯을 가리더니 제 다른 친구를 만나 개종하게 되었죠. 말하지만 긴 얘긴데, 요점만 말하면 결국은 이 열쇠 장사를 하게 되면서 잘 살고 있어요. 이제 자물쇠는 잘 딸 수 있을 것 같아요?"

"그럴 것 같아요. 제가 보관함을 열면 뭘 찾아야 합니까?"

"그게, 중요한 점은 이거예요. 어쿼트 씨는 5년 전에 레이번 부인이 만들었다는 유언장 초본을 내게 보여주던데요. 머치슨 양이 볼 수 있게 요점을 종이에 적어 두었습니다. 지금 암초라고 할 수 있는 점은 이 초안이 머치슨 양 말대로라면 바로 3년 전에 구입했다고 하는 타자기로 쳤다는 거죠."

"그럼 피터 경 말씀으로는 어쿼트 씨가 사무실에 늦게까지 남아 있던 날 밤 이걸 쳤다고 하시는 거예요?"

"그래요. 그렇다면 왜냐? 원본을 가지고 있다면 나한테 왜 보여 주지 않았을까? 실로 애초에 나를 다른 쪽으로 유인하려고 한 게 아니면 그 서류를 보여 줄 필요도 없었죠. 그런 후에, 서류는 집에 두고 왔다고 말했으니 집에 있다는 걸 알았을 텐데, 레이번 부인의 서류가 들어 있다는 보관함을 뒤지는 척까지 했습니다. 또 왜일까? 그래서 내가 왔을 때 이미 서류가 거기 있었다고 생각한 거죠. 그래서 내가 내린 결론은 만약 유언장이 있다고 해도 어퀴트 씨가 내게 보여 준 것과 내용이 똑같지는 않으리라는 겁니다."

"분명히 그렇게 보이네요."

"그래서 머치슨 양이 찾아 주길 바라는 건 진짜 유언장입니다. 진본이든 사본이든 거기 있을 테니. 그걸 가져올 필요는 없어요. 하지만 주요 내용을 외워 와요. 특히 한 명이든 여러 명이든 주 상속인이 누군지 알아내고, 그리고 잔여 재산 상속인들의 이름들을. 잔여 재산 상속인이란 특별히 지정되지 않은 재산을 받을 사람이나 유언자가 죽기 전에 상속인이 죽을 경우 재산을 받게 되는 사람을 말하죠. 특히 필립 보이스에게 무슨 재산이 돌아가는지, 혹은 보이스 가문의 이름이 나와 있는지를 알고 싶어요. 유언장이 없으면 다른 관련 서류가 있을 수도 있어요. 비밀 신탁이라든가. 유언 집행인에게 특수한 방법으로 유산을 처분하라는 지시가 담긴 서류요. 즉, 관련이 있어 보이는 서류가 있으면 뭐든지 그 내용을 알고 싶다는 겁니다. 받아 적느라고 시간 낭비 하지 말아요. 할 수 있는 한 최대로 머릿속에 내용을 담은 후 사무실에서 나와서 몰래 적어요. 게다가 이 열쇠들을 사람들이 찾을 수 있는 곳에 놔두지 말고."

머치슨 양은 지시를 따르겠다고 약속했다. 때마침 택시가 한 대 오자 윔지는 머치슨 양을 태워 목적지로 서둘러 보냈다.

*14*장

노먼 어쿼트는 시계를 힐끔 보았다. 4시 15분이었다. 그는 열린 문으로 사무직원을 불렀다.

"진술서는 거의 다 준비됐소, 머치슨 양?"

"막 마지막 장을 하는 참입니다, 어쿼트 씨."

"끝나는 대로 가지고 와요. 오늘 밤 핸슨 씨 댁에 가지고 가야 하니."

"네."

머치슨 양이 자판을 우당탕 두드려대고 불필요할 정도로 세게 시프트 레버를 눌러대서 폰드 씨는 다시 한 번 성가신 여자 직원들을 고용한 걸 후회했다. 머치슨 양은 마지막 장을 마친 후, 아랫부분을 구불구불한 줄과 점으로 그려 장식한 후 원고 배출 상자에 넣었다. 그 다음에는 롤러를 감아 아주 서둘러 대판 양지를 끼워 넣은 후, 카본 복사지는 휴지통에 던져 놓고 사본들을 순서대로 정리하고 네 귀퉁이를 맞춰 안쪽 사무실로 가지고 갔다.

"꼼꼼하게 읽어 볼 시간은 없었습니다." 머치슨 양은 양해를 구했다.

"괜찮아요." 어쿼트 씨가 대답했다.

머치슨 양은 문을 닫고 물러났다. 그녀는 소지품을 한데 모은 후 손거울을 꺼내서 너무 과하지 않게 큰 코 주변에 분을 바른 후 툭 튀어나온 손가방에 이런저런 잡동사니들을 쑤셔 넣었다. 그런 후에는 다음 날에 쓸 종이들을 타자기 커버 밑에 넣어 놓고 옷걸이에서 모자를 내려 머리 위에 뒤집어썼다. 모자 밑에 비어져 나온 머리카락 몇 올은 손가락을 짜증스럽게 놀려 꾹꾹 밀어 넣었다.

어쿼트 씨의 사무실 초인종이 울렸다. 두 번.

"아, 성가셔." 이미 옷깃까지도 다 세운 머치슨 양은 짜증을 냈다. 그녀는 모자를 휙 벗어 던지고 호출에 응했다.

"머치슨 양." 어쿼트는 꽤나 언짢은 얼굴이었다. "첫 페이지에서 문단 하나를 통째로 빼 버린 거 아냐?"

머치슨 양은 얼굴이 새빨개졌다.

"아, 그랬나요? 죄송합니다."

어쿼트 씨는 한 뭉텅이나 되는 서류를 들어 보였다. 부피로 봐서는 그렇게 긴 진술서를 채울 만큼 세상에 진실이 많은지 의심스러울 정도였다.

"아주 어이가 없군." 그가 말했다. "셋 중에서 가장 길고 가장 중요한 서류인 데다가 내일 아침 긴급하게 필요한 서류란 말이오."

"어쩌다 그렇게 바보 같은 실수를 했는지 모르겠네요." 머치슨 양이 웅얼거렸다. "오늘 저녁 야근하면서 다시 치도록 하겠습니다."

"그렇게 해야 할 것 같군요. 안됐지만, 내가 직접 다시 훑어 볼 여유가 없으니 다른 도리가 없지. 이번에는 세심하게 확인해요. 내일 10시 전까지 핸슨 씨에게 가져갈 수 있도록 준비해 놓도록."

"네, 어쿼트 씨. 아주 꼼꼼하게 해 놓겠습니다. 정말로 죄송합니다. 틀리지 않게 해 놓고 제가 직접 확인하겠습니다."

"좋아요, 그 정도면 되겠지." 어쿼트 씨가 말했다. "다신 그런 일 없도록 해요."

머치슨 양은 홍조 띤 얼굴로 서류를 집어 나갔다. 그녀는 소란스럽게 분노를 터뜨리며[8] 타자기 덮개를 벗기고 책상 서랍들을 열리는 데까지 휙 잡아당겨 열고, 테리어 강아지가 잡은

---

[8] 셰익스피어 〈맥베스〉 5막 5장에서 인용.

쥐를 흔들듯 맨 위 종이, 먹지, 얇은 종이를 흔들었다가 다시 타자기를 폭풍우처럼 두드리기 시작했다.

폰드 씨는 막 책상을 잠그고 비단 스카프를 목에 두르다가 살짝 놀라서 머치슨 양을 바라보았다.

"오늘 저녁 타자 칠 게 좀 더 남았나요, 머치슨 양?"

"처음부터 죄다 다시 해야 해요." 머치슨 양이 대답했다. "1페이지에 한 문단을 빼서요. 물론 1페이지겠죠. 어쿼트 씨가 내일 10시까지 핸슨 씨에게 가져갈 수 있도록 서류를 다시 하랍니다."

폰드 씨는 들릴락 말락 신음을 하고 고개를 흔들었다.

"기계를 쓰다 보면 주의력이 떨어진다니까." 폰드 씨는 머치슨 양을 꾸짖었다. "옛날에는 사무직원들은 바보 같은 실수를 할까 봐 두 번씩 생각했어. 그랬다간 전체 서류를 다시 한 번 손으로 베껴 써야 하니까."

"그때 살지 않아서 다행이네요." 머치슨 양은 딱 잘라 대답했다. "노예선의 노예들처럼 살았겠어요."

"4시 반에 퇴근도 못 했지. 그땐 진짜 일을 했거든." 폰드 씨가 말했다.

"좀 더 오래 일을 했을 수도 있겠죠." 머치슨 양이 대꾸했다. "하지만 주어진 시간에 지금만큼 일은 못 했을 것 아녜요."

"정확하고 깔끔하게 일했지." 폰드 씨가 강조해서 이야기하는 동안 머치슨 양은 짜증을 부리며 급한 손놀림으로 한데 엉켜 버린 열쇠 두 개를 풀어냈다.

어쿼트 씨의 사무실 문이 열리자 불평을 늘어놓던 타자수는 입술을 샐쭉하게 다물었다. 그는 작별 인사를 하고 사무실을 나갔다. 폰드 씨가 그 뒤를 따랐다.

"청소부가 퇴근하기 전에 일을 끝내요, 머치슨 양." 폰드 씨가 당부했다. "아니면 불을 끄고 지하의 호지스 부인에게 꼭 열쇠를 주고 가요."

"알겠습니다. 폰드 씨, 안녕히 가세요."

"좋은 저녁 보내요."

폰드 씨의 발걸음 소리는 현관을 빠져나가면서 멀어지다가 창문 옆을 지날 때 다시 커졌다. 마침내는 브라운로 가 쪽을 향하며 스러져갔다. 머치슨 양은 시간을 계산해서 폰드 씨가 챈서리 레인에서 지하철을 탔을 시간까지 계속 타자를 쳤다. 그 후, 자리에서 일어나서 주변을 힐끔 둘러본 후 검은 서류 보관함들이 놓여 있는 책장 맨 위 선반에 손을 뻗었다. 각각의 보관함에는 굵은 하얀 글씨로 고객의 이름이 쓰여 있었다.

〈레이번〉 서류는 거기 있었지만 묘하게도 위치가 바뀌어 있었다. 머치슨 양은 바로 크리스마스 직전에 이 서류를 갖다 놓은 것을 기억했다. 바로 〈모티머—스크로긴스—쿠트 경—돌

---

§   크리스마스 다음 날로 우체부 등에게 선물을 주는 날이라고 해서 저런 이름이 붙었다.

비 형제 & 윙필드〉 보관함 위였다. 그런데 복싱 데이 다음 날인 이날에는 맨 밑바닥에 깔려 〈보저스—J. 펭크리지 경—플랫스비 & 코튼—트루바디 주식회사〉와 〈유니버설 본 신탁〉 아래 가려 보이지 않았다. 누군가 휴일 동안에 대청소를 한 모양이었다. 머치슨 양은 호지스 부인이 했을 리는 없다고 생각했다.

선반이 꽉꽉 들어차 있었으므로 파일을 찾기가 꽤 힘들었다. 〈레이번〉 서류를 찾을 때까지는 보관함들을 다 들어서 다른 데다 내려놓아야만 했다. 게다가 호지스 부인이 언제 들이닥칠지 모르는 일이었다. 호지스 부인이 온들 대수는 아니지만, 이상하게 보일 수도 있으니…….

머치슨 양은 책상에서 의자를 끌어다 놓고 (선반이 약간 높았다.) 그 위에 올라서서 〈유니버설 본 신탁〉 관련 서류가 들어 있는 보관함을 들었다. 상자가 약간 무거워서 의자가 (회전형으로 현대적인 유형은 아니고 가느다란 다리 하나와 뻣뻣한 스프링 달린 등받이가 아래 척추를 받쳐 줘서 일에 집중할 수 있게 하는 그런 의자였다.) 불안정하게 비틀거리는 바람에 머치슨 양은 상자를 조심스럽게 내려 벽장의 좁은 상판 위에 균형을 잡아 올려놓았다. 그녀는 다시 손을 뻗어 〈트루바디 주식회사〉 상자를 내려 〈본 신탁〉 위에 올려놓았다. 머치슨 양이 세 번째로 다시 손을 뻗어 〈플랫스비 & 코튼〉 상자를 잡았을 때였다. 상자를 들고 몸을 숙이는데, 문간에 발소리가 들리더니 놀란 목소리가 뒤에서 들려왔다.

"뭘 찾고 있나요, 머치슨 양?"

너무 화들짝 놀라는 바람에 말 안 듣는 의자가 4분의 1바퀴 빙그르르 돌았고, 머치슨 양은 폰드 씨의 팔 안으로 안기다시피 떨어졌다. 머치슨 양은 여전히 검은 보관함을 움켜 잡은 채 어색하게 내려섰다.

"간 떨어질 뻔했잖아요, 폰드 씨! 퇴근하신 줄 알았는데."

"퇴근했었지." 폰드 씨가 대답했다. "하지만 지하철에 가 보니 짐을 하나 놔두고 왔지 뭐야. 정말 귀찮아. 그래서 다시 찾으러 왔지. 어디서 못 봤어요? 작고 둥근 단지인데. 갈색 종이로 싼."

머치슨 양은 〈플랫스비 & 코튼〉 서류함을 의자에 내려놓고 주변을 둘러보았다.

"내 책상에 있는 것 같진 않군." 폰드 씨가 말했다. "이런, 이런. 너무 늦겠어. 하지만 그걸 가지고 가야 하는데. 저녁식사에 필요한 거라서. 실은 캐비아 단지거든. 오늘 밤 손님이 오시기로 해서서. 그런데 그걸 어디다 놓았을까?"

"어쩌면 손을 씻으실 때 놔두었는지도 모르겠어요." 머치슨 양이 한마디 거들었다.

"그래, 그랬을 수도 있겠네."

폰드 씨가 호들갑을 떨며 나간 후, 머치슨 양은 복도에 있는 작은 세면실 문이 삐거덕 열리는 소리를 들을 수 있었다. 갑자기 책상 위에 손가방을 열린 채로 놔두었다는 생각이 떠올랐다. 철사 열쇠가 보였으면 어쩐담. 머치슨 양이 가방 쪽으로 쏜살같이 뛰어가는데 폰드 씨가 의기양양하게 다시 들어왔다.

"일러 줘서 고마워요, 머치슨 양. 계속 거기 있었지 뭐야. 놓고 갔으면 아내가 엄청 화를 냈을걸. 자, 그럼 다시 좋은 밤." 폰드 씨는 문으로 향했다. "아, 그런데, 뭔가 찾고 있지 않았어?"

"쥐 한 마리가 나와서요." 머치슨 양은 신경질적으로 킬킬 웃었다. "막 앉아서 일하고 있는데, 쥐가 벽장 위를 달려가는 거예요. 그게, 벽을 따라 저 상자들 뒤로."

"더러운 짐승들." 폰드 씨가 욕을 했다. "여기 쥐가 득시글득시글 하다니까. 그래서 종종 고양이를 기르자고 했었는데. 하지만 이젠 잡을 도리도 없어. 그런데 머치슨 양은 쥐를 별로 무서워하지 않나 봐?"

"네." 머치슨 양은 힘을 억지로 쥐어짜내 폰드 씨의 얼굴에서 눈을 떼지 않았다. 만약 거미줄 같은 철사 열쇠가 책상 위에 훤히 드러나 있다면, 머치슨 양 생각에는 그랬을 것만 같았다. 그쪽으로 눈길을 주는 건 미친 짓이었다.

"아뇨. 옛날에는 여자들이 다 쥐를 무서워 했겠지만요."

"그래, 그랬지." 폰드 씨가 인정했다. "하지만 그때는 여자들의 의상이 좀 더 길었거든."

"참 힘들었겠는데요." 머치슨 양이 대꾸했다.

"겉보기에는 참 우아했어. 그럼 내가 상자를 도로 올려놓는 걸 도와줄까?"

"그러다가 전차 놓치시겠어요."

"벌써 놓쳤어." 폰드 씨는 시계를 들여다보았다. "5시 30분 차 타야겠는데."

그는 정중하게 〈플랫스비 & 코튼〉 상자를 들고는 회전의자의 불안정한 좌석 위로 올라갔다.

"정말 고맙습니다." 머치슨 양은 폰드 씨가 상자를 도로 갖다 놓는 모습을 바라보며 인사했다.

"별 말을 다. 그럼 다른 상자도 내게 건네줄 수 있겠어?"

머치슨 양은 그에게 〈트루바디 주식회사〉와 〈유니버설 본 신탁〉을 건넸다.

"자!" 폰드 씨는 상자를 죄다 제자리에 쌓아 놓고는 손을 털었다. "그 쥐가 영원히 사라져 버렸기를 바라야지. 호지스 부인에게 말해서 괜찮은 고양이 한 마리를 구해오라고 해야겠어."

"정말 좋은 생각이세요." 머치슨 양이 말했다. "안녕히 가세요, 폰드 씨."

"잘 있어요, 머치슨 양."

그의 발소리가 복도를 따라 멀어지다가 다시 한 번 창문 밑에서 크게 들리고, 두 번째로 브라운로 가 쪽으로 사라졌다.

"휴!" 머치슨 양이 한숨을 내쉬었다. 그녀는 책상으로 뛰어갔다. 두려움 때문에 착각을 했다. 가방은 닫혀 있었고 열쇠는 보이지 않았다.

머치슨 양은 의자를 도로 제자리로 끌어다 놓고 자리에 앉았다. 그때 호지스 부인이 왔음을 알리는 빗자루와 양동이 소리가 났다.

"어머!" 호지스 부인은 여자 사무원이 성실하게 타자를 치는 모습을 보고 문지방에 우뚝 멈춰 섰다. "죄송해요. 누가 계신지 모르고."

"저야말로 죄송해요, 호지스 부인. 끝내야 할 일이 아직 좀 남아서요. 저 신경 쓰지 말고 청소 계속 하세요."

"괜찮아요." 호지스 부인이 말했다. "파트리지 씨 사무실부터 하면 돼요."

"그래도 괜찮으시다면 그렇게 해 주세요." 머치슨 양이 말했다.

"몇 장만 더 치면 되거든요. 그리고 개요서, 아시겠지만 어쿼트 씨가 보실 서류 요약문을 좀 만들어야 해요."

호지스 부인은 고개를 끄덕이고 다시 사라졌다. 이윽고 크게 쿵 하는 소리가 머리 위에서 들려서 부인이 파트리지 씨의 사무실로 간 것을 알 수 있었다.

머치슨 양은 더 이상 기다리지 않았다. 의자를 다시 책장 쪽으로 끌고 가서 서둘러 상자들을 내렸다. 마침내 마지막으로 〈레이번〉 상자를 찾아서 책상으로 가지고 갔을 때는 심장이 심하게 쿵쾅거렸다.

머치슨 양은 가방을 열고 그 안의 내용물들을 흔들어 꺼냈다. 금고털이 도구 꾸러미가 손수건이나 분첩, 주머니 빗과 함께 책상 위로 우르르 떨어졌다. 가는 강철 열쇠봉은 얼마나 반짝반짝 빛나는지 손가락을 델 것만 같았다.

머치슨 양이 꾸러미를 집어 들고 가장 적합해 보이는 기구를 찾고 있을 때, 창문을 크게 두드리는 소리가 들렸다.

머치슨 양은 겁에 질려 빙그르르 돌아보았다. 아무것도 없었다. 스포츠 코트 속에 금고털이용 열쇠를 집어 놓고 발뒤꿈치를 들고 살살 걸어가 밖을 내다보았다. 가로등 불빛에 작은 소년 세 명이 베드퍼드 로의 신성한 지역을 지키는 철제 난간을 올라가고 있는 모습이 보였다. 가장 앞서 가던 아이가 머치슨 양을 보며 아래쪽을 가리켰다. 머치슨 양은 손을 흔들며 외쳤다.

"저리 가!"

아이는 알아들을 수 없는 소리를 치더니 다시 가리켰다. 이런저런 사정을 종합해 볼 때 소년들이 소중히 여기는 공이 거기로 떨어졌다는 말 같았다. 머치슨 양은 엄격하게 고개를 저으며 다시 하던 일로 돌아갔다.

하지만 그 사건 덕에 창문에 블라인드가 내려져 있으며 전기 가로등의 불빛 아래서는 머치슨 양의 움직임이 마치 조명 받은 무대 위에 서 있는 양 거리에서는 누구든 쉽게 볼 수 있으리라는 데 생각이 미쳤다. 어쿼트 씨나 폰드 씨가 주변을 어정거릴

까닭은 없었지만 머치슨 양은 마음이 불안했다. 더욱이 경찰관이 지나기라도 하면 1백 미터 바깥에서도 금고털이를 알아볼 수 있지 않을까? 머치슨 양은 다시 한 번 밖을 내다보았다. 마음이 불안해서 헛것이 보이나? 아니면 핸드 코트 쪽에서 진청색 옷을 입은 건장한 남자가 나타난 건가?

머치슨 양은 놀라서 황급히 뛰어가 서류보관함을 휙 집어 들고 어쿼트 씨의 개인 사무실로 가지고 갔다.

적어도 여기라면 밖에서 보는 사람에게 들킬 염려는 없었다. 누군가, 호지슨 부인이라도 들어온다면 그녀가 여기 있는 것을 보고 놀라겠지만, 사람이 오는 소리를 들을 수 있을 테니 미리 대비할 수 있을 터였다.

머치슨 양의 손은 차갑고 떨렸다. 눈가리개 빌의 지시사항을 이행하기에 좋은 상태가 아니었다. 그녀는 숨을 깊이 몇 번 들이쉬었다. 서두르지 말라고 했었다. 좋다. 서두르지 않을 테다.

머치슨 양은 조심스럽게 열쇠 하나를 골라 자물쇠에 끼워 넣었다. 거의 몇 년처럼 느껴지는 시간 동안 하릴없이 구멍만 긁다가 마침내 용수철이 갈고리 끝에 닿는 게 느껴졌다. 한 손으로 누르고 은근히 들어 올리면서, 두 번째 열쇠를 밀어 넣었다. 지렛대가 움직이는 게 느껴졌다. 다음 순간 날카롭게 딸깍 소리가 들리면서 자물쇠가 열렸다.

보관함에는 서류가 별로 없었다. 첫 번째 서류는 기다란 증권 목록으로 '로이드 은행이 보관한 증권'이라고 배서가 되어 있었다. 그 다음에는 권리증서 사본들이 있었다. 원본은 비슷하게 보관되어 있는 모양이었다. 그 다음에는 서신들이 들어 있는 폴더 하나가 나왔다. 레이번 부인이 직접 쓴 편지들이었고, 가장 최근의 편지는 5년 전 날짜로 되어 있었다. 그리고 세입자와 은행, 주식중개인들이 보낸 편지와 노먼 어쿼트가 서명한 답변 사본들이 있었다.

 머치슨 양은 서둘러 이 모든 편지들을 살펴보았다. 유언장이나 유언장 사본의 흔적은 없었다. 변호사가 윔지에게 보여 주었다는 수상쩍은 초안조차 없었다. 맨 밑바닥에는 서류 두 개만 남아 있을 뿐이었다. 머치슨 양은 첫 번째 서류를 집어 들었다. 1925년 1월에 만들어진 대리 위임장으로, 노먼 어쿼트에게 레이번 부인 관련 업무를 대행할 전권을 위임한다는 내용이었다. 두 번째 서류는 좀 더 두꺼웠고 붉은 띠로 단정하게 묶여 있었다. 머치슨 양은 띠를 풀고 서류를 펼쳤다.

 이 서류는 신탁 보증서로, 레이번 부인의 전 재산을 노먼 어쿼트에게 넘겨 부인 자신을 위해 관리하도록 한다는 내용이었다. 조건으로는 어쿼트가 부동산에서 나오는 수익으로 레이번 부인의 개인 지출을 위해 매년 일정한 정도의 액수를 부인의 계좌에 넣는다는 것이었다. 이 신탁은 1920년 7월 날짜로 서명되어 있었고, 편지 한 통이 첨부되어 있었다. 머치슨 양은 서둘러 편지를 읽어 보았다.

윈들 애플포드
1920년 5월 15일

사랑하는 노먼

생일 카드와 예쁜 스카프를 보내 주어 아주 고맙다. 늙은 이모할머니의 생일을 매년 이렇게 꼬박꼬박 챙겨 주다니 참 자상하기도 하구나.

이제 여든 살이 넘고 보니 이젠 내 사업을 네게 전적으로 넘겨 주어야 할 것 같은 생각이 들었다. 그동안 너와 네 아버지가 내 일을 참 잘 관리해 주었지. 물론 너는 언제나 투자 관련 조치를 취하기 전에는 나와 꼭꼭 상담해 주었고. 하지만 이제 이런 할머니가 되어서 현실적인 판단을 하기 힘드니 내 의견이 값어치가 있는 척을 하려야 할 수가 없구나. 이 할머니는 너무 피곤해서 네가 아무리 명확하게 설명을 준다 한들 편지 쓰기조차 너무 불편하고 내 나이에는 너무 큰 부담이다.

그래서 남은 인생 동안 내 재산을 모두 네게 신탁하기로 결정을 하였다. 너는 매번 나와 상담할 필요 없이 네 판단에 따라 모든 것을 처리할 수 있는 전권을 갖게 된다. 물론 내가 아직 힘이 있고 건강하고 그나마 다행스럽게 아직 정신도 온전하지만, 그래도 이런 행복한 상황이 언제 바뀔진 모르는 일이니까. 언제 풍이 오거나 노망이 날 수도 있고, 멍청한 할머니들이 잘 그러듯이 돈을 이상한 데다 쓰고 싶어 할지도 모르지.

그래서 이런 유의 증서를 작성해서 내게 가지고 오면 서명해 주겠다. 동시에 유언장을 어떻게 할지도 지시를 하도록 하마.

다시 하는 말이지만 항상 안부를 챙겨 줘서 고맙구나.

사랑하는 이모할머니, 로잔나 레이번

"야호!" 머치슨 양이 외쳤다. "그렇다면 유언장이 있었군! 그리고 이 증서도, 아마 중요한 거겠지."

머치슨 양은 편지를 다시 한 번 읽은 후, 증서의 조항들을 살펴서 노먼 어쿼트 씨가 유일한 피위임인이라는 사실을 알아냈다. 그리고 증권 목록에서 크고 중요한 항목들을 암기해 두었다. 그런 후 서류를 다시 원래 순서로 돌려두고 상자를 잠근 후 원래대로 돌려놓고 다른 상자를 쌓아 놓았다. 그녀가 타자기 앞으로 돌아가서 앉았을 때 호지스 부인이 사무실에 다시 돌아왔다.

"막 끝났어요, 호지스 부인." 머치슨 양은 명랑하게 외쳤다.

"다 하셨나 싶었죠." 호지스 부인이 말했다. "타자기 소리가 들리지 않던데."

"손으로 필기했어요."

머치슨 양은 잘못 친 진술서 한 페이지를 구겨서 조금 전에 새로 쳤던 페이지와 함께 휴지통에 버렸다. 책상 서랍에서 이럴 경우를 대비해서 미리 제대로 쳐 놓은 첫 페이지를 꺼내 원고 뭉치 위에 올려 놓고 사본과 필요한 복사지 세트를 봉투에 넣어 봉한 후 〈핸슨 & 핸슨〉 사무실 주소를 적었다. 그런 후 코트를 입고 모자를 쓴 후 문 앞에 서 있는 호지슨 부인에게 인사했다.

얼마 걷지 않아 〈핸슨 & 핸슨〉 사무실에 도착했다. 머치슨 양은 우편함에 진술서를 넣었다. 그런 후, 씩씩한 걸음으로 콧노래를 부르며 테오발드 길과 그레이스 인 길 교차로에 있는 버스 정류장으로 향했다.

"오늘은 소호에서 저녁을 먹을 자격이 있지." 머치슨 양이 중얼거렸다. 그러고는 다시 콧노래를 흥얼거리며 캠브리지 서커스에서 프리스 가로 걸어갔다.

"이 흉악한 노래는 뭐래?"

자기도 모르게 입에서 터져나온 말이었다. 생각해 보니 그 후렴구는 "하늘 예루살렘에 들어갈 자는 주 보혈로 씻은 잘세……."였다.

"어머나!" 머치슨 양이 외쳤다. "나 미치려나 봐. 아니, 이미 미친 거지."

*15*장

피터 경은 머치슨 양을 축하하며 룰스 식당에서 다소 거하게 점심 대접을 했다. 이곳은 술에 대한 감식안이 있는 사람들을 위해 특별히 훌륭하고 오래된 코냑을 내놓는 곳이었다. 그래서 머치슨 양은 어쿼트 씨의 사무실에 약간 지각하고 말았는데, 서두르느라 금고 따는 철사 열쇠를 돌려주는 것도 잊었다 하지만 와인이 훌륭하고 식사 상대가 재미있는 사람인 경우에는 해야 할 일을 다 꼼꼼히 챙길 수는 없는 법이다.

윔지 본인은 자제력을 크게 발휘해서, 홀로웨이 교도소로 튀어가는 대신 생각을 정리해 보려고 자기 아파트로 돌아왔다. 수감자의 기운을 돋아 주는 것도 자비롭고 꼭 필요한 일이겠으나 (이런 식으로 그는 매일 가는 교도소 면회를 합리화하곤 했다.) 그녀의 무죄를 증명하는 게 훨씬 유용하고 자비로운 행동임을 모른 척할 수 없었다. 지금까지 그다지 일의 진척이 없었던 것이다.

자살 가설은 노먼 어쿼트가 유언장 초본을 제시할 때만 해도 가망이 있어 보였다. 하지만 이 초안의 신빙성은 이제 땅에 떨어졌다. 나인 링스 술집에서 하얀 가루를 쌌던 종이를 회수할 가능성이 희미하게 남아 있기는 하였으나 시간이 가차 없이 획획 지나는 동안 그 희망은 거의 사라지고 없었다. 그 문제를 어떻게든 조치하고 있지 않다는 게 짜증스러웠고, 자기가 직접 그레이스 인 로드로 가서 그곳에 있는 사람들을 죄다 만나 대질심문을 하든 으름장을 놓든, 장소를 샅샅이 뒤지든 하고 싶었지만, 자기보다는 경찰이 훨씬 잘하리라는 것도 알고 있었다.

노먼 어쿼트는 어째서 웜지에게 유언장에 관한 진실을 속이려고 한 걸까? 그저 정보를 주지 않겠다고 하면 간단한 일인데. 여기에는 뭔가 수수께끼가 있었다. 그렇지만 어쿼트가 실제 유산 상속인이 아니라면, 약간 위험한 게임을 하고 있는 셈이었다. 만약 이 노부인이 죽고 유언장이 공개되면, 사실이 공표되지 않겠는가. 게다가 부인은 언젠가는 죽지 않겠나.

이런 말은 하기가 좀 그렇지만 레이번 부인의 죽음을 약간 앞당기는 건 그렇게 어렵지도 않을 것이라고 웜지는 생각했다. 부인은 이제 아흔셋이고 아주 쇠약하다. 약의 양을 약간 늘린다면, 한 번 흔들거나 약간의 충격만 주더라도 죽을 수 있고 나중에 의심을 살 일도 없을 것이다. 윔지는 문득 이 노부인과 같이 살며 돌보는 사람이 누군지 궁금했다.

12월 30일이었고 별다른 계획도 없었다. 책꽂이에 꽂힌 장중한 책들, 겹겹이 쌓인 성인들과 역사가, 시인, 철학가들이 윔지의 무능함을 비웃었다. 그 모든 지혜와 그 모든 아름다움이 있다 해도 교수형이라는 끔찍한 죽음을 당할 처지에 놓인 여인을 너무나도 절실히 구하고 싶은 그에게 방법을 일러 주지 못했다. 자기 자신이 그런 유의 일에는 능한 줄 알았는데 말이다. 거대하고 복잡한 무능함이 덫처럼 그를 옭아 매었다. 그는 이를 득득 갈며 무력하게 화만 내면서 쾌적하고 부유하지만 뭣에도 하등 소용없는 방 안을 바장였다. 벽난로 위에 걸린 거대한 거울이 그의 머리와 어깨를 비추었다. 밀짚 색 같은 머리카락을 뒤로 말끔하게 넘긴, 하얗고 멍청한 얼굴이 보였다. 장난스럽게 움찔거리는 눈썹과는 어울리지 않게 매달린 외알 안경. 털 하나 없이 말끔하게 면도해서 연약해 보이는 턱. 흠 하나 없이 깔끔하게 풀을 먹여서 높게 세운 옷깃과 우아하게 묶은 타이, 그 색깔에 맞춰 수줍게 가슴 주머니에서 삐죽 얼굴을 내민 손수건, 사빌 로의 고급 양복점에서 맞춘 양복. 윔지는 벽난로 선반 위에 놓은 무거운 청동상을 휙 집어 들었다. (아름다운 조각이라, 윔지도 집어 들기는 했으나 손가락으로는 겉을 쓰다듬고 있었다.) 이 조각을 거울에 던져 거기에 비친 얼굴을 산산이 깨부수고 싶은 충동에 사로잡혔다. 거대한 짐승처럼 고함을 지르고 발버둥을 치고 싶은 충동에.

멍청하기는! 그런 짓을 할 수는 없다. 2천 년 동안 축적된 문명으로부터 물려받은 제약 때문에 한 손과 한 발이 비웃음에 묶여 버렸다. 거울을 깬들 어쩔 건가? 아무 일도 일어나지 않는다. 번터가 들어와도 놀라지도 않은 채 파편을 쓰레받기로 쓸고 뜨거운 목욕물을 준비한 뒤 마사지를 하라고 하겠지. 다음 날이면 새 거울을 주문할 테고 사람들이 와서 이것저것 물어보더라도 쓰던 거울이 사고로 깨졌다고 하면 친절하게 걱정스런 말을 건넬 테지. 그래도 해리엇 베인은 교수형을 당하고 말리라.

윔지는 다시 정신을 가다듬고 모자와 코트를 찾아 입었다. 그는 택시를 타고 클림슨 양을 찾아갔다.

"할 일이 하나 있어요." 윔지 경은 평소 습관보다 훨씬 더 급작스럽게 부탁했다. "클림슨 양이 직접 해 줬으면 좋겠습니다. 다른 사람은 믿을 수가 없어요."

"그렇게 말씀해 주시다니 참 친절하시기도 하네요." 클림슨 양이 대답했다.

"문제는 적어도 어떻게 시작을 해야 할지 말해 줄 수가 없다는 겁니다. 클림슨 양이 거기 가서 뭘 발견하는지에 달렸거든요. 웨스트모어 윈들에 가서 꼼짝 못하고 병석에 누워 있는 레이번 부인이라는 사람에 대해서 알아봐 줘요. 부인은 애플포드라는 저택에 삽니다. 부인을 누가 돌보는지도 모르겠고 그 집에 어떻게 들어갈 수 있는지도 모르겠어요. 하지만 해 줘야 해요. 그리고 어디다 유언장을 두는지도 알아보고, 가능하다면 그것도 살펴봐 줬으면 좋겠어요."

"세상에나!" 클림슨 양이 기겁했다.

"더 심각한 건, 그 일을 하는 데 시간이 일주일밖에 없단 겁니다."

"정말 짧은 시간이네요."

"알겠지만, 연기할 만한 정당한 사유가 없다면, 다음 회기에 법정이 열리자마자 베인 사건을 첫 번째로 재판할 겁니다. 변호인들에게 새로운 증거를 찾을 가능성이 조금이라도 있다고 설득할 수 있다면, 변호사들이 연기를 신청할 거예요. 하지만 현재로서는 증거라고 할 만한 게 없어요. 아주 어렴풋한 예감 정도밖에는."

"알겠습니다." 클림슨 양이 대답했다. "뭐, 우리 중 누구도 더 이상 최선을 다할 수 없으니 신념을 가질 수밖에요. 그러면 산도 옮길 수 있다잖아요."

"그러자면 신념을 아주 많이 쌓아 놓아야 하겠는데요." 윔지가 우울하게 대답했다. "내가 보기에 이 일은 히말라야 산맥과 알프스 산맥을 옮겨 놓고 거기에 서리 내린 코카서스 산의 기운과 로키 산맥의 분위기를 가미한 정도의 일입니다."

"제 힘이 미미하긴 하지만 일단 제가 최선을 다하리란 건 믿어도 되세요." 클림스 양이 대답했다. "동네 목사님께 벗어나기 힘든 곤경에 처한 사람을 위해서 특별 미사를 해 달라고 부탁할게요. 언제부터 일에 착수할까요?"

"지금 바로요." 윔지가 대답했다. "평소 모습 그대로 가서 동네 호텔, 아니 하숙집에 묵는 편이 좋겠어요. 그게 더 소문을 얻기는 쉬울 테니까요. 윈들이라는 동네는 어떤지 잘 모르겠네요. 장화 공장이 하나 있고 경치가 좋다는 것 말고는. 하지만 큰 동네는 아닐 테니 다들 레이번 부인을 알 겁니다. 아주 부유하고 한창 전성기 때는 악명이 높았으니 말입니다. 클림슨 양이 친해져야 할 사람은 여성이에요. 그런 사람 있잖습니까. 레이번 부인을 간호하고 시중드는. 보통 말해서 일상생활을 돌보고 잠자리를 봐 주고 그러는 사람. 특별히 약점을 찾아내거든 재빨리 그걸 캐고 들어가요. 아, 그건 그렇고, 유언장이 거기가 아니라 베드퍼드 로에 개업하고 있는 노먼 어쿼트라는 변호사 손에 있을 확률이 큽니다. 그렇다면 클림슨 양이 할 일은 떠볼 만한 사람을 알아내어서 어쿼트에게 불리한 일이라면 뭐든 알아내는 겁니다. 어쿼트는 레이번 부인의 조카손자이고, 가끔 만나러 가죠."

클림슨 양은 지시사항을 기록했다.

"그럼 이제 난 가 보죠. 클림슨 양만 믿습니다." 윔지 경이 말했다. "필요비용이 있으면 회사 명세로 해요. 특별 도구가 필요하면 내게 전보를 치고."

클림슨 양의 사무실에서 나가면서 피터 윔지 경은 다시 한 번 비관적 세계관과 자기 동정의 먹이가 되었다는 사실을 실감했다. 하지만 이제 그 감정은 잔잔히 퍼져가는 우울의 형태로 나타났다. 자기 자신이 쓸모없는 인간임을 자각하면서 그는 수도원으로 떠나거나 남극의 얼어버린 황무지 사이로 은둔하기 전에 그나마 자신의 힘으로 할 수 있는 사소한 좋은 일이라도 하기로 결심했다. 그래서 택시를 타고 일부러 경찰청에 들러 파커 주임경감을 보러 갔다.

파커는 마침 자기 사무실에서 지금 막 들어온 보고서를 읽고 있었다. 그는 반갑다기보다 당황한 표정으로 윔지를 맞았다.

"약포지 건으로 온 건가?"

"이번엔 아니네." 윔지가 말했다. "그건 별다른 소식이 더 있었을 것 같진 않은데. 아냐. 이번엔 좀 더, 음, 섬세한 문제야. 여동생 얘길세."

파커는 깜짝 놀라면서 보고서를 한쪽으로 밀어 버렸다.

"메리 양?"

"아, 그래. 걔가 최근에 자네와 그 식사도 하고 뭐 그런 설 한다면서. 그런가?"

"메리 양이 한두 번 내가 동석할 수 있는 영광을 주셨지." 파커가 말했다. "난 그러면 안 된다는 걸 생각도 못 했네. 몰랐네. 즉, 내가 알기론……."

"아, 하지만 자넨 알았다는 거군. 그게 요점 아냐?" 윔지가 엄숙하게 말했다. "자네도 알겠지만 메리는 아주 착한 애야. 비록 내가 오빠기는 하지만……."

"그럴 필요 없네." 파커가 말했다. "나한테 그런 말을 할 필요 없어. 내가 설마 메리 양의 친절을 잘못 해석했을까 봐 그러는 건가? 요새는 고상한 성격을 가진 여자라면 보호자 없이도 친구들과 저녁 정도는 같이 하지 않나. 그리고 메리 양은……."

"보호자가 없다고 뭐라고 하는 게 아냐." 윔지가 말을 잘랐다. "무엇보다 메리가 그런 걸 참지 않을 거고, 나도 어쨌든 보호자 어쩌고는 허튼 소리라고 생각해. 하지만 내가 개 오빠 아닌가. 이건 물론 제럴드 형이 해야 할 일이지만, 메리가 형에게 비밀을 털어놓을 리는 없지. 게다가 말하면 곧장 헬렌 형수 귀로 들어갈 테니. 내가 무슨 말을 하려고 했더라? 아, 그래. 메리의 오빠로서 한번 와서 이런저런 조언을 해 주는 게 말하자면 내 의무일 것 같아서."

파커는 생각에 잠겨 압지를 두드렸다.

"그러지 마." 윔지가 말했다. "펜 망가져. 연필을 쓰게."

"내가 그런 추정은 하지 않았어야 했는데……."

"무슨 추정을 했다는 건가, 친구?" 윔지는 제비처럼 머리를 꼿꼿이 세웠다.

"다른 사람들이 반대할 만한 일은 없어." 파커가 열을 내며 말했다. "무슨 생각을 하는 건가, 윔지? 자네 관점에서는 메리 양이 경찰과 사람 많은 식당에서 식사를 하는 게 걸맞지 않은 일이라는 걸 잘 알겠네. 하지만 내가 적절하지 않은 말을 한마디라도 했을 것이라고 생각한다면……."

"자넨 그애 어머니를 알면서 그런 말을 하나? 지금 세상에서 가장 순수하고 다정한 여인을 오해하고 자네 친구를 모욕하는 거야." 피터는 파커의 입에서 나오는 말을 낚아채서 헛소리로 치부해 버렸다. "자넨 정말 완벽한 빅토리아 시대 사람이군, 찰스. 자네를 유리장에 넣어서 전시해야겠어. 물론 자네가 한마디도 안 했겠지. 하지만 내가 알고 싶은 건 이거야. 왜 그랬냐는 거야!"

파커는 친구를 뚫어져라 쳐다보았다.

"지난 5년 동안, 자네는 마치 망령난 양처럼 내 여동생을 쳐다보다가 그 애 이름이 나올 때마다 토끼처럼 화들짝 놀랐지. 무슨 뜻으로 그랬나? 보기 좋지도 않아. 아주 재미있지도 않고. 그 불쌍한 애를 불안하게 하고 있잖아. 이런 표현을 써도 될지 모르겠지만, 자네가 지금 말한 용기는 아주 조잡한 개념이야. 남자라면 자기 여동생 주변을 비실비실 어정대는 자를 보고 싶어 하지 않는 법이네. 적어도 그렇게 오랫동안이나 비실비실 대는 걸 누가 좋아하겠나. 보기 안 좋아. 짜증난다고. 남자답게 가슴을 탁 치고 이렇게 말하란 말이야. '피터, 내 오랜 친구, 내가 유서 깊은 가족들 사이로 파고 들어가 자네 매제가 되기로 했네.' 뭣 때문에 주저하는 거야? 제럴드 형 때문인가? 형은 멍청이지만, 그렇게 꽉 막힌 사람은 아냐. 헬렌 형수? 약간 골치 아프긴 하겠지만, 형수는 대수롭게 생각하지 않아도 돼. 나 때문인가? 그렇다면 나는 은둔자가 될 생각일세. 사람들이 그러겠지. 저기 은둔자 피터가 간다, 이렇게. 그러니 자네에게 방해가 되진 않을 거야. 힘든 점이 있으면 터놓고 말해. 그러면 쓱쓱 치워버릴 수 있을 거야. 자, 말해 봐!"

"자네 그럼, 나한테 지금……."

"자네 의중을 말하라고 하는 거야, 젠장!" 윔지가 분통을 터뜨렸다. "빅토리아 시대 사람처럼 점잔빼려는 게 아니라면 왜 그러는지 모르겠네. 처음엔 자네가 카스카트와 그 고일이라는 친구와 있었던 불운한 사건에서 회복할 시간을 주려고 했다는 걸 잘 알아. 하지만, 제길, 그럼 섬세한 작업을 너무 오래하고 있는 게 아닌가. 그렇게 가까워졌다 멀어졌다 하는 관계를 여자가 꾸준히 기다리기만을 바랄 수는 없는 거 아냐. 아니면 윤년이 오기를 기다리는 거야?"§

"이거 봐, 피터. 바보 같이 굴지 말게. 내가 어떻게 자네 여동생에게 청혼을 할 수 있겠어?"

"어떻게 하는가는 자네가 알아서 할 일이지. 이렇게 말하면 되잖아. '약간 혼인관계를 맺으면 어떻겠어, 자기?' 이건 최신식인 데다가 단순하고 오해도 없지. 아니면 무릎을 꿇고 이렇

---

§ 《증인이 너무 많다》 참고.

게 말하면 어때? '당신의 손과 마음을 잡을 수 있는 영광을 주시겠소?' 이건 아름답고 구식인 데다가 요새는 오히려 색다르게 보인다는 이점도 있지. 아니면 편지를 쓰거나 전보를 보내거나 전화를 해. 하지만 자네의 개인적 취향에 따라 알아서 하게."

"자네 지금 농담하고 있군."

"아, 맙소사! 광대 짓으로 악명 높았던 세월을 앞으로 어떻게 씻으며 살지? 자넨 메리를 너무나 불행하게 만들고 있어, 찰스. 난 자네가 메리와 결혼해서 다 끝내 버리길 바라네."

"그녀를 불행하게 해?" 파커가 거의 고함을 지르다시피 대꾸했다. "내가 그녀를 불행하게?"

윔지는 의미심장하게 자기 이마를 두드렸다.

"나무군. 머리가 딱딱한 나무야. 하지만 마지막 일격이 마침내 통했나 보네. 그래, 자네가 그애를 불행하게 하고 있어. 이제 이해가 되나?"

"피터, 내가 정말로 그런 생각을 했다면……."

"지금 열을 내 봤자 뭐 해." 윔지가 충고했다. "나한테 낭비할 것 없어. 메리에게로 가게. 난 오빠로서의 의무를 다했으니, 끝이네. 진정해. 자네 보고서나 읽든가……."

"아, 그러신가. 잘 알았네." 파커가 말했다. "우리가 더 나가기 전에, 자네에게 줄 보고서가 있네."

"보고서? 처음부터 얘기를 하지."

"그럴 틈을 안 줬잖아."

"그래, 뭔데?"

"약포지를 찾았어."

"뭐라고?"

"약포지를 찾았다고."

"실제로 찾았단 말이야?"

"그래. 술집 종업원 한 명이……."

"술집 종업원 얘기는 됐어. 그게 바로 그 약포지라는 게 확실해?"

"아, 그래. 확실히 확인했네."

"계속해 봐. 분석은 했나?"

"그래. 분석도 했어."

"그래, 뭔가?"

파커는 나쁜 소식을 전달하려는 사람의 눈으로 그를 쳐다보며 내키지 않는다는 듯이 말했다.

"중탄산소다였네."

---

8   탄산수소 나트륨. 위산 과다 증세에 제산제로도 쓰인다.

16장

크로프츠 씨는 간신히 용서할 수 있을 만큼의 얄미움을 담아 말했다. "제가 그럴 거라고 했잖습니까."

임피 빅스 경은 간결하게 논평했다. "아주 불운한 결과군."

다음 한 주 동안 피터 윔지 경의 일과를 낱낱이 기록하는 건 친절하지도 않고 그다지 정보를 주는 일도 아니리라. 무력감이 덮치면 아무리 훌륭한 인간이라도 짜증을 내기 마련이다. 파커 주임경감과 메리 윔지 양의 멍청한 행복도 그를 위로하지 못했다. 비록 그들이 지루할 정도로 피터에 대해서 애정을 표시했지만 말이다. 맥스 비어봄[5]의 이야기에 나오는 남자처럼 윔지는 '손도 까딱하기를 싫어'했다. 부지런한 프레디 아버스노트가 노먼 어쿼트 씨가 메가테리움 신탁 사고에 다소 깊이 관련되어 있다는 소식을 전해 왔을 때 약간 기운이 났을 뿐이었다.

반면 〈고양이 우리〉의 클림슨 양은 본인이 '소용돌이 같은 사회활동'이라고 이름 붙인 삶을 살고 있었다. 윈들에 도착하고 두 번째 날 쓴 편지에는 세세한 점이 가득 기록되어 있다.

웨스트모어 윈들
힐사이드뷰
1930년 1월 1일

친애하는 피터 경

가능한 한 빨리 일이 어떻게 되어 가고 있는지 소식을 듣고 싶으셨을 것 같습니다. 제가 여기 온 지 아직 하루밖에 되지 않았지만, 여러 사정을 고려할 때 썩 나쁘지 않게 일을 처리한 것 같습니다!

기차는 아주 지루한 여로 끝에 월요일 밤 아주 늦게야 도착했습니다. 프레스턴에서 우울할 정도로 오래 대기했거든요. 하지만 꼭 1급 객실로 가라고 피터 경이 조처하신 덕분으로 전혀 피곤하지 않았답니다! 약간의 안락함이 얼마나 큰 차이

♪ 맥스 비어봄(1872~1956). 영국의 에세이스트, 패러디작가, 만화가.

를 만들어 내는지 아무도 모를 거예요. 특히 이제 나이가 들어가고 가난했던 시절에 불편한 여행을 계속 참아 왔던 터라 이런 사치가 마치 죄악처럼 느껴졌어요! 객실은 난방이 잘 되었어요. 사실 어찌나 뜨거웠던지 창문을 내리고 싶을 정도였지요.

그런데 제 옆에 아주 뚱뚱한 사업가가 외투와 모직 조끼를 눈 바로 아래까지 뒤집어쓰고 앉아 신선한 공기를 마시자고 하니 아주 격렬히 반대하더군요. 요새 남자들은 너무 온실의 화초 같다니까요. 제 아버지 세대하고는 아주 다르죠. 제 아버지는 11월 1일 전에는, 그리고 3월 1일 후엔 아무리 온도계가 0도 아래로 떨어져도 집 안에 절대 불을 못 때게 하셨거든요.

늦게 도착하긴 했지만 스테이션 호텔에서는 쉽사리 편안한 방을 구할 수 있었습니다. 옛날에는 미혼 여자가 여행 가방을 들고 한밤중에 홀로 도착하면 조신한 여자로 보진 않았죠. 세상이 얼마나 달라졌는지! 이 나이까지 살아서 그런 변화를 볼 수 있다니 참 감사하죠. 구식인 사람들은 빅토리아 여왕 시대에는 여자들이 더 예절두 바르고 정숙했다고들 하지만, 옛날 환경을 기억하는 사람들은 여자들이 얼마나 힘들게 수모를 겪으며 살았는지 잘 알고 있으니까요!

어제 아침, 물론 저의 첫 번째 목적은 피터 경의 지시에 따라 적당한 하숙집을 찾는 것이었습니다. 운 좋게도 두 번째 찾아간 집이 안성맞춤이었지요. 운영도 잘 하고 세련된 집으로 나이 든 부인 세 명이 고정 하숙생으로 살고 있어서 마을의 소문에 아주 밝았답니다. 그러니 저희 목적에 이보다 더 유리한 게 어디 있겠어요!

방을 계약하자마자, 저는 가볍게 탐사를 하러 밖으로 나갔어요. 하이 가에서 아주 친절한 경찰관에게 레이번 부인의 집이 어디인지 물었죠. 경찰은 그 집을 아주 잘 알고 있어서 버스를 타고 가면 된다고 말해 주더군요. 1페니를 내고 버스를 타고 가다가 '피셔맨스 암스'에서 내리면 걸어서 5분 거리라고. 그래서 경찰관이 가르쳐준 방향으로 갔더니 버스가 시골로 들어가서 '피셔맨스 암스'가 모퉁이에 있는 교차로에 세워 주더군요. 차장도 정중하고 친절해서 길을 잘 알려준 덕에 쉽사리 그 집을 찾을 수 있었어요.

전용 부지에 서 있는 아름다운 고저택이었습니다. 19세기에 지은 대저택이었는데, 포치는 이태리식이고 아름다운 푸른 잔디밭에는 삼나무 한 그루와 이전에 만들어 놓은 화단이 있는 걸 보니 여름에는 정말 에덴동산 같겠더군요. 잠깐 동안 길에서 그 집을 바라보았어요. 누가 저를 봤다고 해도 특이한 행동 같아 보이진 않았을 거예요. 누구라도 그렇게 아름다운 고택을 보면 흥미를 가질 테니까요. 집 전체적으로 사람이 살고 있지 않는 양 블라인드는 대부분 내려져 있었어요. 정원사나 다른 사람의 모습도 보이지 않더군요. 이맘때는 정원에 별로 할 일이 없기도 하겠지만요. 하지만 굴뚝 하나에서 연기가 나고 있어서 사람이 사는 흔적이 있긴 했죠.

저는 길을 잠깐 따라 내려가다가 돌아와서 다시 집을 지나쳤어요. 이번에는 하인 한 명이 집 모서리를 돌아가는 게 보이더군요. 하지만 거리가 너무 멀어서 말을 걸어 볼 순 없었죠. 그래서 다시 버스를 타고 와서 동료 하숙생들과 친해지려고 힐사이드뷰에서 점심을 먹었어요.

당연히 저는 처음부터 너무 열심인 양 보이고 싶지 않아서 레이번 부인의 집에 대해서는 별로 물어보지 않고 전체적으로 윈들에 대해서 이야기했어요. 이 착한 부인들의 질문을 잘 받아넘기느라고 힘들었죠. 부인들은 어째서 외지인이 이런 때 윈들에 왔는지 궁금해했거든요. 저는 약간만 거짓을 넣어 부인들에게 제가 유산을 조금 받게 되었으며 내년 여름에 정착할 수 있는 적당한 장소를 물색하러 호숫가를 찾아왔다는 인상을 주었어요! 스케치를 한다는 얘기도 했죠. 우리 같은 여자들은 모두 자랄 때 수채화를 조금씩 그렸으니까요. 그래서 부인들을 만족시킬 수 있을 만큼 기술적 지식을 충분히 내보일 수 있었죠.

그래서 그 집에 대해 질문을 할 절호의 기회를 잡을 수 있었습니다. 얼마나 아름다운 고택이에요, 제가 이렇게 말하면서 거기 누가 사느냐고 물었죠. (물론 제가 이 질문을 즉시 내뱉은 건 아니랍니다. 그분들이 예술가가 관심을 가질 만한 지역 명소들을 한참 이야기해 줄 때까지 기다렸죠.) 그 중 몸매가 통통한 노부인이 꽤 수다스러웠는데, 저한테 그 집에 관한 얘기를 시시콜콜 들려주더라고요. 피터 경, 그래서 이제 제가 레이번 부인의 젊은 시절에 대해서 모르는 게 있다면 그건 정말로 알 가치가 없는 것들뿐일 겁니다! 하지만 더 중요한 점은 이 부인이 제게 레이번 부인의 간호사이자 말벗인 여성의 이름을 알려 주었다는 것이죠. 부스 양은 퇴직한 간호사로 예순 살 정도 되었고, 하인들과 가정부 한 명을 제외하고는 레이번 부인과 그 집에 단둘이 산다고 합니다. 레이번 부인이 그렇게 나이가 들고 거동이 불편하시고 연약하시다는 말을 듣고, 부스 양의 시중만으로 살기는 위험하지 않느냐고 하자, 페글러 부인은 가정부가 정말 믿을 만한 사람으로 레이번 부인과 몇 년이나 함께 살아서 부스 양이 외출할 때는 부인을 아주 잘 돌볼 수 있는 사람이라고 하더군요. 그러니 부스 양도 가끔 외출을 한다는 뜻이죠! 이 집에 사는 사람 중 누구도 부스 양을 개인적으로 알진 못했지만, 간호사 제복을 입고 시내에 종종 나온다고 하더군요. 그 사람의 상세한 인상착의를 부인들에게서 끌어낼 수 있었으니까 만약 우연히 그 사람을 만나거든 금방 알아볼 수 있을 것이라 생각합니다!

단 하루 만에 제가 알아낼 수 있었던 건 이게 다입니다. 너무 실망하지 않으시길 바랍니다. 이런 저런 동네 역사를 엄청나게 많이 들어야만 했거든요. 물론 너무 의심 받기 쉽게 대화를 레이번 부인에 대한 얘기로 몰고 갈 수가 없었지요.

조금이라도 정보를 더 얻어 내는 대로 즉시 다시 알려드리겠습니다.

캐서린 알렉산드라 클림슨 올림

클림슨 양은 자기 방 안에서 은밀히 편지를 끝내고 아래층으로 내려가기 전에 편지를 넉넉한 손가방에 조심스럽게 숨겼다. 오랫동안 하숙집 생활을 해온 터라 아무리 소소한 직위라도 귀족 신분의 사람에게 보내는 편지를 공공연히 내보였다가는 괜한 호기심을 불러일으키기 쉽다는 걸 알고 있었다. 사실 그렇게 하면 자기 위신은 서지만, 클림슨 양은 지금은 그런 조명을 받고 싶지 않았다. 클림슨 양은 조용히 현관문으로 나가 시내를 향해 걸음을 내디뎠다.

그전 날, 클림슨 양은 시내에서 제일 좋은 찻집 하나와 이제 점차 상승세를 타며 경쟁력을 얻고 있는 찻집 두 곳, 약간 전성기가 지나 세가 기운 찻집 한 곳, 프랜차이즈인 〈라이온스〉 찻집과 눈에 별로 안 띄는 미미한 집 네 곳, 사탕 가게도 겸하면서 간식도 같이 팔고 있어서 전체적으로는 신경 쓰지 않아도 될 만한 찻집들을 다 표시해 두었다. 다음 한 시간 반 동안 클림슨 양은 약간의 노력을 기울여 지나면서 모닝커피를 마시고 있는 윈들 인구의 일부분을 살펴보았다.

클림슨 양은 편지를 부치고 어디서부터 시작해야 할지 마음속으로 따져 보았다. 대체적으로 라이온스 찻집은 다른 날을 위해 남겨두고 싶었다. 그곳은 보통 평범한 라이온스 찻집으로 악단 무대나 탄산음료수대가 따로 없는 곳이었다. 클림슨 양은 그곳을 주로 이용하는 고객은 주로 가정주부나 사무직원일 것이라 생각했다. 다른 네 곳 중에 가장 가 볼 만한 곳은 아마 〈센트럴〉일 듯했다. 비교적 크고 환하고 활기차 보였고 문에서부터 음악이 계속 쏟아져 나왔다. 간호사들은 보통 크고 환하며 음악이 있는 곳을 좋아한다. 하지만 〈센트럴〉에는 한 가지 약점이 있었다. 레이번 부인의 집 쪽에서 오는 사람은 여기 오려면 다른 찻집을 지나쳐야만 했다. 이 때문에 이곳은 관찰 초소로는 적당하지 않았다. 이런 관점에서 볼 때 이점이 있는 곳은 〈예 코지 코너스〉로, 여기서는 버스 정류장이 내다보였다. 이에 따라 클림슨 양은 이 지점에서부터 작전을 펴기로 하였다. 창가 자리를 골라 커피 한 잔과 다이제스티브 비스킷 한 접시를 주문하고 보초를 서기 시작했다.

반시간 후, 간호사 옷을 입은 여자가 낌새도 보이지 않자 클림슨 양은 커피 한 잔과 빵을 좀 더 주문했다. 여러 사람들—주로 여자들—이 들렀지만, 부스 양처럼 보이는 사람은 없었다. 11시 반이 되자 클림슨 양은 더 이상 있다가는 눈에 띄어 직원들의 심기를 거슬릴지 모른다고 생각하고 계산을 치르고 나왔다.

〈센트럴〉은 〈예 코지 코너스〉보다는 좀 더 사람이 많았고,

어떤 면에서는 좀 더 나았다. 그을린 참나무로 된 긴 의자 대신 편안한 버드나무 의자가 있었고 고급스러운 린넨 옷을 입은 나른한 태도의 중상류 계층의 여성들 대신에 씩씩한 웨이트리스가 시중을 들었다. 클림슨 양은 다시 커피 한 잔과 버터 바른 롤을 주문했다. 비어 있는 창가자리가 없었지만 방 전체를 아울러 볼 수 있는 악단 무대 옆에 빈자리를 찾았다. 문에 친 검은 너울이 펄럭이자 클림슨 양의 심장이 쿵쾅거렸지만 어린애 둘을 데리고 유모차를 끌고 있는 건장한 젊은 여인이라 다시 한 번 희망이 물러갔다. 12시가 되자 클림슨 양은 〈센트럴〉에서도 허탕을 쳤다고 결론을 내렸다.

마지막으로 간 곳은 〈오리엔탈〉이라는 찻집으로 스파이 활동을 하기에는 특별히 불리하게 개조된 가게였다. 찻집에 있는 방 세 개는 모양이 제각각이었고 40와트짜리 전구는 일본식 전등갓을 씌워놓아 침침했다. 게다가 구슬발과 커튼으로 가려져 있었다. 클림슨 양은 조사차 구석구석 들어가 보았으며 그 바람에 연인들을 방해하기도 했다. 결국 그녀는 다시 문 옆의 탁자로 돌아와 앉아 네 잔째 커피를 마셨다. 12시 반이 되었지만 부스 양은 나타나지 않았다.

'지금 오진 않겠지.' 클림슨 양은 생각했다. '이젠 집에 가서 환자 점심을 줘야 할 테니.'

클림슨 양은 힐사이드뷰의 하숙집으로 돌아갔지만 구운 양고기 요리에도 별로 식욕이 돌지 않았다.

3시 반이 되었을 때, 클림슨 양은 다시 차 파티를 벌이러 출격했다. 이번에는 〈라이온스〉와 네 번째 찻집도 포함시켜, 마을 맨끝에서 시작해서 버스 정류장까지 돌아갔다. 〈예 코지 코너스〉의 창가 자리에 앉아 다섯 번째 간식을 먹으려고 애쓰는 도중 보도 위를 서둘러 걸어가는 사람이 눈길을 끌었다. 겨울 저녁이 다가오고 있고 가로등이 특별히 밝지 않았지만 검은 너울을 쓰고 회색 망토를 입은 건장한 간호사가 길가 쪽 보도를 걸어가는 모습을 똑똑히 볼 수 있었다. 목을 쭉 빼고 보니, 간호사가 씩씩하게 뛰어가 모퉁이에 선 버스에 올라타고 '피셔맨스 암스' 방향으로 사라지는 모습이 보였다.

"아유, 약 올라!" 차가 저 멀리 사라지는 모습을 보며 클림슨 양은 혼잣말을 했다. "어디선가 저 사람을 막 놓쳤나 봐. 아니면 누구네 집에서 차를 마셨든가. 뭐, 오늘은 허탕이네. 차를 너무 많이 마셔서 배는 터질 것 같고!"

그나마 클림슨 양이 하늘의 축복으로 소화기가 튼튼하게 태어난 게 다행이었다. 다음 날 아침에도 그런 활동을 반복해야 했으니 말이다. 물론 부스 양이 일주일에 두세 차례만 외출할 수도 있고 오후에만 외출할 수도 있지만 클림슨 양으로서는 기회를 놓칠 수가 없었다. 이젠 적어도 그 버스 정류장을 지켜봐야 한다는 점 하나만은 확실해졌다. 이번에는 11시에 〈예 코지 코너스〉에 자리를 잡고 12시까지 기다렸다. 아무 일도 없자 집으로 돌아왔다.

오후 3시, 다시 그곳으로 돌아갔다. 이쯤 되자 웨이트리스가 얼굴을 익혀서 클림슨 양이 오고 가는 것을 재미있게 지켜보면서 관심을 가지는 기색이 역력했다. 클림슨 양은 사람들이 지나는 모습을 보는 걸 참 좋아한다고 설명하고 카페와 서비스에 대해서 약간의 칭찬을 늘어놓았다. 그녀는 길 반대편에 있는 기묘한 옛날 여관이 멋있다고 칭찬하며 스케치할까 한다고 말했다.

"아, 그래요." 웨이트리스가 말했다. "스케치하러 화가들이 여기 많이 와요."

그래서 클림슨 양은 기막힌 착상을 해내서 다음 날 아침에는 연필과 스케치북을 들고 갔다.

세상일이란 게 참 기묘하고 심술궂은 게, 이번에는 클림슨 양이 커피를 주문하고 스케치북을 꺼내 여관 지붕 윤곽을 그리자마자 버스 한 대가 멈추더니 검정과 회색의 제복을 입은 건장한 간호사가 내렸다. 간호사는 〈예 코지 코너스〉에는 들어오지 않았지만 너울을 마치 깃발처럼 휘날리며 행진이라도 하듯 씩씩한 걸음걸이로 반대편 길을 걸어갔다.

클림슨 양이 짜증나서 날카롭게 감탄사를 내뱉는 바람에 웨이트리스가 시선을 돌렸다.

"아유 귀찮아라!" 클림슨 양이 말했다. "지우개를 나두고 왔어요. 가서 하나 사와야겠네요."

클립슨 양은 스케치북을 탁자 위에 내려놓고 문으로 향했다.

"그동안 커피를 덮어놓을게요, 손님." 웨이트리스는 친절하게 말했다. "〈베어스〉 아래 있는 벌틸 상점에 가 보세요. 여기서 제일 좋은 문방구예요."

"고마워요, 고마워." 클림슨 양은 인사를 하고 튀어나갔다.

검은 너울은 저 멀리에서 펄럭이고 있었다. 클림슨 양은 길가 쪽에 붙어 숨차게 따라갔다. 너울은 약국으로 쑥 들어갔다. 클림슨 양은 약간 뒤에서 길을 건너 기저귀가 가득 진열된 창문을 들여다보았다. 너울은 다시 나오더니 갈 곳 모르고 길 위에서 펄럭이다 클림슨 양을 지나쳐 신발가게로 들어갔다.

'신발 끈만 사려는 거면 금방 나오겠지.' 클림슨 양은 생각했다. '하지만 이것저것 신어 보면 오후 내내 걸릴 거야.'

그녀는 문 옆을 천천히 지나갔다. 운 좋게도 손님 한 명이 막 나오고 있어 그 사람을 지나치며 들여다보니 검은 너울이 건물 뒤로 들어가는 모습이 언뜻 보였다. 클림슨 양은 문을 대담하게 열고 들어갔다. 가게 앞쪽에는 잡동사니를 파는 카운터가 있었고, 간호사가 사라진 문에는 '여성 화장실'이라는 표지판이 붙어 있었다.

갈색 비단 신발 끈을 사면서 클림슨 양은 마음속으로 갈등했다. 이 기회를 따라가 잡아야 할까? 신발을 신어 보는 건 보통 오래 걸리는 일이다. 목표물은 의자에 오래 앉아서 하릴없이 있을 것이고 그동안 직원이 사다리를 올라가서 마분지 상자 더미를 가져오리라. 또한 신발을 신어 보는 사람과는 대화를 시작하기가 상대적으로 쉽다. 하지만 여기에는 위험 요소가 있었다. 탈의실에서 진짜처럼 자연스럽게 있으려면, 나 또한 신발을 신어 봐야 한다. 그러면 어떻게 될까? 점원이 먼저 오른쪽 신발을 벗겨가 버려 꼼짝도 못하게 되겠지. 만약 그동안 목표물이 물건을 다 사고 나가 버리면? 미친 사람처럼 깽깽이걸음으로 쫓아가야 하나? 서둘러 내 신발을 찾아 신고 신발끈도 제대로 묶지 않은 채 잊어버린 약속이 있었다고 못 미더운 말을 중얼거리며 뛰어나가면 의심을 살지도 모르는데? 설상가상, 짝짝이로 신발을 신고 있어서 한쪽에는 내 신발, 다른 쪽에는 상점 신발을 신고 있으면 어쩌나? 갑자기 자기 것도 아닌 신발을 신고 뛰쳐나가면 남들이 어떻게 생각할까? 남을 쫓는 게 아니라 되레 쫓기는 게 아닐까?

이런 문제점들을 마음속으로 재다가 클림슨 양은 신발 끈 값을 치르고 상점에서 나왔다. 이미 찻집에서 값도 치르지 않고 나왔으니 아침에 경범죄 하나 저지른 것만으로도 충분히 다른 사람들의 시선을 끌 만했다.

남자 탐정들은, 특히 노동자나 시횐, 전보 배달부로 변장하고 있으면 '미행'하기가 편하다. 그다지 관심을 끌지 않고 어슬렁어슬렁 다닐 수 있다. 하지만 여자 탐정은 어슬렁거려서는 안 된다. 반면 상점 진열장을 한없이 바라보고 있는 건 된다. 클림슨 양은 모자 상점을 골랐다. 양쪽 진열장에 있는 모자들을 꼼꼼히 살핀 후에 다시 눈 위를 덮는 너울이 달리고 토끼

귀처럼 쓸데 없는 장식이 달린, 아주 우아한 모자를 살 것처럼 쳐다보았다. 때마침 지나가던 사람 눈에 그녀가 마침내 안으로 들어가 가격을 물어보기로 결심한 것처럼 보였을 순간에, 간호사가 신발가게에서 나왔다. 클림슨 양은 토끼 귀를 보고 마음에 안 든다는 듯 고개를 절레절레 흔들며 다른 진열장으로 다시 시선을 돌렸다가 쳐다보고 머뭇거리고 망설이다 결국 물러섰다.

간호사는 이제 30미터 앞에서 마구간을 향하는 말 같은 분위기로 걸어가고 있었다. 간호사는 다시 길을 건너 알록달록한 모직 천이 쌓인 진열장을 들여다보다가 생각을 고쳐먹고 지나가서 〈오리엔탈〉 카페 문으로 들어갔다.

클림슨 양은 오랫동안 추적한 끝에 결국 날아가던 나방을 컵 속에 가둔 상황을 맞이했다. 그 순간 목표물은 안전하고 추적자는 한숨 돌릴 수 있다. 이제 문제는 가둬 놓은 나방을 상처 입히지 않고 어떻게 꺼내는가 하는 것이었다.

물론 그 사람을 따라 카페에 들어가 같은 탁자의 빈자리에 앉으면 쉬운 일이었다. 하지만 상대방이 환영한다는 보장이 없었다. 다른 자리가 텅 비어 있는데 무작정 그 자리에 앉으면 괴상하다고 생각할지도 모른다. 떨어진 손수건을 주워 준다거나 가방이 열렸다고 지적해 준다거나 하며 말을 건넬 거리가 있는 편이 좋았다. 만약 그쪽에서 빌미를 주지 않는다면, 차선의 방법은 이쪽에서 하나 만드는 것이었다.

문방구가 몇 가게 건너에 있었다. 클림슨 양은 안으로 들어가 지우개 하나와 그림엽서 세 장, BB 연필과 달력 하나를 산 후 물건을 다 포장할 동안 기다렸다. 그 다음 천천히 길 건너로 가서 〈오리엔탈〉 카페로 들어갔다.

첫 번째 방에서는 두 여자와 남자 아이 한 명이 우묵 들어간 자리를 차지하고 있었고 나이든 신사 한 명이 다른 자리에서 우유를 마시고 있었으며, 세 번째 자리에서는 여자애 두 명이 커피와 케이크를 들고 있었다.

"실례합니다." 클림슨 양이 두 여자에게 물었다. "혹시 여기 꾸러미 잃어버리지 않으셨어요? 가게 앞에서 주웠는데."

나이 든 여자는 쇼핑을 하고 있었던지 상당한 양의 잡동사니가 든 장바구니를 재빨리 살피면서 기억을 되살리기 위해 하나하나 집어 들었다.

"내 게 아닌 것 같은데, 확실히는 모르겠네요. 어디 보자. 달걀하고 베이컨은 있고. 이건 뭐지, 거터? 쥐덫이니? 아니, 이건 감기약이고, 저건…… 저건 에디스 아주머니의 코르크 밑장이네. 이건 닭고기. 아니다, 이건 청어 반죽이고 저게 닭고기구나. 어머나, 여기저기 돌아다니다가 쥐덫을 떨어뜨렸나 봐. 하지만 저건 쥐덫 같진 않은데."

"아니에요, 엄마." 젊은 여자가 말했다. "기억 안 나세요? 쥐덫은 목욕용품이랑 같이 보내 주기로 했잖아요."

"아, 그랬지. 그럼 설명이 되네. 쥐덫과 프라이팬 두 개는 목욕용품이랑 같이 오기로 했어. 그럼 비누만 빼고 다 있는데, 그건 네가 갖고 있지, 거티. 아뇨. 고맙습니다만 그건 우리 게 아니네요. 다른 사람이 떨어뜨렸나 봐요."

노신사는 확고하고도 정중하게 자기 게 아니라고 말했고, 두 여자애는 그저 킬킬 웃기만 했다. 클림슨 양은 계속 갔다. 두 번째 방에서, 수행원처럼 젊은 남자들을 데리고 온 아가씨 두 명도, 고맙지만 그 꾸러미는 자기들 것이 아니라고 했다.

클림슨 양은 세 번째 방으로 들어갔다. 한쪽 구석에는 에어데일 테리어 개를 데리고 있는 약간 수다스러운 사람들 한 무리가 있었다. 그리고 뒤쪽, 〈오리엔탈〉 카페의 구석 중에서도 가장 눈에 띄지 않고 쑥 들어간 자리에 간호사가 앉아 책을 읽고 있었다.

수다스러운 사람들이 모르는 물건이라고 말한 후, 클림슨 양은 뛰는 가슴을 안고 간호사에게 다가갔다.

"실례해요." 클림슨 양은 우아하게 웃으면서 말했다. "이 꾸러미가 혹시 그쪽 게 아닌가 해서요. 바로 문간에서 주워서 카페 안의 다른 사람들에게 다 물어봤는데 아니라네요."

간호사가 고개를 들었다. 머리가 희끗희끗한 초로의 여인으로, 호기심이 많아 보이는 크고 푸른 눈은 시선이 강렬해서 보는 이를 불편하게 하는 면이 있었다. 보통은 감정적으로 불안정한 사람의 표시였다. 간호사는 클림슨 양을 보고 생긋 웃으며 사근사근하게 말했다.

"아니, 아니에요. 제 물건이 아니에요. 참 친절하신 분이네요. 하지만 제 물건은 다 여기에 있어요."

간호사는 어정쩡하게 구석자리의 세 면을 두르고 있는 방석 자리를 가리켰고, 클림슨 양은 이 손짓을 초대로 받아들이고 즉시 앉았다.

"참 이상하기도 하지." 클림슨 양이 말을 이었다. "누군가 여기 들어오면서 떨어뜨린 게 분명한데. 이걸 어떻게 해야 좋을지 모르겠네요." 클림슨 양은 물건을 살짝 집어 보았다. "가치 있는 물건 같진 않은데 알 수 없으니까요. 경찰서에 가지고 가 봐야겠어요."

"여기 계산원에게 맡기면 돼요." 간호사가 제안했다. "주인이 물건을 찾으러 올 경우를 대비해서요."

"그럼, 그렇게 하면 되겠네요." 클림슨 양이 외쳤다. "그런 생각을 하시다니 정말 똑똑도 하셔라. 물론, 그게 제일 좋은 방법이겠어요. 제가 아주 멍청하다고 생각하시겠지만 저한테는 그런 생각이 떠오르지 않았지 뭐예요. 전 별로 현실적인 사람이 못 되어서 항상 그런 사람들이 참 존경스러워요. 저 같은 사람은 그쪽 같은 직업은 절대 하면 안 되겠어요, 그렇죠? 약간 긴급 상황만 발생해도 어쩔 줄 모르고 당황하니까요."

간호사는 다시 웃었다.

"훈련으로 개선될 수 있는 문제예요. 물론 자기 훈련도 있어야죠. 사소한 약점들은 모두 고도의 자기 절제 하에 마음을 두면 극복할 수 있어요. 믿지 않으세요?"

간호사의 눈은 최면을 걸 듯 클림슨 양의 눈을 빤히 쳐다보았다.

"맞는 말 같네요."

"정신적 영역에 있는 것이면 무엇이든 크다거나 작다고 생각하는 건 실수예요." 간호사는 책을 덮어 탁자 위에 놓으며 계속 주장을 밀고 나갔다. "우리의 가장 사소한 생각이나 행동도 똑같이 영적인 힘의 최고 중심에 의해 조정할 수 있어요. 우리 자신이 진심으로 믿을 수 있다면요."

웨이트리스가 클림슨 양의 주문을 받으러 왔다.

"어머나! 제가 남의 자리를 차지하고 앉아 있었네요."

"아니, 일어서지 마세요." 간호사가 말했다.

"정말이세요? 괜찮겠어요? 전 정말 방해하고 싶지 않은데……."

"전혀 방해되지 않아요. 전 아주 쓸쓸하게 살고 있어서 대화할 친구가 있으면 언제나 기쁘답니다."

"정말 친절하시다. 그럼 난 스콘이랑 버터, 차 주세요. 여긴 정말 작고 아늑한 카페 아니에요? 조용하고 평화로워요. 저 사람들이 개를 데리고 와서 저렇게 시끄럽게만 굴지 않으면. 난 저런 큰 동물은 싫어해요. 아주 위험한 것 같아요. 그렇지 않아요?"

하지만 클림슨 양은 대답을 듣지 못했다. 갑자기 탁자 위에 놓인 책 제목을 보았기 때문이었다. 악마인지 구원의 천사인지

(어느 쪽인지는 확신할 수 없지만), 말하자면 탐스러운 유혹의 열매를 은쟁반 위에 놓아 건네준 꼴이었다. 책은 스피리추얼리스트 출판사에서 나온 《죽은 자도 말할 수 있는가?》라는 제목이었다.

한순간 번쩍 스치는 환상 속에서 클림슨 양은 세세한 부분 하나하나까지도 완전하고 완벽한 계획을 세웠다. 물론 자기도 질려 양심이 쪼그라들 만큼 사기성이 농후한 계획이었지만 성공은 확신했다. 클림슨 양은 악마와 씨름했다. 사유가 정당하다면 사악한 행동을 해도 정당화될 수 있지 않을까?

클림슨 양은 신의 가호를 바라면서 기도문 같은 말을 속으로 중얼거렸지만, 들려오는 대답은 오직 귓가에 맴도는 목소리뿐이었다.

'아, 정말 잘했어요, 클림슨 양!'

그 목소리는 물론 피터 윔지 경의 목소리였다.

"죄송해요." 클림슨 양이 입을 열었다. "하지만 그쪽도 정신주의를 공부하시나 봐요. 정말 흥미롭죠!"

이 세상에서 클림슨 양이 뭔가 안다고 자신 있게 주장할 수 있는 한 가지 화제가 있다면 그건 바로 정신주의였다. 하숙집에서 이 주제는 활짝 피는 꽃과 같았다. 클림슨 양은 지성적으로는 거부하긴 했어도 영적 차원이나 자기 통제의 도구들, 영혼 교신, 텔레파시, 유체이탈, 아우라, 심령 출현에 대한 이야기를 사람들이 할 때면 종종 귀 기울여 듣곤 했다. 교회에서 이런 건 금지된 화제라는 걸 아주 잘 알고 있었지만, 수없이 많은 노부인들에게서 월급을 받고 말동무를 해 주면서 몇 번이고 림몬의 성전에 몸을 굽혀야만 했다.§

이전에 심령 연구 학회에서 나왔다고 하는 괴상한 남자를 알고 지낸 적도 있었다. 클림슨 양이 본머스에 갔을 때, 2주일 동안 같은 호텔에서 묵었던 사람이었다. 그 사람은 귀신 들린 집을 조사하거나 폴터가이스트를 탐지하는 전문가였다. 그가 클림슨 양을 약간 좋아해서 몇 날 저녁 동안 영매들이 쓰는 속임수에 대한 재미있는 얘기를 들을 수 있었다. 그의 도움으로 클림슨 양은 탁자를 돌리거나 폭발하는 소리를 내는 법을 배웠고, 기다란 검은 철사에 매단 분필을 이용해서 영혼의 전갈이라고 석판 위에 그려 놓은 쐐기 표시를 읽는 법도 배웠다. 영혼이 파라핀 왁스 양동이에 찍었다는 손자국은 실은 부풀린 고무장갑으로 낸 자국이며, 나중에는 이걸 터뜨려서 어린아이 손목보다 가는 구멍을 통해 굳어진 왁스에서 끄집어낸다는 점도 알게 되었다. 또 직접 해 본 적은 없지만 이론적으로 결박을 푸는 방법도 배웠는데, 뒤로 손을 묶을 때 첫 매듭을 가짜로 묶어 놓으면 나머지는 술술 풀리는 기술이었다. 또, 두 주먹에 밀가루를 가득 움켜쥐고 검은 벽장 속에 묶였으면서도 어스름한 빛 속에서 탬버린을 울리며 방 안을 돌아다닐 수 있는 법도 알아

---

§ 〈열왕기〉 하 5장 18절에서 인용. 우상을 섬긴다는 뜻.

냈다. 이런 속임수를 다 깨달은 클림슨 양은 인류의 어리석음과 사악함에 대해서 큰 의문을 품었었다.

간호사는 계속 말을 했고 클림슨 양은 기계적으로 대답했다. '아직 초보자로군.' 클림슨 양은 생각했다. '교과서를 읽고 있잖아. 게다가 비판적이지도 않아. 저 여자의 정체는 오래 전에 들통 났다는 걸 알고 있을 텐데. 이런 여자는 절대 혼자 밖으로 나오게 허락해 주면 안 돼. 사기를 저절로 유도한다니까. 이 여자가 말하는 크레이그 부인이라는 사람이 누군지 모르지만, 코르크스크루처럼 배배 꼬인 교활한 사람인 건 분명해. 크레이그라는 여자는 피해야겠군. 어쩌면 너무 많이 알지도 모르니까. 불쌍하게 현혹된 이 사람이 심지어 저런 말까지 믿는다면 뭐든 믿겠어.'

"정말 근사하지 않아요?" 클림슨 양이 큰 소리로 외쳤다. "하지만 약간 위험하지 않을까요? 내가 민감하다는 말을 좀 듣고 있기는 하지만, 진짜 해 볼 생각은 한 번도 안 했어요. 이런 초자연적인 영향력에 마음을 여는 게 현명한 행동일까요?"

"올바른 방법을 모른다면 위험하죠." 간호사가 말했다. "영혼에 관한 순수한 생각들만을 모아 보호막을 짓는 법을 배워야죠. 악한 영향력이 들어오지 않게. 전 저 세계로 건너간 사랑하는 사람들과 정말 놀라운 대화를 나누었답니다."

클림슨 양은 찻주전자를 다시 채우고 웨이트리스에게 설탕 케이크 한 접시를 주문했다.

"유감이지만 나한테는 영매 능력은 없어요. 아직은 없단 말이죠. 혼자 있을 땐 아무것도 불러올 수 없어요. 크레이그 부인 말로는 연습과 집중으로 얻을 수 있대요. 간밤에 위자 보드로 연습해 봤는데, 나선형밖에 안 그려지더라고요." 간호사가 계속 떠들었다.

"의식적 정신이 너무 활동적인가 봐요." 클림슨 양이 말했다.

"그래요, 그렇다고 해야겠네요. 크레이그 부인 말로는 내가 감응력이 참 좋대요. 같이 앉아 있을 땐 결과가 대단하답니다. 하지만 유감스럽게도 부인은 지금 외국 여행 중이에요."

클림슨 양은 심장이 엄청나게 쿵쾅 뛰는 바람에 하마터면 차를 엎지를 뻔했다.

"혹시 영매 능력이 있으세요?" 간호사가 물었다.

"그렇다는 말을 들었어요." 클림슨 양은 방어적으로 대답했다.

"그럼 혹시 우리가 같이 앉아 있으면……."

간호사는 간절히 원하는 눈길로 클림슨 양을 바라보며 부탁했다.

"난 정말 별로 하고 싶진……."

"아, 해 주세요! 감응력이 좋은 분 같아요. 우리 둘이서는 좋은 결과를 낼 수 있을 거예요. 영혼들도 너무나 교신하고 싶어서 안달이고요. 물론, 내가 그런 사람이 아니라면 시도도 하지 않겠죠. 영매랍시고 사기꾼들이 너무 많으니까요."

'적어도 그 정도는 당신도 알고 있군!' 클림슨 양은 생각했다.

"하지만 당신 같은 분과 함께라면 절대적으로 안전할 거예요. 그게 인생에 얼마나 큰 차이를 가져올지 깨닫게 될걸요. 난 이전에는 이 세상의 온갖 고통과 슬픔을 다 겪고 비참했었어요. 그런 고통을 너무 많이 보잖아요. 하지만 생존의 확실성을 깨닫고 우리 모두가 겪는 시련은 더 높은 단계의 삶으로 우리를 준비시키기 위해 위에서 보내 준 것임을 알게 되었어요."

"그럼요." 클림슨 양은 천천히 말했다. "한번 시도나 해 볼게요. 하지만 내가 정말로 믿는다고는 말할 수 없어요."

"믿게 되실 거예요. 그렇고말고요."

"물론 기이한 사건을 한둘 보기는 했어요. 속임수로 할 수 없는 일들요. 그 사람들과도 잘 아는 사이였거든요. 그렇지만 설명은 할 수 없고……."

"그럼 오늘 밤에 저를 만나러 와 주세요, 당장!" 간호사가 설득했다. "조용한 응접실 하나를 찾아서 당신이 정말로 영매인지 아닌지 확인해 봐요. 물론 난 당신에게 그런 재능이 있다는 걸 확신하지만."

"좋아요." 클림슨 양이 수락했다. "그건 그렇고 성함이 어떻게 되세요?"

"캐롤라인, 캐롤라인 부스라고 해요. 난 켄달 로드에 있는 대저택에서 거동이 불편한 노부인을 모시는 간호사예요."

'어쨌든 그것 하난 고맙군.'

클림슨 양은 속으로 생각했다. 그러면서도 큰 소리로는 이렇게 말했다.

"내 이름은 클림슨이에요. 여기 어디 명함이 있을 텐데. 아, 놓고 왔네. 전 힐사이드뷰에 묵고 있어요. 제가 어떻게 연락하죠?"

부스 양은 주소와 버스 번호를 알려 주고 저녁 초대까지 했다. 클림슨 양은 초대를 받아들인 후 집으로 돌아가 급히 편지를 썼다.

친애하는 피터 경

일이 어떻게 되고 있는지 궁금하시겠죠. 마침내 알려 드릴 게 생겼습니다! 드디어 그 성에 쳐들어갈 수 있게 되었어요! 오늘 밤 그 집에 가니 놀라운 소식을 기대하십시오.

서둘러 몇 자 적습니다.

피터 경의 충실한 직원, 캐서린 A. 클림슨

클림슨 양은 점심 후 다시 시내로 나갔다. 먼저, 클림슨 양은 정직한 사람이었으므로 〈예 코지 코너스〉에서 스케치북을 도로 찾고 아침에는 친구를 우연히 만나서 지체되었다면서 차

값을 치렀다. 그 다음에는 여러 가게를 방문해서 마침내 목적에 부합하는 작은 금속 비누 상자를 하나 골랐다. 그것은 옆면이 약간 볼록했고 꽉 닫고 살짝 누르면 아주 큰 소리를 내면서 뒤로 튕겼다. 거기에 작은 장치와 강력 접착제를 이용해서 강한 고무줄을 붙였다. 클림슨의 앙상한 무릎에 묶고 다른 무릎에 대고 꽉 누르면 가장 의심이 많은 사람이라도 믿을 만큼 크게 삐거덕거리는 소리가 났다. 클림슨 양은 거울 앞에 앉아 차 마시기 전에 한 시간 동안 연습해서 몸을 아주 조금만 움직여도 소리가 날 수 있도록 연습했다.

이와 함께 모자챙에 넣는 것과 같은 뻣뻣한 검은색 철사도 구입했다. 반으로 접어서 손목에 넣으면 가벼운 탁자 정도는 흔들 수 있었다. 무거운 탁자라면 좀 힘들긴 하겠지만, 대장간에 부탁해서 더 튼튼한 것을 만들 시간이 없었다. 어쨌든 시도해 볼 순 있었다. 클림슨 양은 소맷자락이 길고 넓은 검은 벨벳 실내복을 찾아 입은 후 철사가 잘 가려지는 것을 보고 만족했다.

오후 6시가 되자, 클림슨 양은 이 의상을 입고 비누 상자를 다리에 묶었다. 물론 차 안에서 동승자들을 놀라게 하지 않으려고 일단은 상자를 밖으로 돌려놓았다. 그 다음에는 남성용 망토처럼 재단된 두꺼운 방수 외투를 걸쳐 소리를 막은 후 모자와 우산을 들고 레이번 부인의 유언장을 훔치러 떠났다.

 17장

저녁이 끝났다. 저녁식사는 애덤형 천장에 벽난로가 있으며 벽널을 두른 아름답고도 고풍스런 방에서 했고 음식도 아주 좋았다. 클림슨 양은 정신을 가다듬고 준비 태세를 갖췄다.

"그럼 내 방으로 갈까요?" 부스 양이 제안했다. "진짜로 편안한 곳은 거기뿐이에요. 물론 이 집 대부분은 닫혀 있어요. 손님을 혼자 놔두고 실례지만, 난 빨리 가서 레이번 부인에게 식사를 드리고 자리 좀 봐 드리고 올게요. 그 다음에 시작해요. 30분도 안 걸릴 거예요."

"부인은 전혀 거동을 못 하시나 봐요?"

"네, 못 하세요."

"말씀은 하세요?"

"말씀은 무슨. 가끔 중얼거리시긴 하지만, 무슨 말인지 알아들을 수 없어요. 참 슬픈 일이죠. 그렇게 부유하신데. 차라리 돌아가시는 편이 행복하실 거예요."

"불쌍해라!" 클림슨 양이 동정을 표했다.

간호사는 화사하게 꾸며놓은 작은 응접실로 안내한 후 크레톤 사라사 담요와 장식품들 사이에 손님을 남겨 놓고 나가 버렸다. 클림슨 양은 꽂아 놓은 책들을 재빨리 눈으로 훑어보았다. 대부분이 소설이었지만 정신주의에 대한 개론서가 몇 권 있었다. 그래서 다음으로는 벽난로 선반에 관심을 돌렸다. 보통 간호사들이 다 그렇듯이 선반에는 사진들이 가득했다. 병원 식구들과 환자들이 감사의 표시로 주었다는 글씨가 새겨진 사진들 중에서 눈에 띄는 한 장이 있었다. 1880년대식 의상을 입고 콧수염을 기른 신사의 캐비닛 판 사진으로, 남자는 저 멀리 바위산이 보이는 허공 속 돌 발코니 위에서 자전거 옆에 서 있었다. 액자는 무거운 은이었고 장식이 많았다.

"아버지라고 하긴 너무 젊은데." 클림슨 양은 액자를 뒤집어 액자 뒤 걸쇠를 벗겼다. "연인이라거나 좋아하는 오빠라고 하기에도. 흠! '귀여운 루시에게, 영원히 사랑하는 해리가.' 오빠는 아닐 거야. 사진사의 주소를 보자, 코번트리네. 아마도 자전거 사업을 하나 봐. 그럼 해리는 어떻게 된 걸까? 분명 결혼한 사이는 아니지. 죽었거나 불륜. 고급 액자에 위치도 중앙에 놓았어. 꽃병에 온실에서 기른 수선화 한 다발. 해리는 죽었나 봐. 다음은 뭐지? 가족? 그러네. 편리하게도 이름이 아래 있군. 앞머리를 내린 귀여운 루시. 아빠, 엄마, 톰, 거트루드. 톰과 거트루드는 오빠와 언니인가 봐. 하지만 아직도 살아 있겠지. 아버지는 목사였네. 집도 큼지막하고. 시골 목사관이었나 보다. 사진사의 주소는 메이드스톤이네. 잠깐, 여기 아빠가 다른 사람들과 있는 사진도 있군. 남자애들 열두 명하고. 학교 교장이었구나. 아니면 개인 교습을 했든가. 남자애 둘은 지그재그 리본이 달린 밀짚모자를 쓰고 있네. 그럼 아마 학교인가 보군. 저 은제 컵은 뭐지? 토머스 부스와 다른 이름이 세 개. 펨브로크 칼리지 4인조 보트 경주 1883년. 학비가 비싼 대학은 아냐. 해리가 자전거 제조업을 한다고 아버지가 반대한 걸까? 저기 있는 책은 학교 상으로 받은 것 같네. 그렇구나. 메이드스톤 여자 대학. 영문학 우등상. 그렇군. 지금 부스 양이 돌아오는 소리인가? 아니, 착각이구나. 군복을 입은 젊은 남자. '사랑하는 조카, G. 부스.' 아! 톰의 아들인가 보네. 살아 있을까? 아, 이제 온다. 이번에는 진짜네."

문이 열리자, 클림슨 양은 불가에 앉아 《레이먼드》 잡지에 골몰하는 척했다.

"오래 기다리게 해서 미안해요." 부스 양이 사과했다. "하지만 불쌍한 부인이 오늘 저녁에는 영 불편해 하셔서요. 이제 두 시간 정도는 괜찮겠지만, 그 후에는 다시 올라가 봐야 해요. 지금 즉시 시작할 수 있을까요? 해 보고 싶어서 못 견디겠어요."

클림슨 양은 기꺼이 동의했다.

"보통은 이 탁자를 사용해요." 부스 양은 다리 사이에 선반이 있는 작은 대나무 원형 탁자를 들고 왔다. 클림슨 양은 가짜로 심령 현상을 일으키기에 이보다 더 적격인 가구는 없을 거라고 생각하고 크레이그 부인의 선택에 진심으로 동의했다.

"불빛 속에 앉나요?" 클림슨 양이 물었다.

"환한 불은 안 되고요." 부스 양이 대답했다. "크레이그 부인이 설명한 바에 따르면 햇빛이나 전기불의 푸른빛은 영혼에게는 힘들대요. 진동을 깨 버린다나요. 그래서 보통 불을 끄고 난롯불 옆에 앉아요. 그만 해도 필기하는 덴 충분하니까요. 당신이 받아 적을 건가요, 아니면 제가 할까요?"

"아, 저보다는 더 익숙하시니까 부스 양이 하시는 편이 좋을 것 같아요."

"알겠어요." 부스 양은 연필과 종이판을 가지고 온 후 불을 껐다. "자, 그럼 이제 앉아서 손가락을 가볍게 탁자 위, 가장자리에 댑니다. 물론 원을 그리는 게 제일 좋지만, 두 사람만으로는 안 되니까. 그럼 먼저 말을 하지 않는 편이 좋을 것 같아요. 영혼과 친밀감이 형성될 때까지는요. 어느 쪽에 앉겠어요?"

"아, 여기가 좋을 것 같아요." 클림슨 양이 대답했다.

"불을 등지고 앉아도 괜찮겠어요?"

클림슨 양은 정말 괜찮다고 했다.

"뭐, 그게 배치가 좋아요. 불빛이 탁자에 비치는 걸 막아 줄 테니."

"제 생각도 그거예요." 클림슨 양은 진심을 담아 말했다.

두 사람은 손가락 끝을 탁자 위에 대고 기다렸다.

2분이 흘렀다.

"어떤 움직임이 느껴지나요?" 부스 양이 속삭였다.

"아니요."

"가끔 시간이 걸리기도 해요."

침묵.

"아! 뭔가 느낀 것 같아요."

"손가락을 뾰족한 것으로 찌르는 느낌이에요."

"나도 그래요. 곧 뭔가 오겠네요."

잠시 정적.

"잠깐 쉬고 싶어요?"

"손목이 좀 아프네요."

"익숙해질 때까지 그럴 거예요. 손목을 통해서 힘이 오거든요."

클림슨 양은 손가락을 들고 양쪽 손목을 부드럽게 문질렀다. 가늘고 검은 갈고리가 검은 벨벳 소매 가장자리에서 조용히 빠져 나왔다.

"우리 주위에 힘이 가득 찬 느낌이에요. 등골에 차가운 전율이 흘러요."

"계속 해요." 클림슨 양이 말했다. "이제 충분히 쉬었어요."

침묵.

"느껴져요." 클림슨 양이 속삭였다. "무언가가 내 목덜미를 잡고 있는 느낌이에요."

"움직이지 말아요."

"게다가 팔꿈치부터 팔이 마비되었어요."

"쉿! 나도 그래요."

클림슨 양은 근육의 이름만 정확히 알았다면 어깨세모근까지 아프다고 덧붙였을지도 몰랐다. 손목을 받치지 않고 손가락 끝만 탁자에 대고 앉아 있으면 이런 결과가 되는 건 당연지사였다.

"머리부터 발끝까지 산시러워요." 부스 양이 말했다.

이 순간 탁자가 앞으로 세게 흔들렸다. 클림슨 양이 대나무 가구를 움직이는 데 필요한 힘을 과대평가했던 것이었다.

"아!"

탁자는 반발력으로 잠깐 멈춘 후, 다시 움직였지만 이번에는 좀 더 부드러워서 결국은 보통 시소처럼 까닥거리게 되었다.

클림슨 양은 발을 살살 들어 올려 실질적으로 손목에 건 갈고리에서 무게를 덜었다. 갈고리가 무게를 버텨줄까 걱정이 되었던 터라 다행이었다.

"영혼에게 말을 걸어도 되나요?" 클림슨 양이 물었다.

"잠깐 기다려요. 옆으로 비키고 싶어 하네요."

클림슨 양은 고도의 상상력을 보여 주는 이 말에 조금 놀랐지만 그에 말에 따라 탁자가 살짝 빙그르르 돌게 했다.

"일어날까요?" 부스 양이 제안했다.

이는 불편했는데, 구부정하게 한 발로 서서 탁자를 흔들기가 쉽지는 않았기 때문이다. 클림슨 양은 환각 상태에 빠진 척하기로 결심했다. 그녀는 머리를 가슴으로 떨어뜨리고 가벼운 신음소리를 냈다. 동시에 손을 뒤로 빼서 갈고리를 풀자 탁자는 툭툭 돌면서 손가락 아래서 빙그르르 돌았다.

석탄 덩어리 하나가 불에서 쿵 떨어지며 환한 불꽃을 내뿜었다. 클림슨 양은 화들짝 놀랐고 그 바람에 탁자가 돌다가 멈추고 약간 둔탁한 쿵 소리와 함께 아래로 떨어졌다.

"어머나!" 부스 양이 외쳤다. "불빛 때문에 진동이 흩어졌나 봐요. 괜찮아요?"

"그럼, 그럼요." 클림슨 양이 어물쩍 넘겼다. "무슨 일 있었어요?"

"엄청난 힘이에요. 이렇게 강한 힘을 느낀 적은 없었답니다."

"난 잠이 들었던가 봐요."

"환각 상태에 빠진 거죠." 부스 양이 말했다. "지배령에 사로잡힌 거예요. 피곤해요? 아니면 계속 할까요?"

"아주 괜찮아요. 잠깐 졸릴 뿐이에요."

"당신은 참으로 강한 영매네요." 부스 양이 감탄했다.

클림슨 양은 몰래 발목을 주무르면서 그렇다고 동의했다.

"이번에는 불 앞에 막을 쳐야겠어요." 부스 양이 제안했다. "그게 더 낫겠어요, 어서요!"

손을 다시 탁자 위에 놓자 탁자가 즉시 다시 까닥거리기 시작했다.

"시간 낭비하면 안 돼요." 부스 양은 가볍게 헛기침을 하더니 탁자를 향해 말을 걸었다.

"영령이 여기 있습니까?"

탁!

탁자가 움직임을 멈추었다.

"'그렇다'면 한 번, '아니다'면 두 번 두드리세요."

탁!

이런 질문 방식의 이점은 질문자가 유도심문을 할 수 있다는 데 있었다.

"당신은 죽은 이의 영입니까?"

"그렇다."

"페도라인가요?"

"아니다."

"최근에 나를 찾아온 적 있는 영인가요?"

"아니다."

"우리와 친밀한 영인가요?"

"그렇다."

"우리를 만나서 반갑습니까?"

"그렇다. 그렇다. 그렇다."

"당신은 행복합니까?"

"그렇다."

"여기 뭔가 물어볼 게 있어서 온 건가요?"

"아니다."

"우리를 개인적으로 도와 주고 싶습니까?"

"아니다."

"다른 영을 대신해서 말하는 건가요?"

"그렇다."

"그가 내 친구에게 말을 하고 싶습니까?"

"아니다."

"그럼 내게?"

"그렇다. 그렇다. 그렇다. 그렇다."

탁자는 격렬하게 까닥거렸다.

"그것은 여자의 영입니까?"

"아니다."

"남자입니까?"

"그렇다."

숨을 헉 들이키는 소리.

"내가 이제까지 연락하려고 했던 그 영인가요?"

"그렇다."

잠시 침묵이 흐르며 탁자가 기울었다.

"알파벳을 이용해서 우리에게 말을 할 겁니까? 한 번 두드리면 A, 두 번 두드리면 B, 이런 식으로?"

'참 일찍도 하는군.' 클림슨 양은 생각했다.

탁!

"이름이 뭡니까?"

여덟 번 두드리는 소리가 들리고 한 번 길게 들이킨 숨소리가 이어졌다.

한 번 두드리는 소리.

"H-A……."

길게 이어지는 두드림 소리.

"그거 R인가요? 너무 빨라요."

탁!

"H-A-R이 맞습니까?"

"그렇다."

"해리인가요?"

"그렇다. 그렇다. 그렇다."

"오, 해리! 마침내! 어떻게 지내요? 행복한가요?"

"그렇다. 아니다. 외롭다."

"그건 내 잘못이 아니에요, 해리."

"그렇다. 약하다."

"아, 하지만 난 의무를 다해야 했으니까요. 우리 사이에 누가 있었는지 기억해 봐요."

"그렇다. F-A-T-H-E……."

"아니, 아니에요, 해리. 그건 엄……."

"A-D!"[§]

탁자는 의기양양하게 끝을 맺었다.

"어떻게 그리 무정하게 말할 수 있어요?"

"사랑이 먼저다."

"나도 이젠 알겠어요. 하지만 그땐 어렸던걸요. 지금 나를 용서해 줄 수 있겠어요?"

"다 용서한다. 어머니도 용서한다."

"너무 기뻐요. 지금 있는 곳에서 무얼 하나요, 해리?"

"잠깐. 속죄를 돕는다."

"내게 특별히 전달할 말이 있나요?"

"코번트리로 가라!" (여기서 탁자가 어지럽게 흔들렸다.)

이 메시지에 질문자는 압도된 듯했다.

[§] fathead. '멍텅구리', '얼간이'라는 뜻.

"어머, 진짜 당신이네요, 해리! 우리의 오래된 농담을 잊지 않고 있었군요. 말해 줘요……."

탁자는 이 시점에서 아주 흥분한 징조를 한껏 드러내더니 알아들을 수 없는 글자들을 마구 쏟아 놓았다.

"뭘 바라는 거예요?"

"G-G-G……."

"누구 다른 사람이 방해하고 있는 게 분명해요." 부스 양이 말했다. "그게 누구죠?"

"G-E-O-R-G-E. 조지."(아주 빠르게.)

"조지? 난 조지라는 사람은 모르는데? 톰의 아들 빼고는. 그 애한테 무슨 일이 생겼나 모르겠네."

"하! 하! 하! 조지 부스가 아니라 조지 워싱턴이다."

"조지 워싱턴?"

"하! 하!"

탁자가 발작적으로 동요하는 바람에 영매가 붙잡고 있지도 못할 정도였다. 이제까지의 대화를 받아 적고 있던 부스 양이 탁자 위에 다시 두 손을 올려놓자 탁자는 뛰놀다 말고 다시 까닥거리기 시작했다.

"이제 누구죠?"

"퐁고."

"퐁고가 누구예요?"

"지배령이다."

"지금 그 말을 한 사람은 누구였죠?"

"나쁜 정령. 가 버렸다."

"해리는 아직도 거기 있나요?"

"갔다."

"또 누가 말을 하고 싶어 하죠?"

"헬렌."

"헬렌 누구요?"

"기억하지 않는가, 메이드스톤."

"메이드스톤? 아. 혹시 엘렌 페이트를 말하는 거예요?"

"그렇다. 페이트."

"어머나, 깜짝이야! 안녕, 엘렌. 이렇게 연락이 되다니 정말 반가워."

"싸움을 기억하라."

"기숙사에서 있었던 큰 싸움 말이니?"

"케이트 나쁜 아이."

"아니, 케이트는 기억 안 나. 케이트 헐리만 빼고는. 걔 말하는 건 아니지."

"말썽쟁이 케이트. 불이 나갔다."

"아, 무슨 말 하려는지 알겠네. 불이 꺼진 후 케이크 먹었던 일 말이지."

"맞다."

"넌 아직도 맞춤법을 잘 틀리는구나, 엘렌."

"미스, 미스……."

"미시시피? 아직도 못 외웠어?"

"재미있다."

"네가 있는 곳에 우리 동창 많이 있니?"

"앨리스와 메이벨. 안부 전한다."

"정말 다정한 애들이라니까. 내 안부도 전해 줘."

"그렇다. 모두 사랑. 꽃. 햇빛."

"무슨……?"

"P."

테이블이 못 참고 흔들거렸다.

"다시 퐁고인가요?"

"그렇다. 피곤하다."

"우리가 그만두기를 바라나요?"

"그렇다. 다음번."

"좋아요. 잘 자요."

"안녕."

영매는 지친 기색을 보이며 의자에 기댔다. 기진맥진한 것도 당연했다. 알파벳 글자 하나하나를 두드리는 건 아주 피곤했으며, 비누 상자가 미끄러질까 봐 걱정하느라 더욱 힘들었다.

부스 양은 불을 켰다.

"정말 대단했어요!" 부스 양이 환호했다.

"원하던 답을 얻으셨나요?"

"네. 그럼요. 듣지 못했어요?"

"나는 무슨 말인지 따라갈 수가 없었어요." 클림슨 양이 시치미를 뗐다.

"익숙해지지 않으면 세는 게 약간 힘들어요. 진이 다 빠졌겠네요. 여기서 그만두고 차를 마셔요. 다음번에는 위자 보드를 사용할 수 있을 거예요. 그러면 대답을 듣는 데 그렇게 오래 걸리지 않으니까."

클림슨 양은 이 의견을 생각해 보았다. 분명히 덜 피곤하기는 하겠지만 그것을 조작할 수 있을지는 자신이 없었다.

부스 양은 주전자를 불 위에 올려놓고 시계를 힐끔 보았다.

"어머나! 벌써 11시네. 시간이 빠르기도 하지. 난 뛰어가서 마님 좀 살펴보고 와야 해요. 질문과 대답을 쭉 읽어 보고 있을래요? 오래 걸리지 않을 거예요."

지금까지는 꽤 만족스럽다고, 클림슨 양은 생각했다. 자신감도 붙었다. 며칠 시간이 더 있으면 계획을 이행할 수 있을 것 같았다. 하지만 조지에서 걸려 넘어질 뻔했다. 게다가 '헬렌'이라고 말한 건 바보 같았다. '넬리'라고 했으면 어느 쪽이든 먹혔을 텐데. 45년 전에는 학교마다 넬리라는 아이가 하나씩은 있었으니까. 하지만 결국 클림슨 양이 뭐라고 말하든 중요한 문제는 아니었다. 상대방이 적극적으로 협조할 마음이 있으니까. 다리와 팔이 심하게 저렸다. 클림슨 양은 피곤한 상태에서 막차를 놓친 게 아닐까 걱정했다.

"안됐지만 그런 것 같아요." 부스 양이 돌아왔을 때 그 질문을 했더니 이런 답변이 돌아왔다. "하지만 택시를 부르면 돼요. 물론 비용은 제가 댈게요. 여기까지 나 때문에 힘들게 와주었으니 내가 내야죠. 교신이 너무나 놀랍지 않았어요? 해리는 이전에는 한 번도 온 적이 없었거든요. 불쌍한 해리! 내가 그 사람에게 너무 무정했던 것 같아요. 그 사람은 결혼했지만 날 한 번도 잊지 않았다는 것 봤죠. 그이는 코번트리에 살았는데 우리는 이걸로 농담을 하곤 했어요. 그 사람이 말한 건 그 뜻이에요. 앨리스와 메이벨은 누구를 말하는지 잘 모르겠어요. 앨리스 기번스와 앨리스 로치라는 애가 있었거든요. 둘 다 참 좋은 애들이었는데. 메이벨은 메이벨 해리지를 말하는 것 같고. 그 애는 결혼해서 옛날 옛날에 인도에 갔죠. 걔 남편 성은 기억이 안 나는데, 그 이후로 소식을 못 들었으니 저세상 사람이 되었을 거예요. 퐁고는 새 지배령이네요. 그 사람이 누구냐고 물어봐야겠어요. 크레이그 부인의 지배령은 페도라였거든요. 네로 황제의 측실이었던 포파에아 궁의 노예 소녀였대요."

"정말로요!"

"어느 날 자기 사연을 털어놓더라고요. 얼마나 낭만적이던지. 이 소녀는 기독교인인 데다가 네로와 얽히는 걸 거절해서 사자 굴에 던져졌대요."

"참 흥미로운 이야기네요."

"네, 정말 그렇지 않아요? 하지만 영어는 잘 못해요. 그래서 가끔 알아듣기가 힘들었어요. 게다가 가끔 피곤한 사람들을 불러온다니까요. 퐁고는 재빨리 조지 워싱턴을 치워 버렸죠. 다시 와 줄 거죠? 내일 밤?"

"그럼요. 원하신다면."

"부디 와 주세요. 다음번에는 본인에게 온 전갈이 있나 물어봐야 해요."

"꼭 그래야죠." 클림슨 양이 대답했다. "정말 뜻밖의 사실이었어요. 참 대단해요. 난 내가 그런 재능이 있다는 건 꿈에도 몰랐거든요."

그 말은 또한 진실이었다.

 18장

 물론 클림슨 양이 같이 하숙집에 묵는 부인들에게 자신이 어디에 갔었고 뭘 하고 왔는지 아무리 숨기려고 한들 전혀 소용이 없었다. 클림슨 양이 한밤에 택시를 타고 도착하자 그것만으로도 벌써 부인들의 호기심은 왕성히 일었고, 클림슨 양은 저급하게 놀다 왔다는 오해를 피하기 위해서 진실을 밀힐 수밖에 없었다.
 "클림슨 양." 페글러 부인이 충고했다. "내가 주제넘게 나선다고 생각하지는 마요. 하지만 크레이그 부인이나 그 무리와는 얽히지 않는 게 좋아요. 부스 양이야 정말 훌륭한 여자라는 데 의심의 여지는 없지만 그 여자가 같이 다니는 무리가 마음에

안 드네요. 또 전 정신주의도 찬성하지 않는답니다. 그건 주님의 뜻에 따라 우리가 알 수 없는 문제들을 파고들어서 바람직하지 못한 결과를 불러올 수 있어요. 클림슨 양이 결혼을 했다면 내가 좀 더 명확하게 설명을 해 줄 수 있겠지만 이런 방종한 행위들이 사람 성격에 여러 방면으로 심각한 영향을 끼칠 수 있다는 것을 알아 둬요."

"어머, 페글러 부인." 에더리지 양이 반기를 들었다. "그런 말 마세요. 내가 아는 사람 중에서 가장 마음씨가 고운 사람, 친구라고 부르는 게 영광일 정도의 여자가 있는데 그 사람도 정신주의자랍니다. 평생 성녀처럼 살았다니까요."

"그럴 수도 있겠죠." 페글러 부인은 땅딸막한 몸을 아주 엄숙하게 꼿꼿이 세웠다. "하지만 그게 요점은 아니에요. 난 정신주의자가 하나도 훌륭하게 살지 않는다고 말한 적은 없어요. 하지만 내가 한 말은 그들 중 대다수가 마뜩찮은 이들이고 진실함과는 거리가 멀다는 거죠."

"나도 살면서 소위 영매라고 하는 사람들을 많이 만나 봤는데요." 트윌 양이 신랄하게 동의했다. "예외라고는 하나 없이 모두 다 딱 보자마자 신뢰할 수 없는 사람들이었어요, 지금까지는요."

"많은 영매들이 정말로 그럴 거예요." 클림슨 양이 말했다. "그 점을 판단하기에 저보다 더 좋은 기회가 있었던 분이 없었을걸요. 하지만 전 적어도 몇몇은 실수는 있을지언정 진지한 사람들이라고 믿고 싶어요. 리피 부인은 어떻게 생각하세요?"

클림슨 양은 이 하숙집 여주인을 돌아보았다.

"뭐……." 리피 부인은 공식적 역할상 가능한 한 모든 사람의 의견에 동의해야만 했다. "제가 읽은 책에 의하면 이렇게 말해야 할 것 같네요. 물론 제 독서량이 얼마 되진 않아요. 책을 읽을 시간이 별로 없으니까요. 그래도 책에는 어느 정도 증거가 나와 있었던 것 같아요. 어떤 경우와 특별하게 안전장치가 되어 있는 조건 하에서는 정신주의자들의 주장 밑에 약간의 진실이 깔려 있을 가능성이 있다고 할까요. 제가 그런 사상에 개인적으로 관련을 맺고 싶다거나 하는 건 아니에요. 페글러 부인이 말한 대로 저는 보통은 그런 데 빠지는 부류들을 별로 좋아하지는 않는답니다. 하지만 분명히 예외는 많이 있겠죠. 어쩌면 이 주제는 좀 더 자격이 있는 조사관에게 맡겨야 할 것 같네요."

"그 점은 저도 동의해요." 페글러 부인이 대답했다. "어떤 말로도 크레이그 부인 같은 여자가 우리 모두에게 신성해야 할 영역을 침범해 올 때 내가 느끼는 혐오감을 나 표현할 수 없을 거예요. 생각해 보세요, 클림슨 양. 그 여자, 내가 알지도 못하고 알 마음도 없는 그 여자가 실제로 한 번은 뻔뻔하게 내게 편지를 써서 자기 강신회에서 제 남편으로부터 온 전갈을 받았다지 뭐예요. 그때 어떤 기분이었는지 말도 안 나오네요. 장군님 이름을, 공공장소에서, 그런 사악한 헛소리와 연관해서 들먹이다니! 물론 완전히 지어낸 거짓말이죠. 장군님은 그런 이상한 짓거리들에는 절대로 관여하지 않을 분이셨거든요. 무뚝뚝한 군대식으로 '간악한 망발'이라고 하셨죠. 그런데 그분의 아내인 내게 와서 장군님이 크레이그 부인의 집에 와서 아코디언을 연주하고 징벌 지옥에서 구해 달라고 특별 기도를 요청하셨다고 하다니, 정말 이건 계산된 모욕이라고밖에 볼 수가 없어요. 장군님은 꼬박꼬박 교회도 나가셨고 죽은 사람을 위한 기도라거나 온갖 헛소리는 쌍지팡이를 짚고 나서서 반대하셨다니까요. 그리고 그런 탐탁지 않은 곳에 계시다니, 가끔 퉁명스럽기는 하셨어도 정말 훌륭한 분이셨는데 그럴 리가 있겠어요. 아코디언 이야기도 어이 없고요. 지금 어디 계시든지 훨씬 더 유용한 일을 하시면서 시간을 보내실 거예요."

"정말 창피하기 그지없는 사업이죠." 트윌 양이 한마디 했다.

"이 크레이그 부인이라는 여자는 누구예요?" 클림슨 양이 물었다.

"누가 아니요." 페글러 부인이 험악하게 대꾸했다.

"풍문에 따르면 의사 과부라고 하던데." 리피 부인이 말했다.

"제 의견으로는 도덕관념이 없는 여자예요." 트윌 양이 잘라 말했다.

"그만 한 나이의 여자가, 머리를 염색하고 30센티미터는 될 만한 귀걸이를 걸고 다니다니." 페글러 부인은 혀를 찼다.

"게다가 그런 특이한 옷을 입고 돌아다니는 건 또 뭐고요." 트윌 양이 거들었다.

"그리고 그 여자가 같이 다니는 또 이상한 무리들은 어떻고요." 페글러 부인이 계속했다. "그 흑인 기억하죠, 리피 부인. 녹색 터번을 두르고 앞마당에서 주문을 외우던 남자 말이에요. 나중엔 경찰이 와서 말렸잖아요."

"내가 정말 알고 싶은 건 말이에요. 어디서 그 돈이 다 나오느냐는 거예요." 트윌 양이 궁금증을 표시했다.

"나한테 물어보니 말인데, 그 여자는 돈에 혈안이 되어 있어요. 이런 강신회에서 사람들을 어떻게 꼬여 뭘 얻어 내는지 알 게 뭐예요."

"하지만 어째서 윈들에 왔을까요?" 클림슨 양이 물었다. "크레이그 부인이라는 사람이 말씀하신 대로의 부류라면 런던이나 좀 더 큰 도시가 더 어울리지 않나 싶은데."

"도피 중이라고 해도 하나도 놀랍지 않아요." 트윌 양이 음험하게 대답했다. "한곳에서 너무 소동이 커져서 너 이싱 버틸 수 없었나 보죠."

"도매 급으로 묶어서 비난하는 데 동의하지는 않지만, 심령 연구가 나쁜 사람의 손에 들어가면 정말 위험하다는 건 맞는 말씀 같아요." 클림슨 양도 다른 사람들 말에 따랐다. "부스 양이 한 얘기로 미루어 보면 크레이그 부인이 초보자들에게 적합한 안내자인지 의심이 가요. 실로, 부스 양이 자기를 지킬 수 있게 도와주는 게 제 의무 같고, 제가 지금 열의를 쏟는 일이랍니다. 하지만 다들 아시겠지만 이런 일에는 요령을 부려야 하죠. 그렇지 않으면 되레 부아만 돋우는 짓이 될지 모르니까요. 첫 번째 단계로 부스 양의 신임을 얻으면 점차적으로 건강한 정신 구조로 이끌어 갈 수 있을 거예요."

"진짜 맞는 말이에요." 에더리지 양이 진심으로 맞장구쳤다. 창백한 푸른 눈동자가 생기 있게 반짝거렸다. "저도 그런 무시무시한 사기꾼의 손아귀에 잡힐 뻔한 적이 있답니다. 하지만 제 친한 친구가 더 좋은 길로 안내해 주었죠."

"어쩌면 그러겠죠." 페글러 부인이 냉소적으로 대꾸했다. "하지만 제 경험상 모든 일은 가만히 놔두는 게 가장 좋아요."

이런 훌륭한 충고에도 굴하지 않고 클림슨 양은 약속을 지켰다. 혼이 씌운 탁자를 흔들어 보인 후, 퐁고는 위자 보드를 이용해 교신하겠다고 했으나 처음에는 다소 서툴렀다. 하지만 그는 이전에는 땅에 뭔가 써 본 적이 없어서라는 이유를 댔다. 퐁고는 누구냐는 질문에 자신은 르네상스 시기의 이태리인 곡예사로 정식 이름은 퐁고첼리라고 말했다. 그는 슬프게도 난잡한 삶을 살았으나 피렌체에 역병이 돌았을 당시 영웅심을 발휘하여 죽은 아이를 버리지 못하는 바람에 구원을 받았다. 그후 페스트에 걸려 죽었고 지금은 죄악을 씻는 시련 기간이라서 다른 영들을 안내하고 통역해 주는 봉사 활동을 하고 있다고 했다.

이야기가 감동적이어서 클림슨 양은 약간 자랑스러웠다.

조지 워싱턴이 조금 끼어들어 방해를 놓기는 했고, 강신회에도 퐁고가 '질투하는 감응력'이라고 말한 기이한 간섭 현상이 여러 번 일어나기도 했다. 하지만 '해리'가 다시 나타나서 위로하는 말을 전했고, 메이블 헤리지도 교신하면서 인도에서의 삶을 생생하게 묘사해 주었다. 전체적으로 설명하기는 어려워도 성공적인 저녁이었다.

주일에는 영매의 양심이 고개를 쳐드는 바람에 강신회는 없었다. 클림슨 양은 정말로 할 수 없을 것 같았다. 클림슨 양은 대신 교회에 갔으며 산만한 마음으로 크리스마스 설교를 들었다.

하지만 월요일에는 두 문의자는 다시 한 번 대나무 탁자에 자리를 잡고 앉았다. 다음은 부스 양이 적은 강신회 보고서이다.

오후 7시 30분

이번에 강신회 진행은 즉시 위사 보드부터 시작했다. 몇 분 후, 크게 똑똑 두드리는 소리가 여러 번 이어지더니 지배령이 나타났다.

질문   좋은 밤이에요. 누구시죠?
대답   퐁고다. 좋은 밤이다! 주님의 축복을.
질문   와 주셔서 정말 기뻐요, 퐁고.

대답   좋다. 아주 좋아! 다시 만났군요!

질문   당신이에요, 해리?

대답   그래. 내 사랑을 전하려고. 사람이 참 많군.

질문   많으면 많을수록 좋죠. 우리 친구를 다 만날 수 있어서 기뻐요. 우리가 당신을 위해서 뭘 할 수 있을까요?

대답   집중. 영에게 복종하라.

질문   어떻게 하는지 말만 해 주면 뭐든지 할게요.

대답   가서 엿이나 먹어!

질문   가요, 조지. 당신은 필요 없어요.

대답   끊어 버려, 멍청이.

질문   퐁고, 조지를 멀리 보낼 수 없어요?

(여기서 연필이 못생긴 얼굴을 그려 놓았다.)

질문   이건 당신 초상화인가요?

대답   나다. 조지. 워싱턴. 하하.

(연필이 격렬하게 갈지자를 그리더니 보드를 탁자 오른쪽 가장자리로 밀어 떨어뜨렸다. 보드를 다시 올려놓자 퐁고의 것으로 보이는 손이 글자를 썼다.)

대답   그자를 보내 버렸다. 오늘 밤은 아주 시끄럽다. 누가 질투를 해서 그를 보내 우리를 방해하도록 했다. 신경 쓰지 마라. 퐁고가 좀 더 힘이 세다.

질문   누가 질투한다는 거예요?

대답   신경 쓸 것 없다. 나쁜 사람. 말레데타.§

질문 해리가 아직도 있나요?

대답 아니다. 다른 일. 여기는 너의 도움을 바라는 다른 영혼이 있다.

질문 누구죠?

대답 힘들다. 기다리라.

(연필은 널따란 고리를 계속해서 그렸다.)

질문 그게 무슨 글자죠?

대답 멍청이! 인내심을 가지라. 어려움이 있다. 다시 해 보겠다.

(연필은 몇 분 동안 끼적이더니 대문자 C를 크게 그렸다.)

질문 C라는 글자가 보이는데요. 맞나요?

대답 C-C-C.

질문 C가 있네요.

대답 C-R-E.

(여기서 격렬한 간섭 현상이 또 한 번 일어났다.)

대답 (퐁고의 글씨로) 그녀는 노력하고 있지만 반대가 많다. 도움이 되는 생각을 해라.

질문 우리가 찬송가라도 부를까요?

대답 (다시 퐁고. 아주 화가 남) 바보! 조용히 해! (여기서 다시 글씨체가 바뀌었다.) M-O…….

---

§ 이탈리아어로 '저주받은', '빌어먹을'이라는 뜻. 여성형.

질문   같은 단어의 일부인가요?

대답   R-N-A.

질문   크레모나를 뜻하는 거예요?

대답   (새로운 글씨체로.) 크레모나, 크레모나. 끝났다! 기쁘다, 기쁘다, 기쁘다!

부스 양은 클림슨 양을 돌아보고 어리둥절한 목소리로 말했다.
"이상한 일이네요. 크레모나는 레이번 부인의 예명이에요. 부인이 갑자기 돌아가신 것 아니겠죠. 제가 아까 뵙고 왔을 때는 아주 편안해 보이셨는데. 다시 가서 봐야 할까요?"
"혹시 다른 크레모나 아닐까요?" 클림슨 양이 짐작했다.
"하지만 그렇게나 특이한 이름인데."
"누군지 물어보면 어때요?"

질문   크레모나. 그게 당신의 두 번째 이름인가요?"

대답   (연필이 아주 빠르게 글자를 써내려 감) 로즈가든. 지금은 더 편안하다.

질문   무슨 말인지 모르겠어요.

대답   로즈? 로즈? 로즈. 멍청이!

질문   오! (맙소사, 두 이름을 섞어 버렸네요.) 크레모나 가든 말하는 건가요?

대답   그렇다.

질문   로잔나 레이번?

대답   그렇다.

질문   돌아가셨어요?

대답   아직은 아니다. 유랑 중.

질문   아직도 몸 안에 있으신 건가요?

대답   몸 안에 있지도, 몸 밖에 있지도 않다. 대기 중. (퐁고가 끼어든다.) 너희들이 정신이라고 부르는 것이 떠나면 영은 유랑 중인 상태에서 위대한 변화를 기다린다. 어째서 이해하지 못하느냐? 서둘러라. 큰 어려움이 있다.

질문   죄송해요. 그러면 뭔가 근심거리가 있으세요?

대답   큰 근심이 있다.

질문   브라운 박사님의 치료에 이상이 있는 건 아니었으면 좋겠네요. 아니면 제 간호라든가······.

대답   (퐁고) 어리석은 소리 말라. (크레모나) 유언장이다.

질문   유언장을 바꾸고 싶으세요?

대답   아니다.

질문   이건 정말 다행이에요. 비7는 게 합법적인 것 같진 않으니까요. 그럼 우리가 뭘 해 주길 원하시나요, 레이번 부인?

대답   노먼에게 보내라.

질문   노먼 어쿼트 씨에게요?

대답   그래. 그 애가 안다.

맹독 323

질문   어쿼트 씨가 유언장을 어떻게 해야 할지 아신다고요?

대답   그 애가 바란다.

질문   잘 알겠어요. 어디 있는지 말씀해 주시겠어요?

대답   잊어버렸다. 찾아라.

질문   집 안에 있나요?

대답   잊어버렸다고 하지 않는가. 깊은 물 속에. 안전하지 않다. 떨어진다, 떨어진다…….

(여기서 필체는 아주 희미해지며 들쑥날쑥함.)

질문   기억하려고 해 보세요.

대답   그 안에……. B……. (혼란을 일으키더니 연필이 과격하게 흔들림) 소용없다. (갑자기 다른 필체가 나타나 힘차게 써 내려감.) 끊어라, 끊어라, 끊어라.

질문   누구죠?

대답   (퐁고) 그녀는 떠났다. 나쁜 감응력이 돌아왔다. 하, 하! 끊어라! 이제 끝났다. (연필이 영매의 통제에서 벗어나 버렸고, 다시 탁자에 놓였을 때는 다른 질문에는 대답하지 않으려 했다.)

"정말로 분통 터질 노릇이네요!" 부스 양이 소리를 질렀다. "그럼 유언장이 어디 있는지 모르시는 거예요?"

"전혀 모르겠어요. '그 안에, B……'라고 하셨죠. 어디일까요?"

"은행일지도 몰라요." 클림슨 양이 떠보았다.

"그럴 수도 있겠네요. 물론 그렇다면 어쿼트 씨만이 유언장을 가져올 수 있을 거예요."

"그럼 어쿼트 씨는 왜 그러지 않았죠? 레이번 부인 말로는 그분이 원하신다면서요."

"그럼요. 그렇다면 집 안 어딘가네요. B가 무엇을 뜻할까요?"

"상자, 가방, 서랍장……?"

"침대일 수도 있어요. 뭐라도 될 수 있겠네요."

"전언을 끝맺지 못한 게 정말 안타깝네요. 다시 한 번 해 볼까요? 아니면 있을 만한 데를 다 찾아볼까요?"

"먼저 찾아봐요. 그 다음에 찾지 못하면 다시 물어보죠."

"그게 좋은 생각이네요. 화장대 서랍 안에 마님 소지품 함이나 이런 물건을 여는 열쇠가 있어요."

"그걸 이용 해보면 어떨까요?" 클림슨 양이 대담하게 부추겼다.

"그래야죠. 와서 도와주세요. 그러실 거죠?"

"그게 현명한 행동이라고 생각하시면요. 전 낯선 사람이잖아요, 아시겠지만."

"이 전언은 저뿐만 아니라 클림슨 양에게도 온 거잖아요. 전 클림슨 양이 같이 가 주었으면 좋겠네요. 있을 만한 데를 알려 주실지도 모르고."

클림슨 양은 더 이상 헛소동을 피우지 않고 위층으로 올라갔다. 기묘한 일이었다. 실질적으로 무력한 여인을 강탈하는 거나 다름 없는 짓이었다. 그것도 그 사람이 한 번도 못 본 다른 사람의 이익을 위해서. 기묘한 일이다. 하지만 피터 경의 일이라면 동기는 좋은 일임이 분명하리라.

빙 돌아 올라가는 아름다운 계단 꼭대기에는 길고 넓은 복도가 이어지고 벽에는 바닥 가까운 데부터 천장까지 초상화와 스케치, 사인 편지가 든 액자, 연극 프로그램, 연극 대기실을 회상하게 하는 온갖 잡동사니가 빡빡하게 걸려 있었다.

"마님의 평생이 여기하고 이 두 방에 있어요." 간호사가 설명했다. "이 수집품을 팔면, 한 재산 될 걸요. 언젠가는 그렇게 되겠지만요."

"그러면 그 돈은 누구에게 가나요? 혹시 아세요?"

"글쎄요, 전 항상 노먼 어퀴트 씨에게 간다고 생각했는데요. 그분이 마님한테는 유일한 친척이거든요. 하지만 직접 그런 이야기를 들은 적은 없어요."

부스 양은 장식 패널과 고전적인 장식틀이 있는 우아하고 높은 문을 밀고 불을 켰다.

그 안은 높은 창이 세 개 있고 천장 쇠시리에는 화관과 횃불 촛대 장식을 우아하게 새긴, 장엄하게 큰 방이었다. 하지만 방의 기본 구조는 깨끗해도 흥측한 장미 격자무늬 벽지와 빅토리아 시대의 극장의 막처럼 두꺼운 금술과 밧줄 장식이 달린 진홍색 플러시 커튼이 분위기를 흐리고 망쳤다. 방 안에는 또 빈 공간이라고는 하나 없이 가구들이 꼭꼭 들어차 있었다. 마호가니 서랍장과는 어울리지 않는 상감 장식이 있는 벽장들이 어깨를 나란히 하고 서 있고, 장식 선반이 달린 탁자 위에는 무거운 독일제 대리석과 청동 받침 위에 놓인 장식품들이 여기저기 흩어져 있었다. 칠기 병풍, 장식장이 붙은 서랍장, 중국 자기, 석고 램프, 의자, 모양도 색깔도 다양하고 시대도 다 다른 발걸이 의자들이 열대 정글에서 서로 돋보이기 위해 씨름하는 식물들처럼 한데 뭉쳐 있었다. 여기는 취향이 없거나 절제를 모르는 여자의 방, 무작정 다 받아들이면서 아무것도 양보하지 않는 사람의 방이었다. 이 사람에게는 물건을 소유한다는 것이 상실과 변화의 세상에서 굳건히 변하지 않는 현실이 되어 버렸다.

"여기나 침실에 있을 거예요." 부스 양이 말했다. "열쇠를 가져올게요."

부스 양은 오른쪽의 문을 열었다. 클림슨 양은 한없이 궁금해져 부스 양 뒤로 까치발을 하고 따라 들어갔다.

침실은 응접실보다 훨씬 더 참혹했다. 작은 전기 독서 등이 침대 옆에서 희미하게 빛났다. 거대한 금테 침대 위에는 통통한 황금 큐피드들이 받치고 있는 닫집에서부터 주름을 잡아 흘러내리게 만든 장미 무늬 문직 천이 걸려 있었다. 전등에서 나오는 작은 원광 바깥에서 괴물 같은 옷장들과 벽장, 높다란 서랍장들이 어스름하게 모습을 드러냈다. 층층이 주름 장식이 달린 화장대에는 널따란 삼면 거울이 걸려 있었고, 방 한가운데 있는 거대한 전신 거울에는 우뚝 솟은 가구들의 그늘진 윤곽이 어둑하게 비쳤다.

부스 양은 가장 큰 옷장의 가운데 서랍을 열었다. 서랍이 삑 소리와 함께 빠지면서 프랜지파니 향수 냄새가 훅 풍겨 나왔다. 이 방의 주인이 실어증과 마비증세로 쓰러진 이후로 아무것도 바꾸지 않은 모양이었다.

클림슨 양은 부드럽게 침대 쪽으로 걸어갔다. 본능적으로 고양이처럼 살금살금 걸었지만 무슨 소리가 난들 침대에 누워 있는 사람이 일어나지는 못할 것이 분명했다.

거대한 시트와 베개 속에서 인형처럼 자그마한 늙고 늙은 얼굴이 눈을 깜박이지도 않고 초점 없이 그녀를 올려다보았다. 얼굴은 따뜻한 물에 담갔던 손처럼 잔주름이 가득했다. 하지만 원숙해지면서 새겨진 큰 주름들은 힘없는 근육이 늘어지면서 다 반듯하게 펴졌다. 얼굴은 부풀어 오르기도 했고 주름이 쭈글쭈글하기도 했다. 그 모습을 보고 클림슨 양은 거의 공기가 다 새어 나간, 어린아이의 분홍 풍선을 떠올렸다. 가볍게 코 고는 소리 속에, 늘어진 입술 새로 숨소리가 쌕쌕 빠져 나와 한층 더 풍선과 비슷하다는 인상을 주었다. 프릴 달린 잠옷 모자 아래로 가는 백발 몇 가닥이 헝클어져 있었다.

"정말 이상하지 않아요." 부스 양이 입을 열었다. "부인이 저렇게 누워 있는데, 영혼은 우리와 교신을 할 수 있다고 생각하면 말이에요."

클림슨 양은 불경한 짓을 저질렀다는 느낌이 엄습해서 당혹스러웠다. 간신히 노력한 끝에야 진실을 고백하지 않고 참을 수 있었다. 대비하는 의미로 무릎 위에 건 비누 상자를 고정한 끈을 잡아당겨 놓았기 때문에 고무줄이 다리 근육을 아프게 파고들었다. 그 고통이 자신이 저지른 부정한 행위를 되살리는 신호가 되어 주었다.

하지만 부스 양은 벌써 딴 데로 가서 화장대 서랍을 열어 보는 중이었다.

두 시간 후에도 두 사람은 여전히 찾고 있었다. 알파벳 B라는 글자를 단서로 하면 수색 범위가 광범위해졌다. 클림슨 양은 그 때문에 그 글자를 고른 것이었고, 선견지명은 보답을 받았다. 이 유용한 글자는 실질적으로 집 안에 있는 어떤 물건이나 장소에도 다 맞아 떨어졌다. 책상bureau이나 침대bed, 가방bag, 상자box, 바구니basket나 작은 장식품 탁자bibelot-table가 아닌 물건들은 크거나big 검거나black 갈색이거나brown 상감 장식이 있는 물건buhl이라고 볼 수도 있었고, 구석에 몰리면 침실bedroom에 있다거나 규방용 가구boudoir furniture를 의미하는 것으로도 볼 수 있었다. 게다가 선반이나 서랍, 서류 정리함 칸마다 오려낸 신문 기사나, 편지, 모아 놓은 기념품들이 꽉꽉 들어차 있었기 때문에 두 여자는 찾아보느라 하도 애를 써서 머리나 다리, 등이 쑤셨다.

"전혀 몰랐네요." 부스 양이 푸념했다. "이렇게 찾아볼 데가 많다니."

클림슨 양도 진이 빠져서 동의하면서 바닥에 주저앉았다. 머리카락이 풀려 나오고 얌전한 검은 속치마가 거의 비누 상자를 묶어 놓은 자리까지 기어 올라갔다.

"정말 탈진하겠네요. 그렇지 않아요?" 부스 양이 말했다. "그만두고 싶지 않아요? 내일 나 혼자 찾아볼게요. 당신까지 이런 식으로 피곤하게 하는 건 정말 못 할 짓 같아요."

클림슨 양은 마음속에서 이 말을 요리조리 뒤집어 보았다. 만약 클림슨 양이 없을 때 유언장을 발견해서 노먼 어쿼트 씨에게 보낸다면, 유언장을 다시 숨기거나 없애기 전에 머치슨 양이 가로챌 수 있을까? 클림슨 양은 이리저리 셈을 해 보았다.

숨길 수는 있어도 파괴하지는 않을 것이다. 부스 양이 어쿼트 씨에게 유언장을 보냈다는 사실만으로 변호사는 유언장을 빼돌릴 수는 없다. 유언장의 존재를 아는 증인이 있으니까. 그렇지만 상당히 오랫동안 성공적으로 숨길 수는 있다. 그리고 시간이 바로 이 모험의 본질이다.

"아, 전 전혀 피곤하지 않아요."

클림슨 양은 명랑하게 대답하고 발꿈치로 일어나 앉으며 머리카락을 평소처럼 깔끔한 상태로 정리했다. 클림슨 양은 일본식 벽장 서랍에서 꺼낸 검은 공책을 손에 들고 기계적으로 책장을 넘겼다. 숫자 한 줄이 눈에 띄었다. 12, 18, 4, 0, 9, 3, 15. 클림슨 양은 이 숫자가 무슨 뜻일까 막연하게 궁금히 여겼다.

"여기 있는 건 다 찾아본 것 같아요." 부스 양이 말했다. "빠뜨린 건 없는 것 같은데. 물론 어디 비밀서랍이 있으면 모르지만."

"책 속에 끼어 있지는 않을까요?"

"책이라고요! 어머, 그럴 수도 있죠. 그 생각을 못하다니 참 바보 같네요. 추리소설에서는 유언장을 언제나 책에 숨겨 놓잖아요."

'실생활에서는 좀 더 자주 그러지요.' 클림슨 양으로는 속으로 이렇게 생각했으나 일어서서 먼지를 턴 후 기운차게 말했다.

"정말 그렇지요. 이 집에는 책이 많은가요?"

"수천 권이 넘어요. 아래층 서재에 가면."

"레이번 부인이 책을 즐겨 읽으실 것 같진 않은데요, 어쨌든."

"아, 그러셨을 것 같진 않아요. 이 책을 집과 함께 같이 샀거든요. 어쿼트 씨가 그렇게 말씀하셨어요. 거의 다 오래된 책들이에요. 아시잖아요. 가죽으로 장정된 커다란 책들. 진짜 지루한 책들뿐이죠. 거기 읽을 만한 책을 한 권도 찾을 수가 없더라니까요. 하지만 유언장은 숨겨져 있을 만하죠."

두 사람은 복도로 나갔다.

"그건 그렇고요." 클림슨 양이 말을 슬쩍 꺼냈다. "우리가 이렇게 늦은 시간에 집안을 돌아다니면 하인들이 이상하게 생각하지 않을까요?"

"하인들은 모두 다른 채에서 자요. 게다가 하인들도 내가 가끔 손님을 데리고 온다는 걸 아니까요. 크레이그 부인도 재미있는 강신회가 있을 때는 이처럼 늦게까지 남아 계시곤 했어요. 내가 원할 때는 손님을 재울 수 있도록 남는 침실도 있고요."

클림슨 양은 더 이상 두려워하지 않았고 두 사람은 아래층으로 내려가 서재로 향하는 복도를 따라갔다. 서재는 컸고 책이 벽과 기둥 사이에 빽빽하게 줄줄이 꽂혀 있었다. 마음이 찢어지는 광경이었다.

"물론, 만약 이 교신이 B로 시작하는 데를 찾아보라고 하지 않았으면……." 부스 양이 말을 꺼냈다.

"네?"

"그럼, 여기 아래 금고에 서류가 있지 않나 생각했을 거라고요."

클림슨 양은 마음속으로 끙 신음했다. 당연히 거기가 뻔한 장소지! 머리를 잘못 쓰지만 않았더라도! 하지만 이 상황을 최대로 이용해야만 한다.

"들여다봐서 나쁠 것도 없지 않겠어요?" 클림슨 양이 제안했다. "B라는 글자는 아주 다른 것을 가리킬 수도 있잖아요. 아니면 조지 워싱턴이 또 방해한 걸 수도 있고. B로 시작하는 단어를 썼다는 게 상당히 조지 워싱턴답지 않아요?"

"하지만 유언장이 금고 속에 있다면, 어쿼트 씨가 알았을걸요."

클림슨 양은 자기가 지어낸 이야기가 너무 막 나가는 느낌을 서서히 받기 시작했다. "확인해 봐서 나쁠 건 없죠." 클림슨 양이 말을 던졌다.

"하지만 난 비밀번호를 몰라요." 부스 양이 말했다. "어쿼트 씨가 물론 알고 있죠. 편지를 써서 물어봐야겠는데요."

그때 번뜩이는 생각이 클림슨 양의 머리에 퍼뜩 떠올랐다.

"나도 알 것 같아요." 클림슨 양이 환호했다. "방금 본 검정 공책에 숫자 일곱 개가 쓰여 있던데요. 그때 무엇을 적어 놓은 기록이 분명하다는 생각이 스쳐갔죠."

"검정 책Black Book!" 부스 양이 외쳤다. "와, 맞아요! 우리도 참 멍청하지. 물론 레이번 부인은 우리에게 어디서 비밀번호를 찾을 수 있는지 말씀하시려 한 거예요."

클림슨 부인은 다시 다용도로 쓰일 수 있는 알파벳 B에게 감사했다.

"내가 가서 가지고 올게요." 클림슨 양이 공책을 가지고 다시 내려와 보니 부스 양은 책장 한 부분 앞에 서 있었다. 책장은 벽에서 떨어져 젖혀 있고 그 뒤에는 붙박이 금고의 초록 문이 보였다. 떨리는 손으로 클림슨 양은 손잡이를 돌리며 번호를 맞췄다.

처음 시도는 성공적이지 못했다. 공책에는 손잡이를 어느 방향으로 돌려야 할지 쓰여 있지 않기 때문이었다. 하지만 두 번째에는 화살표가 일곱 번째 숫자 위를 지나는 순간 성공했다는 뜻으로 딱 소리가 났다.

부스 양은 손잡이를 잡았고 무거운 문이 움직이며 열렸다.

그 안에는 서류 한 묶음이 들어 있었다. 맨 위에 그들을 정면으로 보고 있는 것은 봉함이 된 기다란 봉투였다. 클림슨 양이 이 봉투에 와락 덤벼들었다.

로잔나 레이번의 유언장

1920년 7월 5일.

"어머, 정말 신기하지 않아요?" 부스 양이 부르짖었다. 대체적으로 클림슨 양도 같은 심정이었다.

19장

클림슨 양은 그날 밤 남는 방에서 묵었다.

"가장 좋은 방법은 어쿼트 씨에게 짧게 편지를 써서 강신회에 대해서 설명하고 유언장을 어쿼트 씨에게 보내는 게 가장 좋고 안전할 것 같았다고 하는 거예요."

"그러면 아주 놀라실걸요." 부스 양이 대답했다. "그분이 뭐라 할지 모르겠네요. 변호사들은 보통 영혼 교신을 믿지 않잖아요. 게다가 우리가 애면글면하며 금고를 열었다고 하면 좀 이상하다고 생각할걸요."

"음, 그렇지만 영혼이 우리를 비밀번호에 곧바로 이끌어 주지 않았어요? 그분도 그런 전갈은 무시할 수가 없잖아요. 부스 양의 독실한 신앙을 보여 주려면 유언장을 그분에게 곧장 보내야죠. 아니면 어쿼트 씨에게 이리 와서 금고 안의 다른 내용물을 확인하고 비밀번호를 바꾸라고 하는 것도 좋겠다고 생각하는 건 아니죠?"

"내가 유언장을 그대로 가지고 있고 어쿼트 씨에게 가지러 오라고 하는 편이 낫지 않을까요?"

"하지만 그분이 긴급히 유언장이 필요하다면요?"

"그러면 어째서 가지러 오지 않았겠어요?"

클림슨 양은 약간 짜증스러운 기분으로, 영혼의 전언과 관련이 없는 부분에서는 부스 양이 독립적인 판단력을 보인다는 점을 기억해 두었다.

"어쩌면 자기가 필요하다는 걸 아직 모르는지도 모르죠. 아마도 영혼은 내일에서야 나타날 긴급한 용무를 미리 예측했는지도 몰라요."

"어머, 네. 그럴듯하네요. 사람들이 영혼이 내려 준 신기한 길잡이를 충분히 따를 수 있다면, 참으로 많은 것을 예측하고 대비할 수 있을 텐데! 음, 클림슨 양 말씀이 맞는 듯해요. 유언장이 들어갈 만한 커다란 봉투를 찾아 봐요. 그리고 내가 편지를 쓸 테니 내일 아침에 들르는 집배원 편에 부치도록 하죠."

"등기로 하는 편이 좋을 것 같아요." 클림슨 양이 제안했다. "내게 맡겨 주면 내가 내일 아침 일찍 우체국에 가지고 갈게요."

"그렇게 해 주시겠어요? 그러면 정말 안심이 되겠네요. 자, 이제는 클림슨 양도 나만큼이나 피곤할 것 같네요. 탕파를 만들게 주전자에 물을 좀 끓일게요. 그러고 나서 잠자리에 들어요. 내 응접실에서 편하게 기다릴래요? 침대에 시트를 새로 깔아야 하니까요. 뭐라고요? 아니, 순식간에 깔 수 있어요. 부디 거절하지 마세요. 난 침대 정리하는 데 아주 익숙하답니다."

"그럼 내가 주전자를 살필게요." 클림슨 양이 일을 분담했다. "나도 뭔가 도움이 되는 일을 해야죠."

"좋아요. 오래 걸리지 않을 거예요. 부엌 보일러 안에 있는 물도 아주 뜨겁거든요."

팔팔 끓으며 달각달각 소리를 내는 주전자와 함께 부엌에 남은 클림슨 양은 시간을 조금도 허비하지 않았다. 클림슨 양은 다시 까치발로 살금살금 나가서 계단 아래서 귀를 쫑긋 세우고 서서 멀리서 타닥타닥 움직이는 간호사의 발소리에 귀를 기울였다. 그 다음 작은 응접실로 들어가 봉함된 봉투 속에 들어 있는 유언장과 미리 유용한 무기가 될 수 있겠다 점찍어 놓은 길고 얇은 종이칼을 들고 부엌으로 돌아왔다.

금방이라도 끓어 넘칠 듯했던 주전자가 기대했던 대로 주둥이에서 김을 일정하게 뿜어낼 때까지 얼마나 오래 걸리는지 정말 깜짝 놀랄 일이었다. 눈속임처럼 김이 삐끔삐끔 피어오르기도 하고 사람 착각하게 울어대던 소리가 잠깐 멈추기도 해서 보는 이를 간간이 감질나게 했다. 클림슨 양의 눈에는 그날 밤

주전자가 끓기 전까지 침대를 스무 개는 정리하고도 남을 성싶었다. 하지만 아무리 기다리는 사람을 애타게 하려고 한들 주전자가 영원히 열을 받아들이기만 할 수는 없는 법. 마침내 1시간은 된 듯한, 그렇지만 실제로는 7분밖에 안 되는 시간이 흐른 후에 클림슨 양은 가책을 느끼면서도 남의 눈에 띄지 않게 살그머니 봉투 뚜껑을 뜨거운 김 앞에 댔다.

"서두르면 안 돼." 클림슨 양은 혼잣말을 했다. "오, 아무쪼록. 서둘러선 안 돼. 그랬다간 찢고 말 거야."

클림슨 양은 종이칼을 봉투 뚜껑 아래로 집어넣었다. 뚜껑이 들렸다. 봉투가 깨끗하게 열렸을 때 부스 양의 발소리가 복도에 다시 들렸다.

클림슨 양은 태연히 종이칼을 난로 뒤에 떨어뜨리고, 봉투는 다시 붙지 않도록 뚜껑을 뒤로 접어 놓은 후 접시 덮개 뒤 벽 앞에 숨겼다.

"물이 다 됐어요!" 클림슨 양은 명랑하게 외쳤다. "탕파로 쓸 병은 어디 있어요?"

손을 떨지 않고 병에 뜨거운 물을 채울 수 있었던 것은 다 클림슨 양의 배짱 덕이었다. 부스 양은 고맙다고 인사하고는 양손에 병을 하나씩 들고 위층으로 올라갔다.

클림슨 양은 숨겨 놓은 장소에서 유언장을 도로 찾아서 봉투에서 꺼낸 후 휙 훑었다.

유언장은 별로 긴 서류가 아니었고, 법적인 용어로 쓰이긴 했어도 목적은 쉽게 이해할 수 있었다. 3분 안에, 클림슨 양은 유언장을 도로 집어넣고 고무풀에 침을 발라서 봉투를 다시 붙였다. 그런 후 페티코트 주머니 안에 봉투를 넣고—클림슨 양의 옷가지는 유용하고도 구식인 종류였다—찬장에 뭐가 있나 찾으러 갔다. 부스 양이 돌아왔을 때 클림슨 양은 평화롭게 차를 만들고 있었다.

"이렇게 힘든 일을 했으니 마시면 기운이 날 것 같아서요." 클림슨 양이 말했다.

"정말 좋은 생각이에요. 사실 저도 그렇게 하자고 하려던 참이에요." 부스 양도 기뻐했다.

클림슨 양은 찻주전자를 들고 응접실로 갔고, 부스 양은 찻잔과 우유, 설탕을 쟁반에 담아 뒤따라 왔다. 찻주전자를 벽난로 안의 시렁에 얹고 유언장은 다시 아까처럼 아무렇지도 않게 탁자 위에 올려놓은 후, 클림슨 양은 미소를 지으며 깊이 숨을 쉬었다. 클림슨 양의 임무는 완수되었다.

클림슨 양은 피터 윔지 경에게 편지를 보냈다.

1930년 1월 7일 화요일

친애하는 피터 경. 오늘 아침에 제가 보낸 전보를 보면 아시겠지만, 성공했습니다! 하지만 제가 쓴 방법에 대해서는 양심적으로 어떤 변명을 해야 할지 모르겠네요. 하지만 교회에서도 어떤 직업에서는 속임수의 필요성을 인정해 주겠죠. 전시에 경찰이나 형사의 속임수를 인정했잖아요. 그리고 제 계책도 같은 범주 안에 들 수 있을 것이라 믿습니다. 그렇지만 제 종교적 가책에 대해서 듣고 싶으신 건 아닐 테죠. 그래서 제가 무엇을 발견했는지 서둘러 말씀 드리도록 하겠습니다!

마지막 편지에 제가 마음에 두고 있던 계획을 설명했으니 유언장 자체를 어떻게 할지는 알게 되시겠죠. 유언장은 오늘 아침 봉투에 넣어 노먼 어쿼트 씨에게 등기 우편으로 보냈습니다! 그 사람이 그걸 받으면 얼마나 놀랄까요! 부스 양은 훌륭한 첨부 편지를 썼습니다. 부치기 전에 제가 보았는데, 상황을 설명하면서도 아무 이름도 언급하지 않았더군요! 저는 머치슨 양에게 등기가 갈 테니 대비하고 있으라고 전신을 쳤습니다. 우편물이 도착할 때, 머치슨 양이 그 자리에 있어서 개봉하는 것을 보고 있으면 유언장이 존재했음을 증언할 목격자가 한 명 더 생기는 셈이죠. 어느 경우에도 그 사람이 그걸 감히 훼손할 엄두는 내지 못할 거라고 생각합니다. 아마도 머치슨 양이 자세한 내용까지 조사할 수 있을지는 모르겠군요. 저는 시간이 없었거든요. (정말 대단한 모험이었습니다. 돌아가서 피터 경에게 그 얘기를 할 생각을 하니 기대가 되네요.) 하지만 머치슨 양이 못 한다고 하더라도, 제가 대략의 윤곽은 설명 드리겠습니다.

재산은 부동산(집과 부지)과 제가 정확히 계산할 수 없는 동산으로 구성되어 있습니다. 하지만 유언장의 골자는 이렇습니다.

부동산은 필립 보이스에게 남긴다. 절대적으로.

5만 파운드도 필립 보이스에게 남긴다. 현금으로.

남은 재산은 노먼 어쿼트에게 남긴다. 또한 그를 단독 유언 집행인으로 임명한다.

몇몇 작은 유산은 연극 자선 단체에 준다는 내용이 있었는데, 특별한 점을 기억할 수는 없습니다.

특별 문단이 하나 덧붙어 있었는데, 재산의 상당 부분을 필립 보이스에게 남긴 이유를 설명하는 내용이었습니다. 필립 보이스 본인은 책임이 없지만 그의 가족이 유언자를 푸대접한 과오를 용서하는 표시로 준다고 썼더군요.

유언장의 날짜는 1920년 6월 5일이었습니다. 증인은 가정부인 에바 거빈스와 정원사인 존 브리그스입니다.

친애하는 피터 경, 이 정보가 경의 목적에 충분히 부합했기를 바랍니다. 부스 양이 봉투에 넣은 후에도 저는 그걸 꺼내서 여유 있게 들여다볼 수 있지 않을까 바랐습니다만, 불행하게도 단단히 봉하고 레이번 부인의 개인 인장까지 찍는 바람에 할 수가 없었습니다. 그걸 꺼냈다가 다시 넣으려면 여간 손재주가 있어야 하지 않겠더라고요. 물론 칼을 달구어 하면 된다는 것 정도는 알고 있습니다만.

제가 윈들을 바로 떠날 수 없는 이유는 이해하시겠죠. 이런 일이 있은 후에 냉큼 떠나 버린다면 꽤 이상하게 보일 테니까요. 더욱이 '강신회'를 계속 이어가면서 부스 양에게 크레이그 부인과 그 지배령 '페도라'를 조심하라는 경고를 해 주고 싶은 마음도 있습니다. 이 사람은 저만큼이나 대단한 사기꾼인 게 분명하니까요! 그렇지만 이 사람은 저처럼 이타적인 동기는 없죠! 그러니 제가 런던으로 돌아가지 않는다고 해도 너무 놀라지 마십시오. 대강 일주일 정도요! 그러자면 비용이 더 들지 않을까 걱정이 됩니다만, 보안 목적이라도 정당화할 수 없는 이유라면 제게 알려 주세요. 제 일정을 그에 따라서 바꾸도록 하겠습니다.

피터 경의 성공을 바라며
충실한 벗, 캐서린 A. 클림슨

추신—아시겠지만 저는 거의 일주일이라는 정해진 기간 안에 제 '일'을 가까스로 해낼 수 있었습니다. 어제 마치지 못해서 죄송합니다만, 서두르다간 일 전체를 그르칠까 봐 두려워서요!

"번터." 피터 경은 편지에서 고개를 들었다. "그 유언장이 뭔가 수상하다는 것을 이미 눈치채고 있었다니깐."

"네, 주인님."

"유언장에는 인간 본성에서 최악인 면을 끄집어내는 점이 있어. 일상적인 환경에서는 아주 똑바르고 살가운 사람이 '나의 재산을 유증하노라.'라는 말만 들으면 배배 꼬이고 입에 거품을 문다니까. 말이 나왔으니 말인데 축하하는 의미로 은잔에 샴페인을 따라 마셔도 나쁠 게 없을 것 같은데. 포메리 한 병 가지고 오고 파커 주임경감에게 내가 긴히 전할 말이 있다고 하게. 그리고 아버스노트 씨가 준 편지 가지고 오고. 그리고 번터!"

"예, 주인님?"

"크로프츠 씨를 전화로 연결해서 인사를 전하고 내가 범인과 동기를 찾아냈으며 어떻게 범죄를 저질렀는지 알 수 있는 증거를 곧 제시할 수 있을 것 같다고 전하게. 그러면서 재판을 일주일 정도 연기할 수 있는지 알아 봐."

"잘 알겠습니다."

"그건 그렇고, 번터. 그런데 실은 나 범죄를 어떻게 저질렀는지는 모르겠단 말이야."

"오래지 않아 틀림없이 저절로 드러날 겁니다."

"아, 그래." 윔지는 명랑하게 대꾸했다. "물론이지, 물론이야. 그런 자질구레한 일은 하나도 걱정하고 있지 않아."

 *20*장

"쯧쯧." 폰드 씨가 혀를 찼다.

머치슨 양은 타자를 치다 말고 고개를 들었다.

"무슨 일 있으세요, 폰드 씨?"

"아니, 아무것도." 사무장은 퉁명스럽게 대답했다. "당신네 여자들 중 멍청한 사람에게서 멍청한 편지가 와서, 머치슨 양."

"별로 새로울 것도 없네요."

폰드 씨는 부하직원의 목소리에서 건방진 기색을 감지하고 얼굴을 찡그렸다. 그는 편지와 동봉된 문서를 들고 안쪽 사무실로 들어갔다.

머치슨 양은 재빨리 폰드 씨의 책상으로 달려가서 그 위에 뜯은 채로 놓인 등기 봉투를 쓱 살펴보았다. 소인은 '윈들'로 찍혀 있었다.

"운이 좋은데." 머치슨 양은 혼잣말을 했다. "폰드 씨가 나보다 더 좋은 증인이 될 테니까. 그 사람이 뜯어서 다행이야."

머치슨 양은 자기 자리로 돌아왔다. 몇 분 후에 폰드 씨가 빙긋이 웃으면서 다시 나왔다.

5분 후, 속기 공책을 보며 얼굴을 찡그리고 있던 머치슨 양이 일어서서 폰드 씨에게로 다가왔다.

"속기 읽을 수 있으세요, 폰드 씨?"

"아니?" 사무장이 대꾸했다. "우리 때는 필수라고 생각하지 않았거든."

"이 글자를 알아볼 수가 없어서요. '동의를 한다'처럼 보이기도 하고 '상의를 한다'처럼 보이기도 하고. 둘은 차이가 있죠. 그렇지 않아요?"

"그렇고 말고." 폰드 씨는 건조하게 대답했다.

"어쩌면 제 맘대로 하면 안 될 것 같아요. 오늘 아침에 보내야 하는 문서거든요. 어쿼트 씨에게 물어보는 편이 낫겠어요."

폰드 씨는 여자 타자수의 조심성 없는 행동에 코웃음을 쳤다. 처음 있는 일도 아니었다.

머치슨 양은 씩씩하게 방 저편으로 가서 노크도 하지 않고 안쪽 사무실 문을 열었다. 이런 무례한 행동에 폰드 씨가 다시 쿵 소리를 내뱉었다.

어쿼트 씨는 문을 등지고 서서 벽난로 선반 앞에서 뭔가 하고 있었다. 그는 짜증을 내면서 휙 돌아보았다.

"이전에도 말했을 텐데요, 머치슨 양. 들어오기 전에 노크부터 하라고."

"정말 죄송합니다. 잊어버렸어요."

"다시는 그러지 말도록 해요. 뭐죠?"

그는 책상으로 돌아가지 않고 벽난로 선반에 기댄 채로 그대로 서 있었다. 칙칙한 황갈색 벽널을 뒤에 둔 매끈한 머리는 약간 뒤로 젖힌 모양이었는데, 머치슨 양은 마치 그가 누군가를 보호하거나 도전하는 것 같다고 생각했다.

"어쿼트 씨가 〈튜크 & 피바디〉 사무실에 보내시는 편지를 속기로 적어 두었는데 알아볼 수가 없어서요." 머치슨 양이 설명했다. "그래서 직접 와서 여쭤 보는 게 나을 듯해서요."

"그때 똑똑히 적어 두었으면 좋았을 텐데." 어쿼트 씨는 엄한 눈으로 머치슨 양을 쳐다보았다. "내가 너무 빨리 부른다 싶으면 그렇게 말했어야죠. 그래야 나중에 수고를 덜지 않나. 그렇지 않습니까?"

머치슨 양은 피터 윔지 경이 정해 놓은 규칙을 떠올렸다. 반은 농담이고 반은 진지하긴 하기는 했지만 '고양이 우리'를 이끌기 위해 피터 경이 지정한 규칙이었다. 그 중에서도 특히 제7규칙은 이러했다. '눈을 똑바로 바라보는 남자는 항상 의심하

라. 다른 것을 보지 못하게 하려고 그러는 것이다. 그것이 뭔지 찾아내라.'

머치슨 양은 회사 상사의 시선 하에서 눈길을 옮겼다.

"죄송해요, 어쿼트 씨. 다시는 그런 일이 없도록 하겠습니다."

머치슨 양은 웅얼거리면서 살폈다. 변호사의 머리 바로 뒤의 벽널 가장자리에 이상한 검은 선이 보였다. 마치 벽널이 틀에 딱 맞지 않는 듯했다. 이전에는 알아차리지 못했던 점이었다.

"그래, 알았어요. 문제가 뭐라고?"

머치슨 양은 질문을 하고 대답을 들은 후 물러났다. 나가면서 책상 너머를 슬쩍 살폈다. 유언장은 그 위에 없었다.

머치슨 양은 자리로 돌아가 편지를 끝냈다. 서명을 받기 위해 편지를 들고 들어갔을 때, 다시 벽널을 살필 기회를 잡았다. 이번에는 검은 선이 보이지 않았다.

머치슨 양은 4시 반이 되자 사무실에서 재깍 나갔다. 그 부근을 어슬렁거리는 것은 똑똑하지 못한 짓일 듯한 예감이 들었다. 머치슨 양은 씩씩하게 걸어 핸드 코드를 지났다가 홀본을 따라 오른쪽으로 돌아갔다 다시 오른쪽에 있는 페더스톤 건물로 휙 들어갔다가 레드라이언 가로 우회해서 레드라이언 스퀘어로 나왔다. 5분 내에 머치슨 양은 광장 너머 아까 지났던 길로 들어서서 프린스턴 가로 올라갔다. 이윽고 안전거리를 두고 바라보고 있노라니 폰드 씨가 사무실에서 나왔다. 마르고 뻣뻣한 폰드 씨는 구부정하게 베드퍼드 로를 걸어 챈서리레인 역으로 향했다. 오래지 않아 어쿼트 씨도 뒤를 이어 나왔다. 그는 문간에서 약간 머뭇거리더니 왼쪽, 오른쪽을 두리번거리면서 바로 길 건너 머치슨 양이 있는 쪽으로 다가왔다. 순간, 머치슨 양은 그가 자신을 본 줄 알고 황급히 차도 옆에 서 있던 밴 뒤에 숨었다. 차를 엄폐물 삼아 정육점이 있는 거리 모퉁이까지 물러나서 진열장에 전시되어 있는 뉴질랜드산 양고기와 냉장 쇠고기를 구경하는 척했다. 어쿼트 씨가 가까이 다가왔다. 그의 발소리가 점점 커지더니 멈췄다. 머치슨 양은 4와 1/2 파운드에 3파딩이라고 표시된 고깃덩어리를 뚫어져라 처다보았다. 목소리가 들렸다.

"안녕하세요, 머치슨 양. 저녁거리 고기를 고르는 모양이죠?"

"어머나! 안녕하세요, 어쿼트 씨. 네. 주님께서 독신들에게 적합한 가게를 좀 더 많이 내려 주셨으면 얼마나 좋았을까 생각하던 중이에요."

"그래요. 쇠고기와 양고기만 먹다 보면 질리니까."

"돼지고기는 소화가 잘 안 되고요."

"그렇지요. 그러려면 독신 생활을 청산해야 할 텐데요, 머치슨 양."

머치슨 양이 킥킥 웃었다.

"하지만 이건 너무 갑작스러운데요, 어쿼트 씨."

어쿼트 씨는 특이하게 주근깨가 난 피부에 홍조를 띠었다.
"잘 가요." 어쿼트 씨는 아주 냉담해지더니 퉁명스럽게 말했다.

어쿼트 씨가 성큼성큼 걸어가 버리자 머치슨 양은 혼자 깔깔 웃었다.

"그러면 저 사람을 쫓아 버릴 줄 알았지. 아랫사람에게 친한 척을 하는 건 정말 큰 실수야. 그러면 이렇게 기어 올라온다니까."

머치슨 양은 그가 광장 저 멀리로 사라질 때까지 바라보고 있다가 다시 프린스턴 가로 올라가서 베드퍼드 로를 건너 사무실 건물로 다시 들어갔다. 청소부 여자가 막 아래층으로 내려오고 있었다.

"어머, 호지스 부인. 다시 저예요! 저 좀 다시 들여보내 주시겠어요? 비단 견본을 잃어버려서요. 책상 안에 놓고 왔든가 바닥에 떨어뜨렸나 봐요. 혹시 못 보셨어요?"

"아니요. 아직 그쪽 사무실은 청소하지 않았는데."

"그럼 제가 찾아볼게요. 6시 반이 되기 전에 〈본〉 잡화점에 가고 싶거든요. 정말 폐를 끼쳐서 죄송해요."

"아, 그러세요. 요새는 항상 버스에 사람이 많더라고요. 여기 들어와요."

호지스 부인이 문을 열자 머치슨 양이 쏜살같이 들어왔다.

"찾는 걸 도와드려요?"

"아니, 고마워요. 호지스 부인. 신경 쓰지 마세요. 그렇게 멀리 떨어져 있진 않을 거예요."

호지스 부인은 양동이를 들고 물을 채우러 뒷마당으로 갔다. 무거운 발걸음이 1층으로 다시 들어오는 소리가 들리자, 머치슨 양은 안쪽 사무실로 향했다.

"그 벽널 뒤에 뭐가 숨겨져 있는지 봐야겠어."

베드퍼드 로의 집들은 호가스 양식으로, 높다랗고 대칭적이었으며 좋았던 시절의 영광을 간직하고 있었다. 어쿼트 씨의 방 안에 있는 벽널들은 페인트를 여러 겹 발라 더러워지기는 했으나 디자인은 세련되었고 벽난로 위에는 가운데에 리본이 달린 바구니를 두고 꽃과 과일이 달린 줄을 둘러, 당시 양식 치고는 현란했다. 만약 벽널이 비밀 용수철로 작동이 된다면 이 장식적인 작품 속에 있을 가능성이 높았다. 의자를 벽난로 가까이 끌어다 놓고 머치슨 양은 혹시 누가 들어올까 귀를 쫑긋 세운 채로 장식 줄 위에 두 손을 대고 누르며 손가락으로 훑었다.

이런 유의 조사는 전문가에게는 쉬운 일이겠지만, 비밀 공간에 대한 머치슨 양의 지식은 대중소설에서 발췌한 것이 전부였다. 그런 속임수를 찾아내는 게 쉽지 않았다. 15분쯤 지난 후에는 좌절이 밀려왔다.

쿵. 쿵. 쿵.

호지스 부인이 계단을 내려오고 있었다.

머치슨 양이 너무 황급히 벽널에서 몸을 떼는 바람에 의자가 미끄러졌고 넘어지지 않기 위해서 벽을 세게 밀 수밖에 없었다. 머치슨 양은 펄쩍 뛰어내리며 의자를 제자리로 민 뒤 고개를 들어보았다. 벽널이 활짝 열려 있었다.

처음에는 기적이라고 생각했지만 곧 넘어지면서 자신이 벽널 틀을 옆으로 밀어버렸다는 사실을 깨달았다. 작은 정사각형 나무 조각이 옆으로 밀려 나가면서 가운데에 열쇠구멍이 있는 안쪽 벽널이 드러났다.

호지스 부인이 바깥 사무실로 들어오는 소리가 들렸으나 머치슨 양은 너무 흥분해서 호지스 부인이 뭐라고 생각할지 아랑곳할 여유가 없었다. 머치슨 양은 아무도 조용히 쉽게 들어오지 못하도록 의자를 가져다 문을 막았다. 눈 깜짝할 순간, 눈가리개 빌의 열쇠가 손에 들려 있었다. 열쇠를 반납하지 않은 게 얼마나 다행인지! 게다가 어쿼트 씨가 비밀 벽널을 너무 믿고 자신의 저장물들을 개량 자물쇠가 달린 금고에 넣어야 한다는 생각을 못 한 게 얼마나 다행인지!

열쇠를 가지고 몇 초 동안 재빨리 움직인 끝에 자물쇠가 돌아갔다. 머치슨 양은 작은 문을 잡아당겼다.

그 안에는 서류 뭉치가 들어 있었다. 머치슨 양은 서류들을 처음에는 재빨리 훑어보았지만 다시 어리둥절한 표정을 지으며 들여다볼 수밖에 없었다. 저당 영수증, 주식 증서, 메가테리움 신탁. 이 투자 회사의 이름이 귀에 익은데. 어디서 들었더라……?

갑자기 머치슨 양은 어질어질해서 손에 서류 뭉치를 든 채로 주저앉았다.

머치슨 양은 이제 노먼 어쿼트가 재산 신탁인으로서 맡고 있던 레이번 부인의 돈이 어떻게 되었는지, 어째서 이 유언장 문제가 그다지도 중요했는지 깨닫게 되었다. 그녀의 머릿속이 재빠르게 회전했다.

머치슨 양은 책상에서 종이 한 장을 집어 이 서류들에 증거가 나와 있는 여러 거래들을 서둘러 속기로 적었다.

누가 문을 쿵 두드렸다. "안에 계세요?"

"잠깐만요, 호지스 부인. 여기 바닥에 떨어뜨린 것 같아요."

머치슨 양은 큰 의자를 휙 밀면서 효과적으로 문을 닫았다.

서둘러야만 했다. 어쨌든 어쿼트 씨의 사업을 살펴볼 필요가 있다는 확신을 피터 경에게 줄 수 있을 정도로 깊이 파고들어갔다. 그녀는 서류를 꺼낸 그 자리에 정확히 집어넣었다. 유언장도 그 자리에 있는 것이 보였다. 한편에 덜렁 놓여 있었다. 머치슨 양은 유언장을 들여다보았다. 또 뒤쪽에 뭔가 쑤셔 박혀 있었다. 머치슨 양은 손을 넣어 이 기이한 물체를 꺼냈다. 하얀 종이 쌈지로, 뒤에 외국 약국의 상표가 붙어 있었다. 끝을 조금 뜯었다가 다시 접어 넣은 흔적이 있었다. 머치슨 양이 종이를 열어보니 그 안에는 미세한 하얀 가루가 60그램 정도 들어 있었다.

숨겨 놓은 보물과 수수께끼의 서류에 이어 이름 모를 하얀 가루가 들어 있는 종이 쌈지가 나왔으니 이보다 더 충격적으로 사건의 진상을 드러내는 증거가 있을 수가 없었다. 머치슨 양은 다시 깨끗한 종이를 한 장 집어 가루를 아주 조금 부은 후 쌈지를 도로 벽장 뒤에 집어넣고 철사 열쇠로 잠갔다. 떨리는 손가락으로 벽널을 밀어 넣으며 검은 선이 남지 않도록 조심해서 딱 끼워 맞추었다.

머치슨 양은 문에서 의자를 치우면서 쾌활하게 외쳤다.

"찾았어요, 호지스 부인!"

"거기 있었군요!" 호지스 부인이 문간에 나타났다.

"그러네요! 아까 견본들을 살펴보고 있는데, 어쿼트 씨가 호출을 했지 뭐예요. 그 중 이 한 장이 옷에 붙어 있다가 여기 바닥에 떨어졌나 봐요."

머치슨 양은 작은 비단 조각을 의기양양하게 들어올렸다. 오늘 오후에 증거가 필요할 경우에 쓰려고 가방 안감에서 뜯어낸 옷감이었다. 좋은 가방이었으니 이 작업에 대한 머치슨 양의 헌신이 어느 정도인지 가히 짐작할 만했다.

"맙소사. 찾았으니 얼마나 다행이에요."

"하마터면 못 찾을 뻔했어요." 머치슨 양이 대꾸했다. "여기 침침한 구석에 떨어져 있더라고요. 음, 전 이세 가게가 문 닫기 전에 후딱 날아가야겠어요. 안녕히 계세요, 호지스 부인."

하지만 〈본 & 홀링워스〉 잡화점의 싹싹한 주인들이 문을 닫기 한참 전, 머치슨 양은 피커딜리 11번지의 초인종을 누르고 있었다.

머치슨 양이 들어가 보니 한참 회의가 진행 중이었다. 사근사근한 얼굴의 프레디 아버스노트 훈작사, 걱정스러운 표정을 하고 있는 파커 주임경감, 졸린 표정의 피터 경과 머치슨 양을 안으로 안내하고 이 무리의 주변으로 물러나서 정중한 표정으로 맴돌고 있는 번터.

"새 소식을 가져왔어요, 머치슨 양? 그렇다고 한다면 독수리들이 한데 모인 시간에 딱 맞춰 온 겁니다. 이쪽은 아버스노트 씨와 파커 주임경감이고 이쪽은 머치슨 양. 자, 그러면 모두 둘러 앉아 행복한 모임을 가져 봅시다. 차 마셨어요? 아니면 뭔가 드실까?"

머치슨 양은 다과를 다 거절했다.

"흠." 윔지가 말을 시작했다. "환자가 음식을 거절하는군. 눈은 미친 듯 반짝이고, 표정은 걱정스럽고, 입술은 벌어져 있네. 손가락은 가방 손잡이를 만지작거리고. 증상으로 봐서는 의사소통에 대한 강한 욕구가 치솟아 생긴 발작? 좋아요, 불길한 소식을 어서 전해요, 머치슨 양."

굳이 권할 필요도 없었다. 머치슨 양은 자신의 모험담을 털어놓으며 청중이 첫 마디부터 끝까지 자신에게 시선을 떼지 못하는 즐거움을 누렸다. 마침내 하얀 가루가 담긴 종이 뭉치를 꺼내자 일동은 박수갈채를 보내며 감탄을 표현했고, 번터조차도 조신하게 같이했다.

"이제 확실히 믿겠나, 찰스?" 윔지가 물었다.

"내가 심히 흔들렸다는 건 인정하지." 파커가 말했다. "물론 가루를 분석해 봐야겠지만······."

"그래야지. 자넨 조심성의 화신이니 말이야." 웜지가 말했다. "번터, 고문대와 엄지손가락 죄는 틀을 준비해 두게. 번터는 마시 검사를 하는 법 강의를 들었고 감탄이 나올 만큼 멋지게 해낸다네.[8] 자네도 알고 있겠지, 찰스?"

"대략 검사하는 법은 충분히 알고 있지."

"그럼 검사를 해 보자고. 그동안 우리의 감정을 요약해 보자고."

번터가 나가고 공책에 항목을 적고 있던 파커가 헛기침을 했다.

"음, 사건 경위는 이렇게 된 거라 보네. 자네는 베인 양이 무죄라고 했고, 노먼 어쿼트가 진범이라고 주장함으로써 이를 증명하려 했지. 이제까지 그에 대한 자네의 증거는 전적으로 동기에만 관련이 있었고, 그 주장을 뒷받침하는 것은 그가 수사를 오도할 의도가 있었음을 보여 주는 증거뿐이었어. 자네는 지금 이제까지 해온 수사 결과 경찰이 그에 대한 고발을 할 수 있는, 혹은 해야 하는 시점까지 이르렀다고 주장하고 있고, 나도 그 점은 수긍할 수 있겠네. 하지만 여전히 수단과 기회에 관련해서는 확증을 내놓아야 한다고 경고를 해 두지."

"그건 나도 알아. 새로운 이야기를 해 보게."

"좋아. 자네도 알고 있다니. 아주 좋네. 그럼 필립 보이스와

---

[8] 1830년대에 화학자 제임스 마시가 고안한 비소를 검출하는 검사이다.

노먼 어쿼트는 레이번 부인, 혹은 크레모나 가든에게는 유일하게 살아 있는 친척이었지. 이 부인은 부유하고 유산으로 남길 돈을 가지고 있어. 오래 전에, 레이번 부인은 자신의 모든 재산 관리를 어쿼트의 아버지 손에 맡겼고, 당시에는 부인이 집안 중에서 유일하게 사이가 좋았던 친척이었지. 그 아버지가 죽자, 노먼 어쿼트가 아버지의 업무를 이어받았지. 그리고 1920년에 레이번 부인은 어쿼트에게 재산을 신탁하고 재산을 관리할 전권을 위임했어. 또한 유언장을 만들어 두 조카손자에게 재산을 불균등하게 분배했지. 필립 보이스는 부동산 전체와 5만 파운드를 받지만 노먼 어쿼트는 나머지를 받고 유일한 집행인이 되었지. 노먼 어쿼트는 유언장에 대한 질문을 받았을 때 재산의 상당부분이 자기에게 남겨졌다고 고의적으로 거짓을 말했네. 심지어 그런 유언이 담긴 초안이라고 하는 문서를 제시하기까지 했지. 이 초안에 쓰인 가짜 날짜는 클림슨 양이 발견한 유언장보다 이후였지만, 이 초안 자체를 어쿼트 본인이 작성했다는 데는 의심의 여지가 없네. 지난 3년 이내, 아마도 지난 며칠 이내에 만들었으리라는 것이야. 더욱이 실제 유언장은 어쿼트가 접근할 수 있는 장소에 있었음에도 그에 의해서 폐기되지 않았다는 점은, 실제로 그 이후에 또 다른 유언장으로 대체되지 않았다는 것을 암시하네. 어쨌든, 윔지. 어째서 그는 그저 유언장을 가져다가 폐기하지 않았을까? 유일하게 살아 있는 상속자로서 별 논란 없이 상속받을 수 있었을 텐데."

"어쩌면 그런 생각을 못했는지도 모르지. 어쩌면 달리 살아 있는 친척이 또 있을 수도 있고. 호주에 있다는 삼촌은 어떤가?"

"그렇군. 어쨌든 폐기하지 않았네. 1925년에 레이번 부인은 완전히 마비가 되어 치매 상태가 되었네. 그러니 자신의 재산 처분에 대해 의문을 갖거나 다른 유언장을 만들 가능성은 전혀 없었지.

이번에는 아버스노트 씨에게 들은 이야기를 볼까. 어쿼트는 위험하게도 투기에 풍덩 뛰어들고 말았네. 실수를 했고 돈을 잃었고 회복하기 위해 좀 더 깊숙이 뛰어들었지만 메가테리움 신탁 파산에 크게 말려들었어. 그는 자기 능력으로 감당할 수 없을 만큼 손실을 보았고, 머치슨 양이 발견한 바에 따르면—머치슨 양의 조사에 대해선 나는 공식적으로는 모르는 걸로 해 두고 싶네만—어쿼트는 재산관리인이라는 자신의 지위를 악용해서 레이번 부인의 돈을 자신의 개인적 투기에 썼다는 것이 밝혀졌지. 부인의 재산을 담보로 상당한 액수를 대출 받았고 그렇게 받은 돈을 메가테리움하고 다른 무모한 투기에 끌어넣었다는 거야.

레이번 부인이 살아 있는 한 어쿼트는 안전하지. 저택과 살림을 유지할 만큼의 액수만 지불하면 되니까. 실상, 생활비 등은 위임장이 있는 한 부인의 대리인으로서 어쿼트가 처리했고, 고용인들 임금도 그가 주었지. 그가 이렇게 하는 한 원래 부인의 재산으로 무엇을 했는지 아무도 상관할 일이 아니었어. 하지만 레이번 부인이 죽으면 다른 상속자인 필립 보이스에게 그가 유용한 자본에 대해서 설명을 해야 할 처지가 되지.

이제 1929년, 필립 보이스가 베인 양과 막 다퉜을 즈음에 레이번 부인도 심각하게 발작을 일으켜 거의 돌아가실 뻔했지. 위험은 지나갔지만 언제라도 재발할 수 있었어. 거의 그 직후, 그가 필립 보이스와 친해져서 집에 와서 머물라고 초대한 것을 알 수 있네. 어쿼트와 함께 살면서 보이스는 발작을 세 번 일으켰는데 그 의사 말에 의하면 위장장애였지. 하지만 비소 중독과도 일치해. 1929년 6월, 필립 보이스는 웨일스에 갔고 건강은 나아졌어.

필립 보이스가 떠나 있는 동안, 레이번 부인은 또 한 번 기겁할 만한 발작을 일으켰고 어쿼트는 서둘러 윈들로 갔지. 그때 아마 최악의 사태가 벌어졌으면 유언장을 폐기할 생각이었을 거야. 그렇지만 그렇게 되진 않았고 그는 런던으로 돌아와 때마침 웨일스에서 돌아온 보이스를 맞을 수 있었네. 그날 밤 보이스는 지난봄에 겪었던 증상과 비슷한 발작을 일으켰지만 이번에는 훨씬 더 심했네. 사흘 후 그는 죽었지.

어쿼트는 이제 완전히 안전해졌어. 남은 재산의 상속자로서 레이번 부인이 사망시 그는 필립 보이스에게 유증될 돈 전부를 받게 되지. 그러나 그는 돈을 받지 못하게 되겠지. 벌써 그 돈을 가져다 다 잃었으니. 하지만 그 돈을 내놓으라는 요구를 받지도 않을 거고 사기 거래도 발각되지 않겠지.

이제까지 동기로서 증거는 아주 타당하며 베인 양에게 불리한 증거보다는 더 신빙성이 있네.

하지만 여기가 문제야, 윔지. 언제, 어떻게 독을 주입했다는 말인가? 우리는 베인 양이 비소를 가지고 있었으며 목격자 없이 언제라도 보이스에게 독을 먹일 수 있었다는 것을 아네. 하지만 어쿼트의 기회는 같이 먹었던 저녁식사밖에 없었는데, 이 경우에 확실한 게 있다면 저녁식사에서 독을 먹이지 않았다는 걸세. 보이스가 먹거나 마신 건 어쿼트도 똑같이 먹고 마셨고 부르고뉴 와인 한 병을 제외하고는 하인들도 똑같이 먹었지. 게다가 남은 건 보관해 두었다가 분석했는데 무해한 것으로 판명되었지 않나."

"나도 알아." 윔지가 대답했다. "하지만 이게 바로 의심스러운 점이야. 그렇게 주의를 기울여 식사에 예방 조치를 했다는 이야기를 들어 본 적 있나? 그건 자연스럽지 않아, 찰스. 셰리주는 원래 병에서 하녀가 직접 따랐고, 수프와 생선, 닭고기 캐서롤은 전제기 아니라 한 부분만 독을 넣기는 불가능한 음식이지. 오믈렛은 보란 듯이 피해자가 직접 식탁에서 조리를 했고, 와인은 누구도 손 대지 않은 새것으로 준비했으며 남은 요리는 부엌에서 다 먹었어. 갖은 노력을 기울여 일부러 의심 방지용 식사를 조작했다는 생각이 들지 않나. 남은 와인을 밀봉해서 보관해 더욱 기발한 상황을 만들었지. 모든 사람이 병이 자연적인 원인이라 생각했고 우애가 넘치는 사촌은 아픈 동생을 걱정해서 정신이 없어야 마땅할 그 초기 단계에, 결백한 사람이 독살이라고 고발당할지 모른다는 생각까지 했다는 게 자연스럽거나 믿을 수 있는 일인가? 만약 그 사람이 결백하다면 다른 것을 의심했겠지. 그가 의심을 했다면 어째서 의사에게 그렇게 말해서 환자의 배설물 같은 것을 분석하게 하지 않은 거지? 어째서 아무런 고발도 이루어지지 않았는데 고발에 대비해서 자기를 보호할 생각을 했을까? 그런 고발에 근거가 충분히 있다는 것을 알고 있지 않다면 말이야. 게다가 간호사 건도 있지."

"그래. 그 간호사가 의심을 품었지."

"만약 어큐트가 그 의심에 대해서 알았다면 적절한 방식으로 반박하기 위해 조치를 취했을 거야. 하지만 그가 알았다고는 생각지 않아. 오늘 자네가 우리한테 뭐라고 했나. 경찰이 그 간호사, 윌리엄스 양에게 다시 연락을 취해서 물어봤더니 노먼 어큐트는 특히 수고를 아끼지 않고 환자를 절대 혼자 놔두지 않으려 했으며 간호사가 있을 때조차 어떤 음식이나 약을 주지 않으려고 했다면서. 그건 떳떳하지 않은 마음을 나타내는 것 아닌가?"

"그런 주장을 믿을 만한 변호사나 배심원은 없을 거네, 피터."

"그래, 하지만 이것 보게. 그거 이상하다는 생각이 들지 않나? 이 말 좀 들어봐요, 머치슨 양. 어느 날 간호사가 방 안에서 이런저런 일을 하다가 난로 선반 위에 약을 두었죠. 거기에 대해서 뭐라고 했더니 보이스가 이랬답니다. '아, 신경 쓰지 마요, 간호사. 노먼이 약을 줄 수 있으니까.' 그랬더니 노먼이 이 랬을까요? '그럼, 문제없어.' 머치슨 양이나 나라면 그러지 않았을까요? 하지만 그 사람은 이랬답니다. '아니, 간호사에게 맡겨 두자. 내가 하면 망칠지도 모르니까.' 아주 설득력 떨어지는 변명 아닙니까?"

"병자를 돌보라고 하면 많은 사람들이 긴장하는걸요." 머치슨 양이 대꾸했다.

"그래요, 하지만 사람들이 병에 든 물약을 잔에 따르는 정도는 하죠. 보이스는 그때 최악의 상태는 아니었어요. 그때만 해도 아주 이성적으로 말을 했죠. 난 그 남자가 의도적으로 자신을 보호하려 했다고 생각합니다."

"그럴 수도 있지." 파커가 말했다. "하지만 어쨌든 언제 그가 독약을 넣었다는 건가?"

"어쩌면 저녁식사 때가 전혀 아닐 수도 있죠." 머치슨 양이 의견을 말했다. "말씀대로 미리 예방 조치를 취한 것이 너무 눈에 보이잖아요. 사람들을 저녁식사에 집중하게 해서 다른 가능성을 잊게 하려는 의도일 수도 있어요. 집에 왔을 때나 밖에 나가기 전에 위스키를 마시지 않았을까요?"

"아쉽게도 안 마셨다는 것 아닙니까. 번터가 해나 웨스트록을 거의 약혼 파기까지 갈 정도로 꼬였는데, 그 아가씨 말에 따르면 보이스가 도착할 때 자기가 문을 열어줬대요. 그런 후 보이스는 곧장 2층 자기 방에 올라갔고 어쿼트는 그때 출타 중이었는데 저녁 식사 15분 전에야 도착했다고 하더군요. 그리고 두 사람은 서재에서 처음으로 만나 우리가 다 아는 그 셰리주를 마신 거고요. 서재와 식당 사이의 접이문이 열려 있었고 해나는 상을 차리느라 줄곧 그 주변을 종종걸음으로 돌아다녔는데 보이스가 셰리를 마시기는 했지만 그 외에는 아무것도 마시지 않았다고 장담을 했지요."

"소화제 같은 것도요?"

"아무것도."

"저녁 후에는요?"

"오믈렛을 다 먹은 후에 어쿼트가 커피를 마시자는 말을 했대요. 보이스는 시계를 보더니 '시간이 없어, 형. 도티 가에 가 봐야 해.'라고 했답니다. 어쿼트가 택시를 불러 주겠다고 하고 나갔다더군요. 보이스는 냅킨을 접더니 일어서서 홀로 나갔습니다. 해나가 그 뒤를 따라가서 그가 코트를 입을 때 시중을 들었대요. 택시가 왔고, 보이스가 택시를 타고 떠날 때 어쿼트를 다시 보지 않았다고 하더군요."

"제가 볼 땐 해나는 어쿼트 씨의 변호인단 측에서는 몹시 중요한 증인인 것 같네요. 이런 말은 좀 그렇지만 번터 씨가 감정에 사로잡혀서 판단을 그르치신 건 아닐까 하는 생각은 안 해 보셨어요?"

머치슨 양이 말했다.

"번터 말로는 해나가 진지하게 신앙심이 깊은 여자라고 하더군요." 피터 경이 대답했다. "번터는 교회에서 그 여자 옆에 앉아서 찬송가책을 같이 봤다고 하네요."

"하지만 그건 순전히 위선일 수도 있어요." 가차 없는 합리주의자인 머치슨 양은 다소 흥분했다. "난 이렇게 착한 척하는 사람들을 믿지 않으니까요."

"그게 해나가 착한 여자라는 증거라고 생각해서 그 말을 한 건 아닌데." 윔지가 말했다. "번터가 웬만하면 쉽게 넘어가지 않는 사람이라는 증거로 말한 거지."

"하지만 번터 씨도 교회 집사처럼 보이던데요."

"근무하지 않을 때의 번터를 본 적이 없어서 그래요." 피터 경은 음험하게 말했다. "내 장담하지만 찬송가책에 번터의 마음이 말랑말랑해진다면 물을 타지 않은 위스키를 한 잔 마시고도 미국 인디언의 간이 다 녹을걸요. 아니, 해나가 정직한 여자라고 번터가 말한다면, 그 여자는 정직한 거요."

"그렇다고 한다면, 음료와 식사는 논외가 되겠네요." 머치슨 양은 여전히 석연찮았지만 기꺼이 마음을 열기로 했다. "침실에 있는 물병은 어때요?"

"젠장!" 윔지가 외쳤다. "한 수 위네요, 머치슨 양. 우리는 그 생각은 못했는데. 물병이라. 그래요. 그 참 아주 재미난 발상이에요. 기억하나, 찰스. 브라보 사건 때 불만을 가진 하인이 타타르산 안티모닐칼륨을 물병에 넣었잖아. 아, 번터 자네 왔나. 다음에 해나의 손을 잡을 때는 보이스 씨가 저녁 전에 침실에 있는 물병에서 물을 마셨는지 물어봐 줄 수 있겠어?"

"죄송합니다만, 주인님. 그 가능성은 벌써 제가 생각해 본 적이 있습니다."

"그랬어?"

"네, 주인님."

"자네는 뭐 하나 놓치는 게 없어, 번터?"

"전 만족을 드리기 위해 노력을 다합니다, 주인님."[8]

"그렇다면 지브스처럼 말하지 말게. 짜증나니까. 물병은 어떻게 됐어?"

"이 숙녀분이 오셨을 때 저는 물병과 관련해서 뭔가 특이한 상황이 있었다는 것을 설명 드리려던 참이었죠."

"마침내 뭔가 잡아냈군." 파커는 수첩의 새 페이지를 펴서 반듯하게 눌렀다.

"그렇게 말할 수 있을 정도는 아닌 것 같습니다. 해나가 알려 준 정보에 의하면 그 아가씨는 보이스 씨가 도착했을 때 침실로 안내하고 물러났다고 합니다. 그게 그 아가씨가 할 일이니까요. 계단 위까지 미처 가지도 않았을 때, 보이스 씨가 문 밖으로 고개를 내밀고 해나를 도로 불렀습니다. 그때 물병을 채워 달라고 했답니다. 해나는 이 명령에 참으로 놀랐다고 합니다.

---

[8] 역시 P. G. 우드하우스의 책 《나의 하인 지브스》에서 하인 지브스의 말을 인용. 버티 우스터를 모시는 하인 지브스는 모든 것을 다 아는 유능한 하인으로 묘사된다.

이전에 방을 정리할 때 가득 채워 놓았던 것을 완전히 기억하고 있었거든요."

"보이스가 직접 병을 비웠을 가능성은 없을까?" 파커가 열의를 보였다.

"몸 속에다 비웠을 가능성은 없지요. 시간이 없었으니까요. 또 잔도 사용한 적이 없다고 합니다. 더욱이 병은 그저 비어 있었던 게 아니라 안이 말라 있었다고 하더군요. 해나는 의무를 게을리 한 것을 사과하고 곧장 병을 헹군 후 수도에서 새로 물을 받아서 채웠습니다."

"기묘한 일이네." 파커가 말했다. "하지만 해나가 애초에 채워 놓은 적이 없었는지 모르지."

"죄송합니다, 경감님. 하지만 해나가 그 얘기에 너무 놀라서 요리사인 페티컨 부인에게 말했더니 부인도 해나가 그날 아침 병을 채우는 걸 똑똑히 보았다고 말했답니다."

"뭐, 그렇다면 어쿼트나 다른 사람이 병을 비우고 말렸겠지." 파커가 계속 말했다. "하지만 왜? 물병이 빈 걸 보면 자연적으로 무엇을 하게 될까?"

"벨을 누르겠지." 윔지가 즉시 대답했다.

"아니면 소리를 질러 부르거나." 파커가 덧붙였다.

"아니면 시중 받는 데 익숙하지 않은 사람이면 침대에 놓인 단지에서 물을 따라 쓸 거예요." 머치슨 양도 거들었다.

"아! 물론 보이스는 다소 보헤미안적인 삶에 익숙해져 있었으니까."

"하지만 확실히, 그건 멍청하게 우회적인 방법을 쓰는 거지. 병에 든 물에 독을 타는 게 훨씬 더 간단하잖아. 일을 더 어렵게 만들어서 사람들 관심을 살 까닭이 뭐겠나? 게다가 피해자가 단지에 담긴 물을 쓴다고 자신할 수가 없잖아. 사실상 쓰지도 않았고."

"하지만 독을 먹었잖아요." 머치슨 양이 따졌다. "그렇다면 독은 단지나 병 둘 중 하나에 들어 있었던 게 아니군요."

"아니죠. 단지나 병 분야에서는 더 이상 끌어낼 게 없을 것 같은데. 공허하도다, 공허하도다, 공허하도다 모든 기쁨이여.§ 테니슨의 시지."

"그래도 역시 그 사건 덕에 오히려 확신이 드는데." 파커가 말했다. "너무 완벽해. 윔지 말이 맞았어. 알리바이가 그렇게 완벽하다는 건 자연스럽지 않지."

"세상에나." 윔지가 탄성을 질렀다. "마침내 찰스 파커를 설득했군. 더 이상 필요한 게 없지. 이 친구야말로 어떤 배심원보다도 더 철옹성이니 말이야."

"그래." 파커는 겸손하게 대답했다. "하지만 내가 좀 더 논리적이라고 생각하는데. 게다가 난 검사에게 눌려 넋을 빼지도 않고. 좀 더 객관적인 증거가 조금만 있다면 더 이상 바랄 나위

---

§ 알프레드 테니슨의 《왕의 목가》 중 〈아서왕의 죽음〉 37행.

가 없겠네."

"그렇게 될 거야. 자넨 진짜 비소를 원하는군. 그래, 번터, 어떻게 됐나?"

"기구가 준비됐습니다, 주인님."

"잘 됐네. 가서 파커 씨가 원하는 것을 얻을 수 있는지 볼까. 자네가 앞서면 우리가 따라가지."

대개 번터가 사진작업을 할 때 작은 방에는 싱크대와 작업대, 번젠 버너가 갖춰져 있었고, 여기에 비소 검사를 하는 데 필요한 장치들을 몇 가지 더 설치해 놓았다. 증류수가 벌써 플라스크 병 안에서 조용히 보글보글 거품을 내고 있고 번터는 버너 불꽃 위에 가로로 뉘여 놓은 작은 유리관을 들었다.

"장치가 절대 오염되지 않도록 조치를 취해 놓은 것을 보실 수 있을 겁니다, 주인님." 번터가 말했다.

"내 눈엔 아무것도 안 보이는데." 프레디가 말했다.

"셜록 홈즈라면 이렇게 말했을 거네. 아무것도 없을 땐 아무것도 보이지 않는 게 당연하다고."⁸ 윔지가 친절하게 알려주었다.

---

8 셜록 홈즈의 단편집 《셜록 홈즈의 마지막 인사》 중 〈악마의 발〉에 등장하는 홈즈와 스턴데일의 대사를 변용한 것으로 보인다.
홈즈: 당신을 미행했지.
스턴데일: 아무도 보지 못했는데.
홈즈: 내가 미행했으면 아무것도 보지 못한 게 당연하지.

"찰스, 물과 플라스크, 시험관 및 기타 등등은 다 비소가 전혀 들지 않은 것으로 보고 통과해도 되겠지?"

"그래, 그러겠네."

"그러면 아플 때나 건강할 때나 이 여자를 사랑하고 아끼고 보호하겠습니까? 미안하네. 두 장을 한꺼번에 넘겨 버렸군. 그 가루는 어디 있더라? 머치슨 양, 이 봉한 봉투가 사무실에서 가져온 그게 맞는지 알아볼 수 있죠? 어쿼트 씨의 비밀 벽장에서 꺼내 온 수수께끼의 하얀 가루가 들어 있는 것?"

"네. 그렇습니다."

"그럼 성경에 입을 맞추세요. 고맙습니다. 그럼 이제는······."

"잠깐 기다리게." 파커가 제지했다. "봉투는 별개로 시험하지 않았잖아."

"그 말이 맞군. 언제나 난관이 있다니까. 머치슨 양, 혹시나 이와 비슷한 사무실 봉투를 또 하나 가지고 있을 리는 없겠죠?"

머치슨 양은 얼굴을 붉히더니 가방 속을 더듬었다.

"그게, 오늘 오후에 친구에게 보내려고 써둔 편지가 있긴 한데······."

"근무 시간에 사무실 종이를 이용해서 편지를 쓰다니." 윔지가 말했다. "아, 디오게네스가 정직한 타자수를 찾기 위해 등불을 들고 다닌 데는 다 이유가 있다니까![3] 농담이에요. 그걸 이용합시다. 뜻이 있는 곳에 길이 있군."

머치슨 양은 봉투를 꺼내 동봉한 편지를 꺼냈다. 번터는 인화대 위에 봉투를 정중히 올려놓고 잘게 잘라 플라스크 속에 빠뜨렸다. 물에서는 거품이 보글보글 일었지만 작은 유리관은 처음부터 끝까지 얼룩 한 점 없었다.

"이제 무슨 일이 생길 건가?" 아버스노트 씨가 물었다. "이 쇼에 약간 김이 빠진 기분이 들어서 말이야."

"얌전히 앉아 있지 않으면 내가 자네를 끌어내겠어." 윔지가 면박을 주었다. "어서 해 봐, 번터. 봉투는 통과했으니."

번터는 순순히 두 번째 봉투를 열고 섬세하게 하얀 가루를 입구가 넓은 플라스크 안에 떨어뜨렸다. 다섯 명의 고개가 열심히 장치 위에 수그러졌다. 가느다란 은색 얼룩이 불꽃에 닿은 유리관 안에서 생겨났다. 금방 얼룩은 퍼져나가며 진갈색이 도는 검은 고리로 변했고 한가운데서 금속성 빛을 발했다.

"오, 대단하네, 대단해." 파커가 전문가적인 기쁨을 표현했다.

"자네 램프에서 연기 같은 게 나는데." 프레디가 한마디 끼어들었다.

"저게 비소인가요?" 머치슨 양이 부드럽게 숨을 들이켰다.

"그런 것 같아요." 윔지는 조심스레 유리관을 빼서 불빛 아

---

§   그리스의 철학자인 디오게네스는 정직한 이를 찾기 위해 한낮에도 등불을 들고 돌아다녔다는 일화가 있다. 그만큼 정직한 사람을 찾기 어렵다는 뜻.

래로 들었다. "비소거나 안티몬이겠지."

"실례합니다, 주인님. 표백분을 소량 녹여보면 논란을 해결할 수 있을 것 같습니다."

번터는 사람들이 초조하게 침묵을 지키는 가운데, 검사를 더 진행했다. 얼룩은 표백제 용해액 속에서 녹으며 사라졌다.

"그러면 이건 비소로군." 파커가 말했다.

"아, 그래." 웜지는 태연하게 말했다. "물론 비소지. 내가 말하지 않았어?" 의기양양함을 슬쩍 감춘 목소리가 약간 떨렸다.

"그게 다야?" 프레디는 실망해서 물었다.

"이걸로 충분하지 않아요?" 머치슨 양이 말했다.

"꼭 그렇진 않아요." 파커가 대답했다. "갈 길이 멀죠. 이 검사로 어쿼트가 비소를 소지하고 있었다는 것이 증명되었으니 프랑스에 공식으로 문의를 해서 지난 6월에 이 약포지를 벌써 소지하고 있었는지 알아볼 순 있을 겁니다.

"그건 그렇고, 보니까 이건 평범한 백비산으로 숯이나 남색 염료를 섞지 않은 거군. 검시 결과와 일치해. 이 정도면 만족스럽긴 하지만 어쿼트가 어떤 기회에 독약을 넣었는지 제시할 수만 있다면 더 좋을 텐데 말이지. 이제까지 우리가 해 온 수사로 보면 그 사람은 비소 중독 증상이 나타날 수 있는 시간 동안에는 식사 전이든 중이든 후든 독약을 넣을 수 없었다는 게 분명하지 않나. 그게 불가능하다는 사실을 그처럼 증언이 탄탄하게 뒷받침해 준다는 것 자체가 의심스럽긴 해도 배심원들을 설득하려면 단순히 '크레도 쿠이아 임포시빌레(불가능하기 때문에 믿는다)'라기보다는 좀 더 나은 증거가 있으면 좋겠어."

"이 수수께끼를 풀어 봐, 맞는 답을 대 봐." 윔지는 침착하게 읊었다. "못 보고 지나친 게 있을 거야. 그게 다네. 어쩌면 아주 명확한 뭔가가 있어. 내게 그 지정 실내복 가운하고 파이프 담배 좀 주게.§ 그러면 순식간에 이 난제를 해결해 보일 테니. 그동안 자네는 여기 있는 우리 친절한 친구들이 이미 수완 좋게도 비공식적인 방법으로 수집한 증거들을 수고롭겠지만 공식적으로 확보해서 때가 되면 진범을 체포할 준비를 해 두겠는가?"

"그렇게 하지." 파커가 순순히 대답했다. "기꺼이 그렇게 하겠네. 사사로운 정을 다 배제하더라도 나는 피고석에 어떤 여자보다도 머리에 기름 낀 이 남자가 앉아 있는 꼴을 보고 싶네. 경찰이 실수를 했다고 하면 모든 관련자를 위해 더 빨리 잡으면 잡을수록 좋겠지."

윔지는 그날 밤 늦게 검정색과 엷은 황록색 벽지를 바른 서재에 앉았다. 기다란 2절판 책들이 그를 내려다보고 있었다. 이 책들은 세상의 원숙한 지혜와 시적 아름다움을 총망라한 집

---

§   셜록 홈즈가 항상 실내복 차림에 파이프를 피우면서 사건을 해결하는 모습을 가리킴.

성체를 대표했다. 현금으로 수천 파운드 가치가 나간다는 것은 말할 나위도 없으리라. 그렇지만 이 조언자들은 책장 안에서 가만히 침묵을 지킬 뿐이었다. 탁자와 의자에는 선홍색 표지의 《영국의 유명한 재판 사건》 여러 권이 흩어져 있었다. 파머, 프리처드, 메이브릭, 세던, 암스트롱, 매들린 스미스. 비소를 잘 사용했기로 이름 높은 이들이다. 그 옆에는 법의학과 독물학에 대한 주요 권위자들이 쓴 책들이 뒤죽박죽 쌓여 있었다.

극장에 갔던 군중이 술집이나 택시로 밀려들자 텅 빈 피커딜리 광장에 가로등만 홀로 빛을 내고 있었다. 무거운 야간 화물차들이 느릿느릿 검은 타맥 길 위로 굴러갔다. 긴 밤이 이울고 겨울 새벽이 마지못해 런던의 지붕 위로 어슬핏하게 내려앉았다. 번터는 아무 말 없이 걱정스럽게 부엌에 앉아 난로에서 커피를 끓이며 《영국 사진 저널》의 같은 페이지를 몇 번이고 되풀이해서 읽었다.

8시 반이 지났을 때 서재의 벨이 울렸다.

"네, 주인님?"

"목욕물 좀 준비해 줘, 번터."

"알겠습니다. 주인님."

"커피도."

"즉시 대령하겠습니다."

"이 책들 말고 다른 책들은 다 꽂아 줘."

"네."

"이제 어떻게 했는지 알아냈어."

"정말이십니까? 정중히 축하를 드립니다."

"하지만 아직도 증명은 해야 해."

"그거야 부차적인 고려 사항이지요."

윔지는 하품을 했다. 번터가 1~2분 후 커피를 가지고 돌아왔을 때 윔지는 잠들어 있었다.

번터는 책을 조용히 치우고 약간의 호기심으로 주인이 골라 탁자 위에 놔둔 책들을 보았다. 《플로렌스 메이브릭의 재판》§, 딕슨 만이 지은 《법의학과 독물학》, 번터가 읽을 수 없는 독일어 제목이 달린 책 한 권, A. E. 하우스만의 시집 《쉬롭셔의 젊은이》.

번터는 잠시 이 책들을 살핀 후 살며시 무릎을 쳤다.

"아하, 그렇지!" 그는 숨을 죽여 말했다. "우리 모두 정말 돌머리였구나!"

그는 주인의 어깨에 가볍게 손을 댔다.

"커피 대령했습니다, 주인님."

---

§ 플로렌스 메이브릭은 1889년 남편인 제임스 메이브릭을 비소로 살해한 죄로 기소되어 14년 동안 복역하였다.

21장

"그럼 저와 결혼하지 않을 겁니까?" 피터 경이 물었다.

수인囚人은 고개를 저었다.

"예. 그건 당신에게 공정하지가 않아요, 게다가……."

"게다가……?"

"전 결혼이 두려워요. 도망칠 수 없다는 것이. 원한다면 당신이랑 살 수는 있지만 결혼은 하지 않을 거예요."

그녀의 어조는 이루 말할 수 없이 음울해서 윔지는 이처럼 근사한 제안에도 열광할 수가 없었다.

"하지만 그런 종류의 관계가 언제나 제대로 굴러간다는 법은 없어요." 그는 이의를 제기했다. "젠장, 당신도 알아야 할 겁니다. 이렇게 둘러말하는 걸 용서해요. 하지만 그건 끔찍이도 불편해요. 게다가 결혼을 하는 것이나 마찬가지로 골칫거리는 똑같이 생길걸요."

"저도 알아요. 하지만 당신이 원한다면 언제든지 끊을 수가 있잖아요."

"하지만 내가 끊고 싶을 리가 없을 텐데."

"아, 그러겠죠. 하지만 끊게 될 거예요. 당신은 전통 있는 가문의 사람이잖아요. 시저의 아내 얘기를 생각해 보세요."§

"시저의 아내는 무슨! 그리고 일단 우리 식구는 다 내 편이에요. 우리가 전통 있는 가문인지 아닌지는 몰라도, 윔지 집안 사람이 하는 일은 뭐든 옳고 하늘은 딴죽을 거는 자를 돕는다. 우리는 심지어 무진장 오래된 가훈도 가지고 있죠. '나는 나의 변덕을 굳게 지킨다.'§§ 이 또한 참으로 맞는 말입니다. 거울에 비친 내 모습이 십자군 전쟁 당시 아크레 공방전 때 짐마차 말을 타고 돌진하던 우리 원조이신 제랄드 드 윔지와 똑같다고 말할 수는 없어도 결혼에 대해서는 내가 좋아하는 대로 할 작

---

§ 시저의 두 번째 아내 폼페이아가 여신 축제를 주관하는데, 클로디어스라는 한 남자가 여자로 변장하여 숨어들어 왔다. 클로디어스는 신성모독 죄로 재판에 처해졌으나 시저는 그를 용서하고 방면해 주었다. 하지만 시저는 "시저의 아내는 의심조차 받으면 안 된다."는 말을 남기며 폼페이아와는 이혼했다. 여기서 해리엇 베인이 언급한 말은 이 속담처럼 보이며 '지체 높은 집안의 아내는 의심 받을 행동조차 하면 안 된다.'는 뜻을 내포하고 있다.

§§ 변덕이라는 말의 whimsy와 피터 윔지 경의 이름인 Wimsey는 발음이 같다.

정입니다. 그런다고 식구들이 나를 잡아먹겠어요. 그런 일이 있어도 나를 내쫓지는 못할 겁니다. 교도관, 이건 농담입니다. 무심코 나온 말이죠. 참고 차 말해 두자면요."

해리엇은 웃었다.

"그래요, 당신과 절연하진 않겠죠. 하지만 당신이 빅토리아 시대 소설에 나오는 사람들처럼 사회에서 절대 받아들일 수 없는 아내를 데리고 해외로 도피하여 이름 모를 대륙의 온천에서 살아야 할 필요는 없다는 거죠."

"그럴 필요는 없죠."

"제게 애인이 있었다는 것을 사람들이 잊을까요?"

"어리석기도 하지, 사람들은 그런 일을 매일같이 잊고 살아요. 사람들은 그런 일의 전문가요."

"제가 그 사람을 살해했다는 의혹을 받은 것도요?"

"사회적으로 큰 반향을 일으키긴 했어도 살해 의혹을 의기양양하게 말끔히 벗은 것도 잊겠지요."

"그래도 당신과 결혼할 순 없어요. 사람들이 그런 것들을 다 잊는다면, 우리가 결혼하지 않은 것도 잊을 수 있을 거예요."

"아, 그래요. 그럴 수도 있겠죠. 하지만 난 그럴 수 없어요. 그게 다요. 이 대화에 그다지 진전이 없는 것 같은데. 나와 함께 산다는 생각 자체는 그렇게 가망 없을 정도로 혐오스러운 건 아니라는 뜻으로 받아들여도 되겠죠?"

"하지만 이 모든 게 너무 터무니없는걸요." 여자가 따지고 들었다. "내가 자유가 되어 살아남을 게 확실해지면 뭘 하고 뭘 하지 않을지 지금 어떻게 말할 수 있겠어요?"

"못 할 게 또 뭡니까? 나는 아주 가망 없는 상황에서도 뭘 해야 할지 상상합니다. 반면 이건 정말로 떼어 놓은 당상이에요."

"전 상상이 안 돼요." 해리엇은 풀이 죽기 시작했다. "부디 이제 그만 조르세요. 전 모르겠어요. 생각할 수가 없어요. 전 그 이상, 그러니까 앞으로 몇 주 뒤의 일은 볼 수도 없어요. 그저 전 여기서 빠져나가서 아무 간섭도 받지 않기만을 바랄 뿐이에요."

"알았습니다." 윔지가 약속했다. "걱정시키지 않을게요. 그건 공정하지 않죠. 내 특권을 악용하거나 하는 건. 지금 환경에서는 '돼지 같은 자식'이라고 말하고 내쫓을 수가 없겠죠. 그러니 다시 언짢게 하지 않겠습니다. 사실상 제가 스스로 내쫓길 작정입니다. 약속이 있거든요. 손톱 정리해 주는 여자하고. 아주 착한 여자예요. 하지만 모음 발음에 사소한 문제가 있죠. 잘 있어요!"

파커 주임경감과 그 밑의 형사들의 도움을 받아 찾아낸 미조사美爪師는 새끼고양이 같은 얼굴에 싹싹한 태도와 영민해 보이는 눈을 가진 아가씨였다. 고객이 저녁을 하자고 청하니 순순히 받아들였고 그녀 앞에 내놓을 제안이 있다고 은밀하게 털어놓았을 때도 놀라지 않았다. 아가씨는 통통한 팔꿈치를 탁자 위에 올려 놓고 머리를 교태 있게 한쪽으로 약간 갸우뚱한 채로 자신의 소중한 명예를 팔 태세를 갖추었다.

하지만 그 제안의 내용이 펼쳐지자, 태도는 거의 우스꽝스러울 정도로 싹 바뀌었다. 눈에는 솔직한 순진함이 사라지고, 머리카락은 살짝 가라앉았으며 눈썹은 진정으로 놀라 찌푸려졌다.

"뭐, 물론 할 수는 있어요." 마침내 아가씨가 대답했다. "그렇지만 당최 뭣 때문에 그런 걸 원하세요? 제가 볼 땐 웃긴데."

"그저 농담이라고 해둡시다." 윔지가 얼렁뚱땅 넘기려 했다.

"싫어요." 여자의 입가가 굳어졌다. "그런 건 마음에 들지 않아요. 그런 건 말이 안 돼요. 당신이 하는 말은 이상한 농담같이 들리지만 여자가 그런 일을 하면 말썽에 휘말릴 수도 있다는 거예요. 제 말은 그건 그런 유의 일은 아니잖아요. 뭐라고 부르더라? 지난 주 《수지 스니펫》지의 마담 크리스탈 칼럼에 나왔는데. 마술, 마녀의 마법이라고 하든가, 비술이라고 하든가 뭐 그런 일 아니에요? 누군가에게 해를 끼치는 일이라면 하고 싶지 않아요."

"아가씨는 밀랍 인형을 만들거나 그런 생각을 하는 모양인데, 그런 걸 할 건 아닙니다. 이거 봐요. 아가씨는 입이 무거운 사람이죠?"

"아, 난 수다스럽지 않아요. 여기저기 입 싸게 소문내는 사람이 아니에요. 평범한 여자애들하고는 달라요."

"그래요, 그런 줄 알았죠. 그래서 나랑 같이 가 달라고 부탁하는 겁니다. 이거 들어 봐요, 설명할 테니."

그는 몸을 앞으로 숙이고 이야기했다. 아가씨는 화장을 한 작은 얼굴을 들어 그를 쳐다보면서 점점 이야기에 빠져들었다. 어찌나 들떴던지 약간 떨어진 자리에 앉아 식사를 하고 있던 절친한 친구라던 여자가 샘이 나서 샐쭉해졌다. 사랑스러운 메이벨은 파리에 있는 아파트와 다임러 차와 1천 파운드짜리 목걸이를 선물로 받는 모양이야. 이렇게 굳게 믿게 된 친구는 결과적으로 자기를 데리고 나온 남자와 말다툼까지 벌였다.

"아시겠지만, 이 일은 내게 의미가 큽니다." 윔지가 말했다.

사랑스러운 메이벨은 황홀에 찬 한숨을 내쉬었다.

"그게 정말 사실이에요? 지어낸 것 아니고요? 영화보다 더 흥미진진한 얘긴데요."

"그래요. 하지만 한마디도 얘기하면 안 돼요. 아가씨에게만 말해 준 거니까. 내 얘기를 그 사람에게 이르지는 않을 거죠?"

"그 사람이요? 그 자식은 노랑이 돼지예요. 제가 그 사람에게 뭐라도 주나 봐라, 하겠어요. 당신을 위해서 하죠. 약간 어렵긴 하겠어요. 가위질에 익숙해져야 하니까. 우린 보통 가위는 잘 안 쓰거든요. 하지만 어떻게든 해 볼게요. 절 믿으세요. 크게 힘들지는 않을 거예요. 그 사람 꽤 자주 오긴 하는데, 손에 넣게 되는 건 다 드릴게요. 그리고 프레드를 끌어들일 거예요. 그 사람은 언제나 프레드를 찾거든요. 내가 부탁하면 프레드가 해 줄 거예요. 그걸 손에 넣으면 어떻게 해야 해요?"

웜지는 주머니에서 봉투를 하나 꺼냈다. "이 안에 넣고 붙여요." 그는 엄숙하게 지시했다. "여기 안에는 알약 상자가 두 개 있어요. 견본을 얻을 때까진 꺼내선 안 돼요. 이건 세심하게 준비한 거라 화학적으로 완전히 깨끗해야 하거든요. 무슨 말인지 알겠죠. 준비가 되면 봉투를 꺼내서 깎은 부스러기를 한쪽에 넣고 다른 쪽에는 머리카락을 넣은 후 즉시 닫아요. 그런 다음 깨끗한 봉투에 넣고 이 주소로 부쳐요. 알겠어요?"

"알았어요." 여자는 빨리 달라는 듯 초조하게 한 손을 내밀었다.

"착한 아가씨네. 그리고 한마디도 하면 안 돼요."

"한마디도!" 여자는 과장되게 조심하는 손동작을 취했다.

"생일은 언제인가요?"

"아, 전 생일은 없어요. 전 나이를 먹지 않거든요."

"좋아요. 그러면 올해 아무 때나 안생일선물을 보내지. 입으면 예쁘겠군, 밍크코트."

"예쁘겠군, 밍크코트." 여자가 그를 흉내 냈다. "참 시적이기도 하셔라."

"아가씨가 영감을 주었으니까." 웜지가 정중하게 대답했다.

22장

"편지를 받고 들렀습니다." 어쿼트가 말했다. "비명횡사한 제 사촌에 대해서 새 정보를 입수하셨다고 하니 관심이 생겨서요. 물론 제가 도움이 되는 한 도울 수 있으면 좋지요."

"고맙습니다." 윔지가 인사했다. "앉으세요. 물론 저녁은 하셨겠지요? 하지만 커피 한 잔은 드시지요. 터키식 커피를 좋아하실 듯한데요. 제 하인이 그 커피를 좀 잘 내립니다."

어쿼트 씨는 그 제안을 받아들였고, 이상하리만큼 끈적끈적한 이 커피를 제대로 내리는 방법을 정확하게 알고 있다며 번터에게 어찌나 칭찬을 늘어놓는지, 보통 서양식 커피가 기분 나쁠 정도였다.

번터는 어쿼트의 칭찬에 정중히 감사하더니 터키식 과자라며 커피만큼이나 구역질나는 덩어리를 내놓았다. 입천장뿐 아니라 치아에까지 찐득하게 달라붙을 뿐만 아니라, 하얀 설탕가루가 구름처럼 덮여서 먹다가 자칫하면 숨 막혀 죽을 것 같은 과자였다. 어쿼트 씨는 즉시 한 입 크게 베어 물며 진짜 동양식 과자라며 우물우물 중얼거렸다. 웜지는 엄숙한 미소를 띠고, 설탕이나 우유를 넣지 않은 진한 블랙커피를 몇 모금 마시더니 결국 오래된 브랜디 한 잔을 따랐다. 번터가 물러가자 피터 경은 무릎에 공책을 펼쳐 놓고는 시계를 보면서 이야기를 시작했다.

그는 필립 보이스의 삶과 죽음을 둘러싼 배경을 길게 요약했다. 어쿼트 씨는 몰래 하품을 하면서 먹고 마시고 들었다.

웜지는 여전히 시계에서 눈을 떼지 않으면서 레이번 부인의 유언장에 관한 이야기를 꺼냈다.

어쿼트 씨는 꽤나 화들짝 놀라더니 커피 잔을 옆으로 치워 놓고 끈적끈적한 손가락을 손수건으로 닦은 후 피터 경을 쳐다보았다.

이윽고 그는 말했다.

"이런 놀라운 정보를 어떻게 얻었는지 물어봐도 되겠습니까?"

웜지는 손을 저었다.

"경찰은 참으로 대단하죠. 경찰 조직이라는 것은. 마음만 먹으면 뭘 알아낼 수 있는지 정말 놀랍다니까요. 그럼 이 이야기를 부인하지 않으신다는 뜻으로 봐도 되겠죠?"

"듣고 있습니다." 어쿼트는 험악하게 대꾸했다. "피터 경이 이 특이한 이야기를 마치면 제가 뭘 부인해야 하는지 정확히 알게 되겠죠."

"아, 네. 그 점을 명확히 하도록 하겠습니다. 물론 저는 변호사가 아니지만 할 수 있는 한 명료하게 말하도록 하죠." 그는 가차 없이 말을 이었고 시곗바늘은 돌아갔다. "제가 이해한 바로는 이렇습니다."

윔지는 동기에 관한 모든 의문을 검토한 후 말을 이었다.

"필립 보이스 씨를 제거하는 게 당신에게는 아주 이득이 됩니다. 그리고 제가 보기에도 그 자식은 실로 여드름과 사마귀처럼 해로운 존재에 지나지 않으니 제가 당신 입장이라고 해도 똑같은 감정을 느꼈을 것 같군요."

"내게 죄를 뒤집어씌우려고 당신이 지어낸 망상은 이게 답니까?" 변호사가 물었다.

"전혀 아니죠. 이제 요점에 거의 다 갔습니다. 느리지만 확실하게 하자가 어쿼트 씨의 모토 아닙니까. 이제까지 귀중한 시간을 제가 75분이나 빼앗은 건 압니다만, 그 시간을 헛되이 낭비한 건 아닙니다."

"이 터무니없는 이야기가 참이라고 하더라도, 물론 저는 절대 사실이 아니라고 말하고 싶습니다만." 어쿼트가 말했다.

"제가 비소를 어떻게 주입했다고 생각하시는지 아주 궁금하군요. 무언가 기발한 방법을 알아내기라도 했나요? 아니면 제가 요리사와 하녀를 꼬여 공모자로 끌어들였다고 하는 겁니까? 그렇다고 한다면 그건 무모하지 않을까요? 앞으로 협박을 받을 위험이 한없이 커지는데?"

"아주 무모하죠." 윔지가 동의했다. "어쿼트 씨처럼 준비성이 강한 사람에게는 있을 수도 없는 일입니다. 가령 그 와인병을 봉해 놓았다는 것만 봐도 그럴 가능성을 미리 차단해 버린 겁니다. 보통은 그렇죠. 사실, 이 행동이 처음부터 저의 주의를 끌었습니다."

"그런가요?"

"당신이 어떻게 언제 독을 넣었느냐고 물었죠. 저녁식사 전은 아니라고 생각합니다. 주도면밀하게도 침실의 물병을 비워 놓았고. 아, 그 점을 빼놓지 않았군요! 주의 깊게도 증인이 있는 앞에서만 사촌을 만나고 절대 두 사람만 있는 자리를 만들지 않았습니다. 그렇다고 하면 식사 전에 저질렀을 가능성은 배제해야겠죠."

"그렇겠죠."

"이 셰리주는 말입니다." 윔지는 골똘히 생각에 잠겨 말했다. "새 병이고 마개를 갓 따서 옮겨 담은 겁니다. 남은 술에서 나온 게 하나도 없다는 건 주목해야겠죠. 그러면 셰리주는 제외해도 될 겁니다."

어쿼트 씨는 역설적이게도 고개를 끄덕였다.

"수프는 요리사와 하녀도 함께 먹었는데 두 사람은 살아 있습니다. 그렇다면 수프는 통과해야겠네요. 이 논리는 생선요리에도 똑같이 적용되겠지요. 생선은 한 부위에만 독을 넣기도 쉽습니다만, 그러자면 해나 웨스트록의 협조가 필요할 거고 그건 제 이론과 어긋나지요. 이론은 제게는 신성한 것이라서요, 어쿼트 씨. 거의 교조라고 할 만합니다."

"불건전한 사고방식이로군요." 변호사가 한마디 했다. "하지만 지금 상황에서는 그걸 따지고 들고 싶진 않습니다."

"게다가 수프나 생선에 독약을 넣었다면 필립이, 그렇게 불러도 되겠지요? 집을 떠나기 전에 증세가 나타났어야 하죠. 그럼 캐서롤을 봅시다. 페티컨 부인과 해나 웨스트록 양이 아주 멀쩡한 것으로 봐서는 캐서롤에는 이상이 없었다는 게 확실한 것 같습니다. 그건 그렇고 조리법을 들으니 아주 맛있었겠던데요. 미식에 대해서는 일가견이 있는 사람으로서 말하는 겁니다, 어쿼트 씨."

"저도 잘 알고 있습니다." 어쿼트는 정중하게 대꾸했다.

"그럼 이제 오믈렛만 남습니다. 잘 만들어 제대로 먹으면 정말 그보다 맛난 음식이 없죠. 그게 중요합니다. 즉시 먹기. 달걀과 설탕을 식탁으로 가지고 오라고 해서 즉석에서 조리해 먹는다는 건 정말 근사한 생각입니다. 그건 그렇고 부엌에는 남은 오믈렛이 없었죠? 아니, 안 되죠! 그렇게 맛있는 음식을 반만 먹고 남긴다니 말도 안 되죠. 훌륭한 요리사라면 본인과 동료 몫으로 맛있는 오믈렛을 갓 만들어 먹는 편이 훨씬 낫죠. 그 오믈렛을 먹은 사람은 어퀴트 씨와 필립뿐일 겁니다."

"그랬습니다." 어퀴트가 순순히 인정했다. "굳이 그런 사실까지 부인하고 싶진 않네요. 하지만 저도 그 오믈렛을 먹었지만 그 이후에 어떤 이상도 없었다는 것을 기억하셔야죠. 더욱이 오믈렛을 만든 사람은 사촌 본인입니다."

"그랬죠. 제 기억이 맞는다면 달걀 네 개가 들어갔죠? 거기에 일반 저장품이라고 할 수 있는 설탕과 잼을 넣었고요. 아니, 설탕이나 잼에는 이상한 점이 없습니다. 제 생각에는 달걀 중에 하나가 식탁에 왔을 때 금이 가 있던 것 같던데요, 그렇지 않았습니까?"

"그랬을 수도 있겠죠. 기억은 안 납니다."

"안 난다고요? 음, 지금 증인 선서를 한 건 아니니까요. 그렇지만 해나 웨스트록 양이 말하길 어퀴트 씨 본인이 직접 달걀을 사서 가지고 왔다면서요. 달걀 하나에 금이 갔으니 오믈렛용으로 써야만 하겠다고 하지 않았습니까? 사실, 어퀴트 씨가 손수 다 달걀을 오믈렛용으로 깨서 넣었죠."

"그게 뭐 어때서요?" 어퀴트가 물었지만 아까보다는 약간 더 불편해 보였다.

"가루 비소를 금 간 달걀에 주입하는 건 그다지 어려운 일이 아닙니다." 윔지가 말했다. "저도 작은 유리관을 이용해서 직접 실험을 해 보았죠. 어쩌면 작은 깔때기로 하면 더 쉬울지도 모릅니다. 비소는 상당히 강력한 물질이죠. 찻숟가락 하나에 450에서 5백 밀리그램 정도가 들어갑니다. 그걸 달걀 한쪽 끝에 몰아넣고, 껍질 바깥에 남은 흔적을 깨끗이 닦습니다. 물론 액체 비소를 더 쉽게 부을 수 있기는 하지만 어떤 특정한 이유에 따라 평범한 하얀 가루로 실험을 했습니다. 아주 잘 녹는다는 성질 때문이죠."

어쿼트는 담뱃갑에서 시가 한 개비를 꺼내 약간 수선스럽게 불을 붙였다.

"그럼 지금 하시는 말은, 달걀 네 개를 한 그릇에 넣고 뒤섞는데 특정하게 독이 든 달걀만 어떻게 기적적으로 따로 분리되었고 오믈렛의 한쪽 끝에만 비소가 쏠렸다는 겁니까? 혹은 사촌이 고의적으로 자기는 독이 든 쪽을 먹고 내게는 나머지를 주었다는 뜻입니까?"

"그게 아니죠. 완전히 다릅니다." 윔지가 말했다. "저는 그저 비소는 오믈렛에 들어 있었고 그게 계란을 통해서 들어갔다는 말을 하는 겁니다."

어쿼트 씨는 성냥개비를 벽난로 속으로 던졌다.

"당신 이론에는 흠이 좀 있는 것 같군요. 달걀에 있는 흠만큼이나."

"제 이론은 아직 끝이 아닙니다. 다음 부분은 아주 사소한 징후들에 바탕을 두어 구축한 겁니다. 어디 나열해 볼까요. 어쿼트 씨가 저녁식사 때 술을 마시지 않으려 한 것, 어쿼트 씨의 낯빛, 손톱 손질 몇 번, 단정하게 정리한 머리에서 잘라 낸 머리카락. 이 모든 걸 더한 후, 어쿼트 씨의 사무실 비밀 벽장에 숨겨 놓은 비소를 그 위에 치고 손을 살짝 비벼 봅시다. 그럼 뭐가 나올까요? 삼입니다. 어쿼트 씨, 삼이에요."

윔지는 올가미 모양을 허공에 가볍게 그렸다.

"무슨 말인지 이해를 못하겠는데요." 변호사가 쉰 목소리로 말했다.

"왜요, 알고 계시지 않습니까. 삼 있잖습니까, 밧줄 만드는 재료. 그거 대단한 물건이죠. 네, 이 비소 얘기를 해 볼까요. 아시겠지만 이건 보통 사람에게는 썩 좋은 물질이 아니에요. 하지만 어떤 사람들에게는 좋죠. 피로에 찌든 스티리아의 농민들에게 그렇게 좋다는 얘길 여러 번 들었다니까요. 그 사람들은 이걸 재미로 먹는다고 합니다. 그러면 호흡이 좋아진다고 하네요. 낯빛이 맑아지고 머릿결이 매끈해지고. 같은 이유로 말에게도 준다죠. 물론 낯빛은 모르겠죠. 말은 낯빛이 없으니까. 하지만 내 말이 무슨 뜻인진 알 겁니다. 이 무시무시한 메이브릭이라는 남자 있잖아요. 그 사람이 이걸 상습 복용했다고 하더군요. 어쨌든 어떤 사람들은 이걸 복용했고 연습을 좀 하면 상당한 양을 먹어치울 수도 있다고 합니다. 보통 사람은 죽을 만한 양을. 하지만 어쿼트 씨는 이미 아는 이야기겠지요."

"처음 들어보는 이야기로군요."

"대체 어쩌시려는 거죠? 됐어요. 일단 모두 다 새로운 이야기인 걸로 해 두죠. 하지만 어떤 사람이[8], 그 사람 이름은 잊어버렸는데, 여하튼 딕슨 만 책에 나오는 사람입니다. 이 묘책이 어떻게 효과를 내는지 궁금해서 개들을 좀 기르면서 약을 먹였다고 합니다. 물론 죽기도 많이 죽었지만 결국에는 액체 비소는 신장에 쌓여서 신체에 극심한 해를 끼치지만 고체 비소는 매일매일 먹으면서 조금씩 양을 늘려 가면 몸 안의 거시기가—노포크에 제가 아는 부인 하나는 '관'이라고 부르긴 하던데요—그 약에 익숙해져서 별 이상 없이 배출이 된다고 합니다. 어디서 책 하나를 읽었는데, 거기 보면 이게 다 백혈구의 작용이라나요. 아시죠, 그 작고 하얀 항체 말입니다. 이 백혈구가 그 물질을 잘 다루어서 결국 아무 해도 끼치지 못할 정도까지 이끌고 간다는 거죠. 여하튼 요지는 고체 비소를 오랫동안 먹어 왔다면 1년 정도라고 한다면 그 뭐라고 하나, 면역이 생겨서 단번에 4백~450밀리그램 정도의 비소를 먹는다고 해도 끄떡도 없다는 겁니다."

"아주 흥미롭군요."

"분명히 이 야만적인 스티리아 농민들도 그런 식으로 했을 겁니다. 주의를 기울여 이 비소를 먹은 후 두 시간가량은 아무것도 마시지 않았다고 합니다. 이게 다 신장으로 흡수되어 중

---

[8] (원주) 발레타.

독될까 봐요. 전문적인 건 저도 잘 모릅니다만, 대략의 요점은 이렇습니다. 글쎄, 이런 생각이 들더라고요. 똑똑하게도 자신의 면역을 먼저 키워 놓을 생각을 해냈다면 친구와 독이 든 오믈렛 정도는 쉽게 나눠 먹을 수 있지 않나. 그 친구는 죽고, 하지만 나는 멀쩡하고."

"그렇군요." 변호사는 입술을 핥았다.

"글쎄요. 말했듯이 어쿼트 씨의 낯빛은 아주 맑고 깨끗하지요. 비소 때문에 피부 여기저기가 얼룩진 것만 빼면. (가끔 그런 일도 있습디다.) 게다가 머릿결도 아주 매끈합니다. 또 당신이 저녁식사 때에는 아무것도 마시지 않으려고 한 걸 깨달았을 때 난 이렇게 혼잣말을 했어요. '피터, 이 똑똑한 친구야. 이건 어때?' 그 다음에 당신의 비밀 벽장에서 하얀 비소 봉지를 찾았을 때 일단은 어떻게 찾았는지는 따지지 말기로 합시다. 나는 이랬죠. '어이, 어이. 언제부터 이랬던 거지?' 어쿼트 씨에게 약을 판 유능한 외국 약제사는 경찰에게 2년이라고 그러던데요. 맞습니까? 메가테리움 신탁 사건이 있었을 때네요. 그렇죠? 좋습니다. 말하고 싶지 않으면 말하지 마세요. 그 다음에 당신의 머리카락과 손톱을 좀 얻었습니다. 여기 보라, 비소가 잔뜩 들어 있던데. 그래서 우리는 '야호!'를 외쳤어요. 그래서 어쿼트 씨에게 여기 와서 저랑 얘기 좀 해 보자고 한 겁니다. 당신이 뭔가 제안할 게 있지 않을까 해서요."

"제가 제안할 게 있다면." 어쿼트의 낯빛은 창백했지만 태도만은 엄격하게 사무적이었다. "이런 허무맹랑한 이론을 다른 사람에게 말하기 전에 조심하라는 거요. 당신과 경찰이, 솔직히 경찰이라면 무슨 짓이든지 할 수 있다고 생각하지만, 제 집과 사무실에 무엇을 심어 놨는지 모르겠지만 제가 마약 중독이라는 소문을 퍼뜨리는 건 명예훼손으로 범죄가 성립하죠. 제가 한동안 비소가 약간 든 약을 먹었다는 건 사실인데, 그레인저 의사가 처방전을 내줄 겁니다. 그래서 피부와 머리에 비소가 좀 남았겠지. 그렇지만 그 이상을 넘어서는 이런 극악무도한 고발은 아무 근거가 없어요."

"전혀?"

"전혀 없죠."

"그렇다면 어떻게 된 걸까요?" 윔지의 태도는 침착했지만 딱딱하게 절제된 목소리에는 뭔가 악의 어린 장난기가 담겨 있었다. "오늘 밤에 보통사람 두셋은 죽일 만한 비소를 먹어 놓고도 아무런 증상을 보이지 않는 건 왜일까? 당신이 나이와 직위에 걸맞지 않게 우걱우걱 입에 집어넣던 역겨운 과자 위에는 하얀 비소가 가득 뿌려져 있었지. 당신은 한 시간 반 전에 그걸 먹었고. 만약 비소가 당신에게 해로운 영향을 끼쳤다면, 한 시간 전에 고통에 몸부림치며 바닥을 굴렀어야 해."

"이 악마 같은 자식!"

"몇 가지 증상을 만들어 보지그래?" 윔지가 냉소적으로 말했다.

"대야를 갖다 줄까? 아니면 의사를 불러다 줘? 목구멍이 타지 않아? 안에서 고통스러운 경련이 일지 않나? 약간 늦긴 했지만 지금이라도 호의를 베풀어서 어떤 느낌을 표현할 수는 있을 텐데?"

"거짓말 하고 있네. 그런 짓을 감히 할 수 있을 리가 없어! 그러면 살인이라고."

"이 경우에는 아니지. 하지만 기꺼이 두고 보겠어."

어쿼트는 윔지를 빤히 쳐다보았다. 윔지는 단번에 민첩하게 의자에서 일어나 어쿼트를 내려다보고 섰다.

"내가 당신이라면 폭력을 쓰진 않을 거야. 독살범이라면 끝까지 독으로 해야지. 게다가 난 무기도 있거든. 멜로드라마는 접어 두자고. 이제 아픈 것 같은가? 아니야?"

"당신은 미쳤어."

"그런 말 마. 자, 정신을 차려. 한번 해 보라고. 화장실이 어딘지 알려 줄까?"

"몸이 안 좋아."

"물론 그렇겠지. 하지만 목소리로 봐서는 미심쩍은데. 문을 나가서 복도를 따라가다 보면 왼쪽에서 세 번째야."

변호사는 비척비척 밖으로 나갔다. 윔지는 다시 서재로 돌아와 벨을 울렸다.

"번터, 파커 씨가 화장실에서 도움이 좀 필요할 것 같네."

"잘 알겠습니다, 주인님."

번터가 나가고 윔지는 기다렸다. 이윽고 멀리서 몸싸움하는 소리가 들렸다. 한 무리의 사람들이 다시 문 앞에 나타났다. 어퀴트는 얼굴이 창백했고 머리와 옷은 헝클어져 있었으며 양옆에 선 파커와 번터에게 양팔을 꽉 붙들려 왔다.

"이 친구가 아파하던가?" 윔지가 흥미를 보였다.

"아니, 그렇지 않던데." 파커는 무시무시하게 범인에게 수갑을 탁 채웠다. "5분 동안 청산유수로 자네 욕을 해 대더니 창문으로 나가려다가 3층인 걸 알고 포기하더군. 그 다음에 옷방 문으로 돌진하다가 나와 딱 맞닥뜨렸어. 이제 몸부림치지 마, 당신. 그래 봤자 자기 몸만 다칠 테니."

"그럼 이 사람은 아직도 자기가 독을 먹었는지 아닌지 모른단 말인가?"

"독을 먹었다고 생각하는 것 같진 않아. 어쨌든 어찌해 보려는 노력을 전혀 보이지 않았으니까. 오직 이 자리에서 튈 생각만 하더군."

"그 참 약하네." 윔지가 말했다. "나였으면 다른 사람들에게 내가 독을 먹었다고 믿게 하고 싶으면 그보다는 더 멋진 쇼를 보여 줬을 텐데."

"그만 지껄여, 젠장." 범인이 말했다. "넌 비열하고 빌어먹을 속임수를 써서 날 잡았어. 그걸로 충분하지 않아? 이젠 입 다물어."

"아." 파커가 말했다. "우리가 당신을 잡은 거지. 그렇지 않아? 말하지 말라고 경고했는데. 내 말을 무시한 후에 무슨 일이 생기면 내 잘못이 아냐. 그건 그렇고, 피터. 자네가 정말로 이 사람에게 독을 먹인 건 아니지? 이 사람에게 뭔가 해를 입히진 않은 듯하지만, 의사의 보고서에 영향을 끼치니까."

"아, 사실상 먹이지 않았지." 윔지가 고백했다. "그저 이 사람이 그 말에 어떻게 반응하나 보고 싶었을 뿐이야. 자, 그럼 잘 가게나! 이제 자네에게 맡기지."

"우리가 이 사람을 잘 알아서 처리하지." 파커가 말했다. "하지만 번터에게 말해서 택시 좀 불러 주지 않겠나."

범인이 경찰의 호송을 받아 떠난 후에 윔지는 손에 유리잔을 들고 생각에 잠긴 얼굴로 번터를 돌아보았다.

"미트리다테스, 그는 늙어 죽었네,§ 라고 시인은 말했지. 하지만 난 좀 의심스러운데, 번터. 이 경우에는 정말 의심스러워."

---

§   미트리다테스 6세(기원전 132~기원전 63). 지금은 중앙 터키에 속한 흑해 지역의 폰투스의 왕으로 로마와 세 차례 전쟁을 벌였다. 여기서 윔지가 말하는 시인은 앞 장에 나왔던 A. E. 하우스만이며, 그의 시 《쉬롭셔의 젊은이》에 나오는 〈테렌스, 이건 멍청한 시야〉 마지막 부분에 미트리다테스의 일화가 언급되어 있다. 여러 전설에 의하면 미트리다테스는 독약에 내성을 키우려고 매일 독을 조금씩 먹었다고 한다. 하지만 역사적 기록에 따르면 미트리다테스는 전쟁에 패하고 독으로 자살하려 했으나 실패한 이후에 부하에게 죽여 달라고 부탁했거나 살해된 것으로 알려져 있다.

28장

판사석에는 황금 국화가 놓여 있었다. 마치 타는 깃발 같았다.

서기가 공소장을 읽는 동안 피고는 법정에 가득 찬 군중에게 도전하는 눈빛을 띠고 서 있었다. 판사는 18세기식 얼굴을 한 통통하고 나이 지긋한 남자로 기대에 찬 표정으로 검사를 쳐다보았다.

"친애하는 판사님, 검찰 측으로부터 이 피고를 기소할 어떤 증거도 없다는 통고를 받았습니다."

법정 안에 퍼진 숨소리가 마치 거세진 바람에 나무가 바스락바스락 흔들리는 소리 같았다.

"피고에 대한 공소를 취하하는 것으로 봐도 되겠습니까?"

"제가 받은 소송 위임장에 그렇게 적혀 있습니다. 판사님."

"그런 경우에는." 판사는 무덤덤하게 배심원을 돌아보았다. "'무죄' 평결을 내리는 것 외에는 남은 일이 없군요. 정리廷吏, 방청석을 정숙 시키세요."

"잠깐만 기다려 주십시오, 판사님." 임피 빅스 경이 훤칠하고 장엄하게 일어섰다. "제 의뢰인인 베인 양을 대신해서, 제가 몇 마디만 할 수 있도록 허용해 주시기 바랍니다. 제 의뢰인은 참으로 끔찍한 혐의인 살인죄로 고발되었습니다. 저는 여기서 제 의뢰인이 그 성품에 한 점 오점도 남기지 않고 이 법정을 떠날 수 있도록 명확히 해 두고 싶습니다. 제가 알고 있는 바에 따르면 이 사건은 증거 부족으로 공소가 취하된 사건이 아닙니다. 즉, 제 의뢰인이 전적으로 결백하다는 결정적인 증거가 경찰에게 제출된 것으로 알고 있습니다. 또한 진범을 체포하고 그에 정해진 절차에 따라 심리가 열릴 예정으로도 알고 있습니다. 판사님, 여기 있는 이 숙녀는 단순히 여기 있는 피고석뿐만 아니라 여론의 피고석에서도 무죄 방면 되어 세상으로 나가야만 할 것입니다. 일말의 모호함도 용납할 수 없습니다. 판사님, 존경하는 검사님께서도 제 말을 지지해 주실 것으로 믿습니다."

"지당하신 말입니다." 검사가 말했다. "피고에 대한 공소를 기각하는 동시에, 나아가 검찰 측은 피고의 절대적인 무죄를 인정합니다."

"그 말을 들으니 기쁘군요." 판사가 말했다. "피고 들으십시오. 검찰 측은 피고에게 제기된 끔찍한 공소를 취하함으로써 가장 명백한 방식으로 피고의 무죄를 증명하였습니다. 이 이후에는 누구도 피고에게 일말의 오명이 남아 있다고 생각할 수 없으며, 피고의 길고 긴 고난 끝에 이런 만족스러운 결말이 온 것을 진심으로 축하합니다. 자, 저도 환호하는 사람들의 마음은 십분 이해하지만 여기는 극장이나 축구장이 아닙니다. 방청객이 정숙하지 않으면 퇴장을 명하겠습니다. 배심원 여러분, 피고가 유죄인지 무죄인지 결정을 내렸습니까?"

"무죄입니다, 판사님."

"좋습니다. 그러면 피고는 그 인품에 얼룩 한 점 없이 자유의 몸이 되었습니다."

금세기에 가장 세간의 관심을 모았던 살인 재판은 끝까지 충격을 주면서 그렇게 막을 내렸다.

이제 자유로운 몸이 된 해리엇 베인은 세단을 내려가다가 그녀를 기다리고 있는 엘리네드 프라이스와 실비아 매리어트와 조우했다.

"얘!" 실비아가 외쳤다.

"만세 삼창하자!" 엘리네드도 한 몫 거들었다.

해리엇은 약간 어물쩍하며 친구들을 맞았다.

"피터 윔지 경은 어디 있지?" 해리엇이 물었다. "그분께 감사해야겠어."

"그러지 못 할걸?" 엘리네드가 퉁명스럽게 대답했다. "평결이 내려지자마자 그 사람이 차를 타고 휑하니 가 버리는 걸 봤지."

"어머!" 베인 양이 외쳤다.

"그 사람 널 만나러 올 거야." 실비아가 달랬다.

"아니, 안 그럴걸." 엘리네드가 반대 의견을 냈다.

"왜 안 온다는 거야?" 실비아가 물었다.

"너무 점잖으니까."

"엘리네드 말이 맞는 것 같아." 해리엇도 동의했다.

"난 그 사람 좋더라." 엘리네드가 호감을 보였다. "그렇게 씩 웃을 필요 없어. 난 그 사람 좋아. 굳이 코페투아 왕 같은 묘기를 보여 주지 않아도╰ 내 모자를 그의 앞에서 벗어 경의를 표하지. 네가 그 사람을 원한다면 전갈을 보내서 그 사람에게 와 달라고 해."

"난 그러지 않을 거야." 해리엇이 버텼다.

"아니, 넌 그렇게 할 거야." 실비아가 말했다. "진범에 대해

╰ 전설에 의하면 코페투아 왕은 세상의 모든 부를 가졌던 아프리카 왕이었지만 아름다운 거지 소녀에게 홀려 자신의 모든 것을 바칠 결심을 한다. 알프레드 테니슨의 시와 에드워드 번 존스의 그림으로도 유명하다.

서도 내 말이 맞았으니, 이것도 내 말이 맞을걸."

피터 윔지 경은 그날 밤 덴버 공작가로 내려갔다. 피터가 보아 하니 가족들은 일종의 혼란 상태에 빠져 있었지만, 선대 공작부인만은 이 소동의 와중에도 평소와 다름없이 앉아 깔개를 짜고 있었다.

"이거 봐라, 피터." 공작이 말했다. "메리가 그나마 말을 듣는 사람은 너뿐이잖아. 네가 좀 어떻게 해라. 메리가 네 경찰관 친구와 결혼하겠대."

"나도 알아." 윔지가 대답했다. "결혼 못 할 이유가 뭐 있나?"

"이건 웃기잖아."

"전혀 그렇지 않아. 찰스는 정말 최고의 신랑감인걸."

"그렇겠지." 공작은 완강했다. "하지만 메리가 경찰과 결혼할 순 없어."

"자, 이거 봐." 윔지는 누이의 팔짱을 꼈다. "폴리 좀 가만히 놔둬. 찰스는 이 살인사건의 조반에는 약간 실수를 하긴 했지만 별로 많이 하진 않았어. 게다가 언젠가는 직위가 있는 거물이 될 거고. 그 점은 전혀 의심하지 않아. 그리고 그 친구는 어딜 봐도 훌륭해. 형이 누구랑 싸움을 벌이고 싶다면 나랑 하지."

"세상에나!" 공작이 한탄했다. "넌 여자 경찰관이랑 결혼하지 않겠지?"

"그럴 일은 없어." 윔지가 대답했다. "난 죄수랑 결혼할 작정이니까."

"뭐라고?" 공작이 되물었다. "하느님 맙소사, 뭐라고? 뭐?"

"그녀가 받아 준다면 말이지." 피터 윔지 경은 대답했다.

옮긴이의 말

가장 치명적인 독,
가장 의외로운 연정

1930년에 발표된 《맹독 *Strong Poison*》은 삭막한 제목과는 달리 유머와 낭만이 어린 소설로 여기서 독자들은 피터 경의 인간적인 모습을 똑똑히 목격할 수 있다. 평생 독신으로 살아갈 것 같은 피터 경이 사랑에 빠졌다. 그것도 가장 의외로운 장소인 법정에서, 가장 의외로운 상대인 피고에게 첫눈에 반해서. 게다가 이 여인은 전 애인을 독살한 혐의로 법정에 서 있다. 이 추리소설은 이처럼 두 가지 극단적인 요소를 섞었다. 독살과 로맨스. 어떻게 보면 기묘한 조합이지만 한편으로는 독과 사랑은 의외로 잘 어울린다. 《맹독》은 이처럼 치명적인 두 가지가 어떻게 한 시리즈의 탐정의 인생을 변하게 하는지를 보여 주는 낭만적 추리소설이다. 한편 피터 윔지의 팬들에게 《맹독》은 개별 소설 자체로도 사적史的 의미로도 빼놓을 수 없는 작품이기도 하다.

추리소설의 황금시대

추리소설의 역사에서 《맹독》의 발표 배경을 살펴보는 것도 이 작품을 이해하는 한 가지 방법일 것이다. 《맹독》은 《시체는 누구?*Whose Body?*》(1923), 《증인이 너무 많다*Clouds of Witness*》(1926)를 비롯하여 《부자연스러운 죽음*Unnatural Death*》(1927), 《벨로나 클럽의 불쾌한 사건*The Unpleasantness at the Bellona Club*》(1928)에 이은 다섯 번째 피터 윔지 시리즈다. 《맹독》은 도로시 L. 세이어즈(1893~1957)가 추리 클럽The Detection Club의 일원으로서 활동을 개시한 1930년과 출간 시기가 일치한다. 추리 클럽은 1930년에 일단의 추리소설가들이 만든 문학 모임으로 추리소설의 황금기를 이루었던 주요 작가들이 모두 참가하였다. 《독 초콜릿 사건》의 앤서니 버클리, 《통》의 프리먼 윌리스 크로프츠, 《구석의 노인》으로 유명한 오르치 남작 부인 등이 창립 멤버였고 초대 회장은 《브라운 신부》 시리즈로 유명한 G. K. 체스터튼이었다. 도로시 L.

세이어즈 또한 창립 멤버로서 이 모임에 합류하였다. 클럽은 소규모로 운영되었고 새 회원은 반드시 기존 회원 두 명의 추천과 기존 회원들의 승인을 받아야 가입할 수 있었다. 당시 이들은 추리소설을 쓰는 데 있어서 엄격한 규칙들을 만들었고 이를 준수하는 소설을 썼다. 이들의 추리소설 작법 윤리의 핵심은 작가는 독자와 페어플레이를 해야 한다는 것이었다. 즉, 독자들이 범인을 추론할 수 있도록 작가는 실마리를 숨기지 않고 내놓아야만 하며 해결은 반드시 논리적인 방식으로 제시되어야 했다. 체스터튼, 혹은 세이어즈가 썼다고 하는 추리 클럽의 맹세에는 다음과 같은 질문들을 내포하고 있었다.

1. 사건의 해결은 작가가 탐정에게 부여한 재치를 사용해서 이루어지는가? 즉, 신의 계시, 여성적 직감, 미신, 야바위, 우연이나 신의 행위에 의존하지 않는가?
2. 작가는 독자에게 중요한 단서를 숨기지 않는가?§

《맹독》은 이런 원칙이 확립되는 시기에 쓰였으므로, 추리 장르에 대한 세이어즈의 철학이 의식적으로 반영되었으리라

---

§ 추리 클럽에 관한 자료는 http://www.sfu.ca/english/Gillies/Engl383/Oath.html에서 인용

익히 짐작할 수 있다. 이 소설은 추리소설 중에서도 황금기의 '단서―수수께끼 풀이' 추리소설의 대표적 양식을 따르고 있다. 마지막 단원에 이르기까지 작가는 수많은 이들의 증언과 하이퍼텍스트의 인용을 통해 사건의 범인과 수법에 이르는 단서를 제시한다. 물론 공교롭게도 이 단서들을 다 이해하려면 이 모든 배경 지식을 다 갖추어야 한다는 전제가 있지만 세이어즈는 나름의 골격 안에서 페어플레이를 실천하려고 애쓴 흔적이 보인다.

이 작품은 당대 실제로 벌어졌던 독살 사건들을 모델로 하고 있다. 당대에는 독살이 살인 방법으로 그렇게 드물지 않았던지라 세이어즈는 《증인이 너무 많다》와 《맹독》 사이의 두 장편소설에서도 그 주제를 다루었다. 《맹독》에서는 애인을 독살했다는 의심을 받았던 매들린 스미스를 모델로 하였고, 그 외 여러 사건들을 자료로 하여 독살을 중심 주제로 심도 있게 다루었다. 심지어 이 소설에서는 독이 중요한 역할을 하므로 그 자체가 모티브라고 할 만하다.

독자들은 피터 경의 장광설 속에서 사건의 진상에 이르는 길을 탐정과 동시에 발견하게 된다. 기실 이 소설에서 범인, 혹은 범인으로 의심받는 자는 비교적 일찍 모습을 드러낸다. 관건은 어떻게 독을 주입했는지 수법을 밝혀내고 증거를 찾는 것이다.

독자는 피터 경과 함께, 혹은 피터 경들의 요원과 함께 단서를 추적한다. 번터가 하녀와 요리사와 나누는 잡담 속에서, 피터 경이 신뢰하는 비서 클림슨 양이 여는 가짜 강신회에서, 타자수로 가장하여 적진에 잠입한 머치슨 양의 모험에서 단서가 하나씩 드러난다. 클라이맥스 전에 작가는 《슈롭셔의 젊은이》와 남편을 독살했다는 의심을 받았던 플로렌스 메이브릭의 재판까지 제시하여 해결에 이르는 실마리를 자신만만하게 제시한다. 이처럼 단서를 모두 손에 넣고 있다고 해도 이성적 추론이 부족하다면—물론 저 예의 모든 함의를 다 알고 있다 하더라도—파편적 정보들을 짜 맞출 수 없다. 여기서 추리 독자들의 피학적 쾌감이 탄생한다. 수수께끼의 안갯속에서 지적인 열등감을 느끼면서 즐거워하는 것이다. 물론 영리한 독자들은 그 안개를 직접 걷는 지적인 우월감도 맛볼 수 있다. 이런 양가적 쾌락은 황금기 작가들이 성립한 전통 속에서 탄생하는 것이다.

작가의 분신, 해리엇 베인

《맹독》의 또 다른 중요성은 도로시 L. 세이어즈가 해리엇 베인이라는 인물을 만들어냈다는 데서 찾아볼 수 있다. 이 평범하지 않은 로맨스에는 작가의 페르소나라고 할 수 있는 해리엇 베인이 처음 등장한다. 베인은 세이어즈와 마찬가지로 옥스퍼드 출신이며, 추리소설 작가이다. 또한 해리엇 베인이 《맹독》의 희생자인 필립 보이스와 겪은 보헤미안적 관계도 세이어즈의 개인적 경험으로 추론된다. 사후에야 밝혀진 일이지만 세이어즈는 1921년 런던의 보헤미안 작가 모임에서 존 쿠르노스라는 러시아 출생 유대인 소설가를 만나 연인 관계를 맺게 된다. 실제로 존 쿠르노스는 필립 보이스와 상당한 유사성을 보인다. 둘 다 소설가라는 점, 쿠르노스 또한 보이스처럼 결혼이라는 결합을 믿지 않았고 사회적 관습을 무시한 관계를 세이어즈에게 원했다는 점. 쿠르노스와의 불행한 관계 이후 세이어즈는 그 반동 때문인지 사회 경제적으로 무능력했던 전직 자동차 영업사원 빌 화이트와 사귀다가 예기치 않게 아이를 가진다. 화이트는 임신으로 질겁하고 세이어즈를 떠나 버리고 결국 그녀는 광고 회사를 휴직하고 1924년 1월에 몰래 아이를 낳는다. 존 앤서니라는 이름을 받은 이 아이는 세이어즈의 사촌에게 맡겨졌고 세이어즈는 첫 피터 윔지 시리즈 《시체는 누구?》의 인세로 아이의 양육비를 댄다. 1926년 세이어즈는 아서 맥 플레밍과 결혼한 후에 아이를 입양해서 기숙학교에 보낸다.

   기록에 따르면 세이어즈는 쿠르노스가 결혼을 한 이후에도 그에 대한 미련을 버리지 못했다고 한다.[5] 1924년에는 그에게 "아직도 사랑한다."는 연서를 보내기도 하였다. 그때의 가슴 아픈 실연의 경험, 남자에게 받은 배신감이 《맹독》 집필의 동기가 되었다고 해도 그리 무리한 추측은 아닐 것이다. 헤어진 전 애인이 범죄의 희생자가 된다는 사건은―자신이 살인자가 아닌 한―상심한 연인이라면 한 번쯤은 얼마간의 죄책감을 느끼면서도 머릿속으로 그려볼지도 모를 상황이다. 다만 추리소설가의 이점은 이런 불온한 망상을 허구에서나마 실현할 수 있다는 데 있다. 또한 《맹독》에서 피터 윔지 경이 해리엇의 과거에도 전혀 굴하지 않고 아내로 삼고자 하는 의사를 관철시키는 것도 세이어즈가 바라는 이상적 남성형을 표현한 것일 수도 있겠다. 기실 현대에 이르러서도 이처럼 공식적인 추문의 대상이 된 여성에게 전혀 거리낌 없이 연심을 표현하는 남성은 신선할 정도이며 두 사람의 동등한 태도는 현대적인 남녀 관계를 보여준다.

이에서 알 수 있듯이 《맹독》에서는 세이어즈의 여성주의적 관점을 명확히 볼 수 있다. 《맹독》에 등장하는 여성들은 관습

---

[5] McGregor, R. K. & Lewis, E.(2000). Conundrums for the Long Week-end: England, Dorothy L. Sayers, and Lord Peter Wimsey. Kent State University Press.

에서 완전히 벗어났다 말할 수 없지만 일면 그를 극복하는 모습을 보여 주기도 한다. 자신보다 지위가 낮은 경찰과의 결혼을 두려워하지 않는 메리도 계급주의에 얽매이지 않는 여성이다. 또한 《부자연스러운 죽음》부터 여성 탐정요원 역할을 충실히 해내는 클림슨 양이나 새로이 고용된 머치슨 양은 사회에서는 '잉여'라고 분류되는 여성 계급이지만 수사에 참여함으로써 그들의 지성과 능력을 증명한다. 결혼으로써 여성의 계층과 소속이 분류되는 사회에서 세이어즈는 이런 범주에서 벗어나 분투하는 여성을 제시한 것이다. 《여성은 인간인가?*Are Women Human?*》이라는 에세이집의 저자이기도 한 세이어즈는 유사한 질문을 다시 한 번 《맹독》에서 반복했다고 할 수 있겠다.

반쯤 자전적인 이 소설에서 해리엇 베인은 그다지 능동적인 주체로 보이진 않는다. 사건의 피의자라는 입장 때문에 베인은 수동적인 수감자에 지나지 않고 자신의 사건을 해결하는 데 큰 도움도 주지 않는다. 연애 관계에서도 피터 윔지 경은 적극적인 구애자인 반면, 해리엇은 도움을 받는다는 처지로 거절할 수도 받아들일 수도 없는 상황이다. 심지어 피터 경에 대한 마음까지도 알 수가 없다. 이는 앞서 말했듯이 연애 관계에서 수동적이었던 세이어즈의 입장이 반영된 것으로 파악할 수도 있다. 하지만 이런 일방적 관계는 후속작들이 이어지면서 점차 역학 관계를 달리 한다. 해리엇은 일방적으로 도움을 받는 입장이지만, 다른 작품에서는 사건 수사의 주체가 되기도 하고 피터 윔지 경과 협력하여 사건을 해결하기도 한다. 이런 관계적 변화와 두 사람이 보여 주는 로맨스 아닌 로맨스는 피터 윔지 경 시리즈를 기다리는 독자들에게는 또 다른 즐거움일 것이다.

성장하는 주인공, 변함없는 독자

추리소설의 주인공들은 새 소설이 나올 때마다 점점 인간적인 면모를 띤다. 소설 내에서의 탐정의 역할뿐 아니라 보통 사람처럼 사랑에 빠지고 결혼도 하고 아이도 낳으면서 독자와 함께 나이 들어간다. 독자들은 어느 새 그들이 우리 세계 어딘가 살고 있으리라는 상상을 품기 시작한다. 평생의 친구처럼 그들의 삶에 관심을 갖게 되고 기쁨과 슬픔에 함께 웃고 울게 된다. 시리즈와 함께 전설적인 인물들이 탄생하는 이유이다. 추리 평론가 피에르 바야르가 지적했듯이 주인공이 생명력을 얻으며

♪ 해리엇 베인은 이후 《Have His Carcass》(1932)와 《Gaudy Night》(1936), 《Busman's Honeymoon》(1937)에 주요인물로 등장한다.

추리소설의 세계와 우리의 현실이 통합된다. 세이어즈의 피터 윔지 경 시리즈는 이런 통합주의를 가장 잘 적용시킬 수 있는 소설이다. 우리는 피커딜리의 아파트에서 피아노를 치는 피터 윔지와 커피를 대령하는 번터를 쉽게 상상할 수 있다. 피터 경의 가족도 영국의 저택에 실재할 것만 같다.

개인적으로는 이 작품에서 피터 윔지 경이 해리엇 베인을 사랑하면서 어른으로 성숙해 나가는—이미 벌써 중년이지만—모습이 묘하게 흥미로웠다. 그것만으로도 꽤 의외로운 인물의 전환이다. 피터 윔지 경 본인도 자각했듯이 현실과는 유리되어 평생 감식가 겸 한량으로 살아갈 것 같은 그가 결혼을 생각한다는 것만으로도 놀랍다. 희귀본이나 모으고 독물학, 범죄학 책이나 읽으며 음악을 즐기고 아마추어 탐정으로 살아가는 피터 경이 "나는 변하고 있어!"라고 독백할 만큼의 연정은 그 자체만으로도 우리를 중독시키는 치명적인 독이다. 그 독이 우리 삶을 물들이지만, 한편으로는 거부할 수 없는 유혹이다. 우리는 원치 않더라도 변할 수밖에 없다.

소설 속의 인물도 성장 혹은 변화를 하며 인생에서 여러 단계를 겪는다. 세상이 다 변해도 그대로 있을 듯한 허구의 인간이 현실의 우리와 같이 변해 갈 때 삶을 좀 더 진지하게 대면해야 한다는 자각이 찾아온다. 인생의 전환을 결심한 피터 경처럼 같아도 달라져야 한다는 생각을 한다. 그러나 독자로서 주인공의 변신은 한편으로는 대견하면서도 한편으로는 쓸쓸하다. 등장인물이 입체적인 면모를 보여 주며 나와 같이 나이 들어가기 때문에 정답고, 하지만 그 혼자 좀 더 성숙한 인간이 된 듯하여 호젓하다. 그러나 주인공이 변해 가면 갈수록 인간적 친밀감이 더해지고 그 소설 시리즈에 애착을 더 느끼는 것도 사실이다. 주인공이 성장하면 그에게 애정이 더해지고 그리하여 변함없는 독자가 되는 것이다. 또 하나의 피터 윔지 경 소설을 이제 그렇게 변함없이 기다려 준 독자들 앞에 내놓는다. 이렇게 이 작품들을 하나씩 더하는 것은 내게도 성장인 듯하여 부족하게나마 흐뭇하고 감사하다.

2011년 8월
박현주

옮긴이 **박현주**

고려대학교 영어영문학과와 동 대학원을 졸업하고 일리노이대학교 언어학 박사 과정을 졸업하였다. 옮긴 책으로《죽음본능》《살인의 해석》《레이먼드 챈들러 전집》《증인이 너무 많다》《시체는 누구?》《퍼스트 폴리오》《사토장이의 딸》등이 있다. 지은 책으로는《로맨스 약국》이 있다.

맹독

2011년 8월 29일 초판 1쇄 인쇄
2011년 9월 16일 초판 1쇄 발행

지은이 | 도로시 L. 세이어즈
옮긴이 | 박현주
발행인 | 전재국

본부장 | 이광자
단행본개발실장 | 박지원
책임편집 | 박윤희
마케팅실장 | 정유한
책임마케팅 | 정남익 노경석 조용호
제작 | 정웅래 박순이

발행처 (주)시공사
출판등록 1989년 5월 10일(제3-248호)

주소 | 서울특별시 서초구 서초동 1628-1 (우편번호 137-879)
전화 | 편집(02)2046-2852 · 영업(02)2046-2800
팩스 | 편집(02)585-1755 · 영업(02)585-0835
홈페이지 www.sigongsa.com

ISBN 978-89-527-6290-0 04840
ISBN 978-89-527-5819-4 (set)

본서의 내용을 무단 복제하는 것은 저작권법에 의해 금지되어 있습니다.
파본이나 잘못된 책은 구입하신 서점에서 교환해 드립니다.